國家清史編纂委員會·文獻叢刊

呂留良全集

俞國林 編

中華書局

圖書在版編目(CIP)數據

吕留良全集/(清)吕留良撰;俞國林編. —北京:中華書局,
2015.7
(國家清史編纂委員會・文獻叢刊)
ISBN 978-7-101-11071-5

Ⅰ.吕… Ⅱ.①吕…②俞… Ⅲ.中國文學-古典文學-作品綜合集-清代 Ⅳ.I214.92

中國版本圖書館 CIP 數據核字(2015)第 149057 號

責任編輯:李天飛 郭惠靈

國家清史編纂委員會・文獻叢刊
吕留良全集
(全十册)
〔清〕吕留良 撰
俞國林 編
*
中華書局出版發行
(北京市豐臺區太平橋西里 38 號 100073)
http://www.zhbc.com.cn
Email:zhbc@zhbc.com.cn
北京市白帆印務有限公司印刷
*
788×1091 毫米 1/16・352½印張・57 插頁・6000 千字
2015 年 7 月北京第 1 版 2015 年 7 月北京第 1 次印刷
印數:1-1500 册 定價:980.00 元

ISBN 978-7-101-11071-5

國家清史編纂委員會出版委員會

吕留良畫像

謝彬繪　載慚書卷首　清華大學圖書館藏

吕留良僧裝像

張宗祥摹黄周星繪本　據桐鄉市檔案館藏照片

呂留良耦耕詩

上海博物館藏　載中國古代書畫圖目（四）　文物出版社一九九〇年版

呂留良和種菜詩

載北京匡時國際拍賣有限公司二〇一二春季拍賣種菜圖録

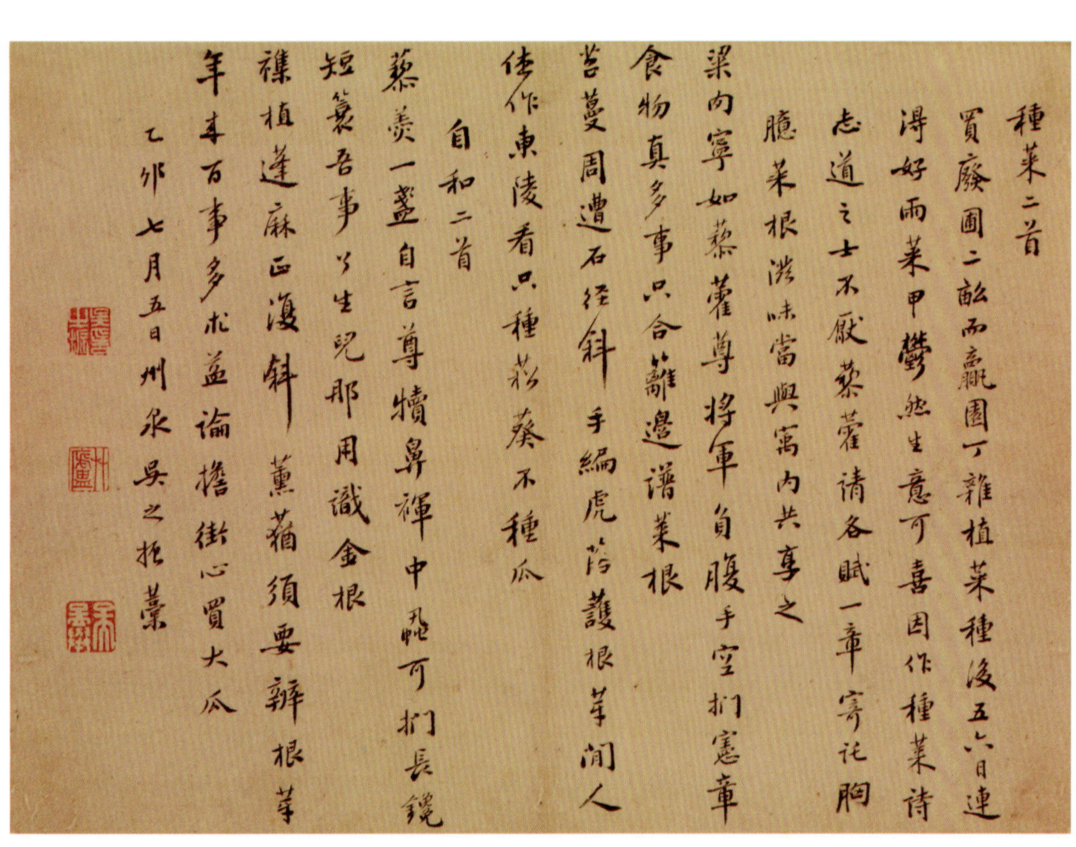

吴之振種菜詩

載北京匡時國際拍賣有限公司二〇一二春季拍賣種菜圖録

孟舉友兄不得見者十一年矣今年二月至語溪則城西有一園新闢種菜其中示以唱和之作珠璣滿目余家四明山計此十年間流離遷播嘗作避地賦以自傷田園荒蕪即欲種菜且不可得况能韻之為詩乎勉附二絶知其情之相遠也

吾友新開黄葉村钁頭落處句難捫家僮已报微泉出稚子無人見竹根

曉轉轆轤繩水遝斜晚看燒底長新芽秋來風自西南起索索籬邊掛苦瓜

弟宗羲具草

黄宗羲和種菜詩

載北京匡時國際拍賣有限公司二〇一二春季拍賣種菜圖録

〻〻有幾時弟山上有竹百餘舊
歲云止得新竹數竿此必隣人盜
笋矣此弊不知何以治之今番敢煩
老兄為弟一主之并計一長便管守之法
為妙弟家中亦需竹用倘山上有舊
竹耳趁者幸為裁剪于紫此上帶
歸 竊老所言季竹云比柄竹尤美千万
為覓數本
奮歸時幸過敞村作一日晤對為望
雨老道兄先生左右

吕留良與董雨舟信札

上海圖書館藏

呂留良與董雨舟信札

載石守謙楊儒賓主編明代名賢尺牘集壹　財團法人何創時書法藝術文教基金會二〇一三年版

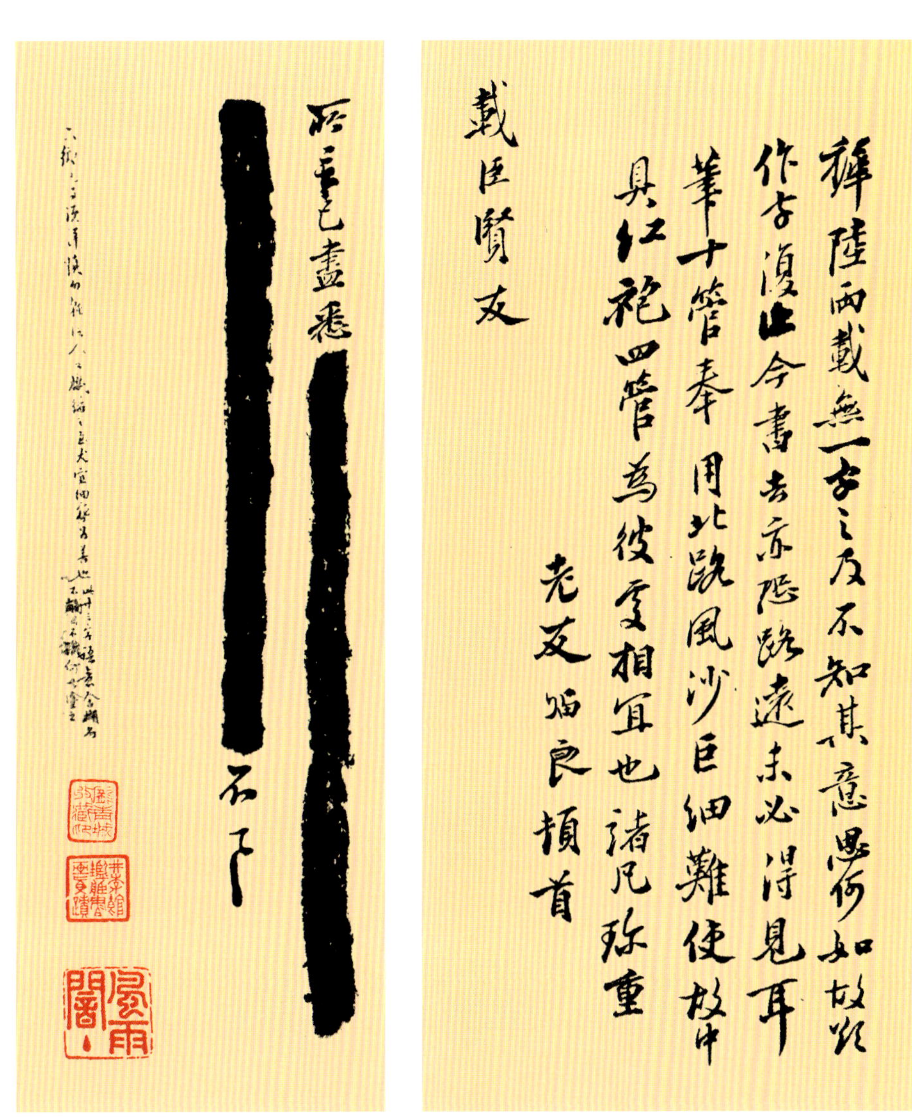

吕留良與董載臣信札

載王世杰主編藝苑遺珍法書第二輯　香港開發股份有限公司一九六七年發行

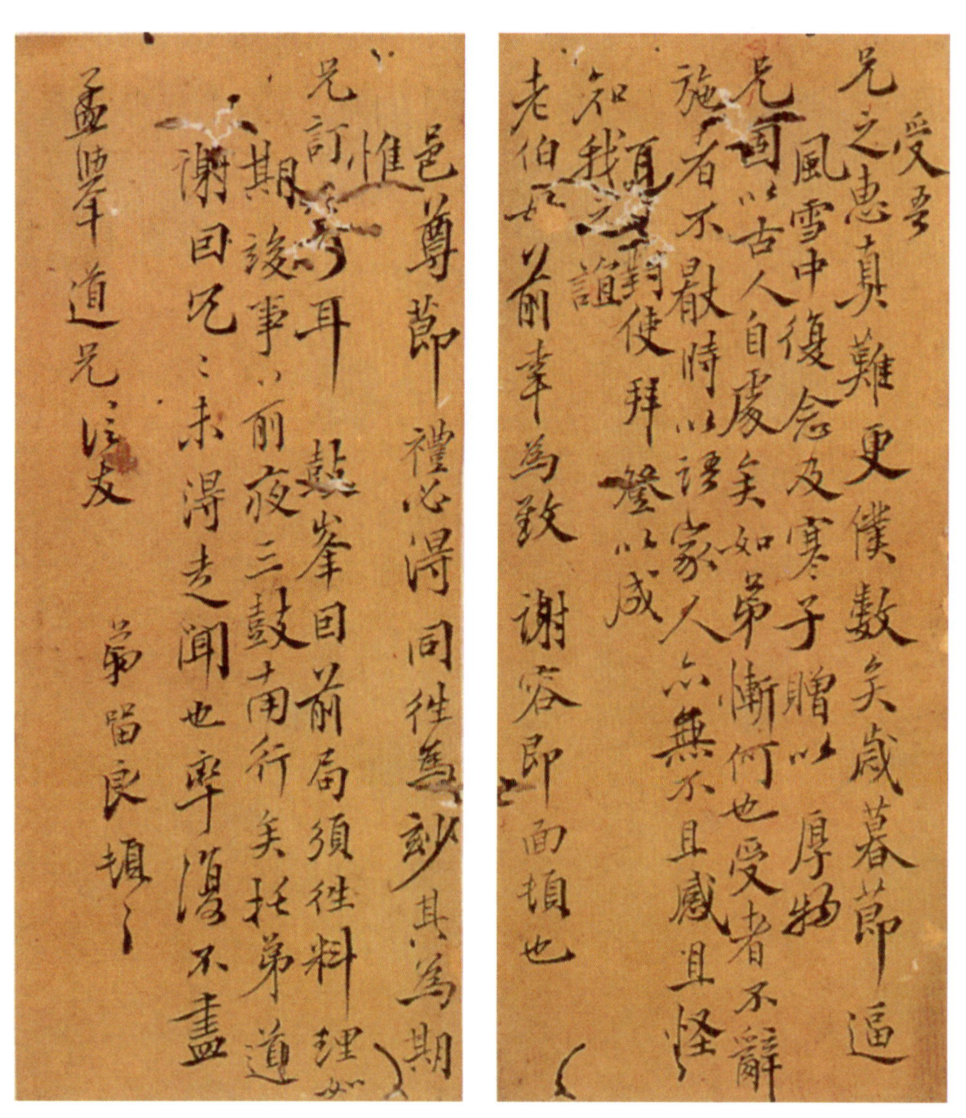

吕留良與吴之振信札

載中國嘉德國際拍賣有限公司二〇〇七嘉德四季拍賣會圖録

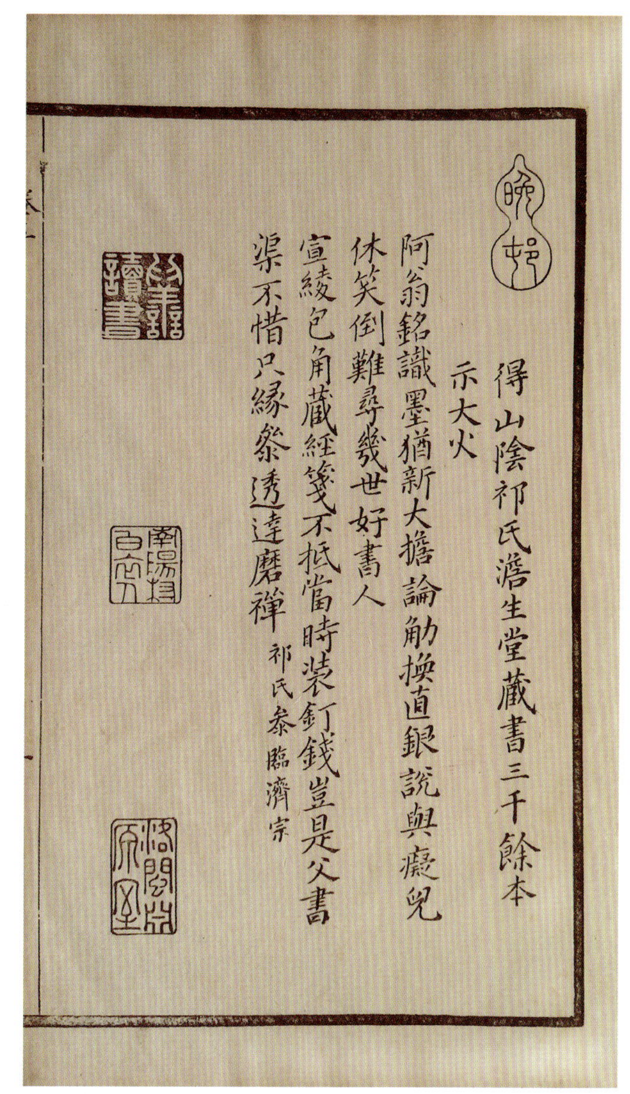

得山陰祁氏澹生堂藏書三千餘本
示大火
阿翁銘識墨猶新大擔論觔換直銀說與癡兒
休笑倒難尋幾世好書人
宣綾包角藏經箋不抵當時裝釘錢豈是父書
渠不惜只緣叅透達磨禪 祁氏叅臨濟宗

得山陰祁氏澹生堂藏書三千餘本示大火

清康熙四十二年吕晚村先生家書真蹟本　天津圖書館藏

若晚已拉山同行者錢 王兩先生湖山好友相對甚樂惟恐此樂之不能久家中諸事汝宜努力料理勿輕以擾我則養志之道也先生到館若莊中未端正且住縣間俟稍脩葺而往亦可惟先生指揮行之 顏子樂來甚禮如亦請問先生 徐親家擬於十八日迎 凌先生應

諭大火辟惡帖

清康熙四十二年吕晚村先生家書真蹟本　天津圖書館藏

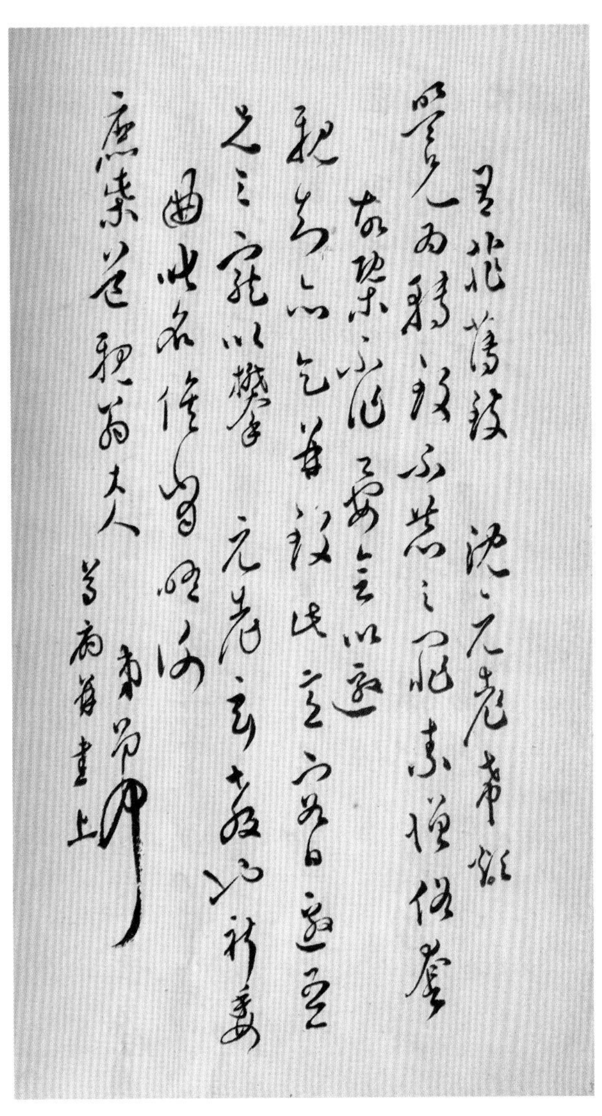

吕留良與鹿柴信札

民國六年商務印書館影印吕晚村墨蹟本　仰顧山房藏

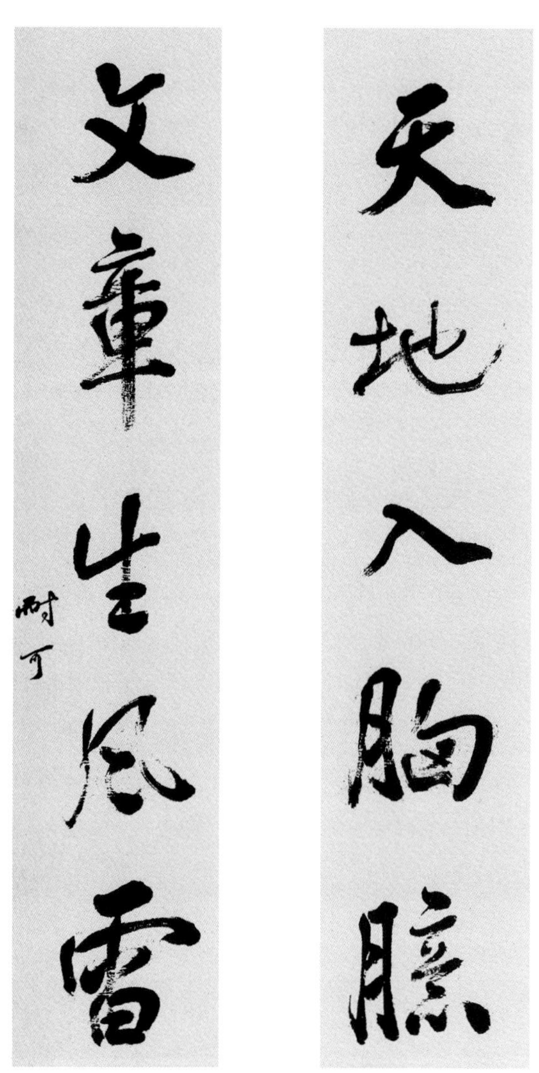

呂留良書法對聯

載明清楹聯　上海書畫出版社一九八一年版

呂留良墨竹圖（傳）

載上海崇源藝術品拍賣有限公司二〇〇四春季大型藝術品拍賣會圖録

呂留良墨梅圖（傳）

載北京保利國際拍賣有限公司二〇〇七春季拍賣會圖録

吕留良象牙印一九五五年得于北京
牙作浅黄薰微赭色光泽玉润如非晚
村生平常用其色无由臻此也明人印
章好以犀角象牙为之取其质坚耐用
玉文字则直线深刻而底平为其时治印
特徵之一予向喜搜集历代名人用章以
及名手刻石凡万千钮而以此钮最为珍
爱不仅重其物更敬重其人也兹检鈐
贵忱同志共赏　商承祚识
一九六二年十月十六日

“吕留良印”印蜕

商承祚先生舊藏并跋　王貴忱先生提供

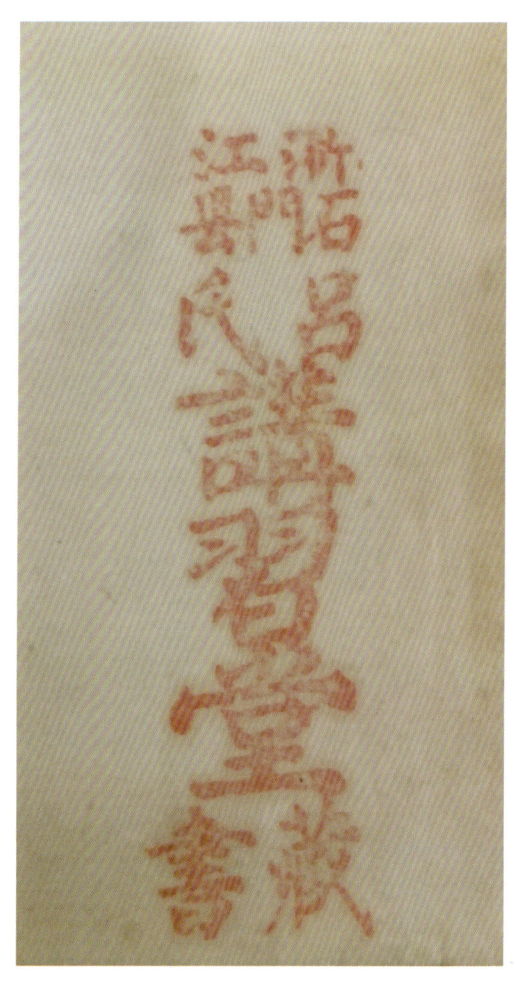

"浙江石門縣吕氏講習堂藏書"印蜕

吕氏後裔發配黑龍江後所用　齊齊哈爾圖書館藏

吕茂良水墨竹石扇面

禪樾堂藏

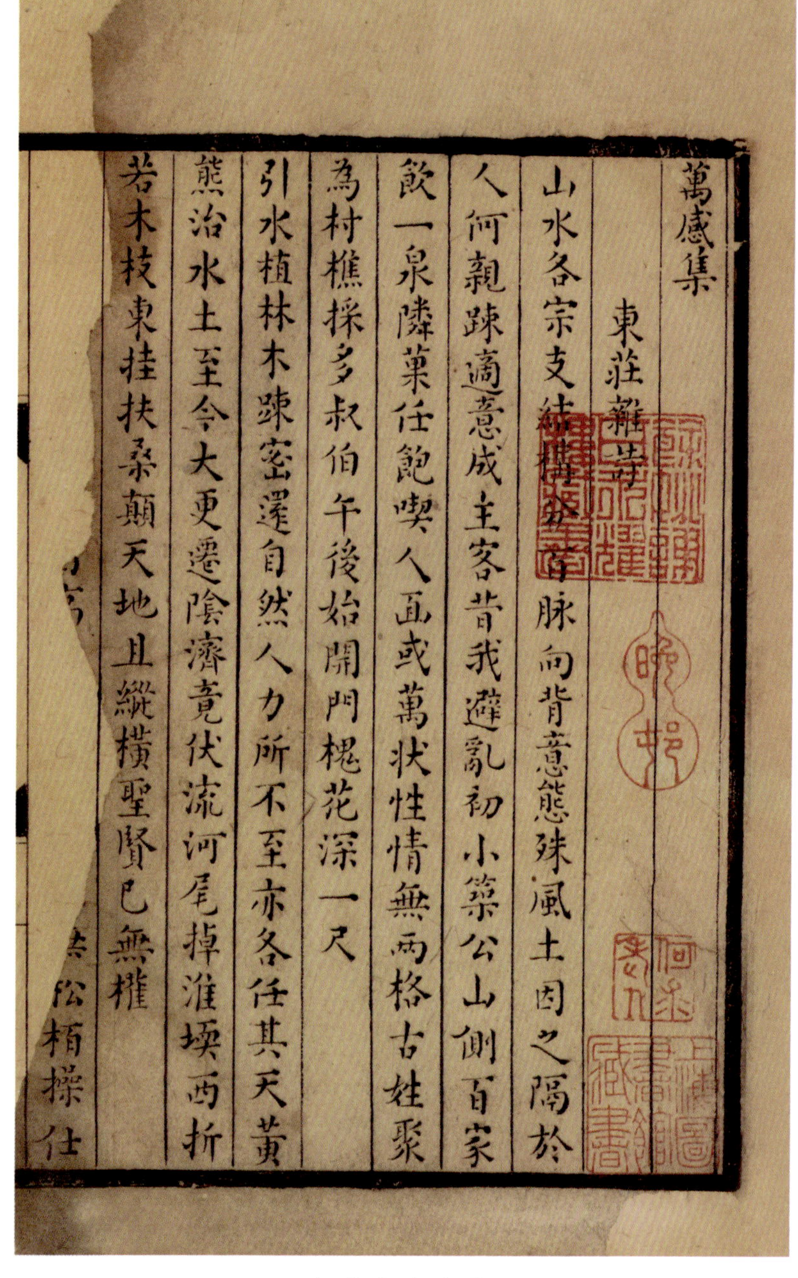
萬感集

東莊雜詩

山水各宗支結構分首脉向背意態殊風土因之隔於

人何親跡適意成主客昔我避亂初小築公山側百家

飲一泉隣菓任飽喫人靣或萬狀性情無兩格古姓聚

為村樵採多叔伯午後始開門榾花深一尺

引水植林木跡窑還自然人力所不至亦各任其天黄

熊治水土至今大更遷陰濟竟伏流河尾掉淮堧西折

若木枝東挂扶桑顛天地且縱横聖賢已無權

去　松栢操仕

何求老人殘稿

清禦兒吕氏鈔本　上海圖書館藏

萬感集四十八首

東莊襍詩

山水各宗支結搆分百脉向背意態殊風土因之隔於人何親疎適意成主客昔我避亂初小築公山側百家飲一泉隣巢任飽啄人面或萬狀性情無兩格古姓聚為村樵採多叔伯午後始開門槐花深一尺

引水植林木疎密還自然人力所不至亦各任其天黃熊治水土至今大更遷險濟竟伏流河尾掉淮堧西折若木枝東挂扶桑顛天地且縱橫聖賢已無權

老樵不謀隱所居本自高名士矯清節恐無松柏操仕宦有捷徑無乃終南臯幅巾耳芒蓑廣袖何蕭颾肝腑中夜熱徘徊理

呂晚村詩稿舊鈔箋注

清鈔本　上海圖書館藏

夢覺集 八十五首

○喜祝生潛過

兩年愧子意何誠百里泥塗足繭生宿火限㕓梅閣雨去春冒雨獨來適余以葬事入鄉不值一宿梅閣去暗泉鼓浪硯堂鐺無論小道皆師古不貴多言願力行此是寒門真淡薄可堪消得辦香情

○郎事

僮無人色婢倉皇底事懸愁到孟光甑要不全行莫顧簀如當易死何妨十年都為汝曾誤今日方容老子狂便荷長鍬出東

何求老人殘稿　釋略

清鈔本　中國國家圖書館藏

集外詩

按此卷詩正、先生病卧中刪棄之作也一生吟咏當不止此於語溪鍾氏架上得之亟爲抄録虬鱗片甲亦不得不珍惜也作水後學謹識

送杜蜕思之金陵

北風澥雁落寒皋送遠登高見別情横野亂戍秋草濶孤城低俯暮天平驚聞諸將收三楚喜共先生話兩京鍾簴久移廟貌改思量秦草便沾纓

飲四兄處同曹叔則分韻

嘈〻夜雨空城急忽〻林風萬樹崩枝鹿礙雲衡獵網跳魚帶草上

何求老人詩稿　集外詩

清鈔本　中國國家圖書館藏

真臘凝寒集 三十五首

同商隱寅旭自郊步至萬蒼山樓次韻

西嶺玉（雲）生東嶺濃吾遊更在最深中燈明古屋藏云[illegible]香在轉[illegible]天度未窮湖氣昏時雨霧海潮聲過後接松風何闌獨憶楊園老心事多同與不同楊園考夫隱居處

是年置閏新舊二曆不同一在亘之終一在庚戌之始予因偕諸老入山自行歲事故以是名其集云

出山留別商隱

兩月春風坐不知一溪春水動離思頓隨正叔長論易真爲玉（雲）翁更學醫高帽深衣分歲事短蘩長枕聽潮時此情不待歸來

呂耻齋詩稿

清怡古齋鈔本　中國科學院圖書館藏

任

別白門諸同志

新知挽我住新知如水中鷗故人呼我往故人如雨後鳩新知試和別離情故難酬三復故人書中有千載憂戎寒天地閒去

駕不可留顧虞故人言魅為新知謀性命易閒違智者於焉求神龍自淵居蛇我安能收志士足動氣鳥鳴麟在掫意趣高

不殊豈怨道里修秋江晚浪多布帆當中流上懸兩地心日夜同孤舟

和種菜詩 自救出示時輩和種菜詩甚夥皆不堪寓目不禁失笑走筆和之

菜

園古菜把近來多结得王孫手共搓楊柳點村莊何處好數聲寒豹出籬根　　雕欄曲護綠畦斜土沃肥多

易長芽蕪參兜葵爭一笑此間那有故侯瓜

又自和二首 丙辰作

婢懶童驕老僕多先生自把钁頭鋤閉門不入英雄傳且了鈔書日暮根　　一抹西風暮靄斜秋

沙堆種遍蔬芽鄰翁怪我慵懶甚隨邦甜瓜下苦瓜

孟舉索予和作二首

天蓋樓詩

清管庭芬鈔本　上海圖書館藏

真臘凝寒集

同商隱寅旭自邵濟步至萬蒼山樓

西嶺雲生東嶺濃吾游更在最深中燈明古屋歲云暮星轉周天度未窮湖氣昏時聞霧海潮聲過後接松風倚闌獨憶楊園老心事多同興不同

是年置閏新舊二厤不同一在己酉之終一在庚戌之始予因偕諸老入山自行歲事故以是名其集云

晦日次韻

湖上高峯近帝林擕書奏御赦臣狂莫教輦駕蒼龍早且放繩懸白日長浮蟻敢通春氣味寒花猶笑鐵心腸四聰茄鼓何多也只有山樓是故鄉

一作詩

何求老人殘稿

清張鳴珂鈔本　上海圖書館藏

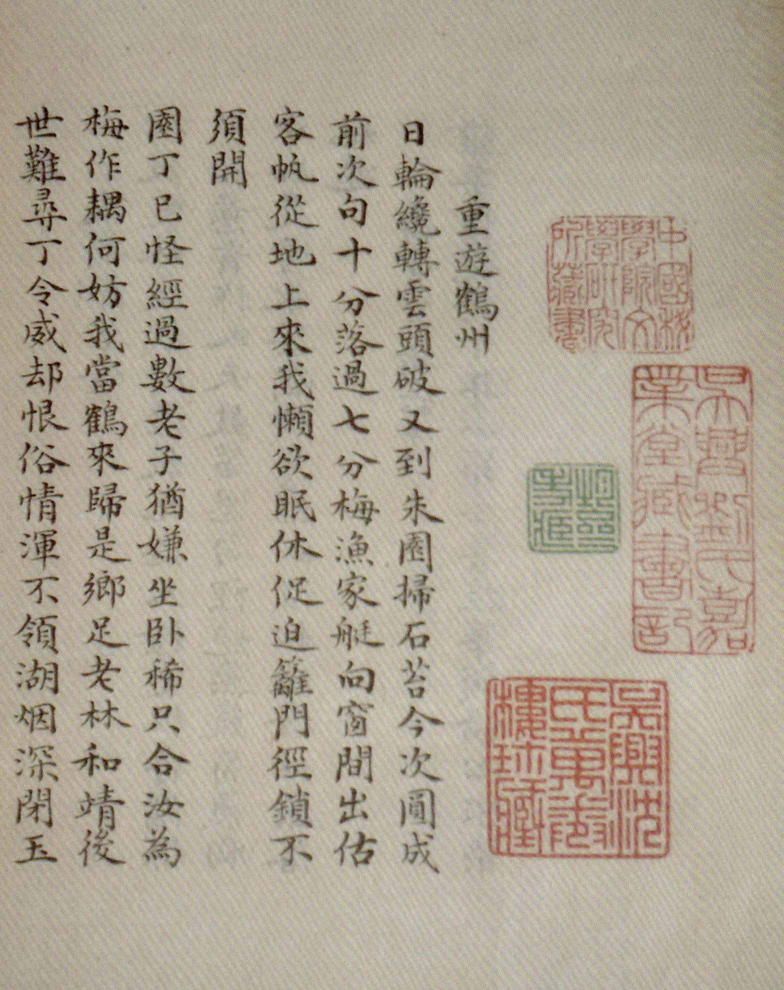

天蓋樓詩集

清沈氏萬卷樓鈔本　中國社會科學院文學研究所藏

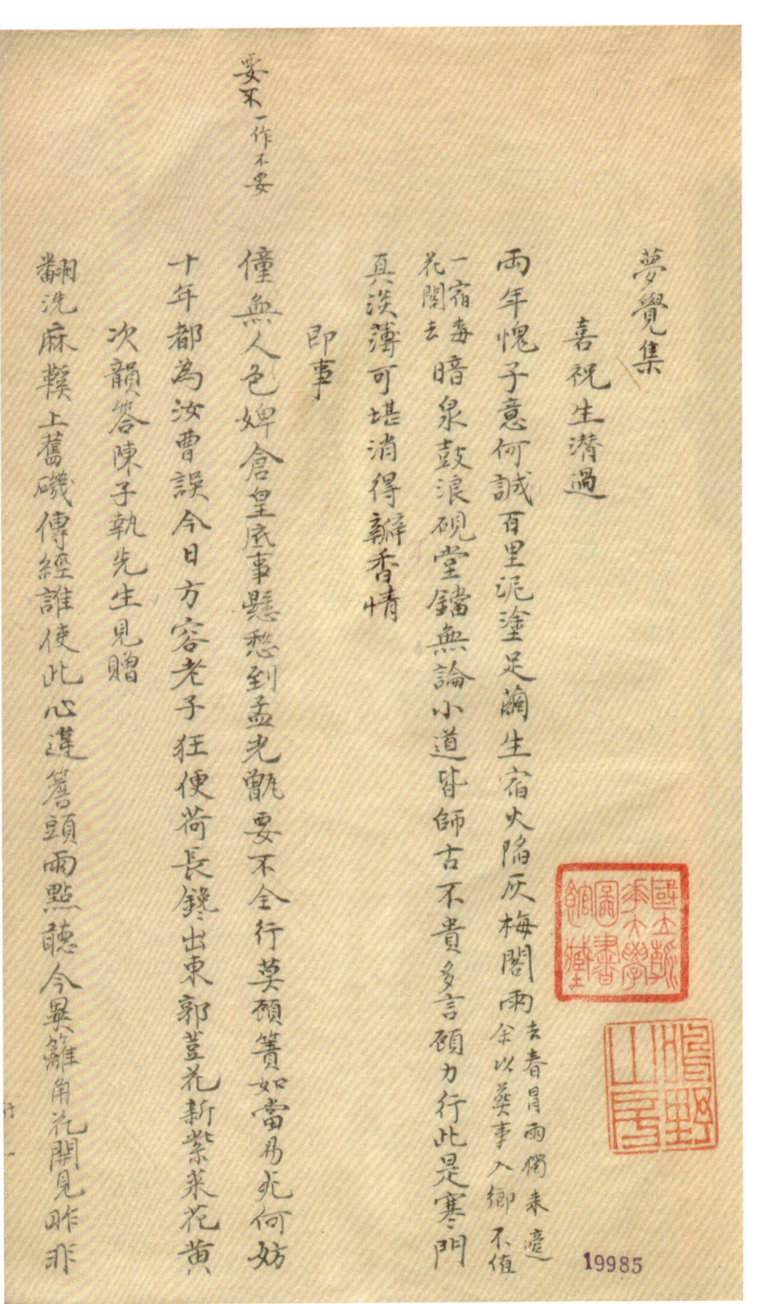

夢覺集

喜祝生潛過

兩年愧子意何誠百里泥塗足繭生宿火陷灰梅閣雨去春冒雨獨來適余以葬事入鄉不值一宿梅花閣去暗泉鼓浪硯堂鐺無論小道皆師古不貴多言願力行此是寒門真淡薄可堪消得瓣香情

即事

僮無人色婢倉皇底事懸愁到孟光甑要不要不一作不要全行莫顧簀如當易死何妨十年都為汝曹誤今日方容老子狂便荷長鑱出東郭萱花新紫菜花黃

次韻答陳子執先生見贈

翻洗麻鞵上舊磯傳經誰使此心違簷頭雨點聽今異籬角花開見昨非

鈔本晚村詩文集

清鈔本　清華大學圖書館藏

遥連堂集飲次雪客韻

春江東下客西來瀲灩傾君江上盃杜宇冬青愁覊玄猿山竹弔蓬萊夜臺沽酒誰知己騂壁抄詩我愛才十載口中生石闕無端今日鐵函開

莽莽蒼煙認九州蕭蕭白髮更何求靈旗不轉魚龍夜華表空歸鸛鶴秋南渡風流燈下出六朝香艷雨中收酒行誰執朱虛法但話傷心大白浮

頭銜初試五湖新却聘羞稱游惰民公豈非邪天下士吾真老矣眼中人買瓜門外逢動舊看竹城南記隱淪便欲忘形呼治具龐家賓醉轉留賓

何求老人殘稿

舊鈔本　中國科學院圖書館藏

何求老人殘稿

萬感集

東莊雜詩

山水各宗支，結搆分百脈。向背意態殊，風土因之隔。于人何親疏，適意成主客。昔我避亂初，小築公山側。百家飲一泉，隣果任飽喫。人面或萬狀，性情無兩格。古姓聚爲村，樵采多叔伯。午後始開門，槐花深一尺。

引水植林木，疏密還自然。人力所不至，亦各任其天。黄熊治水土，至今大吏遷。陰濟竟洑流，河尾棹淮壖。西折

何求老人殘稿

清尋樂軒鈔本　中國國家圖書館藏

精一齋蔡容虛裒氏錄

詩鈔

欬氣集

○祈死詩

貧賤何當富貴衡今知死定勝如生泰山已換鴻毛重鬼窟猶爭漆火明那得其人藏碧血諒無他法愈膏肓可憐未聽童呼簀上安眠穩睡五更

勾骨枯花白晝昏自云我輩滿乾坤美人裹戶驚羅剎法士登壇化老猿喜得故交盈地下知無怪物鎖山根此行未必非奇福沽酒泉臺得快論

揔角狂思聖可期即令老病復何爲諸賢先我成千古絕學依誰守一師偶有商量空捫舌每聞淆亂但攢眉請從徽國來天上猶及吟風立雪時

萬古江湖埋澗泥蘭臺翡翠亦醯雞重陳芻狗衣文繡突過千車中采齊廁鬼隊中尋太白伽藍位下講昌黎老僧袖有琅玕筆只合携歸碧落題

吕晚村雜著

清蔡容鈔本　一九七七年臺灣商務印書館人人文庫影印本

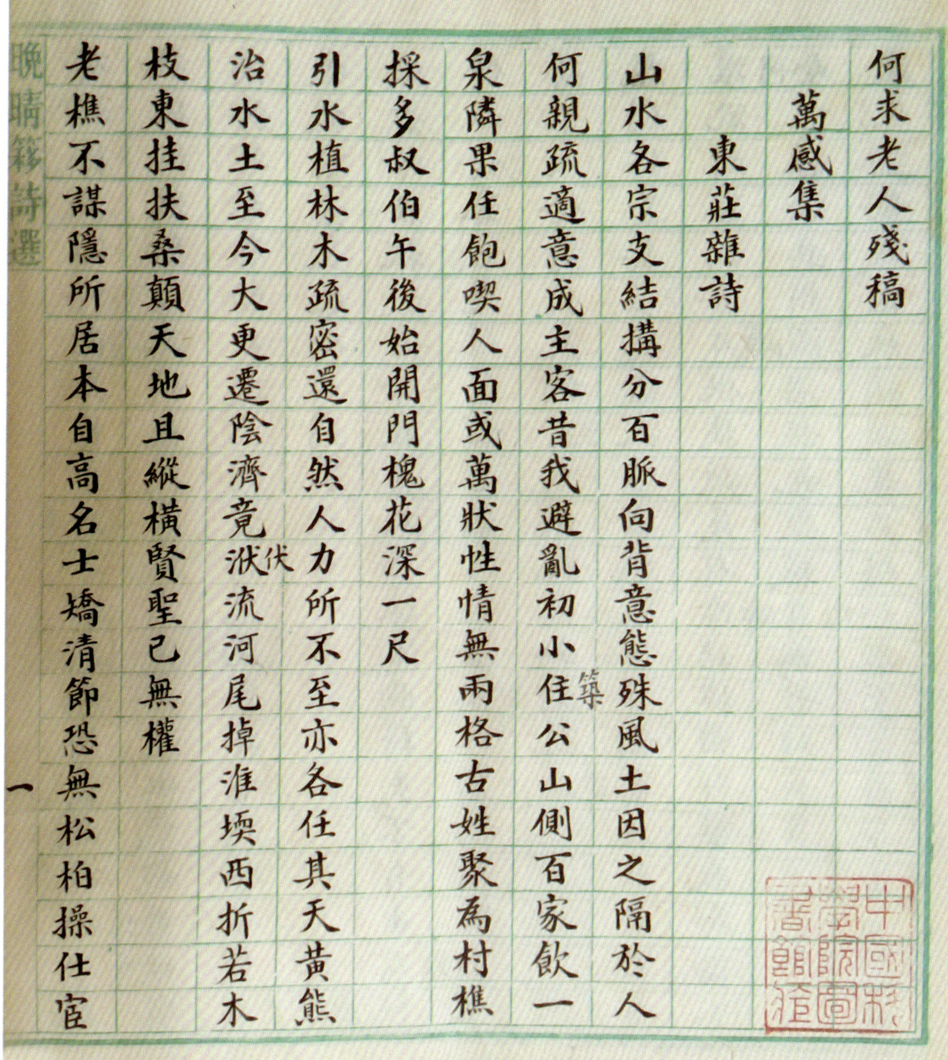
何求老人残稿

萬感集

東莊雜詩

山水各宗支結搆分百脈向背意態殊風土因之隔於人

何親疏適意成主客昔我避亂初小住（築）公山側百家飲一

泉隣果任飽喫人面或萬狀性情無兩格古姓聚爲村樵

採多叔伯午後始開門槐花深一尺

引水植林木疏密還自然人力所不至亦各任其天黃熊

治水土至今大更還陰濟竟洑（伏）流河尾掉淮壖西折若木

枝東拄扶桑顛天地且縱橫賢聖已無權

老樵不謀隱所居本自高名士矯清節恐無松柏操仕宦

晚晴簃詩選　一

何求老人殘稿

民國初晚晴簃詩選鈔本　中國科學院圖書館藏

何求老人殘稿　　　　常熟言氏䊸莊叢書之一

萬感集

東莊雜詩

山水各宗支結搆分百脈向背意態殊風土因之隔于人何親疏適意成主客
晳我避亂初小住公山側百家飲一泉隣果任飽喫人面或萬狀性情無兩格
古姓聚爲村樵採多叔伯午後始開門槐花深一尺

引水植林木疏密還自然人力所不至亦各任其天黃熊治水土至今大更（按更疑當作變）遷陰濟竟泆流河尾掉淮壖西折若木枝東挂扶桑顛天地且縱橫賢聖已無權

老樵不謀隱所居本自高名士矯清節恐無松栢操仕宦有捷徑無乃終南皋
幅巾耳芒鞋廣袖何蕭颾肝肺中夜熱徘徊理鉛刀入拜朱門旁出爲蓬戶豪

何求老人殘稿

民國十九年言敦源排印本　北京師範大學圖書館藏

周易口義後序

昔朱子於詩傳自以爲無復遺憾而於易本義則意有不甚滿者趙子欽寓書朱子謂說語孟極詳說易則太畧朱子曰譬之燭籠添一條骨子則障一路光明若能盡去其障使統體光明豈不更好耶繇是窺朱子之意則本義一書爲先儒說理太多終翻窠臼未盡其所不甚滿者此也自制科頒教易遵本義經生行文嫌本義之畧而無所依傍於是閒入程傳然猶未離乎先賢之說也至講章

呂晚村文集

清禦兒呂氏鈔本　上海圖書館藏

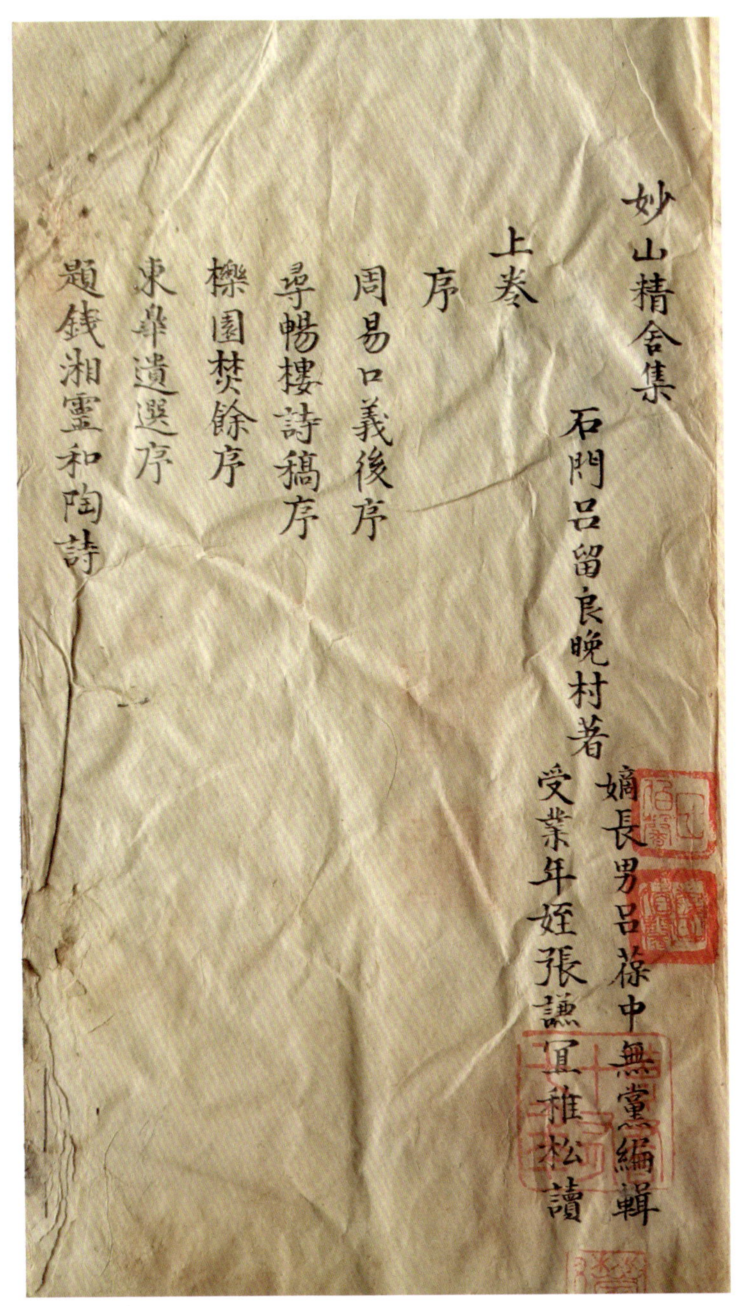

妙山精舍集

石門呂留良晚村著

嫡長男呂葆中無黨編輯

受業年姪張謙宜稚松讀

上卷

序

周易口義後序

尋暢樓詩稿序

櫟園焚餘序

東皐遺選序

題錢湘靈和陶詩

妙山精舍集（一）

清康熙五十五年張謙宜鈔校本　天津圖書館藏

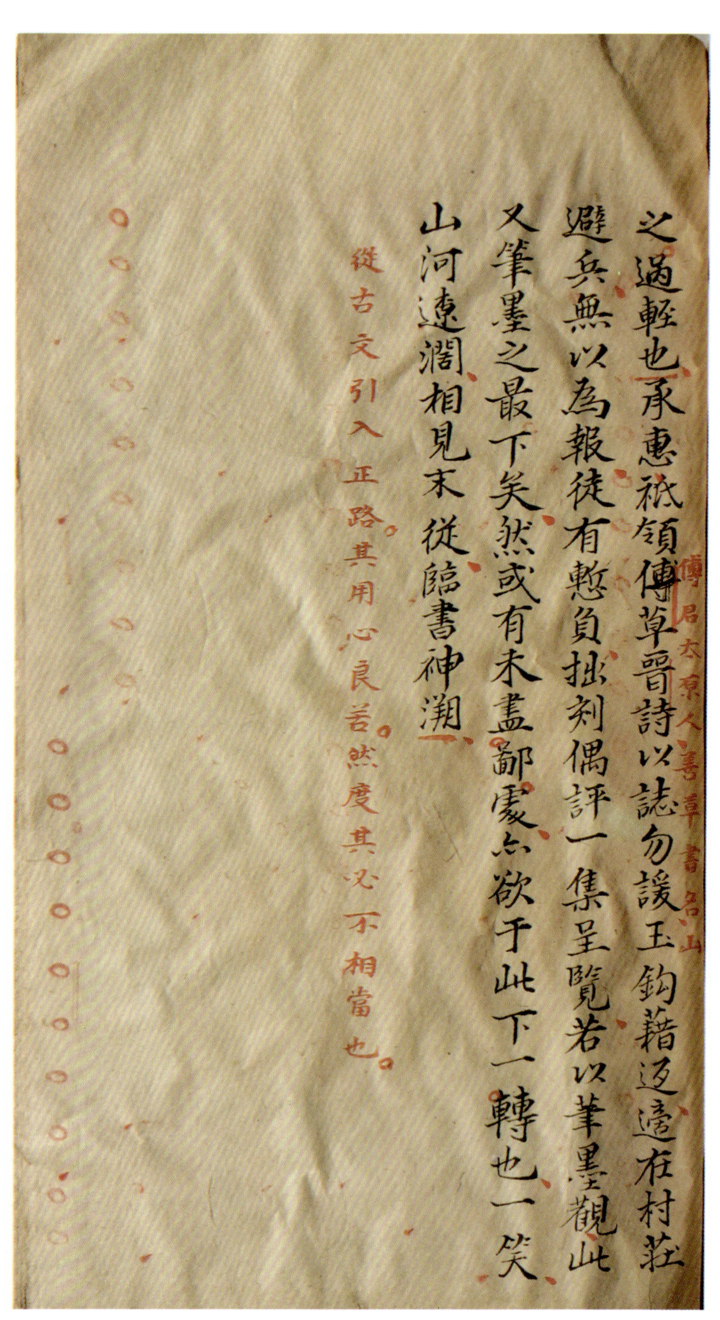
傅居太原人善草書名山
之過輕也承惠秖領傅草晉詩以誌勿諼王鈎藉迓遠在村莊避兵無以為報徒有慙負拙刻偶評一集呈覽若以筆墨觀此又筆墨之最下矣然或有未盡鄙處亦欲于此下一轉也一笑山河遠濶相見未從臨書神溯

從古文引入正路其用心良苦。然度其况不相當也。

妙山精舍集（二）

清康熙五十五年張謙宜鈔校本　天津圖書館藏

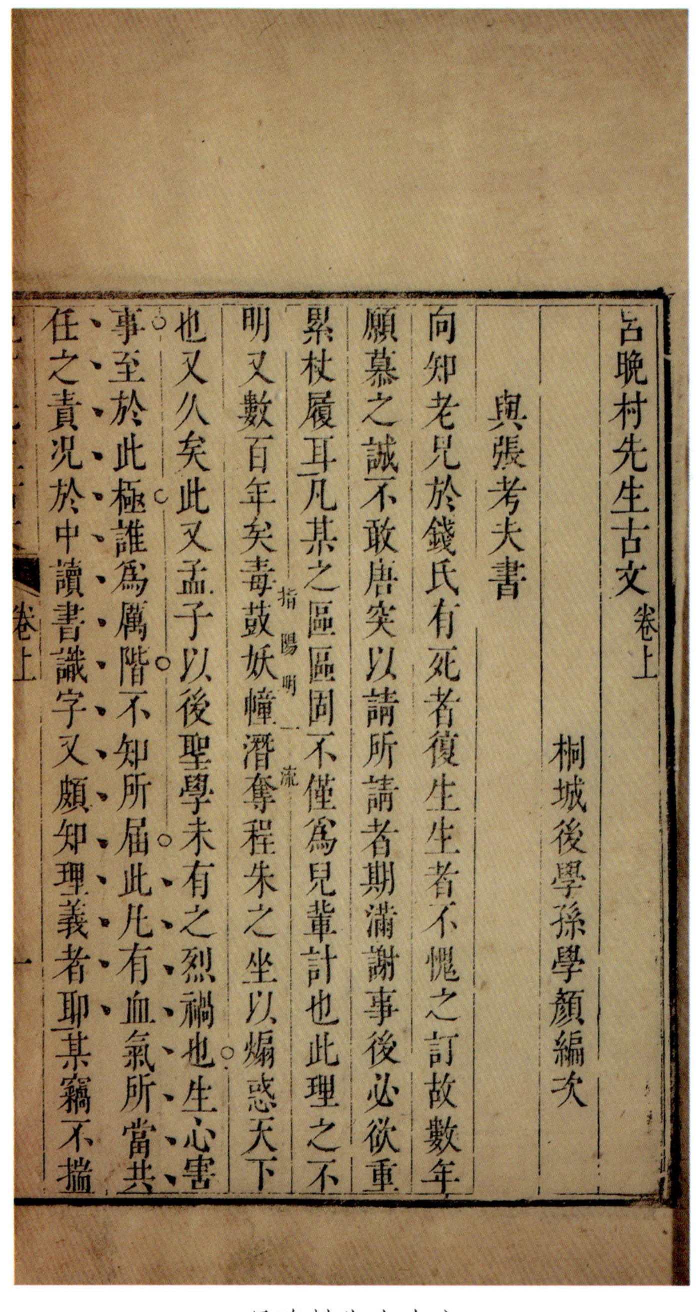
呂晚村先生古文卷上

桐城後學孫學顏編次

與張考夫書

向知老兄於錢氏有死者復生生者不愧之訂故數年願慕之誠不敢唐突以請所請者期滿謝事後必欲重累杖屨耳凡其之區區固不僅爲兒輩計也此理之不明又數百年矣毒鼓妖幢潛奪程朱之坐以煽惑天下也又久矣此又孟子以後聖學未有之烈禍也生心害事至於此極誰爲厲階不知所届此凡有血氣所當共任之責況於中讀書識字又頗知理義者耶其竊不揣

呂晚村先生古文

清康熙五十九年序刻本　中國國家圖書館藏

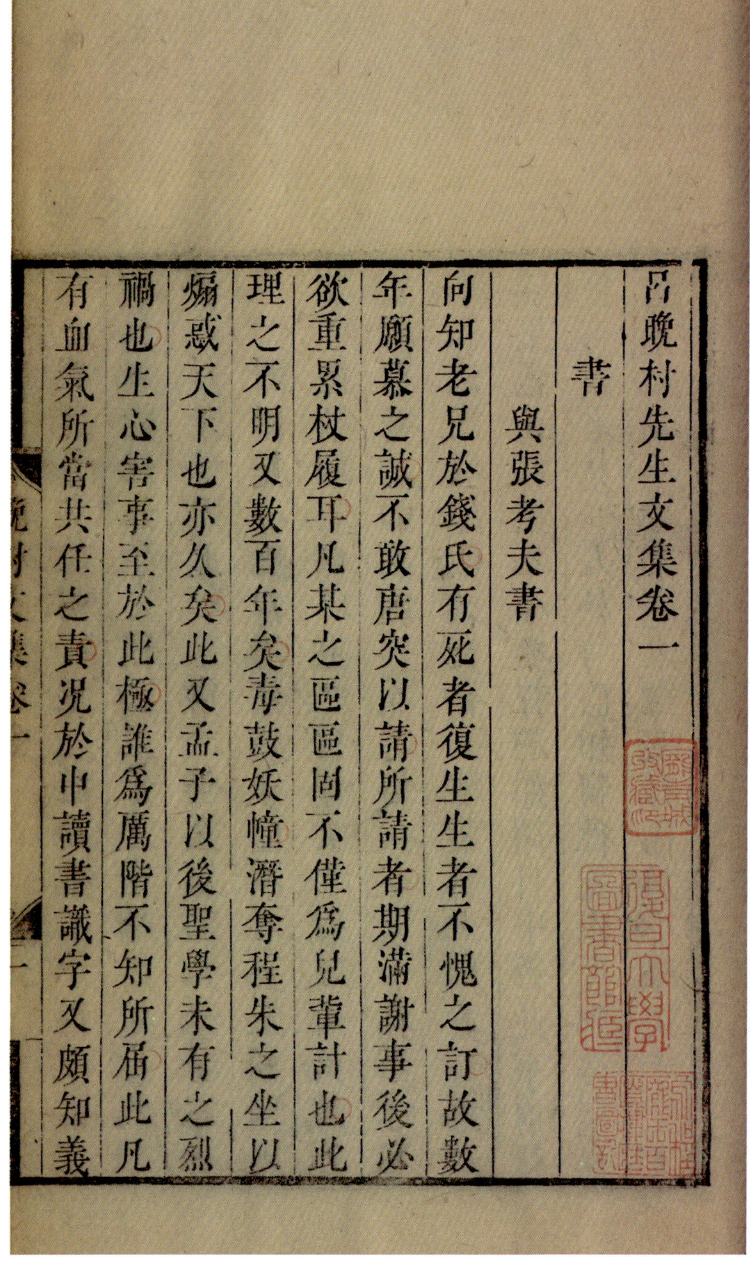

呂晚村先生文集卷一

書

與張考夫書

向知老兄於錢氏有死者復生生者不愧之訂故數年願慕之誠不敢唐突以請所請者期滿謝事後必欲重累杖履耳凡某之區區固不僅爲兄輩計也此理之不明又數百年矣毒鼓妖幢潛奪程朱之坐以煽惑天下也亦久矣此又孟子以後聖學未有之烈禍也生心害事至於此極誰爲厲階不知所屆此凡有血氣所當共任之責況於中讀書識字又頗知義

呂晚村先生文集

清雍正三年南陽講習堂刻本　復旦大學圖書館藏

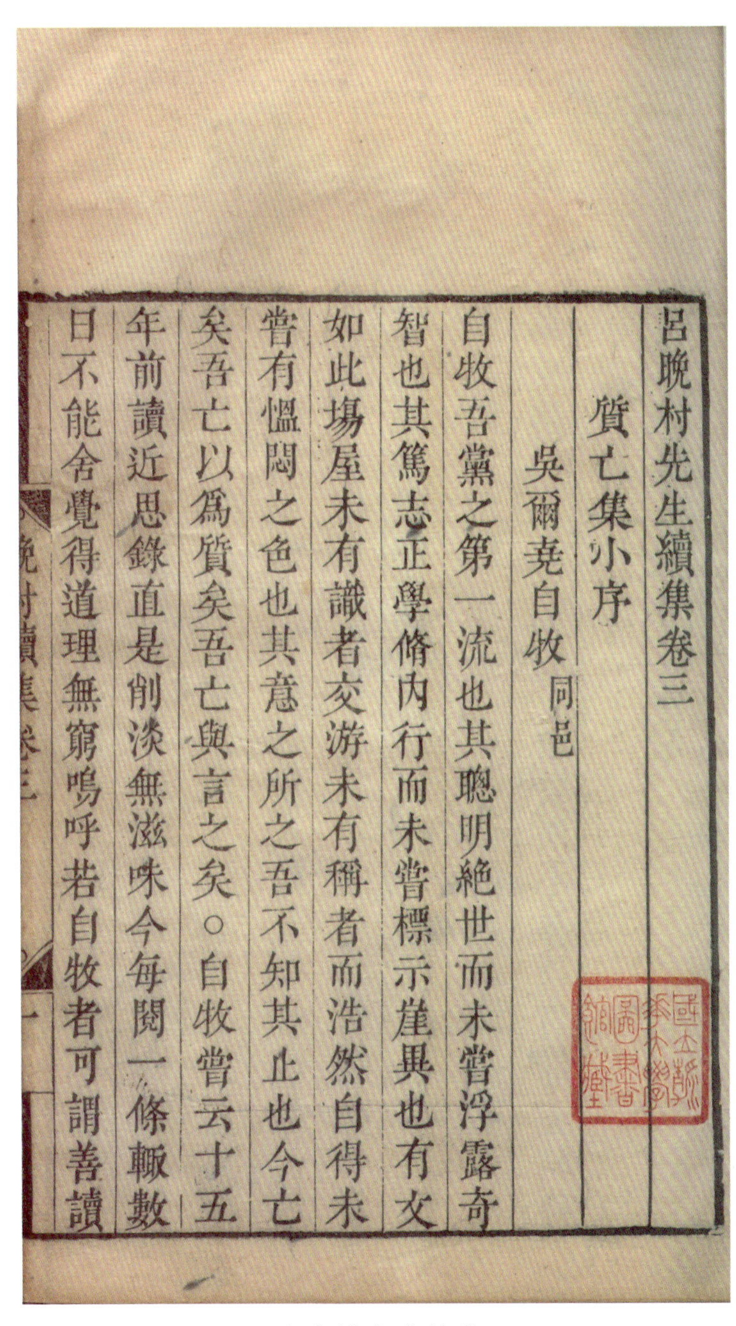

呂晚村先生續集卷三

質亡集小序

吳爾堯自牧 同邑

自牧吾黨之第一流也其聰明絕世而未嘗浮露奇智也其篤志正學脩內行而未嘗標示崖異也有文如此場屋未有識者交游未有稱者而浩然自得未嘗有慍悶之色也其意之所之吾不知其止也今亡矣吾亡以爲質矣吾亡與言之矣○自牧嘗云十五年前讀近思錄直是削淡無滋味今每閲一條輙數日不能舍覺得道理無窮嗚呼若自牧者可謂善讀

呂晚村先生續集

清雍正三年南陽講習堂刻本　清華大學圖書館藏

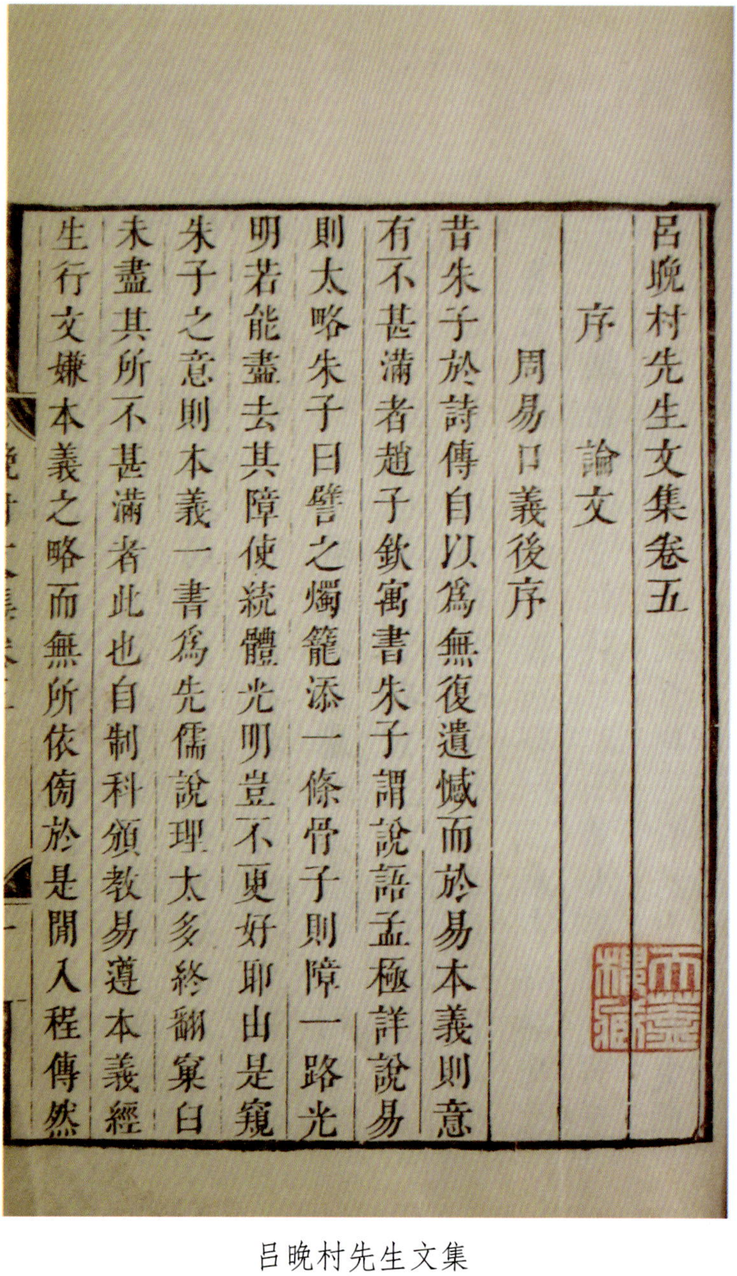

呂晚村先生文集卷五

序　論文

周易口義後序

昔朱子於詩傳自以爲無復遺憾而於易本義則意有不甚滿者趙子欽寓書朱子謂說語孟極詳說易則太略朱子曰譬之燭籠添一條骨子則障一路光明若能盡去其障使統體光明豈不更好耶由是竊朱子之意則本義一書爲先儒說理太多終翻窠臼未盡其所不甚滿者此也自制科頒教易遵本義經生行文嫌本義之略而無所依傍於是開入程傳然

呂晚村先生文集

清雍正三年南陽講習堂刻本　桐鄉市博物館藏

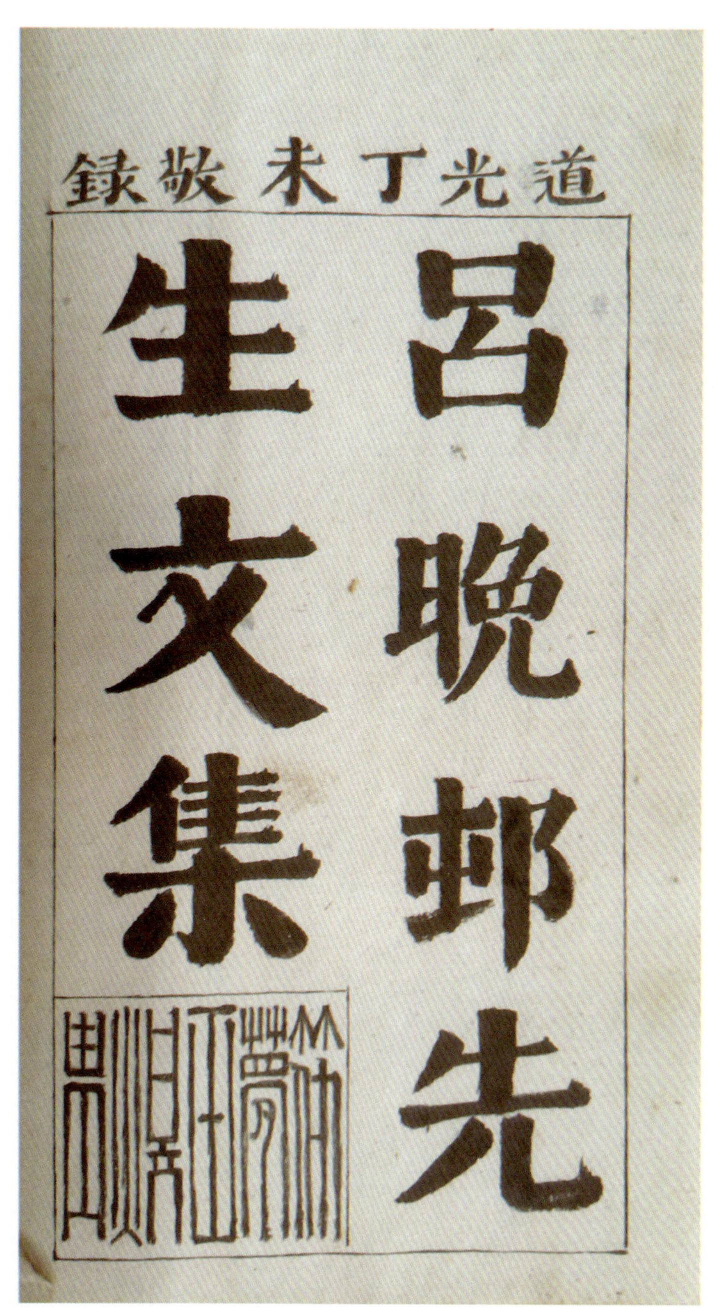
道光丁未敬録

呂晚邨先生文集

呂晚村先生文集版銘頁

清道光二十七年王煜青鈔本　中國科學院圖書館藏

石門縣保甲事宜

已未之歲年穀不登萑苻充斥先君子謂力行保甲賑濟則可無虞也因條畫規制精詳美備邑令劉君諱佐明善而舉行之先君子躬先以爲之倡闔邑帖然實具驗也未幾劉令去而此法廢矣因取當日所條畫者附錄于文集之末

告示

爲嚴飭力行保甲等事奉院道憲票即將鄉城保甲逐户挨查如有容留来歷不明之人及爲逃盜窩線接引者查訪得實定行按法連坐仍具册報查等因奉此合行曉諭爲此示仰通邑

鈔本晚村詩文集

清鈔本　清華大學圖書館藏

祭張木翁文

嗚呼。殘宮僅此。而他人入室。未免有情。能無哀乎。方丙戌之秋。李先生得志於浙東。越二載。署文教事於姚江。十餘年間。從游甚多。祖孫父子。揚揚閭里。熾熾衣冠。比户之良。慄慄乎只有揚也。惟一二黠。甘詭言以附和。乃無何而官失。無何而家衰。又無何而死喪相繼。又無何而骨肉星分。歷數諸儀以剝廢。靈都備。携歸而露廢。宇置柩極前。歡呼群飲。先生子孫不還。而其來既醉既飽。未暮而旅退。前時雖式無一尚存。舊日灶陛。炊煙剝啟。一堂之中。往然父撫磨封子。靈座設觀。聞所遠。安則虎寧。嗚呼富貴可欲。而有時不取。貧賤所惡。而有時

恥齋文集

清道光十三年吴榜鈔本　中華書局圖書館藏

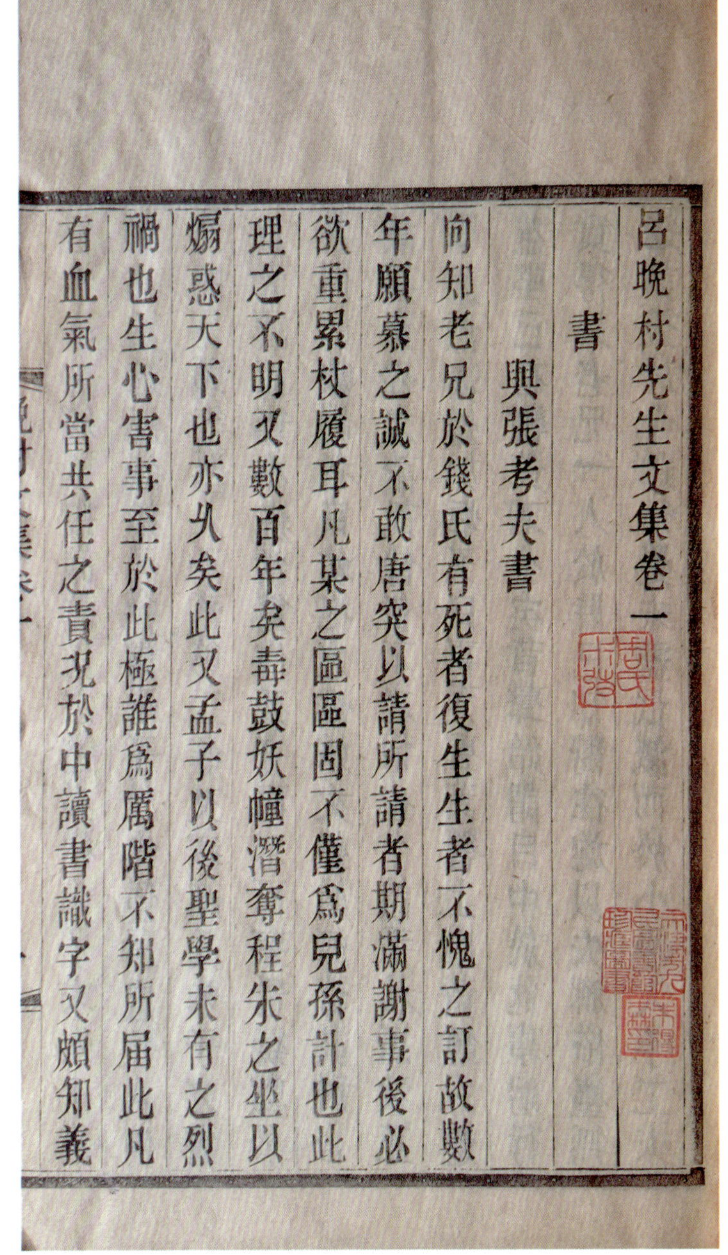
呂晚村先生文集卷一

書

與張考夫書

向知老兄於錢氏有死者復生生者不愧之訂故數年願慕之誠不敢唐突以請所請者期滿謝事後必欲重累杖履耳凡某之區區固不僅爲兒孫計也此理之不明又數百年矣毒鼓妖幢潛奪程朱之坐以煽惑天下也亦久矣此又孟子以後聖學未有之烈禍也生心害事至於此極誰爲厲階不知所届此凡有血氣所當共任之責況於中讀書識字又頗知義

呂晚村先生文集

民國十八年陽湖錢振鍠活字排印本　天津圖書館藏

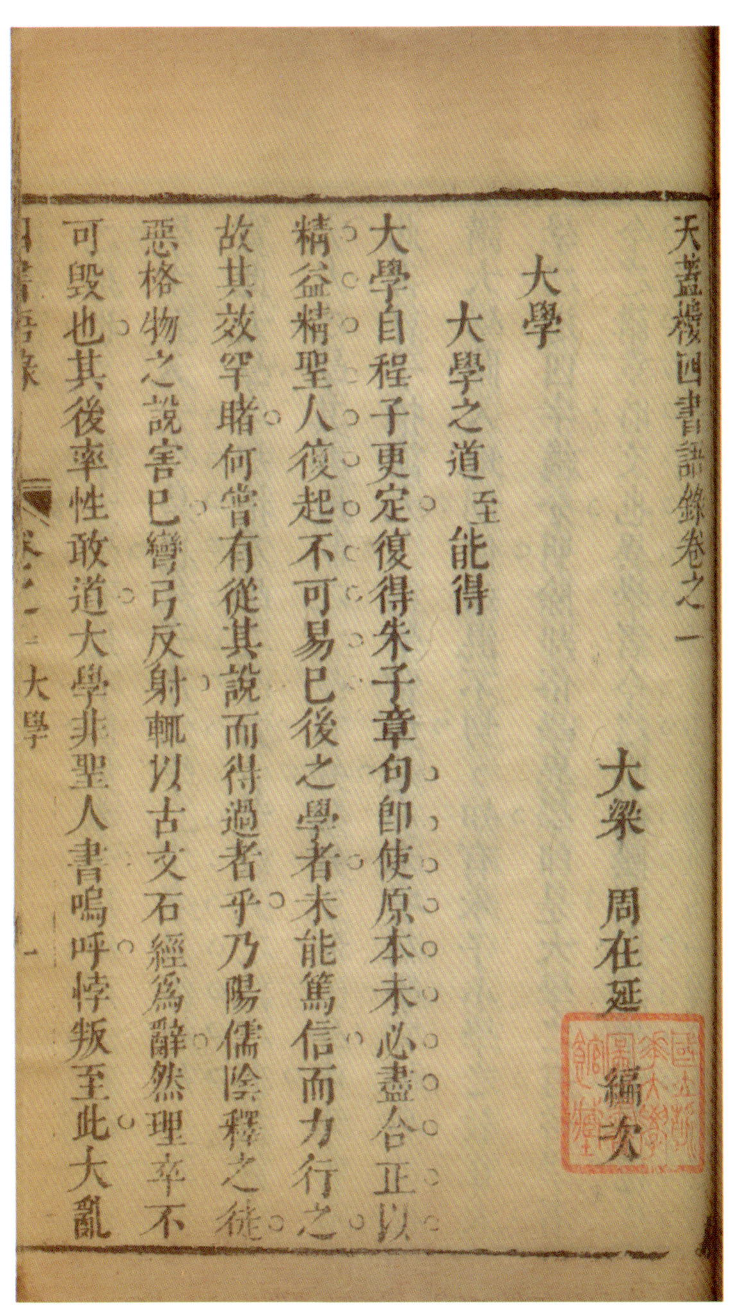

天蓋樓四書語錄卷之一

大學　　　　　　　　大梁　周在延　編次

大學之道　至　能得

大學自程子更定復得朱子章句即使原本未必盡合正以精益精聖人復起不可易已後之學者未能篤信而力行之故其效罕睹何嘗有從其說而得過者乎乃陽儒陰釋之徒惡格物之說害已彎弓反射輒以古文石經爲辭然理卒不可毀也其後率性敢道大學非聖人書嗚呼悖叛至此大亂

四書語錄　卷之一　大學　一

四書語録

清康熙二十三年金陵玉堂刻本　清華大學圖書館藏

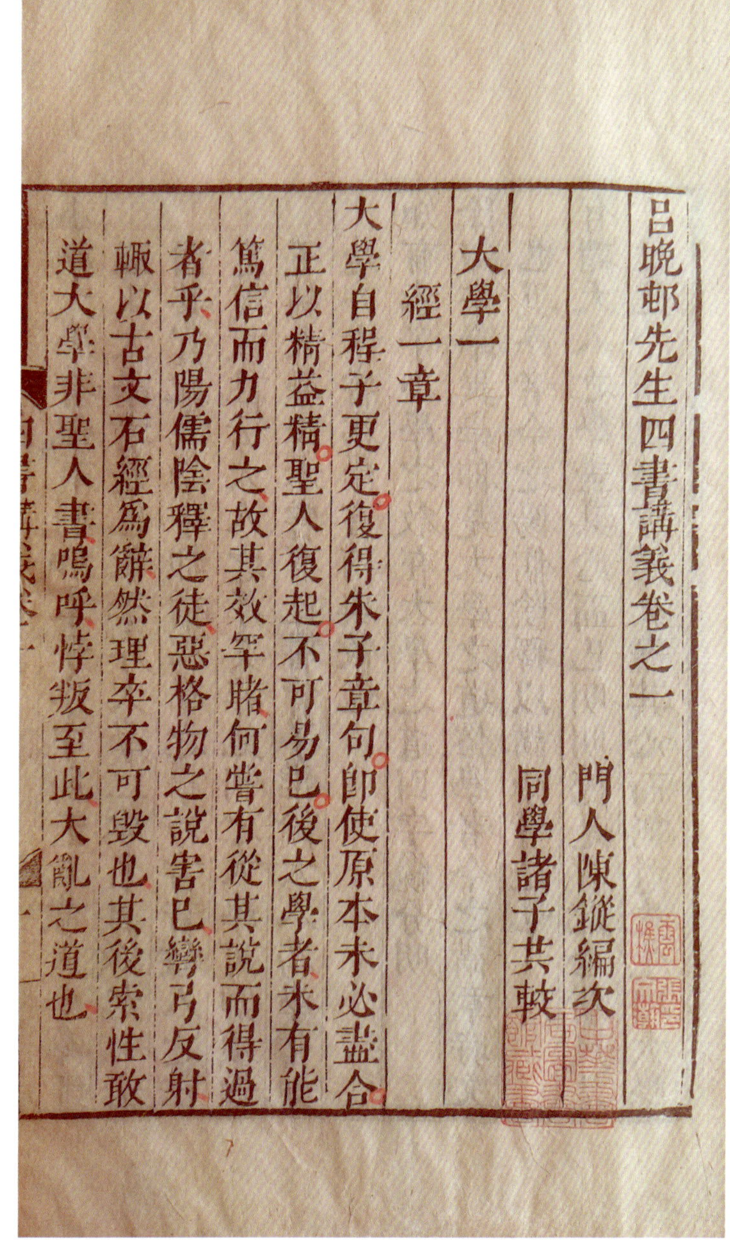
呂晚邨先生四書講義卷之一

門人陳鏦編次

同學諸子共較

大學一

經一章

大學自程子更定復得朱子章句卽使原本未必盡合正以精益精聖人復起不可易已後之學者未有能篤信而力行之故其效罕睹何嘗有從其說而得過者乎乃陽儒陰釋之徒惡格物之說害己彎弓反射輒以古文石經爲辭然理卒不可毀也其後索性敢道大學非聖人書嗚呼悖叛至此大亂之道也

四書講義

清康熙二十五年天蓋樓刻本　中華書局圖書館藏

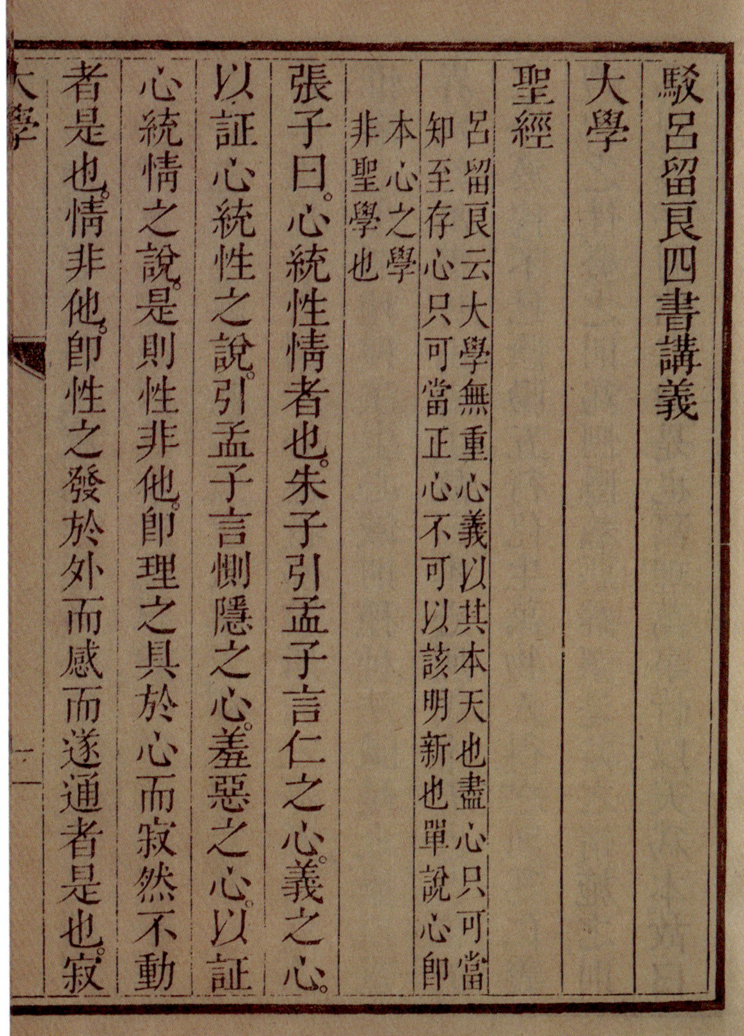
駁呂留良四書講義

大學

聖經

呂留良云大學無重心義以其本天也盡心只可當知至存心只可當正心不可以該明新也單說心卽本心之學非聖學也

張子曰。心統性情者也。朱子引孟子言仁之心。義之心。以証心統性之說。引孟子言惻隱之心。羞惡之心。以証心統情之說。是則性非他。卽理之具於心而寂然不動者是也。情非他。卽性之發於外而感而遂通者是也。寂

大學　十二

駁呂留良四書講義

清雍正年間內府刻本　中國國家圖書館藏

上諭自古帝王之有天下莫不由懷保萬民恩
加四海膺
上天之眷命協億兆之懽心用能統一寰區垂麻
奕世蓋生民之道惟有德者可爲天下君此
天下一家萬物一體自古迄今萬世不易之
常經非尋常之類聚羣分鄉曲疆域之私衷
淺見所可妄爲同異者也書曰皇天無親惟
德是輔蓋德足以君天下則天錫佑之以爲

大義覺迷録　卷一　一

大義覺迷録

清雍正年間内府刻本　仰顧山房藏

三元堂新訂增刪詩經彙纂詳解國風卷之一

臨川[illegible]鵬刪補
金谿後學江　環輯著
天池徐自濱重訂

禦兒晩邨呂留良彙纂
甬上滄柱仇兆鰲參閱

國風

國風　國者諸侯所封之域而風者民俗歌謠之詩也詩之風者以其被上之化以有言而其言又足以感人如物因風之動以有聲而其聲又足以動物也是以諸侯采之以貢于天子天子受之而列于樂官於以考其俗尚之美惡而知其政治之得失焉舊說二南爲正風所以用之閨門鄉黨邦國而化天下也十三國爲變風則亦領在樂官以時存肄備觀省而垂監戒耳合之凡十五國云

周南一之一　周國名南南方諸侯之國也周國本在禹貢雍州境內岐山之陽后稷十三世孫古公亶父始居其地傳子王季歷至孫文王昌辟國浸廣於是徙都于豐而分岐山故地以爲周公旦召公奭之采邑且使周公爲政于國中而召公宣布于諸侯於是德行大成于內而南方諸侯之國江淮汝漢之間莫不從化蓋三分天下而有其二焉至子武王發又遷于鎬遂克商而有天下武王崩子成王誦立周公相之制作禮樂乃承文王之世風化所及民俗之詩被之莞絃以爲房中之樂而又推之以及于鄉黨邦

詩經彙纂詳解（傳）

清康熙年間刻本　福建師範大學圖書館藏

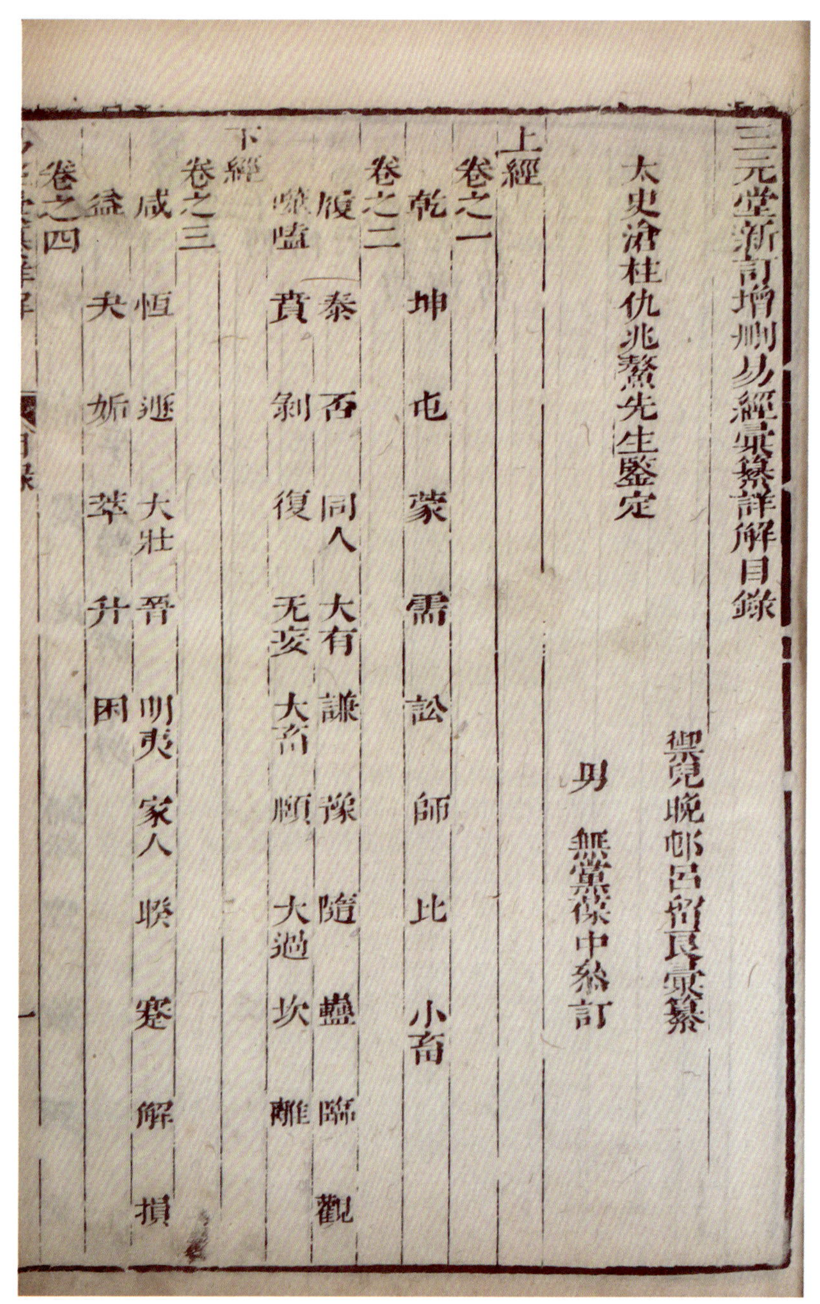

易經彙纂詳解（傳）

清康熙年間刻本　遼寧省圖書館藏

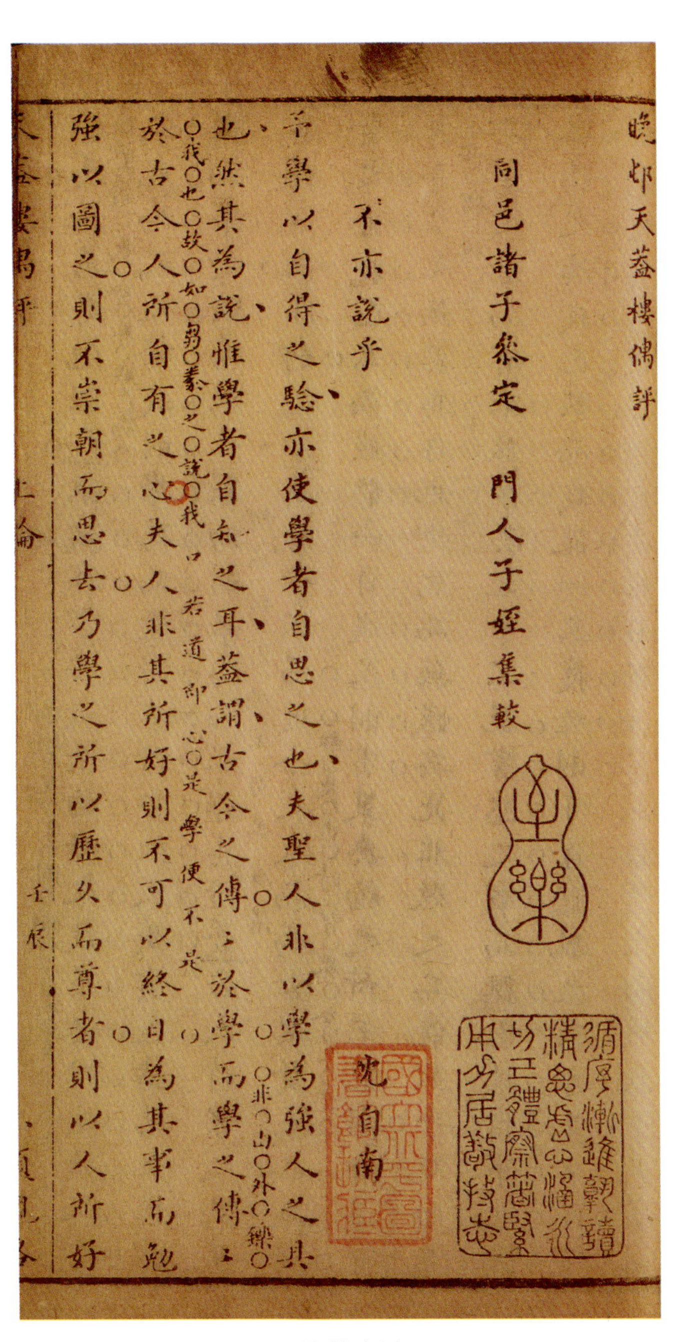

天蓋樓偶評

清康熙十四年天蓋樓刻本　中國國家圖書館藏

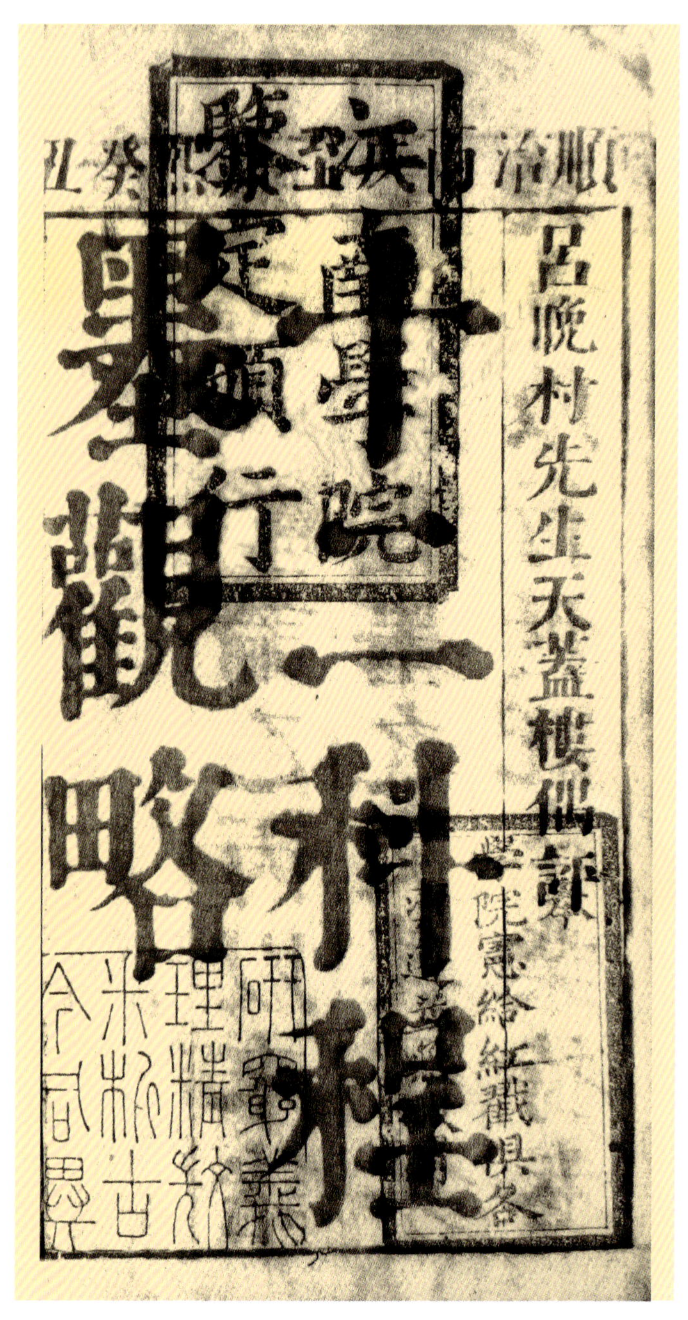

十二科程墨觀略

清康熙年間天蓋樓刻本　臺北傅斯年圖書館藏

唐荊川先生傳稿

禦兒呂留良晚邨評點

吾與回言 一節 唐順之

大賢之不敏於論道者，乃其敏於體道者也。蓋心悟者不必問，而愚者不能問也。此顏子之如愚所以爲不愚也哉。夫子稱顏子之意如此。蓋以道必待言而後傳，亦必待問而後告。是故吾之於回也，至教所示，罔嘗竭兩端而無遺；微言所及，亦無迄終日而不倦。精粗所陳

唐荊川先生傳稿

清康熙年間天蓋樓刻本　仰顧山房藏

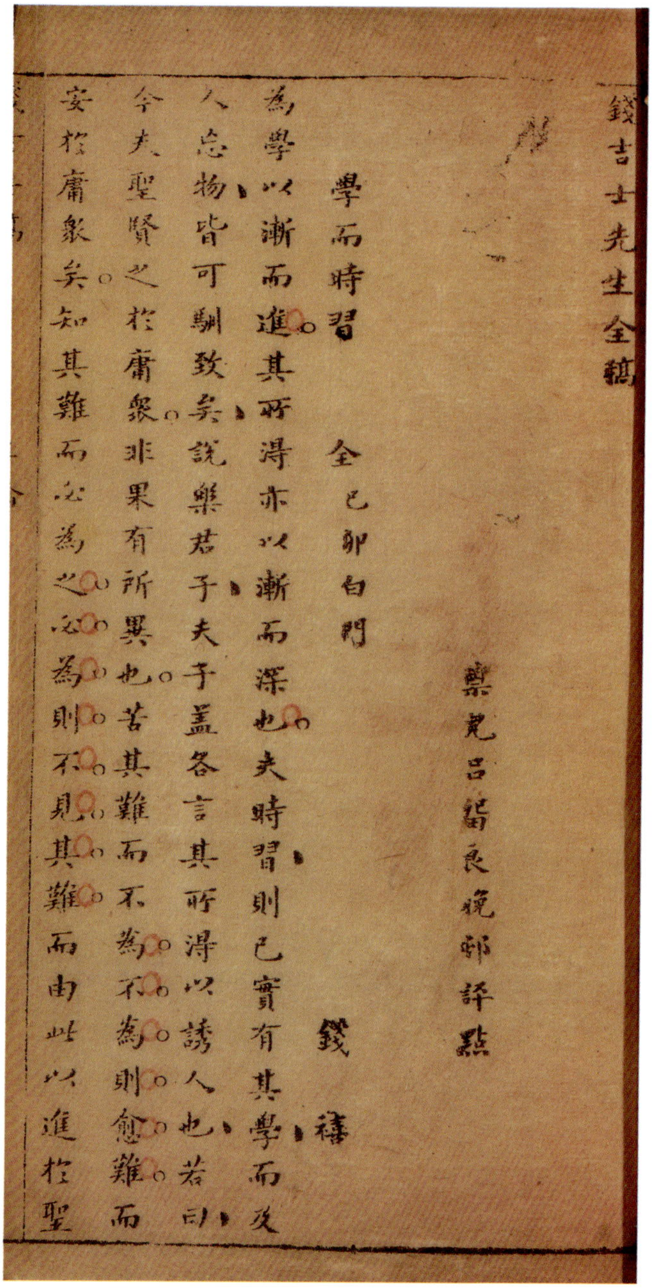

錢吉士先生全稿

禦兒呂留良晚邨評點

學而時習　全

己卯白門　錢禧

為學以漸而進。其所得亦以漸而深也。夫時習則已實有其學、而及人忘物、皆可馴致矣、說樂君子、夫子蓋各言其所得以誘人也、若曰、今夫聖賢之於庸衆。非果有所異也。苟其難而不為。不為則愈難而安於庸衆矣。知其難而必為之。必為則不見其難。而由此以進於聖

錢吉士先生全稿

清康熙二十年天蓋樓刻本　中國國家圖書館藏

槩純 呂留良晚邨評點

羅萬藻

學而時習之

聖人論學而先致其功以示焉。夫學之功不致。則未有知學之所至者。故繫之時習。以明學有如是而數其功者。若曰。吾苟欲與人言學。又苟欲與既能學之人言學而已矣。何也。人苟未歷於學而吾欲（○逐○字○拆出）舉古人所已歷之境以相加。彼無所窺於其中固宜也。夫學豈有漫

羅文止稿　論

江西五家稿

清康熙二十一年天蓋樓刻本　中國國家圖書館藏

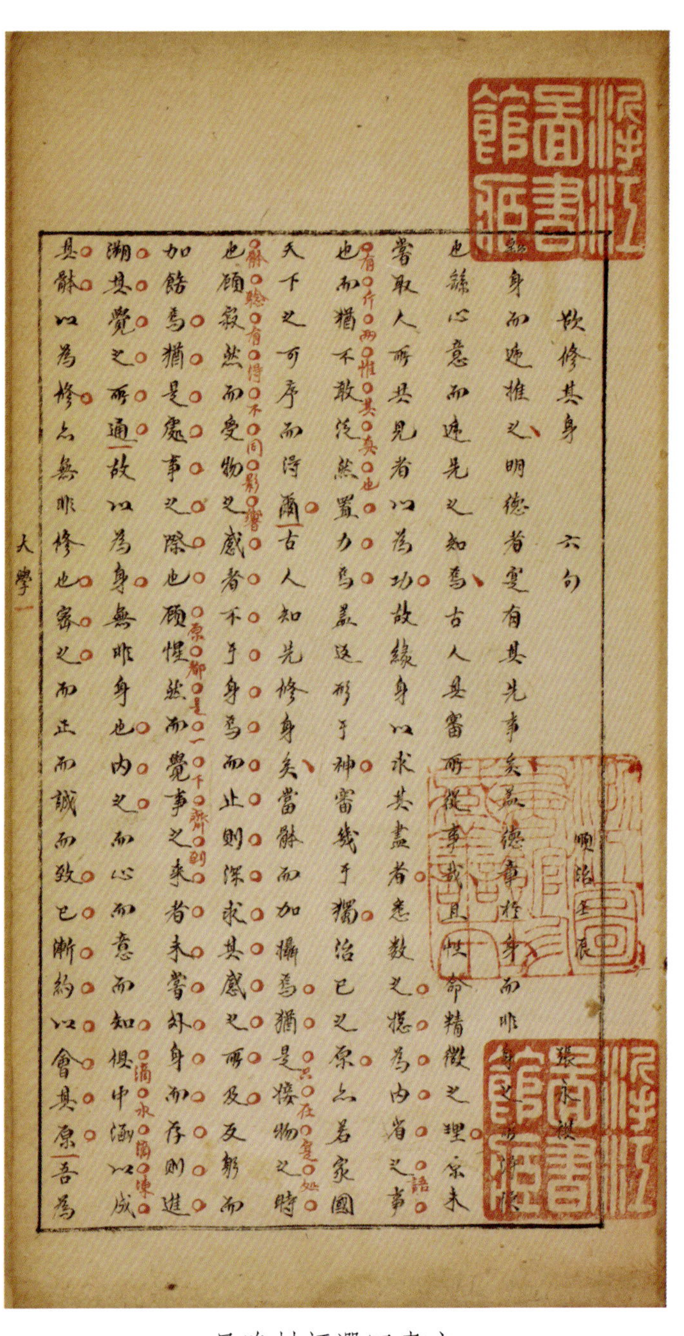

欲修其身　六句

順治壬辰　張永祺

身而遽推之明德者宜有其先事矣蓋德本於身而非身之所盡

也繇心意而遽先之知為古人且審所從事哉且性命精微之理亦未

嘗取人所共見者以為功故緣身以求其盡者悉數之總為内省之事

也而猶不敢泛然置力焉蓋反形于神審幾于獨治已之原亦若家國

天下之可序而得論古人知先修身矣當躬而加攝焉猶是接物之時

也顧寂然而受物之感者不干身焉而止則深求其感之所及反躬而

加飭焉猶是處事之際也顧惺然而覺事之來者未嘗外身而序則進

溯其覺之所通故以為身無非身也内之而心而意而知俱中涵以成

其躰以為修亦無非修也察之而正而誠而致已漸約以會其原吾為

大學一

吕晚村評選四書文

清鈔本　浙江圖書館藏

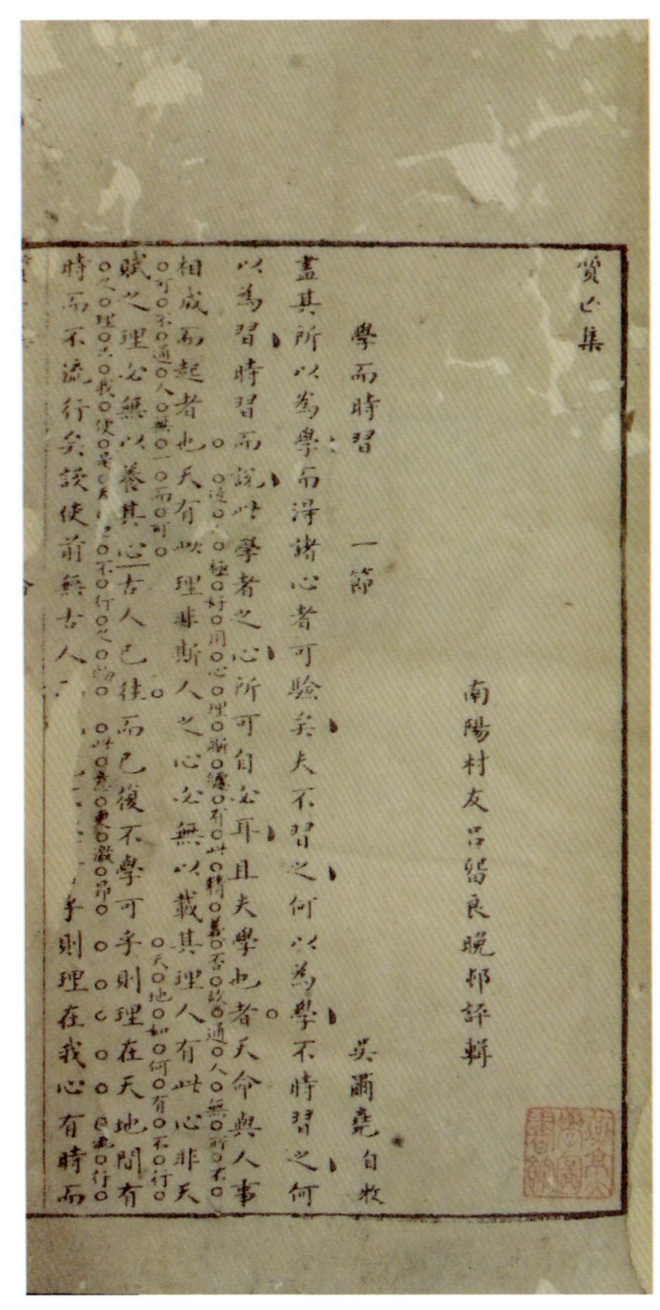

質亡集

清康熙二十年刻本　北京大學圖書館藏

康熙丙申仲秋新鐫

楚邰車雙亭編次

晚邨呂子評語正編

附慙書親炙錄

金陵顧麟趾梓

呂子評語版銘頁

清康熙五十五年刻本　天津圖書館藏

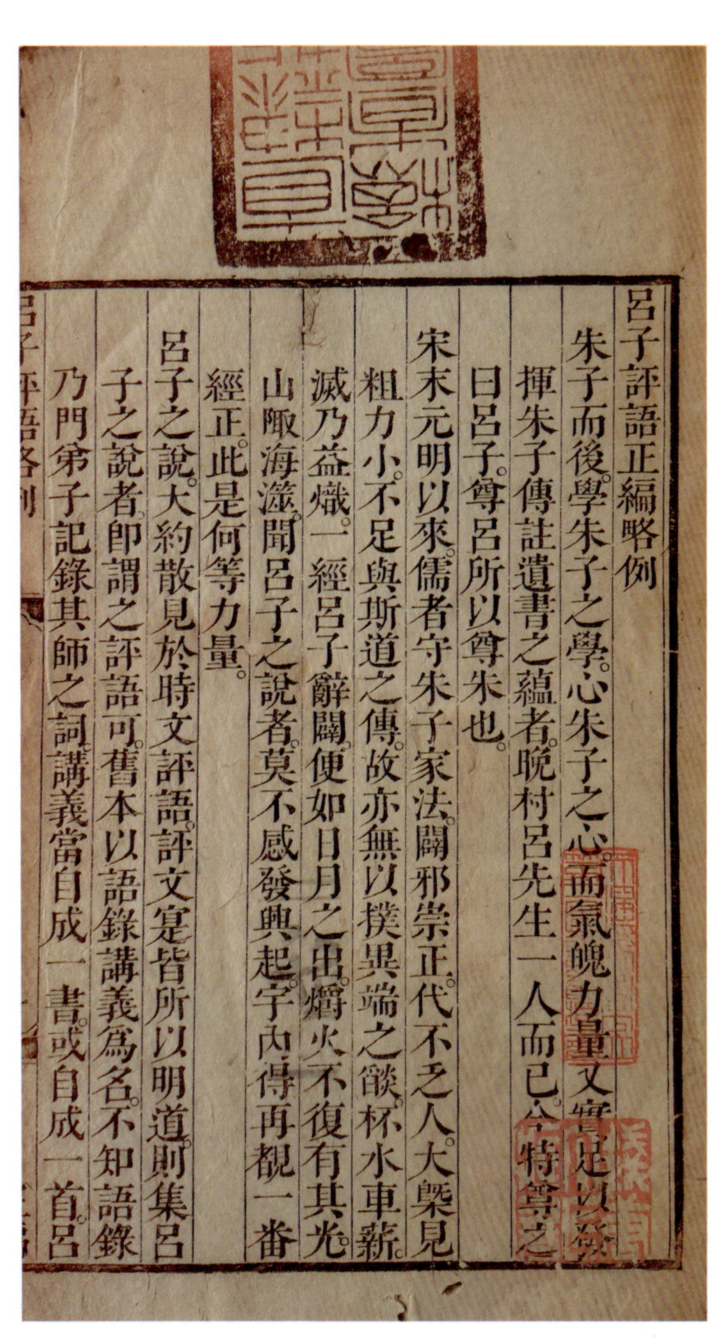

呂子評語正編略例

朱子而後學朱子之學心朱子之心而氣魄力量文實足以發揮朱子傳註遺書之藴者晚村呂先生一人而已今特尊之曰呂子尊呂所以尊朱也

宋末元明以來儒者守朱子家法闢邪崇正代不乏人大槩見粗力小不足與斯道之傳故亦無以撲異端之燄杯水車薪滅乃益熾一經呂子辭闢便如日月之出爝火不復有其光山陬海澨聞呂子之說者莫不感發興起宇内得再覩一番經正此是何等力量

呂子之說大約散見於時文評語評文寔皆所以明道則集呂子之說者即謂之評語可舊本以語錄講義爲名不知語錄乃門弟子記錄其師之詞講義當自成一書或自成一首呂

呂子評語

清康熙五十五年刻本　天津圖書館藏

晚邨慙書三十首

詩三百一　無邪

聖人明立經之旨即於駉辭取義焉夫詩三百無非思之所為也夫子懼人之入於思而忘經教矣即以駉之言無邪者蔽之謂詩之大旨則如此今夫六經皆治心之書也然諸經之治心也嚴而詩之治心也以柔嚴則可畏柔則可親先王曰吾使之畏而私伏於中又不若使之親而盡出其私於外至於私之盡

（即匡鼎之頤）（亦解矣）

慙書　一

慚書

清康熙初年刻本　清華大學圖書館藏

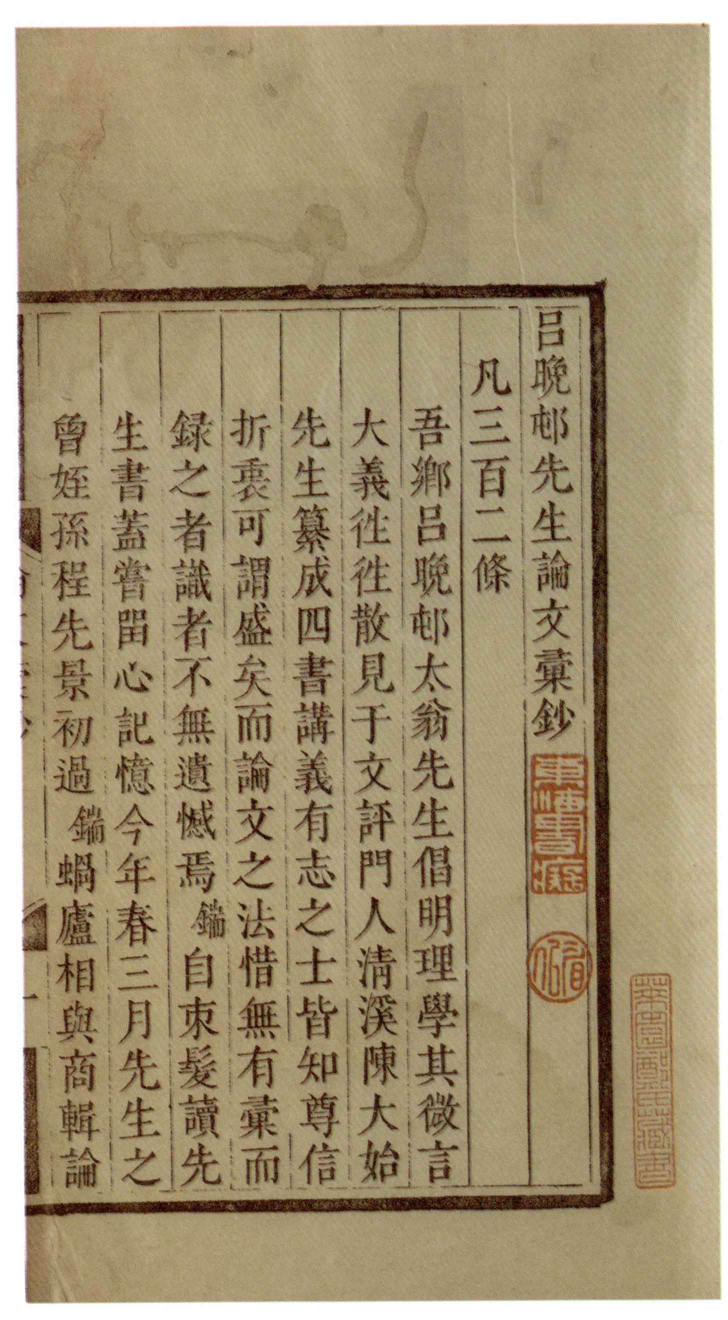
呂晩邨先生論文彙鈔

凡三百二條

吾鄉呂晩邨太翁先生倡明理學其微言大義往往散見于文評門人清溪陳大始先生纂成四書講義有志之士皆知尊信折衷可謂盛矣而論文之法惜無有彙而録之者識者不無遺憾焉鏞自束髮讀先生書蓋嘗畱心記憶今年春三月先生之曾姪孫程先景初過鏞蝸廬相與商輯論

呂晚村先生論文彙鈔

清康熙五十三年呂氏家塾刻本　中國國家圖書館藏

寄韓諫議注

今我不樂思岳陽身欲奮飛病在牀美人娟娟隔秋水濯足洞庭望八荒鴻飛冥冥日月白青楓葉赤天雨霜玉京羣帝集北斗或騎麒麟翳鳳凰芙蓉旌旗煙霧樂影動倒景摇瀟湘星宮之君醉瓊漿羽人稀少不在傍似聞昨者赤松子恐是漢代韓張良昔隨劉氏定長安帷幄未改神慘傷國家成敗吾豈敢色難腥腐餐楓香周南留滯古莫惜南極老人應壽昌美人胡爲

吕留良評點杜工部全集（一）

明萬曆四十年刻本　浙江大學圖書館藏

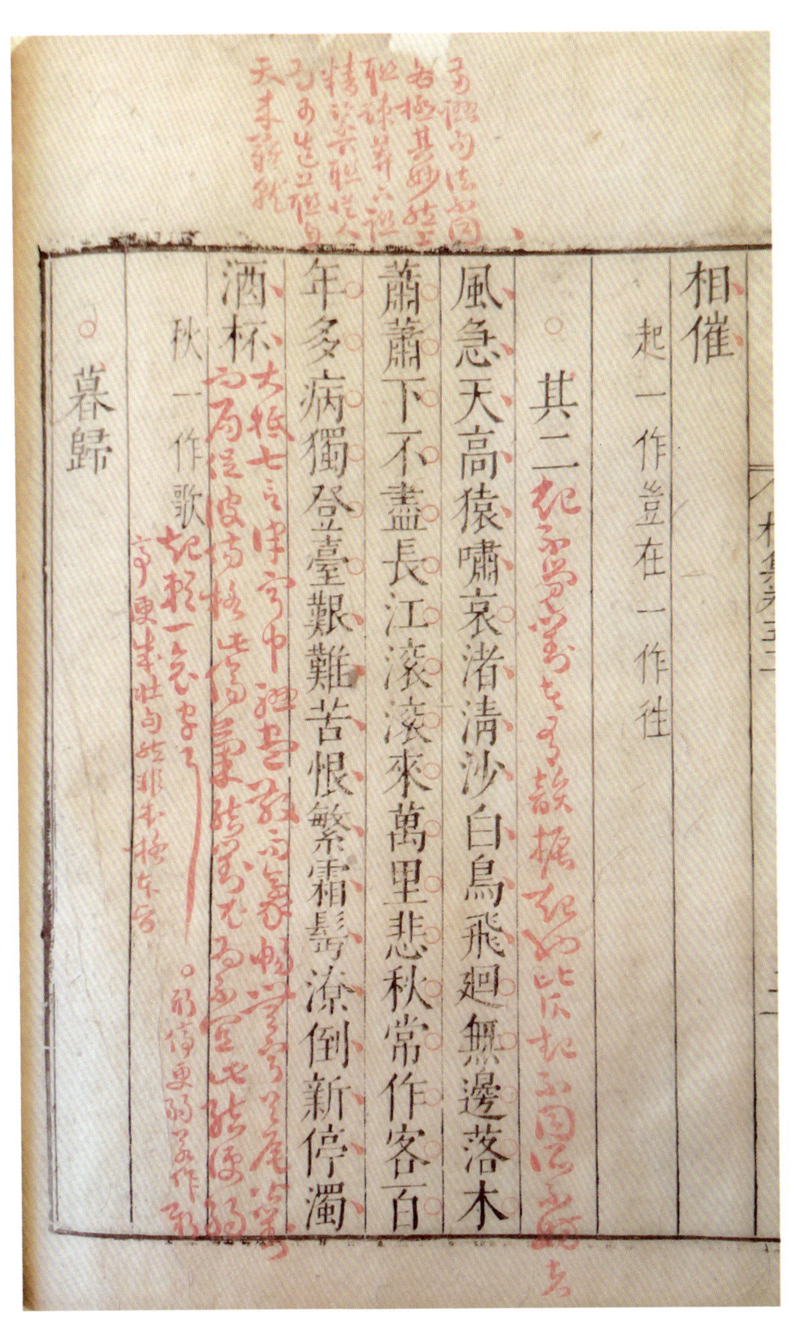

呂留良評點杜工部全集（二）

明萬曆四十年刻本　浙江大學圖書館藏

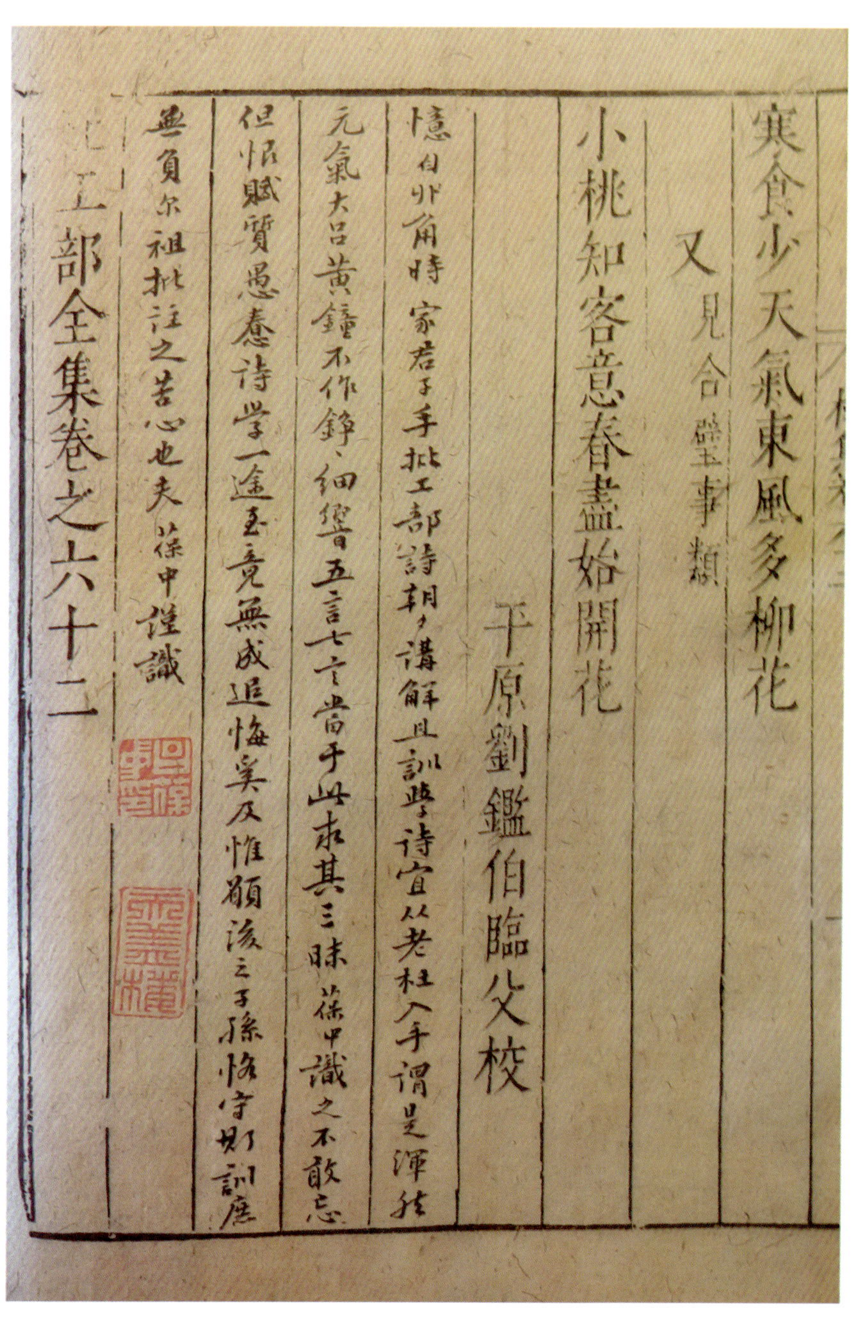

吕留良評點杜工部全集（三） 吕葆中跋

明萬曆四十年刻本　浙江大學圖書館藏

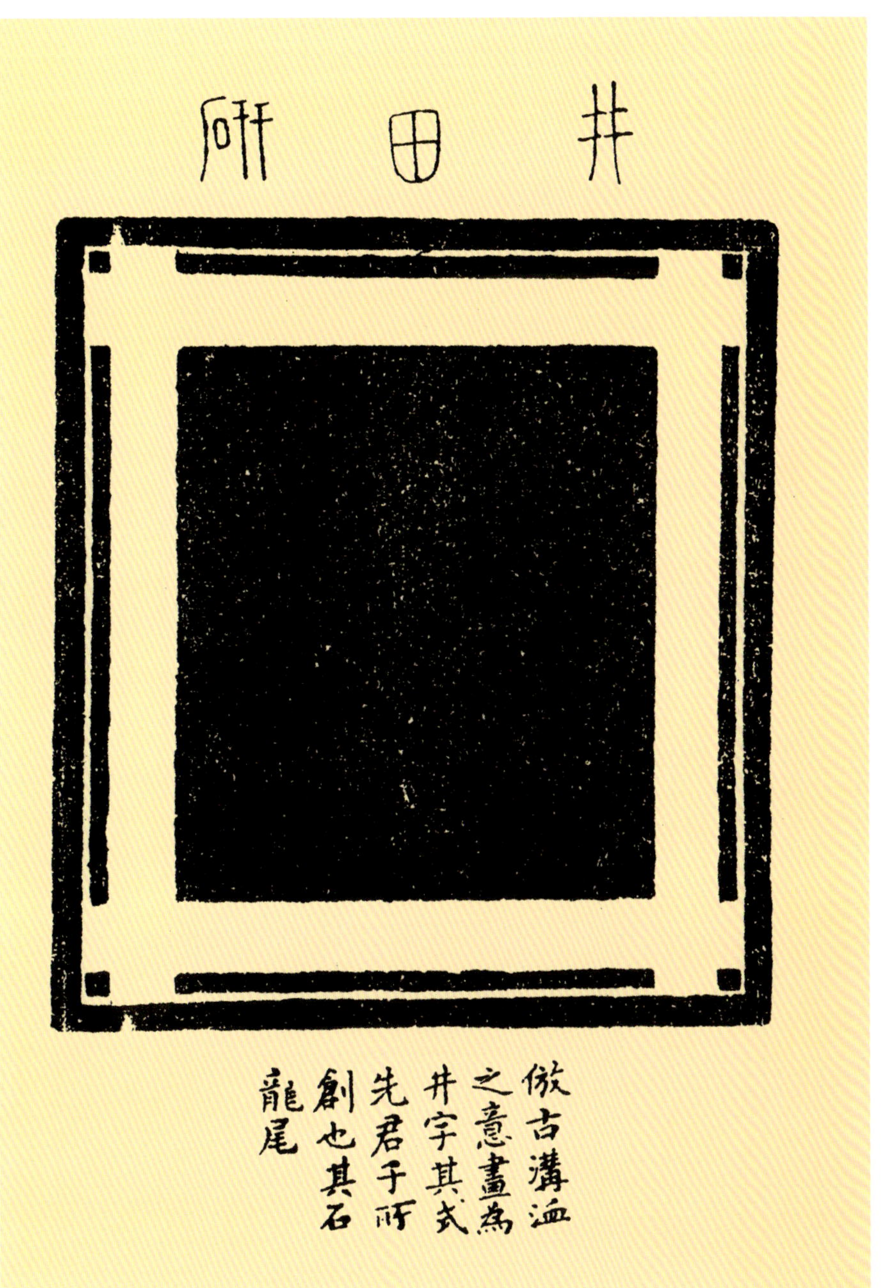

吕留良制井田硯　吕葆中跋

清康熙四十二年吕晚村先生家書真蹟本　天津圖書館藏

井田硯拓片

盛澤華建平先生藏

不滿硯拓片

上海張偉中先生藏

蟲蛀硯拓片

嘉興劉雪樵先生舊藏

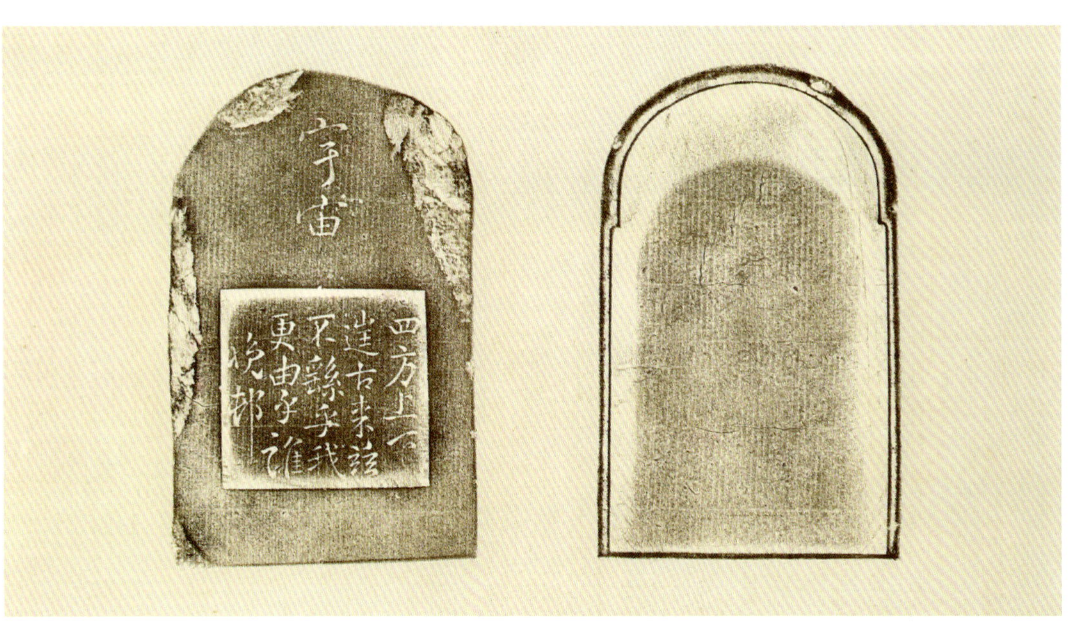

宇宙硯拓片

嘉興劉雪樵先生舊藏

力田硯拓片

載沈瑾沈氏硯林

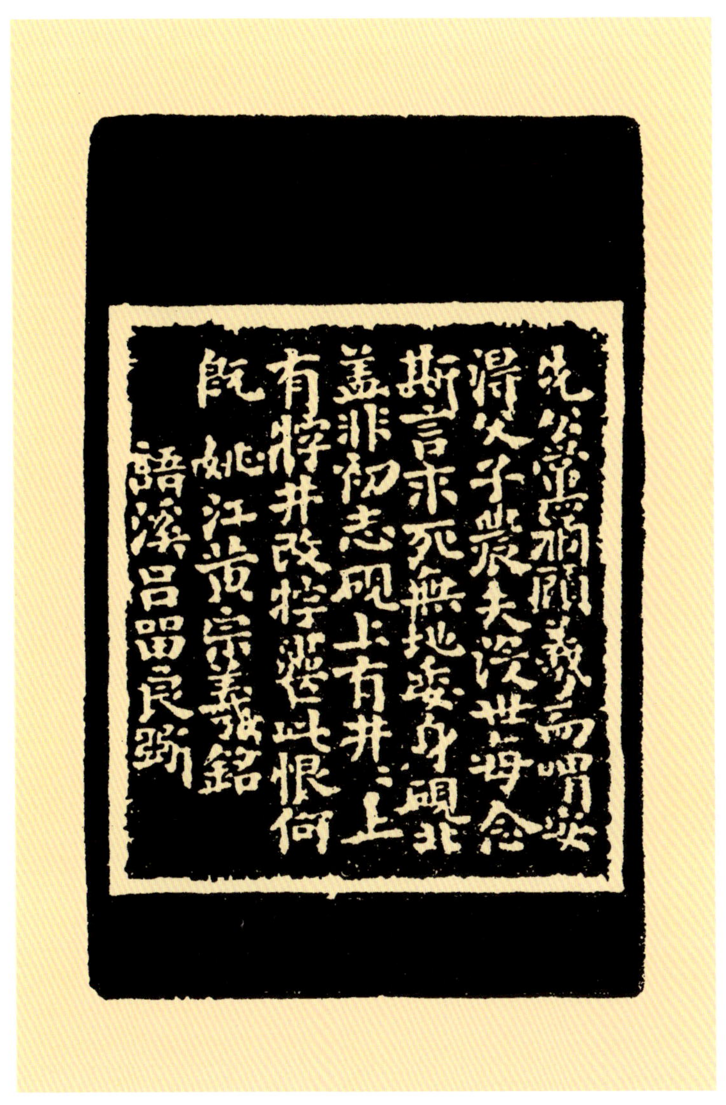

呂留良爲黃宗羲所斲硯銘拓片

載沈瑾沈氏硯林

李良年藏吕留良款澄泥瓦形硯（傳）

載中國嘉德國際拍賣有限公司二〇一二嘉德四季拍賣會圖録

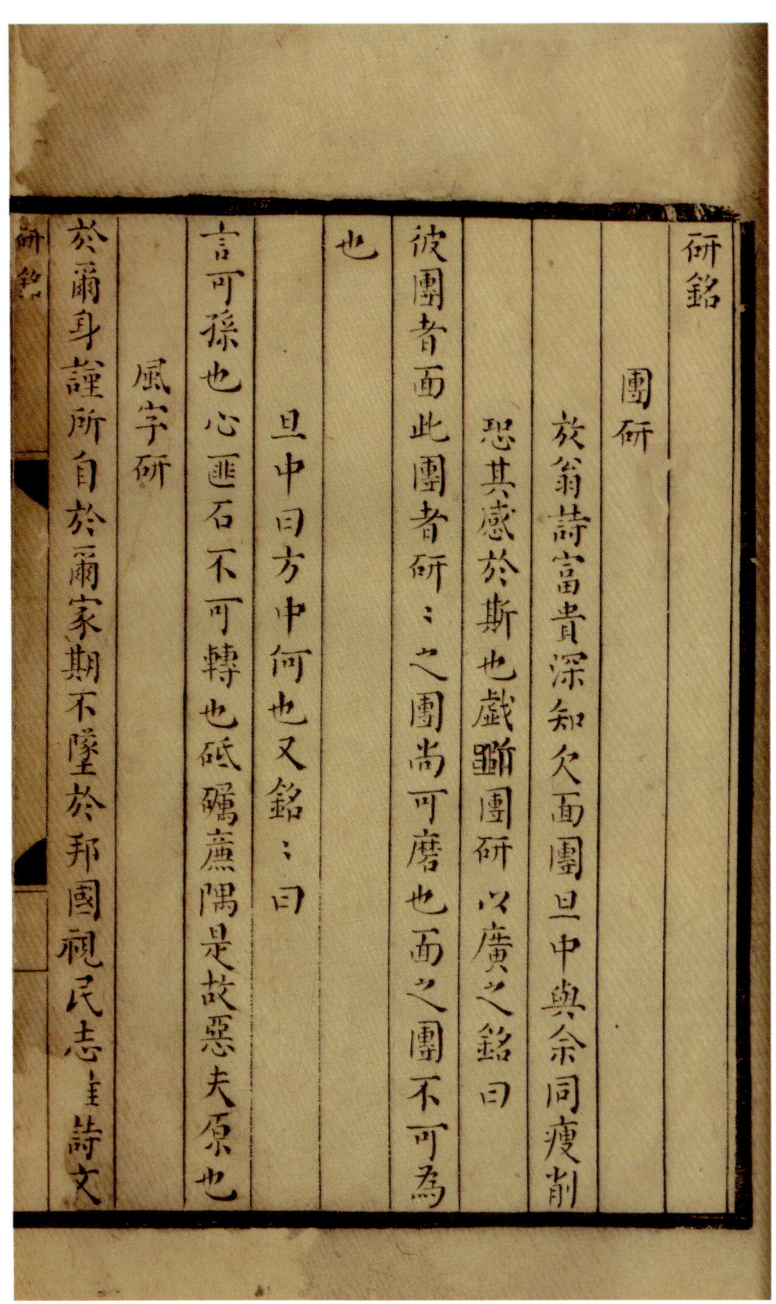
硏銘

圜硏

放翁詩富貴深知欠面圜旦中與余同瘦削恐其感於斯也戲斵圜硏以廣之銘曰

彼圜者面此圜者硏〻〻之圜尚可磨也面之圜不可爲也

旦中日方中何也又銘〻曰

言可孫也心匪石不可轉也砥礪廉隅是故惡夫原也

風字硏

於爾身謹所自於爾家期不墜於邦國視民志〻詩文

硏銘

天蓋樓硯銘

清禦兒吕氏鈔本　上海圖書館藏

硯銘

圜硯

放翁詩富貴深知久而圜且中與余同瘦尚甚其感於斯也戲斷圜硯以廣之銘曰

彼圜者而此圜者硯硯之圜尚可磨也而之圜不可為也

且中曰方中何也又銘銘曰

言可孫也心匪石不可轉也砥礪廉隅是故惡夫原也

風字硯

於尔身謹所自於尔家期不墜於邦國視民志惟詩文及畫字亦從中分習氣息相吹八方異誠能動風之義

文二二

天蓋樓硯銘

鈔本晚村詩文集本　清華大學圖書館藏

蠹蛀硯

端石有鸜鵒眼、蕉白、黃膘、肥絡、黃龍、紋、金銀、碎砂、紅翡翠，皆下岩之懸。蠹蛀文一，曰評之擬研錄云，皆石之病，似論也。石之所以有文異氣乃病耳，但上岩亦有之，拓開美醜則甚不同。吾有真贋之分矣，無岩幽若真水坑，蛀更峻，刻可愛，因點而銘之曰：

揚書不白，宝硯不汙，間逝日月，曰天地壹，此何蟲蝕，尚有文字，金石之秦，紀羅凋殘，饑寢食陶，詩蠹蠹蠹，爾莫嘲予蠹蛀。

仇池洞天硯

東坡有壽石曰仇池，取老杜萬古仇池穴，潛通小有天之語也。是硯有穴達背，石間然，是此石以宝，即用銘焉。

勿謂渠小，放子尾閭；勿謂穴小，可以通車。迷陽却曲，吾將安趨。室吒一照，萬靈所都。不用為塞，於仍何居。

圖硯

天蓋樓硯銘

耻齋文集本　中華書局圖書館藏

禦兒呂氏昏禮通俗儀節

晚邨翁手定

親迎

吾鄉行禮。皆用鑷工作儐相。有待詔大夫之稱。女家用喜娘。即牙婆。或收生剃面之嫗為之。斯二者。俗禮之所從出也。按古禮。賓贊擇於賓。主贊擇

禦兒呂氏昏禮通俗儀節

清鈔本　上海圖書館藏

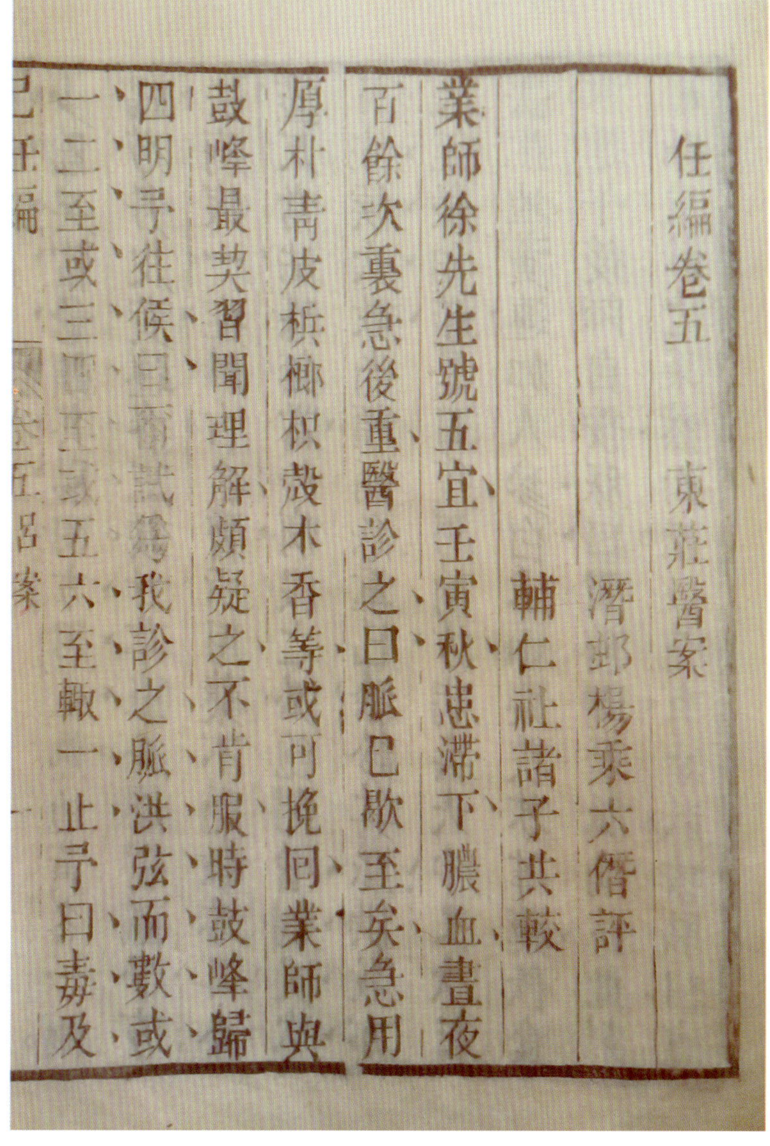

東莊醫案

清道光十年刻本　北京大學圖書館藏

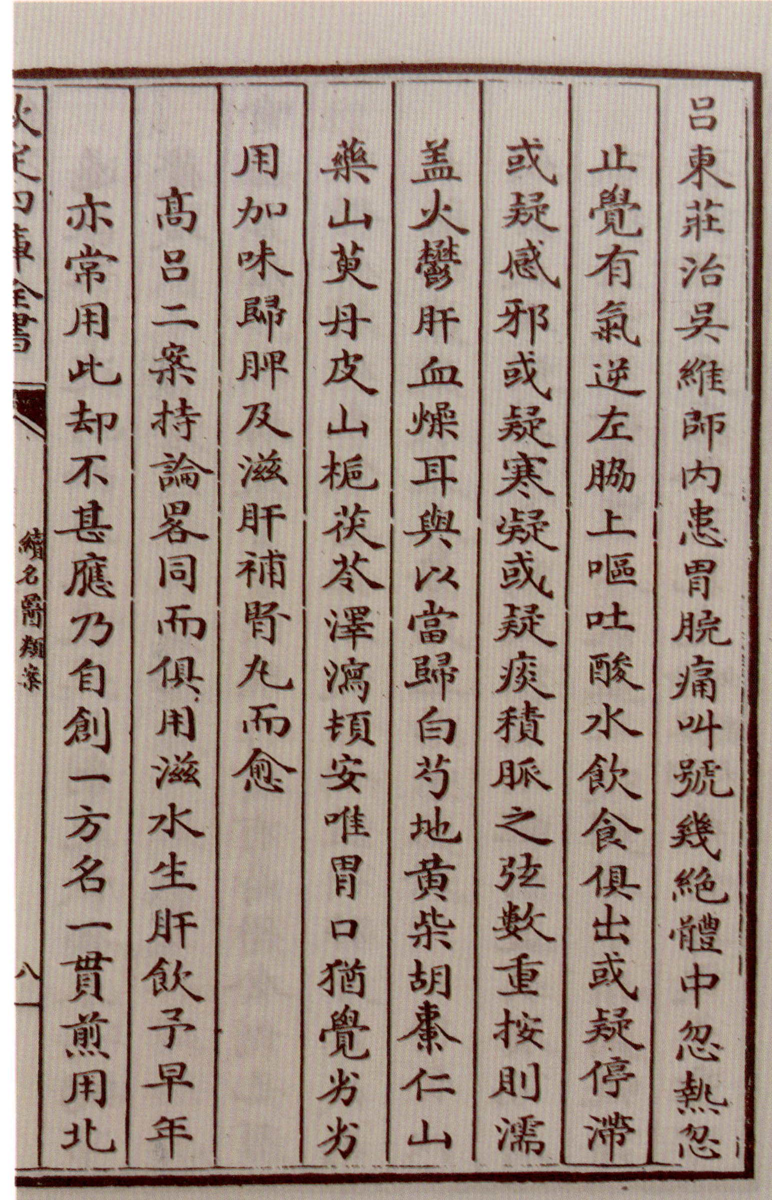

欽定四庫全書　　續名醫類案　　八

呂東莊治吴維師内患胃脘痛叫號幾絶體中忽熱忽止覺有氣逆左脇上嘔吐酸水飲食俱出或疑停滯或疑感邪或疑寒凝或疑痰積脈之弦數重按則濡蓋火鬱肝血燥耳與以當歸白芍地黄柴胡棗仁山藥山萸丹皮山梔茯苓澤瀉頓安唯胃口猶覺劣劣用加味歸脾及滋肝補腎丸而愈

高呂二案持論畧同而俱用滋水生肝飲予早年亦常用此却不甚應乃自創一方名一貫煎用北

續名醫類案

清魏之琇編　臺北商務印書館影印文淵閣四庫全書本

蟣髮近藁鈔　天地間集附

福唐黃坤五語余蟣髮集近世行本多遺漏曾抄畜二十餘首皆刻板所無余聞之心往恨其不攜行笈得一見也從子愚忠自茗上潘氏抄得蟣髮近藁一帙爲發往喜原集古詩大半此多作近體屈蟠沉鬱吐茹奇艷皆世所未覩豈卽黃春坊所謂與然黃云二十餘首而此編有五十首數旣不合且此署蟣髮道人近藁當是末年未定殘草別爲一卷流傳人間又非刻本零星遺漏比也然則黃氏二十餘首又不知何詩矣惜春坊云亡不得一質證之此帙附天地間集十餘首卽皐羽所編當時諸公詩也按本傳有二卷此亦不完書潘氏藏本爲陸子傳手蹟有題識子傳名師道吳人

宋詩鈔

清康熙十年吴氏鑑古堂刻本　中華書局圖書館藏

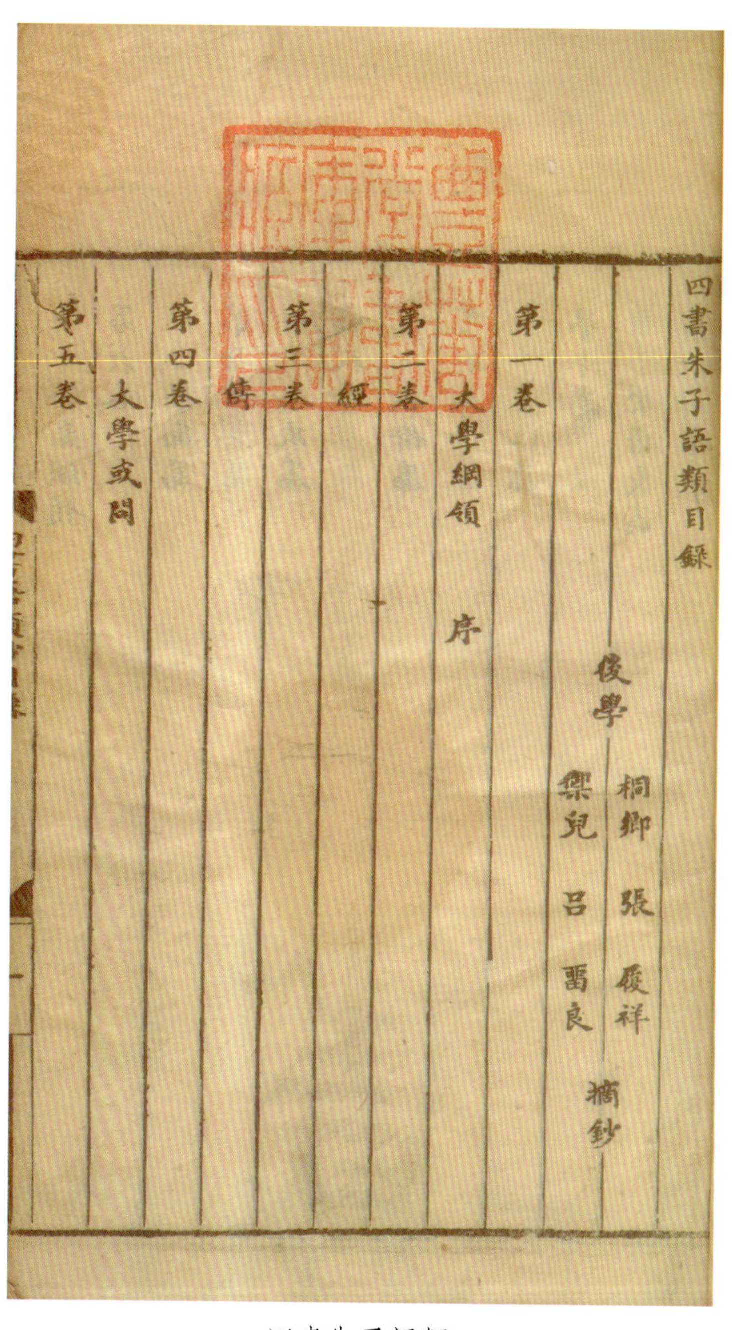

四書朱子語類目錄

後學　桐鄉　張履祥
　　　禦兒　呂畱良　摘鈔

四書朱子語類

清康熙四十年南陽講習堂刻本　清華大學圖書館藏

二程全書版銘頁

清康熙年間禦兒呂氏寶誥堂刻本　仰顧山房藏

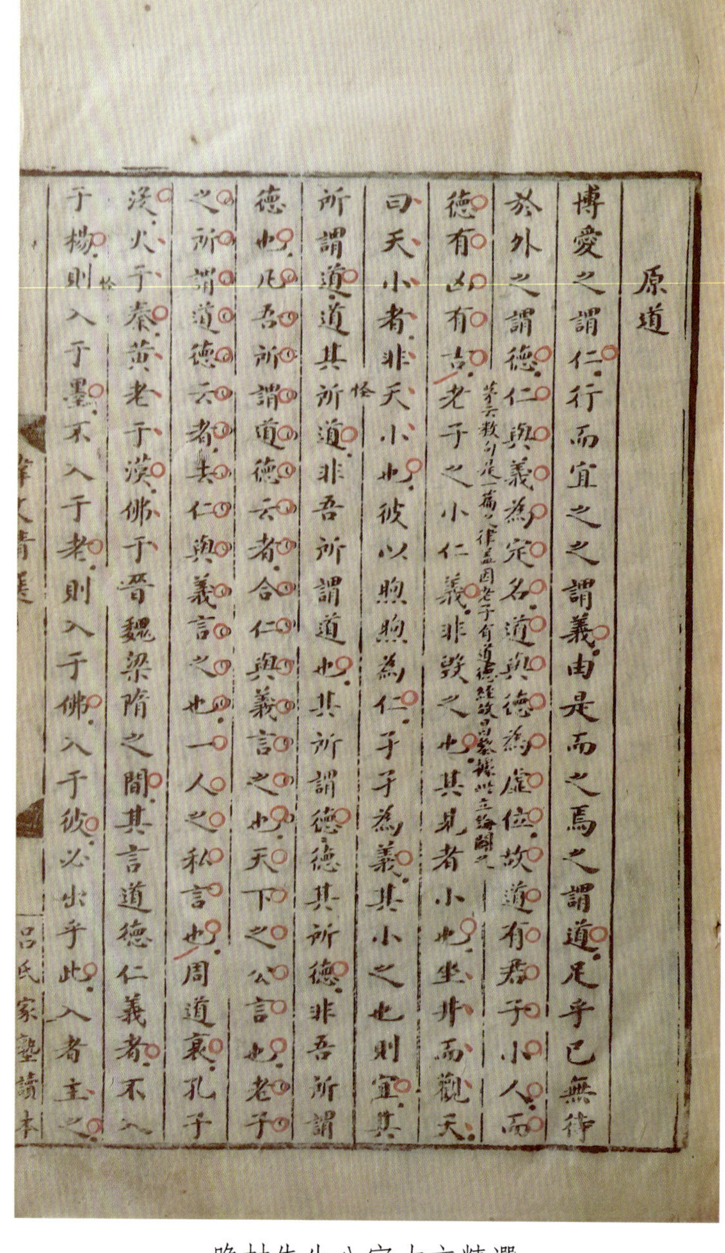
韓文精選

原道

博愛之謂仁，行而宜之之謂義，由是而之焉之謂道，足乎己無待於外之謂德。仁與義為定名，道與德為虛位。故道有君子小人，而德有凶有吉。（茅云：數句是一篇之律。盖因老子有道德經，故昌黎標此立論闢之。）老子之小仁義，非毀之也，其見者小也。坐井而觀天，曰天小者，非天小也。彼以煦煦為仁，孑孑為義，其小之也則宜。其所謂道，道其所道，非吾所謂道也。其所謂德，德其所德，非吾所謂德也。凡吾所謂道德云者，合仁與義言之也，天下之公言也。老子之所謂道德云者，去仁與義言之也，一人之私言也。周道衰，孔子沒，火于秦，黃老于漢，佛于晉魏梁隋之間。其言道德仁義者，不入于楊，則入于墨；不入于老，則入于佛。入于彼，必出乎此。入者主之

呂氏家塾讀本

晚村先生八家古文精選

清康熙四十三年吕氏家塾刻本　仰顧山房藏

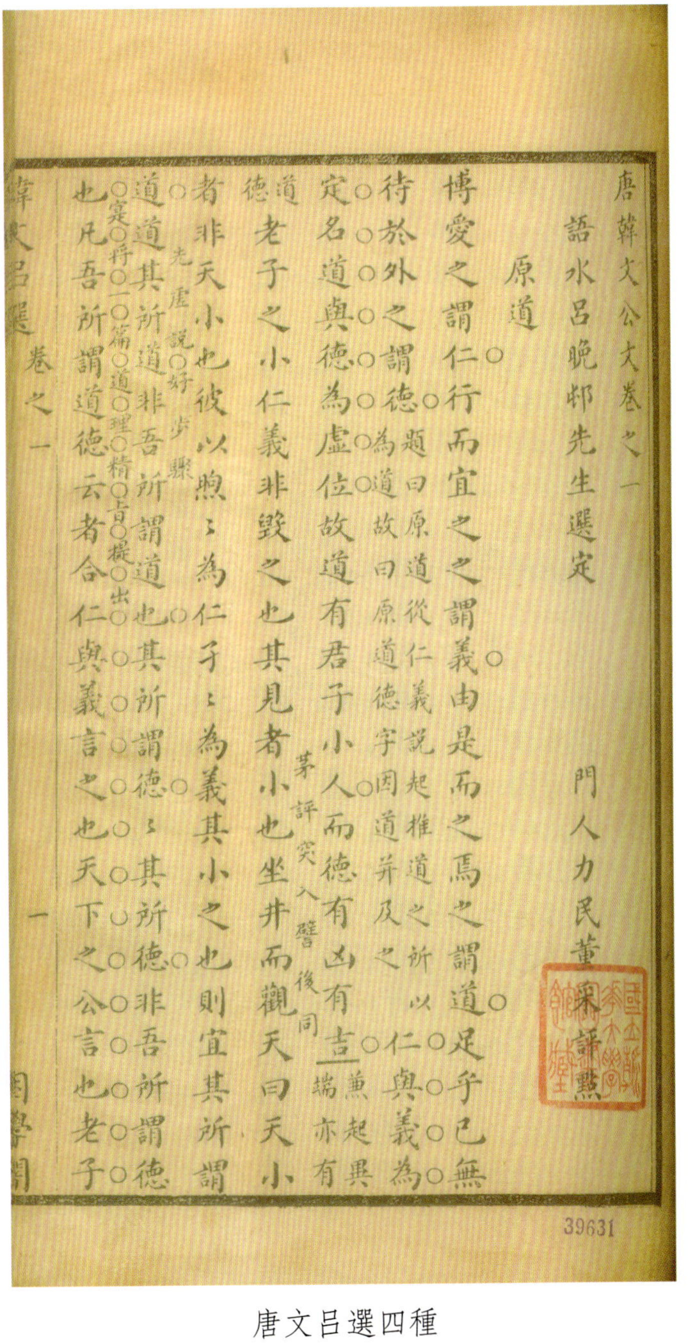

唐韓文公文卷之一

語水呂晚邨先生選定　門人力民董采評點

原道

博愛之謂仁行而宜之之謂義由是而之焉之謂道足乎己無待於外之謂德（題曰原道從仁義說起推道之所以為道故曰原道德字因道并及之）仁與義為定名道與德為虛位故道有君子小人而德有凶有吉（兼起異端亦有道德）老子之小仁義非毀之也其見者小也坐井而觀天曰天小（茅評突入譬後同）者非天小也彼以煦煦為仁孑孑為義其小之也則宜其所謂（先虛說好步驟）道道其所道非吾所謂道也其所謂德德其所德非吾所謂德（寔將一篇道理精旨提出）也凡吾所謂道德云者合仁與義言之也天下之公言也老子

韓文呂選　卷之一　一　困學闇

唐文呂選四種

清康熙四十三年困學闇刻本　清華大學圖書館藏

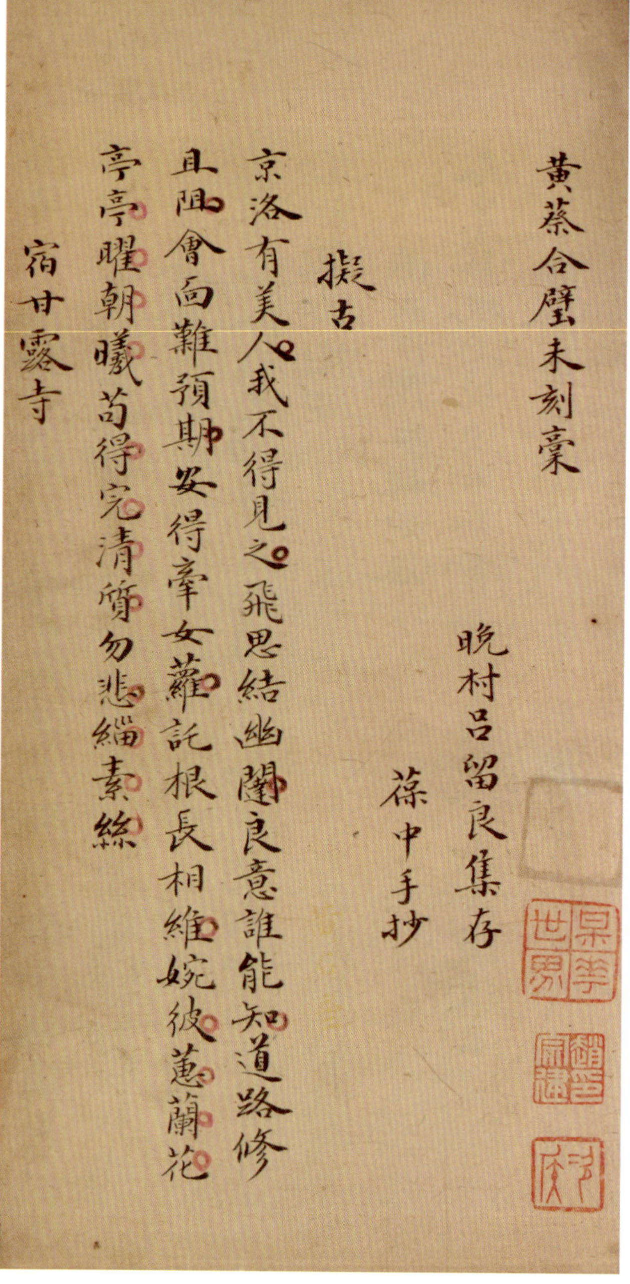
黄蔡合璧未刻稾

晚村吕留良集存

葆中手抄

擬古

京洛有美人，我不得見之。飛思結幽闥，良意誰能知。道路修且阻，會面難預期。安得牽女蘿，託根長相維。婉彼蕙蘭花，亭亭矅朝曦。苟得完清質，勿悲緇素絲。

宿甘露寺

黄蔡合璧未刻稿

清鈔本　南京圖書館藏

楚辭

離騷經

帝高陽之苗裔兮朕皇考曰伯庸攝提貞於孟陬兮惟庚寅吾以降皇覽揆余于初度兮肇錫余以嘉名名余曰正則兮字余曰靈均紛吾既有此内美兮又重之以脩能扈江離與辟芷兮紉秋蘭以為佩　不撫壯而棄穢兮何不改乎此度　乘騏驥以馳騁兮来吾道夫先路　雜申椒與菌桂兮豈維紉

呂子六書評選（傳）

清鈔本　南京圖書館藏

唐詩五言律卷十

禦兒呂留良晚村甫選

塞下曲

士贇曰樂府遺聲征戍十五曲中有塞下曲

四語直下從前未具此格

五月天山雪，無花祇有寒。笛中聞折柳，春色未曾看。齊賢曰漢西域傳天山冬夏常有雪士贇曰崔豹古今注橫吹胡樂也有黃鵠隴頭出關入關出塞入塞折楊柳黃覃子赤之陽望行人十曲

曉戰隨金鼓，宵眠抱玉鞍。願將腰下劍，直爲斬樓蘭。齊賢曰漢書傳介子齊金帛揚言以賜外國爲名至樓蘭王貪漢物來見使者介子與坐飲既醉曰天子使我私報王王起隨介子入帳中屏語壯士二人從後刺之立死士贇曰玉鞍見上注周

唐詩選注（傳）

清鈔本　湖南圖書館藏

大學全旨此章曾子述聖經以垂訓也首卩揭言大學之綱領次卩言大人得止之由三卩言下學入道之序正以結上文兩卩之意四卩詳言大學之條目而逆推其功五卩是覆言上文之意而順推其效六卩就工夫中拈出修身正言以結之七卩就工效中拈出身與家反言以結之

大學卩聖人立教既養之於小學之中復升之於大學之內入大學者非徒廣其聞見習其儀文已也是蓋有道焉其道維何一在明〻德〻者人所同得於天之理原自虛明但氣稟拘於有生之初物欲蔽於有生之後而明者遂昏矣然其本体之明則有未嘗息者故學者當因其發而擴充之使之全体皆明因已明而繼續之使之無時不明以復其得於天之本明者為然所謂明德者又人之所同得而非我之所私也又在新民感發開導以啓其机鼓舞振興以作其氣皆有以自明以去其舊染之污為然明德新民又非可私意苟且為也又在止於至善使已德無一毫不明民德無一毫不新到得至當恰好而后已為未至其地必求其至既至其地不復遷而

不可挽亦無如之何矣求利之利害如此所謂有因者不可以利為利而致害苟以義為利而享發身之福〻〻此也[illegible]誠能退小人進君子不專其利而與民同好惡則絜矩之道得而孝弟慈之願遂矣天下有不平哉此治國平天下必以絜矩為要也

長國家一段是申明以利為利之害末句就利害上說揔見不可用聚斂之小人

晚村先生呂留良明遺民崇德人生而敏穎性耿介好讀經史百家皆綜核貫藩書澉叢溝郁氏澹生堂藏書家著述亦豐言多狂悖世宗時因文字之獄剖門受誅舉國震動後之文士莫敢言呂學此冊手稟為程書覺氏賠卷首見存天壯南陽州生印卷內多晚村評語課卷之記柳呂氏弟子那遇之幸甚

大學讀本

清陳鏦鈔本　佚名過録朱熹、吕留良、仇兆鰲批語

載西泠印社拍賣有限公司二〇一三秋季拍賣會圖録

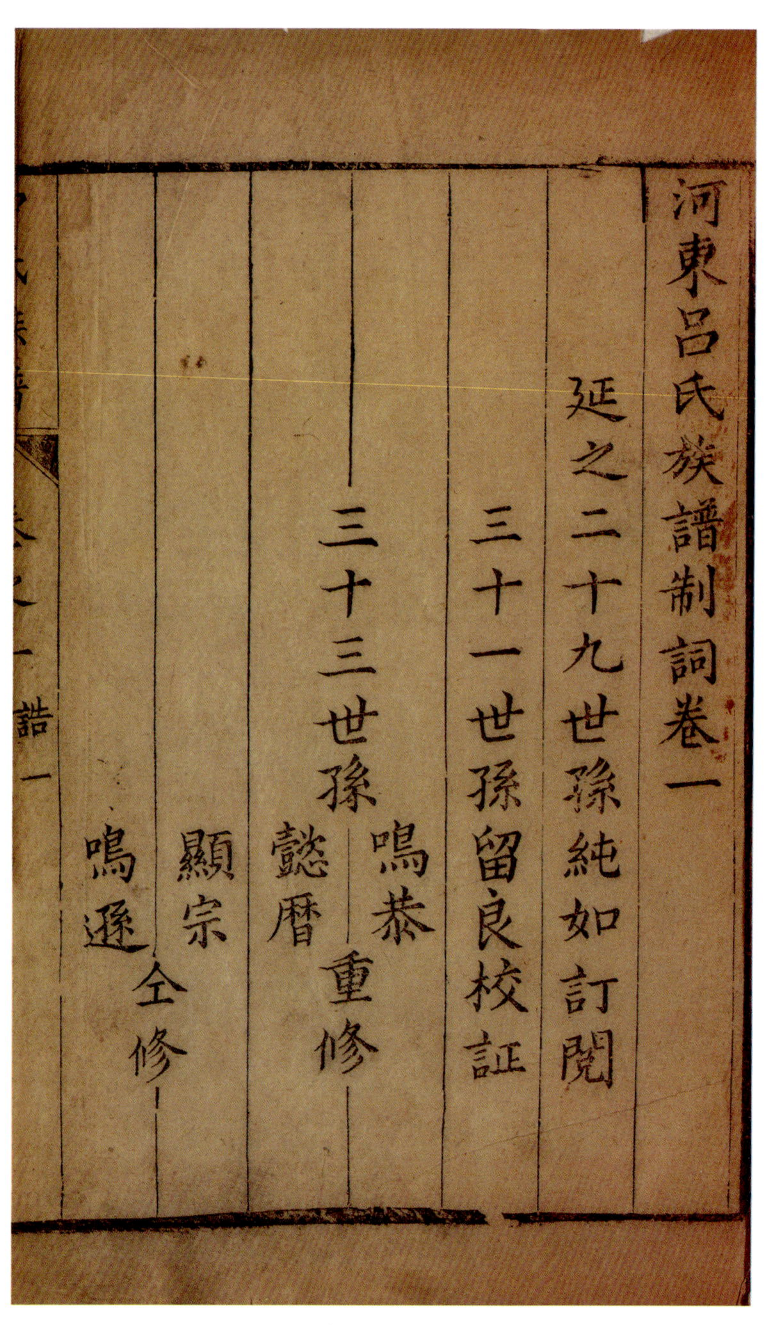

河東呂氏族譜制詞卷一

延之二十九世孫純如訂閲

三十一世孫留良校証

三十三世孫鳴恭 懿曆 重修

顯宗 鳴遜 仝修

呂氏族譜　卷之一　誥　一

河東呂氏族譜

清康熙五十一年刻本　中國國家圖書館藏

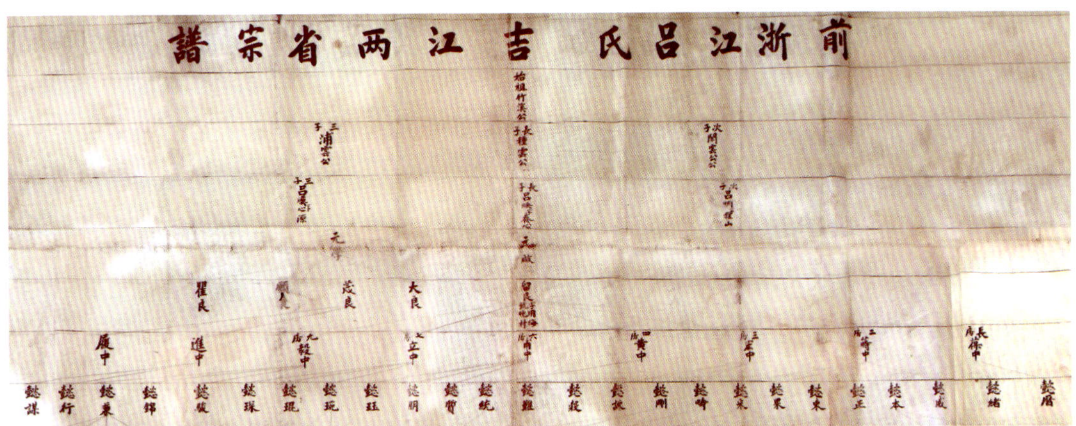

前浙江吕氏吉江兩省宗譜

清末民國間鈔本　齊齊哈爾圖書館藏

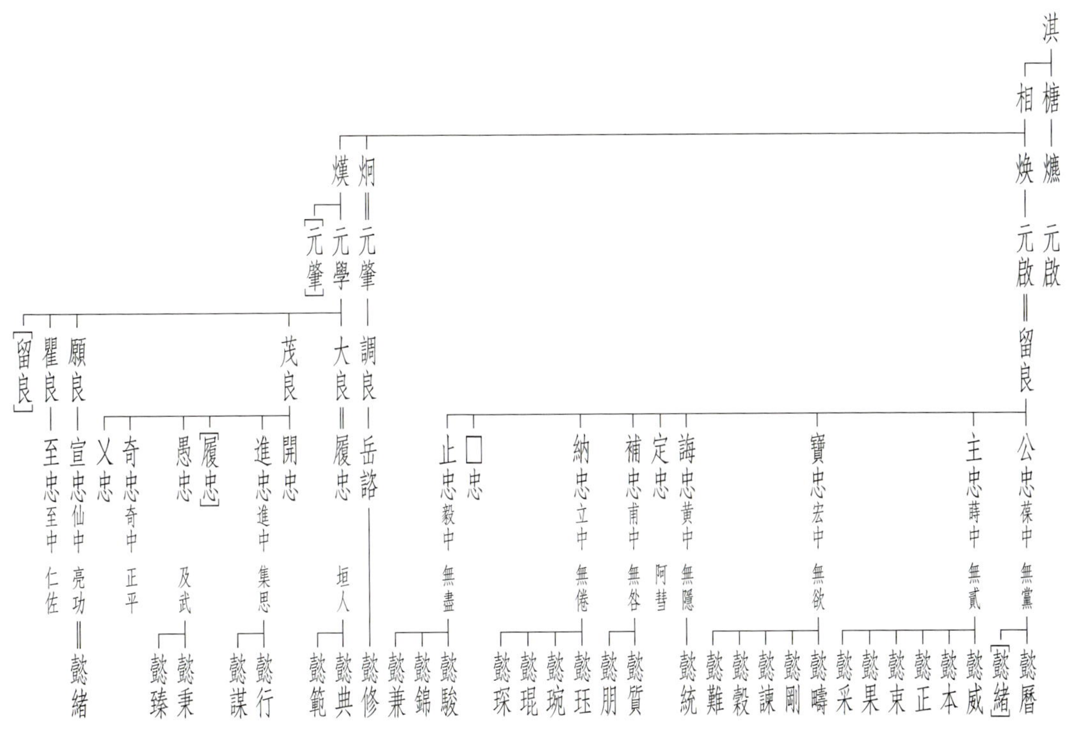

吕氏世系表

宋旭仿黄鶴山樵輞川别墅圖（局部）

載中國嘉德國際拍賣有限公司二〇一二秋季拍賣圖録

孫克弘長林石几圖（局部）

載高居翰不朽的林泉　三聯書店二〇一二年版

明隆慶帝御賜牡丹石

浙江省桐鄉市崇福鎮中山公園内吕園

呂晚村紀念亭

浙江省桐鄉市崇福鎮中山公園内呂園

吕氏祠堂

黑龍江省齊齊哈爾市建華區西二道街北段

總序

戴逸

二〇〇二年八月，國家批准建議纂修清史之報告，十一月成立由十四部委組成之領導小組，十二月十二日成立國家清史編纂委員會，清史編纂工程於焉肇始。

清史之編纂醞釀已久，清亡以後，北洋政府曾聘專家編寫清史稿，歷時十四年成書。識者議其評判不公，記載多誤，難成信史，久欲重撰新史，以世事多亂不果。中華人民共和國成立後，中央領導亦多次推動修清史之事，皆因故中輟。新世紀之始，國家安定，經濟發展，建設成績輝煌，而清史研究亦有重大進步，學界又倡修史之議，國家采納衆見，決定啓動此新世紀標誌性文化工程。

清代爲我國最後之封建王朝，統治中國二百六十八年之久，距今未遠。清代衆多之歷史和社會問題與今日息息相關。欲知今日中國國情，必當追溯清代之歷史，故而編纂一部詳細、可信、公允之清代歷史實屬切要之舉。

編史要務，首在采集史料，廣搜確證，以爲依據。必藉此史料，乃能窺見歷史陳跡。故史料爲歷史研究之基礎，研究者必須積累大量史料，勤於梳理，善於分析，去粗取精，去僞存真，由此及彼，由表及裏，進行科學之抽象，上升爲理性之認識，才能洞察過去，認識歷史規律。史料之於歷史研究，猶如水之於魚，空氣之於鳥，水涸則魚逝，氣盈則鳥飛。歷史科學之輝煌殿堂必須巋然聳立于豐富、確鑿、可靠之史料基礎上，不能構建於虛無飄渺之中。吾儕于編史之始，即整理、出版文獻叢刊、檔案叢刊，二者廣收各種史料，均爲清史編纂工程之重要組成部分，一以供修撰清史之用，提高著作品質；一爲搶救、保護、開發清代之文化資源，繼承和弘揚歷史文化遺産。

清代之史料，具有自身之特點，可以概括爲多、亂、散、新四字。

一曰多。我國素稱詩書禮義之邦，存世典籍汗牛充棟，尤以清代爲盛。蓋清代統治較久，文化發達，學士才人，比肩相望，傳世之經籍史乘、諸子百家、文字聲韻、目録金石、書畫藝術、詩文小説，遠軼前朝，積貯文獻之多，如恒河沙數，不可勝計。昔梁元帝聚書十四萬卷於江陵，西魏軍攻掠，悉燔於火，人謂喪失天下典籍之半數，是五世紀時中國書籍總數尚不甚多。宋代印刷術推廣，載籍日衆，至清代而浩如煙海，難窺其涯涘矣。清史稿藝文志著録清代書籍九千六百三十三種，人議其疏漏太多。武作成作清史稿藝文志補編，增補書一萬零四百三十八種，超過原志著録之數。彭國棟亦重修清史稿藝文志，著録書一萬八千零五十九種。近年王紹曾更求詳備，致力十餘年，遍覽群籍，手鈔目驗，成清史稿藝文志拾遺，增補書至五萬四千八百八十種，超過原志五倍半，此尚非清代存留書之全豹。王紹曾先生言：「余等未見書目尚多，即已見之目，因工作粗疏，未盡鉤稽而失之眉睫者，所在多有。」清代書籍總數若干，至今尚未能確知。

清代不僅書籍浩繁，尚有大量政府檔案留存於世。中國歷朝歷代檔案已喪失殆盡（除近代考古發掘所得甲骨、簡牘外），而清朝中樞機關（內閣、軍機處）檔案，秘藏内廷，尚稱完整。加上地方存留之檔案，多達二千萬件。檔案爲歷史事件發生過程中形成之文件，出之于當事人親身經歷和直接記録，具有較高之真實性、可靠性。大量檔案之留存極大地改善了研究條件，俾歷史學家得以運用第一手資料追蹤往事，瞭解歷史真相。

二曰亂。清代以前之典籍，經歷代學者整理、研究，對其數量、類别、版本、流傳、收藏、真僞及價值已有大致瞭解。清代編纂四庫全書，大規模清理、甄别存世之古籍。因政治原因，查禁、篡改、銷毁所謂「悖逆」、「違礙」書籍，造成文化之浩劫。但此時經師大儒，連袂入館，勤力校理，盡瘁編務。政府亦投入鉅資以修明文治，故所獲成果甚豐。對收録之三千多種書籍和未收之六千多種存目書撰寫詳明精切之提要，撮其内容要旨，述其體例篇章，論其學術是非，叙其版本源流，編成二百卷四庫全書總目，洵爲讀書之典要、後學之津梁。乾隆以後，至於清末，文字之獄漸戢，印刷之術益精，故而人競著述，家嫻詩文，各握靈蛇之珠，衆懷昆岡之璧，千舸齊發，萬木争榮，學風大盛，典籍之積累遠邁從前。惟晚清以來，外强侵淩，干戈四起，國家多難，人民離散，未能投入力量對大量新出之典籍再作整理，而政府檔案，深藏中秘，更無由一見。故不僅不知存世清代文獻檔案之總數，即書籍分類如何變通、版本庋藏應否標明，加以部居舛誤，界劃難清，亥豕魯魚，訂正未遑。大量稿本、鈔本、孤本、珍本，土埋塵封，行將澌滅。殿刻本、局刊本、精校本與坊間劣本混淆雜陳。我國自有典籍以來，其繁雜混亂未有甚於清代典籍者矣！

三曰散。清代文獻、檔案，非常分散，分别庋藏於中央與地方各個圖書館、檔案館、博物館、教學研究機構與私人手中。即以清代中央一級之檔案言，除北京第一歷史檔案館所藏一千萬件以外，尚有一大部分檔案在戰争時期流離播遷，現存於臺北故宫博物院。此外，尚有藏于瀋陽遼寧省檔案館之聖訓、玉牒、滿文老檔、黑圖檔等，藏于大連市檔案館之内務府檔案，藏於江蘇泰州市博物館之題本、奏摺、録副奏摺。至於清代各地方政府之檔案文書，損毁極大，但尚有劫後殘餘，璞玉渾金，含章藴秀，數量頗豐，價值亦高。如河北獲鹿縣檔案、吉林省邊務檔案、黑龍江將軍衙門檔案、河南巡撫藩司衙門檔案、湖南安化縣永曆帝與吴三桂檔案、四川巴縣與南部縣檔案、浙江安徽江西等省之魚鱗册、徽州契約文書、内蒙古各盟旗蒙文檔案、廣東粤海關檔案、雲南省彝文傣文檔案、西藏噶廈政府藏文檔案等等分别藏於全國各省市自治區，甚至清代兩廣總督衙門檔案（亦稱葉名琛檔案），英法聯軍時遭搶掠西運，今藏於英國倫敦。

清代流傳下之稿本、鈔本，數量豐富，因其從未刻印，彌足珍貴，如曾國藩、李鴻章、翁同龢、盛宣懷、張謇、趙鳳昌之家藏資料。至於清代之詩文集、尺牘、家譜、日記、筆記、方志、碑刻等品類繁多，數量浩瀚，北京、上海、南京、廣州、天津、武漢及各大學圖書館中，均有不少貯存。豐城之劍氣騰霄，合浦之珠光射日，尋訪必有所獲。最近，余有江南之行，在蘇州、常熟兩地圖書館、博物館中，得見所存稿本、鈔本之目録，即有數百種之多。

某些書籍，在中國大陸已甚稀少，在海外反能見到，如太平天國之文書。當年在太平軍區域内，爲通行之書籍，太平天國失敗後，悉遭清政府查禁焚毁，現在已難見到，而在海外，由於各國外交官、傳教士、商人競相搜求，攜赴海外，故今日在世界各地圖書館中保存之太平天國文書較多。二十世紀，向達、蕭一山、王重民、王慶成諸先生曾在世界各地尋覓太平天國文獻，收獲甚豐。

四曰新。清代爲傳統社會向近代社會之過渡階段，處於中西文化衝突與交融之中，産生一大批内容新穎、形式多樣之文化典籍。清朝初年，西方耶穌會傳教士來華，攜來自然科學、藝術和西方宗教知識。乾隆時編四庫全書，曾收録歐幾里得幾何原本、利瑪竇乾坤體義、熊三拔泰西水法簡平儀説等書。迄至晚清，中國力圖自强，學習西方，翻譯各類西方著作，如上海墨海書館、江南製造局譯書館所譯聲光化電之書，後嚴復所譯天演論、原富、法意等名著，林紓所譯茶花女遺事、黑奴籲天録等文藝小説。中學西學，摩蕩激勵，舊學新學，鬭妍争勝，知識劇增，推陳出新，晚清典籍多别開生面，石破天驚之論，數千年來所未見，飽學宿儒所不知。突破中國傳統之知識框架，書籍之内容、形式，超經史子集之範圍，越子曰詩云之牢籠，發生前所未有之革命性變化，出現衆多新類目、新體例、新内容。

清朝實現國家之大統一，組成中國之多民族大家庭，出現以滿文、蒙古文、藏文、維吾爾文、傣文、彝文書寫之文書，構成爲清代文獻之組成部分，使得清代文獻、檔案更加豐富，更加充實，更加絢麗多彩。

清代之文獻、檔案爲我國珍貴之歷史文化遺産，其數量之龐大、品類之多樣、涵蓋之寬廣、内容之豐富在全世界之文獻、檔案寶庫中實屬罕見。正因其具有多、亂、散、新之特點，故必須投入巨大之人力、財力進行搜集、整理、出版。吾儕因編纂清史之需，賈其餘力，整理出版其中一小部分；且欲安裝網絡，設資料庫，運用現代科技手段，進行貯存、檢索，以利研究工作。惟清代典籍浩瀚，吾儕汲深綆短，蟻銜蚊負，力薄難任，望洋興嘆，未能做更大規模之工作。觀歷代文獻檔案，頻遭浩劫，水火兵蟲，紛至沓來，古代典籍，百不存五，可爲浩歎。切望後來之政府學人重視保護文獻檔案之工程，投入力量，持續努力，再接再厲，使卷帙長存，瑰寶永駐，中華民族數千年之文獻檔案得以流傳永遠，沾溉將來，是所願也。

二〇〇四年

總目

第三册

呂留良詩箋釋

第四册

呂留良詩箋釋

第五册

呂晚村先生四書講義

前言

一

吕留良，字莊生，又字用晦，號晚村，别號耻齋老人、南陽布衣，浙江省崇德縣（今浙江省桐鄉市崇福鎮）人①。生於明崇禎二年己巳（一六二九），卒於清康熙二十二年癸亥（一六八三）。本生祖熯，娶明宗室淮莊王女南城郡主，爲淮府儀賓。父元學，萬曆二十八年庚子（一六〇〇）舉人，官繁昌知縣。晚村八歲善屬文，十二歲與里中人結文社，一時名宿皆避其鋒。國變，散萬金以結客，與侄宣忠入吴易義軍，兵敗，竄跡湖山，跋風涉雨，備嘗艱苦，至清順治

① 崇德縣爲五代後晉時設，北宋熙寧十年丁巳（一〇七七）轄十二鄉。明宣德五年庚戌（一四三〇）劃縣東六鄉另置桐鄉縣。清康熙元年壬寅（一六六二）避清太宗年號，改崇德縣爲石門縣。民國後恢復崇德縣名。一九五八年崇德縣和桐鄉縣合併，稱桐鄉縣（今改稱市），原崇德縣城所在地改名崇福鎮。

五年戊子（一六四八）始歸里。十年癸巳，爲時所迫，不得已，易名光輪，出試爲邑諸生。十八年辛丑，謝絶社集，課子侄讀書於家園之楳花閣，與鄞縣高旦中斗魁、餘姚黄太沖宗羲、黄晦木宗炎兄弟、同里吴孟舉之振、吴自牧爾堯叔侄諸人以詩文相唱和。嘗作詩，有「誰教失腳下漁磯，心跡年年處處違」句①，至康熙五年丙午（一六六六）學使者以課按嘉興，晚村乃以之示學官陳執齋祖法，告以將棄諸生，避不應試，遂以學法除名。自是歸卧南陽村，與桐鄉張考夫履祥、鹽官何商隱汝霖、吴江張佩蔥嘉鈴諸人，致力發明洛閩之學，編輯朱子之書。「人益隱，名益高」②，康熙十七年戊午（一六七八），清廷開博學鴻詞科，浙省欲薦之，固辭得免。十九年庚申，清廷徵聘天下山林隱逸，嘉興府復欲薦之，乃剪髮爲僧，改名耐可，字不昧，號何求老人，隱居吴興妙山。越二年卒。

晚村生平，其子公忠所撰行略，已具大要；民國時包賚作年譜③，今有年譜長編④、吕留

① 吕留良：耦耕詩，載悵悵集。
② 吕公忠：行略，載吕晚村先生文集附録。
③ 包賚：吕留良年譜，商務印書館一九三七年版。
④ 卞僧慧：吕留良年譜長編，中華書局二〇〇三年版。

良傳①，以時繫事，於晚村出處行跡、往還交游、學術演變及聲名浮沉、身後褒貶等，多所稽考，發微闡隱，足資參考。兹不復贅。

晚村身丁明亡清興之際，滄海桑田，荆棘銅駝，出處去就，世故人情，歷之多矣。身後又罹最慘烈之文字冤案，涉案人數之多，量刑之嚴酷，爲清朝定鼎以來未有前例，後此亦莫能與比肩者也。

二

晚村一生著述頗豐，而生前刊刻者惟時文及時文評語。順治十二年乙未（一六五五）之冬，即從事房選於吴門。後自開天蓋樓刻局，鬻書於金陵、福建等地，公忠行略曰：「其議論無所發洩，一寄之於時文評語，大聲疾呼，不顧世所諱忌。」所謂天蓋樓選本者，風靡神州，以至四十年後之曾靜，「因應試州城，得見吕留良所選本朝程墨及大小題房書諸評，見其論題理，根本傳注，文法規矩先進大家，遂據僻性服膺，妄以爲此人是本朝第一等人物。

① 俞國林：天蓋遺民——吕留良傳，浙江人民出版社二〇〇六年版。

舉凡一切言議，皆當以他爲宗，其實當時並未曾曉得他的爲人行事何如。而中間有論管仲九合一匡處，他人皆以爲仁，只在不用兵車，而呂評大意，獨謂仁在尊攘」，遂私淑爲「宗師」，「不惟以爲師，且以他爲一世的豪傑」，至謂「明末皇帝該呂子做」①。於是有雍正六年戊申（一七二八）九月遺徒張熙投書川陝總督岳鍾琪，策動岳氏反清，遂引發離奇大案。

雍正八年庚戌十二月，刑部衙門議，以「呂留良追思舊國，詆毀朝章，妄形記撰，倡狂悖亂，罪惡滔天。……並請限一年內，飭各省州縣，禁毀其著述」②。九年辛亥十二月諭内閣：「呂留良以批評時藝，託名講學，今罪跡昭彰，普天共憤，内外臣工，咸以罪犯私著之書，及宜禁毁爲請。朕以爲從來無悖逆之大儒，若因其人可誅，而謂其書宜毁，無論毁之未必能盡，即毁之而無留遺，天下後世更何所據以辨其道學之真僞乎？以故毁書之意，概未允行。」③十年壬子十二月諭内閣，又有「呂留良之詩文書籍不必銷毁」等語④。直至乾隆朝四庫館臣訂出查辦違礙書籍條款九則，其一曰：「錢謙益、呂留良、金堡、屈大均等，除

① 詳見大義覺迷録，雍正年間刻本。
② 王先謙：東華録雍正朝卷八，光緒十年甲申長沙王氏刻本。
③ 王先謙：東華録雍正朝卷九，光緒十年甲申長沙王氏刻本。
④ 王先謙：東華録雍正朝卷十，光緒十年甲申長沙王氏刻本。

所自著之書，具應毁除外，若各書内有載入其議論，選及其詩詞者，原係他人所採録，與伊等自著之書不同，應遵照原奉諭旨，將書内所引各條簽名抽毁，於原版内剷除，仍各存其原書，以示平允。」於是晚村之書不復爲人所睹矣，而人亦不敢睹，湖南安化縣民劉翱稟供狀書於顔希深，顔隨即奏報乾隆，有「其指斥吕留良、曾静、唐孫鎬之處，又系從何考據」等語，乾隆旋諭曰：「即將該犯發遣烏魯木齊等處，以示懲儆，不得因其年已八旬，稍爲姑息。」[①]防民之口，至此爲極。

雖然如此，晚村之著述流傳於今者亦復不少。禁者禁矣，而家藏壁秘者亦在在有之。即如晚村之詩集，獄案前並未刊刻，而今著録於公藏書目之鈔本，亦不下十數種。清末書禁稍開，有關晚村之著作紛紛散出，而詩文集亦復有刻本數種[②]，流傳較廣。

① 北平故宫博物院文獻館：清代文字獄檔第四輯，上海書店一九八六年影印。

② 詩集有吕晚村東莊詩集，宣統三年辛亥風雨樓叢書排印本；吕晚村詩集，中華圖書館石印本；何求老人殘稿，民國十九年庚午言敦源鉛印本。文集有吕晚村先生家書真蹟，光緒三十三年丁未國學保存會國粹叢書本；吕用晦文集，光緒三十四年戊申國學保存會國粹叢書本；吕晚村墨蹟，民國六年丁巳商務印書館影印本；吕晚村先生文集，民國十八年己巳錢振鍠活字排印本；吕晚村文集，民國二十年辛未成都日新印刷工業社排印本。

三

此次輯纂晚村全集，計收詩集、文集、四書講義、呂子評語等，餘如慚書、呂晚村先生論文彙鈔、天蓋樓硯銘、禦兒呂氏昏禮通俗儀節、東莊醫案五種，分別輯入文集之補遺。

茲列各整理凡例如左：

詩集

一、以上海圖書館藏禦兒呂氏鈔本何求老人殘稿七卷爲底本。書衣題「呂晚村詩」。詩七卷，分別爲萬感集、悵悵集、夢覺集、真臘凝寒集、零星稿、東將詩、欬氣集。此本「留」字缺末筆作「畄」，「學」字缺末半筆作「學」，避家諱也。鈐「晚村」、「何求老人」及「餘姚謝氏永燿樓藏書」三印。

一、以上海圖書館藏清鈔本呂晚村詩稿舊鈔箋注七卷爲校本（簡稱嚴鈔本）。所謂「箋注」，實即嚴鴻逵釋略。書衣爲吴聖俞題。鈐「天蓋樓藏」、「八千卷樓珍藏善本」、「常州陶毅印」、「臨平姚虞琴印」、「虞琴秘笈」、「虞琴收藏書畫」、「益藩經眼」諸印。上册爲萬感集、悵悵集、夢覺集。下册爲真臘凝寒集、零星稿、東將詩、欬氣集；欬氣集末爲嚴鴻逵跋，後爲南前唱和集增、悵悵集删、夢覺集删、真臘凝寒集删，末鈐「吴晉德字則明自號養恬主人維七十五甲子之己巳歲降生浙西織里」印。次頁爲養恬盦主跋，鈐「吴晉德」印；次頁爲恬道人跋，鈐「風塵逸客」印；次頁爲養恬跋，鈐「養恬」印；次頁爲風塵逸客跋，鈐「晉德」印。再次頁有姚虞琴三跋，鈐「姚虞琴印」、「虞琴長壽」印；後陶毅跋，鈐「陶毅之印」、「中木具有」印。下册書衣有鉢彌題記。

一、以中國國家圖書館藏清鈔本何求老人殘稿七卷釋略一卷爲校本（簡稱釋略本）。此本將嚴鴻逵釋略單獨成卷。鈐「鹽官蔣氏衍芬草堂三世藏書印」、「臣光焴印」、「寅昉」三印。此本前七集爲一種筆蹟，嚴跋、釋略、南前唱和詩增、悵悵集删爲一種筆蹟，所鈔録養恬盦主（風塵逸客）四篇跋爲一種筆蹟。

一、以中國國家圖書館藏清鈔本何求老人詩稿七卷集外詩一卷爲校本（簡稱詩稿本）。鈐「海昌古夾谷徐氏用拙齋收藏」、「徐光濟印」、「光濟鑑賞」、「紫來閣」、「峽川紫來閣徐氏印」、「寅菴珍秘」、「嬾生鑑藏」、「啟初眼福」、「一無所長」、「吁雲人研池」、「有竹居」諸印。有吴騫、朱昌燕跋。末有集外詩一卷，計二十一題三十二首，有柞水後學跋。其中十六題二十三首爲諸本所無，可考證時間者即補入各卷，餘入補遺。此本無嚴鴻逵釋略文。

一、以中國科學院圖書館藏呂耻齋詩稿七卷南前唱和詩一卷爲校本（簡稱怡古齋鈔本）。書衣題「呂耻齋詩稿」，書口有「怡古齋鈔」四字，内有僅鈔詩題而空缺詩句者；養恬盦主（風塵逸客）數跋，分散册中。此本頗多浮簽（有考訂養恬盦主之誤者），或校勘文字，或解釋詞意，足資參考。此本曾經東方文化事業總委員會收藏。

一、以上海圖書館藏管庭芬鈔本天蓋樓詩七卷爲校本（簡稱管庭芬鈔本）。書衣題「天蓋樓詩集」，署「戊辰五月海昌呂萬題簽」，前有夢禪跋；末有姚虞琴跋，鈐「虞琴長壽」、「姚景瀛」、「臨平湖上人家」印，並經姚虞琴與所藏清鈔本呂晚村詩稿舊鈔箋注對校，朱墨燦然。此本詩作逸出諸本十數首，頗可寶也。

一、以上海圖書館藏張鳴珂鈔本何求老人殘稿七卷爲校本（簡稱張鳴珂鈔本）。書衣鈐「曾經民國二十五年浙江省文獻展覽會陳列」印。此本爲細林山樵所鈔，末録嚴鴻逵跋並細林山樵、止隅老人跋。按，細林山樵即張鳴珂。鈐「細林山樵」、「江南春」、「潘承弼藏書記」、「長沙黄鈞收藏書籍碑版之印」、「景鄭秘笈」諸印。

一、以中國社會科學院文學研究所圖書館藏天蓋樓詩集七卷爲校本（簡稱萬卷樓鈔本）。此本據書衣苕溪漁翁跋，知爲傳鈔自張鳴珂鈔本者。前有徐益藩跋。此本經李延達校勘。

按，李氏爲陸心源次子樹屏門生。鈐「吴興沈氏萬卷樓珍藏」、「吴興劉氏嘉業堂藏書記」、「均齋考藏」三印。

一、以清華大學圖書館藏鈔本晚村詩文集爲校本（簡稱詩文集鈔本）。此本存四册，前三册文，後一册詩（存後半）。鈐「鳴野山房」、「豐華堂書庫寶藏印」二印。

一、以中國科學院圖書館藏舊鈔何求老人殘稿殘本爲校本（簡稱舊鈔本）。此本存零星稿、東將詩、欬氣集三卷。

一、他如尋樂軒鈔本、晚晴簃鈔本、風雨樓叢書本、中華圖書館石印本、言敦源排印本等，皆從上述諸本傳鈔、排印，惜校訂未精，錯訛不少。偶作參校。

一、上述諸本，録詩多寡不一，尤以詩稿本附之集外詩，嚴鈔本附之南前唱和集增、倀倀集删、夢覺集删、真臘凝寒集删，管庭芬鈔本溢出他本之十數首爲最。去其重複，輯存散佚，計得詩二百九十九題五百四十四首；外附録三題十二首。

一、晚村詩集，向以鈔本存世，傳鈔之間，魯魚亥豕，在所難免。故校勘原則，凡底本不誤，不出校。若其字可兩存，則出校説明。列「校記」一欄。

一、晚村詩雖經弟子嚴鴻逵釋略，稍作解析，然猶有未明甚至解析至誤者。兹爲編年考訂（所繫年月，皆用陰曆），索隱本事，以期合乎晚村作詩之旨；未能考索者，或備他説，或付闕如，以待高明。列「箋釋」一欄。

一、考釋過程爲節省篇幅且不作繁複之堆砌，其他文獻凡關乎詩旨之發明或有助於理解本事者，皆附詩後。列「資料」一欄。

一、晚村詩用典皆有深意，用語隱晦，爲方便理解，稍作考索徵引。列「注釋」一欄。

一、末附主要參考書目，以爲讀是書者之參考。

文集

一、以復旦大學圖書館藏雍正三年乙巳南陽講習堂刻本呂晚村先生文集八卷續集四卷爲底本。是集爲晚村曾孫呂爲景輯刊。

一、以上海圖書館藏禦兒呂氏鈔本呂晚村文集爲校本（簡稱呂氏鈔本）。此本「留」字缺末筆作「留」，「學」字缺末半筆作「學」。鈐「天蓋樓藏」、「虞琴祕笈」、「金蓉鏡印」三印。有姚虞琴、徐益藩跋。其中十三篇文章爲底本所無。夾有晚村書札手蹟一頁（殘），彌足珍貴。

一、以中國國家圖書館藏康熙五十九年庚子刻本呂晚村先生古文二卷爲校本（簡稱孫刻本）。此本爲桐城孫學顏輯刊。孫氏字用克，號周冕，布衣。雍正十二年甲寅涉晚村案以死。此本較底本多與徐方虎書一首、復董雨舟書一首，另有宋詩鈔序一首，下標一

「代」字。此本文末有江歙谷、孫學顔評語。

一、以天津圖書館藏康熙五十五年丙申張謙宜鈔本妙山精舍集（存上卷）爲校本。此本文末有張謙宜評語。

一、以清華大學圖書館藏鈔本晚村詩文集爲校本（簡稱詩文集鈔本）。

一、以中國科學院圖書館藏道光二十七年丁未王煜青鈔本吕晚村先生文集爲校本（簡稱王鈔本）。書口有「種梅書屋」四字。版銘頁署「符夢王煜青」。此本曾爲鄧之誠五石齋舊藏。

一、續集之宋詩鈔小傳，以中華書局圖書館藏康熙十年辛亥吴氏鑑古堂刻宋詩鈔本爲校本。

一、續集之質亡集小傳，以北京大學圖書館藏康熙二十年辛酉刻質亡集本爲校本。

一、以天津圖書館藏康熙四十二年癸未吕氏家塾刻本吕晚村先生家書真蹟、民國六年丁巳商務印書館石印本吕晚村墨蹟、中華書局圖書館藏道光五年乙酉吴榜鈔本恥齋文集及臺灣人人文庫影印清蔡容鈔本天蓋樓雜著爲校本，其間凡逸出底本者，皆輯入補遺。

一、以光緒三十四年戊申國學保存會排印吕用晦文集本（簡稱國粹叢書本）及民國十八年己巳錢振鍠活字排印吕晚村先生文集本（簡稱錢振鍠排印本），皆據雍正三年乙巳本翻刻。兹亦適當參校。

一、晚村所纂述之書籍與批點之時文，偶有記序，輯入補遺。

一、晚村手批杜工部全集六十六卷，係明劉世教編，刻於萬曆四十年壬子，今藏浙江大學西溪校區圖書館（原杭州大學圖書館）。鈐「吕葆中」、「天蓋樓」、「華山馬仲安家藏善本」、「當湖胡篴江珍藏」、「如薰之印」、「問月軒印」、「張叔平」、「獨山莫友芝」、「嘉業堂印」諸印。末有吕葆中跋。兹將其中評語輯出，成天蓋樓杜詩評語一卷。入補遺。

一、凡文末原有評語者，皆予保留。

一、凡輯入補遺者，於篇後説明所據文獻與版本情況；有疑處，並做考辨。

一、末附生平資料，序跋資料、書信、題詩、年譜簡編、著述目録，以供讀者參考。

四書講義

一、以中華書局圖書館藏康熙二十五年丙寅天蓋樓刻本爲底本。

一、末附四書章句集注，據中華書局整理本録入，可與講義互觀。

一、以中國國家圖書館藏康熙五十五年丙申晚聞軒刻本爲底本。内容分爲呂子評語正編四十二卷首一卷附親炙録一卷餘編八卷首一卷附親炙録一卷。此本爲車鼎豐編。車氏又名道南，字邁上，號雙亭，邵陽人，居上元。雍正十一年癸丑涉晚村案以死。此書實爲晚村一生時文論評之彙編。

一、本書刊刻精良，卷面清晰，且原有斷句，故以影印收入全集。

四

予自丁丑負笈京師，即鈔録晚村慙書，後亦陸續收集相關著述。甲申春，始起校訂晚村詩文。至丙戌秋，發願爲編全集，纂輯體例，幾易其稿。及今成帙，十數年矣。

是書之文獻收集，得中國國家圖書館、北京大學圖書館、清華大學圖書館、北京師範大學圖書館、中國科學院圖書館、中國社會科學院文學研究所圖書館、天津圖書館、遼寧省圖書館、齊齊哈爾市圖書館、上海圖書館、復旦大學圖書館、南京圖書館、浙江圖書館、浙江大學西溪校區圖書館、桐鄉市圖書館、桐鄉市博物館、桐鄉市檔案館、福建師範大學圖書館、湖南圖書館、湖北省孝感市孝南區圖書館、臺北傅斯年圖書館、中華書局圖書館以及王貴忱先生、穆克宏先生、龔肇智先生、葉瑜蓀先生、王兆鵬先生、周臘生先生、張偉中先生、范笑我先生、華建平先生、蔣勤先生、孫家紅先生、胡同先生、陳超先生、劉萬華先生、朱煒先生等提供資料；是書之校勘審定，得王湜華先生、沈錫麟先生、徐樹民先生、陳其泰先生、江慶柏先生、馬大正先生、黄愛平女史、漆永祥先生、蔣寅先生、汪學群先生、張昇先生、郁震宏先生、李天飛先生、魯九喜先生、趙明先生、李曉霞女史、郭惠靈女史、彭春芳女史、宋梅鵬先生、張璇女史之助，匡謬正誤，始得有此面貌示人，不致貽笑於大方之家。

是知一事之成也，非一己之力所能至；一書之成也，非短期之功所能及。覼縷述之，以誌厚我者之情誼，豈敢一日忘之耶？

甲午小寒，俞國林識於仰顧山房。

目録

呂晚村先生文集卷一

書

呂晚村先生文集卷二

書

吕晚村先生文集卷三

書

吕晚村先生文集卷四

書

吕晚村先生文集卷五

序　論文

吕晚村先生文集卷六

論辨　記　題跋

呂晚村先生文集卷七

墓誌銘　祭文

呂晚村先生文集卷八

雜著

呂晚村先生續集卷二

宋詩鈔列傳

呂晚村先生續集卷三

質亡集小序

吕晚村先生續集卷四

保甲事宜

吕晚村先生文集補遺卷一

書

吕晚村先生文集補遺卷二

書

吕晚村先生文集補遺卷三

家書

呂晚村先生文集補遺卷四

記序　墓誌銘　祭文

呂晚村先生文集補遺卷五

雜著

吕晚村先生文集補遺卷八

雜著

呂晚村先生文集補遺卷九

雜著

呂晚村先生文集補遺卷十

雜著

附録

生平資料

序跋彙編

書信

題詩

吕晚村先生文集卷一

書

與張考夫書

向知老兄於錢氏有「死者復生，生者不愧」之訂，故數年願慕之誠，不敢唐突以請。所請者，期滿謝事後，必欲重累杖履耳。凡某之區區，固不僅爲兒輩計也。此理之不明，又數百年矣。毒鼓妖幢，潛奪程朱之坐以煽惑天下也亦久矣，此又孟子以後聖學未有之烈禍也。生心害事，至於此極。誰爲厲階，不知所届。此凡有血氣所當共任之責，況於中讀書識字又頗知義理者耶〔一〕？某竊不揣，謂救正之道，必從朱子〔二〕；求朱子之學，必於近思録始。又竊謂朱子於先儒所定聖人例内，的是頭等聖人，不落第二等；又竊謂凡朱子之書，有大醇而無小疵，當篤信死守，而不可妄置疑鑿於其間。此數端者，自幼抱之，惟姊丈聲始頗奇其神合，故某喜從之論説，餘皆不之信也。今讀手札所教，正學淵源，漆燈如炬，又自喜瓦聲葉響，上應黄鐘，志趣益堅，已荷鞭策不小矣。

昔聲始謂目中於此事躬行實得，只老兄一人，於時已知嚮往；旋以失脚俗塵，無途請益，於今雖知覺未盡泯滅，而於小學入手工夫，未嘗從事，直無一言一動之是。此病不是小小，平生言距陽明，卻正坐陽明之病，以是急欲求軒岐醫治耳。前聞之轀斯，謂老兄將辭錢氏之席，冀可以俯愜夙心，故託轀斯相致。今承教，未可恝然，度賢者於去就之義，審之必精，不敢强也，亦惟潔己以待將來而已。至謂近思録、小學，兒輩展讀，刻期可了，此莫與古人師友講習之説有礙否？上蔡謂程子善言詩，念過便教人省悟，古人所以貴親炙之也。如何如何？

儀禮經傳通解十四册已收領訖，所言苕中善本，可得借鈔否？並望留神，餘不一一。

江斂谷：遵信朱子，是先生一生學業根本，而當時輩行中，惟楊園足以語此，故言之極其詳明剴切。

孫學顔：朱子的是頭等聖人，非智足以知聖人者，終信不及。學者須從小學、近思録下手做工夫，實見得從上聖賢相傳心法，然後知此文無一阿好語，而於朱子之書，自不敢妄生疑鑿於其間矣。

張謙宜：披瀝肝膈，情誼懇惻。此只是誠，學者勿摹其貌。

【校　記】

〔一〕義理　吕氏鈔本、妙山精舍集、詩文集鈔本作「理義」。

〔二〕妙山精舍集於「朱子」後旁補一「始」字。

復張考夫書

杭歸得手教，深喜道體安和。復晤寅旭，謂尊駕不日過齋，因爲修整破榻，灑掃以待者浹旬矣，而竟不見杖履之及。度今已及刈穫之期，或更須遲日，敢先致區區。

來教謂言行録之難成，其中條款，誠有如台慮之所及者。傳習録之批，不欲與世更起爭端，皆足以見先生實學爲己、鞭辟近裏之至意，其所以示儆者更深切矣。獨所謂非義之簞食，不可受人，欲仍就蒙館，不則寧枯槁楊園，似有若將浼焉，託詞以拒者，則某所傍皇回惑而不自知其由也。竊聞君子守先待後，其所至止，君公安富尊榮，子弟孝弟忠信，蓋其語嘿風流，皆足以廉頑立懦，固不在乎一卷之書、一鈐之説也。若言行、傳習二者，亦因去歲先生以無所事事爲歉然，則又妄揣以爲與伊川「別事做不得，惟有輯書有補」之義相當。故同商隱兄舉此奉商，亦惟先生可否，初不敢以爲必然也。然則先生辱教：「何必著書，不著書何必辭去哉？」再四尋繹，意者先生向時以爲有可就之義者，謂其足以陶鑄有成，不意年來舉動乖張，志氣隳落，有悦從而無繹改，深知其不可與有爲，大背乎先生之初衷，乃始爽然致悔於失人失言；斯其所謂非義者而加以是，亦教誨之苦心乎？果爾，某則以爲先生期之過高，待之過切，非因材之道也。

某本薄劣，識趣疎庸，通身病痛，隱微深痼，不可指數，但存此愛敬長者之一念，未嘗澌滅，庶可不棄絶之耳。韓持國之治室修窗，陳同甫之柑梨歲禮，雖老而不學，議論狂頗，而不終擯於程朱，或亦有道與人之一例也。抑更有請教者，先生所謂三百年間，紀載失實，不可信於後世，經變亂删修，盡非事實；愚則以爲此自古史乘之弊如此，不獨今日也。開國之時，文臣不如武臣，此亦恒理。人物高下，本不論文武，況此但録其一言一行耳，即朱子前集亦首列趙普、曹彬、潘美等。若趙普爲人，律之理義，有爲君子所必誅者，而朱子以之冠集，此亦因世次節存，或更有義也。復辟、議禮、三案、東事，若修史論事，則因事而論人，闕之載之，皆當嚴核，於此似可以不論，即論亦取其近是者而已。若必考論平生行修言道，足以當百世之師而後得存，則朱子自有伊洛淵源録在，其道學諸公之入言行，亦李幼武之所爲，非朱子意也。然即淵源録論之，如呂氏之學禪，張天祺、朱公掞之議論多過，游定夫之謂前輩不曾看佛書，王信伯之學術不正，李先之、周恭叔之晚節不終，邢和叔之後來狼狽，宜皆闕而不載者，而淵源且及之，則他可知矣。若精論學問之至，則本朝止有薛文清一人，然其言醇正而行亦有疎略者，將毋本朝無足存者乎〔一〕？至於節義、循良、文學，此皆史法取人，非言行録之義例也。鄙見此書之體，當遵朱子義例，不必於朱子之上別求春秋之旨。文獻無徵，亦止就目前所知見，存一代之崖略，以俟後之學者而已。如旁搜廣覽，務求備盡，雖史局纂修，徵羅宇内，恐不能無遺憾矣。然今日有學識之君子，不就其所知見而折衷之，將來日更泯没，又何所依傍哉？事關學術人心，同志商確，不期行世，似非知小謀大、妄希表見者比；至於徇外爲人〔二〕，亦各求其志之所在、義之所歸，恐不得以燔書而廢烹飪之用也〔三〕。惟先生所謂心力可惜，韶光無幾，當玩心於先代遺經，則此義更有大於斯者〔四〕；然則先生即以尊經實學指教後生，亦不可謂非其義所出矣，又何必枯槁楊園之鄉乎？鄙私頑戇，惟先生其終教之。

葬分八錢附上，便間幸致朱兄。此事孟浪，妻弟竟不料理，將來某只得自爲荒壟用耳。宗首處望先爲一一致明。竚望南臨，以盡請益。

孫學顔：謹厚之士，自守有餘，然見道或有未徹，臨事必多滯礙。觀先生與考夫書，便知因時制宜，非印板聖賢所能。張謙宜：詞氣恭謹，於商榷中，仍自婉順，可想其虚衷折節之雅。聞諸士林，考夫乃先生畏友，無黨之師也。

【校記】

〔一〕毋　原作「無」，據吕氏鈔本、孫刻本、妙山精舍集、詩文集鈔本、王鈔本改。

〔二〕徇　吕氏鈔本、妙山精舍集、詩文集鈔本、王鈔本作「狥」。

〔三〕以　原作「於」，據吕氏鈔本、妙山精舍集、詩文集鈔本改。王鈔本此處「於」、「以」兩字並列。

〔四〕則此　妙山精舍集作「此則」。

復張考夫書

别後，輯略及延平答問二書，俱繕寫訖，刻工歲前無暇，尚未上板。淵源録領到，即發鈔矣。近思録雖有二本，俱未盡善，專望藏本是正。聲始姊丈有一本，自稱勝坊刻，不知果否？云尚在几案，幸并示之。

來書所云學術不端，此大非細故。竊謂流俗陷溺之禍小，邪説亂真之害大。哆口論學，便以排詆先儒爲事，此的的呵佛罵祖心傳，就其議論躬行，截然兩橛；如前數書，且鄙爲老生常談矣。某之不揣固陋，欲繕刻諸書，正如尊教。數年以來，神馳函丈，正謂世教日敝，學統幾絶，巍然楷模，惟先生而已。某於此事，頗思究竟，願得晨夕以承教益，其所依望者甚鉅甚切，固不第爲兒子輩也。

澂湖之約，固知終踐，但聞後歲則已過其期矣，故敢請耳。惟望不鄙棄而許之，幸甚幸甚。垂諭教子之道，敬佩格言。弟目前慊志者少，且冬春多事，明歲頗艱於力；戊申奉攀，又多一番周旋，故竟虚席以待伊洛之臨講矣。汝典兄曾一面，即歎其和粹真篤，近日少見。佩蕙兄雖未晤，尊鑒必不爽，當謹識之。商隱、子高兩兄幸爲道意。旦中兄已東還矣。儀禮經傳通解所闕數卷，冬底可得借鈔否？冗次率復，不備。

與錢湘靈書 別號圓沙

自丁酉讀行卷來，夢寐傾倒於先生至矣。癸丑冬，刺船毘陵，奉訪不遇，歸來怏怏若失。及先生主講舊京〔一〕，而弟又年來病廢，不能千里命駕。相慕如吾兩人，而慳於一面如此〔二〕，真可怪也。然吾輩投契，本不在形骸，雖千載上下，固當几席遇之，況生同居近，筆札可通，造物即狡獪，不能禁吾神思不相接也。

伏讀教言及見懷之作，情深氣盛，骨峻神清，彷彿與子瞻、山谷挑燈夜對，歎息希覯之才，視目前紛紛名碩，真不堪奴儈耳。然又竊意詩文即壓倒古人，不足盡先生地界，向上更有事在〔三〕。先生曩落塵網，固無可言者，今幸已灑然矣。顧視宇宙至寶，棄置籬壁間，無人掇拾，具眼有力者亦復漫然過之，反皇皇於瓦礫查礦，求零星之獲，無乃犯孟氏不盡才之訶邪？又思先生篤學嗜古，於此必久矣，深造自得，有非淺陋所知測耳。狂言正欲盡發所藏，不僅博夜窗一軒渠也。便間望不恡一傾膈辱教之。

明年設帳何地〔四〕，乞詳示以便郵寄。弟比爲了知言集，先刻諸大家專稿，惟唐荆川先生未得全本。先生久處毘陵，必熟習其子孫故舊〔五〕，能爲弟一蒐索否？天蓋樓拙選，目下亦將增定全集，尊稿乞更惠一本，若得近作未刻者以懸式天下，令聽塗毒鼓而死、嗅返魂香而生，總在掌握間，亦大快事也。新刻金稿一册，奉爲消寒破睡之具。稚子行遽，欲言一時收拾不上，且俟再報耳。

孫學顔：當與題湘靈和陶詩參看，方知其立言用意之妙。

張謙宜：望其承當理學，語雖少，却是正意。蓋能作制義，只算文人，正恐僅以四書作舉業看過耳。

【校記】

〔一〕主　妙山精舍集、王鈔本作「坐」。

〔二〕而　據妙山精舍集補。

〔三〕妙山精舍集無「事」字。

〔四〕設帳　妙山精舍集作「帳設」。

〔五〕妙山精舍集、王鈔本無「習」字。

復高彙旃書

道之不明也幾五百年矣。正嘉以來，邪説横流，生心害政，至於陸沉，此生民禍亂之原，非僅爭儒林之門户也。歷朝諸君子知正其非，然卒不能窮其底裏，奏廓清之功，中賴忠憲先生，以正心大節，閑之於前；今又得先生淵源雒閩，承之於後。自來學者再世相傳，克昌厥緒，未有若斯之盛者也。施虹玉兄來，具述德門孝友躬行，家庭授受之樂，且諗新安諸友講習紫陽，得先生之鼓舞劘礪，日益光大，反經距邪，行兆已見，實天下後世之福。聖道之興，其在兹乎！ 不禁魂夢之飛越也。

某荒陬腐子，少失怙恃，顛危廢學，頹墮無成，徒以口耳之末，騰虚聲於污俗。致驚人宗，迺屈虚枉詞，下先村僻，又頒以大刻，教之指歸，勉其不力，至於誘掖獎借，有非某之所敢當者。再拜受讀，喜懼交集。伏歎先生嘉惠扶進之心，何如是其遠且至也。敬謝敬謝。手教謂陸派沸揚，朱學湮塞，從陸者易，從朱者難，足盡末流波蕩之失。某竊維其故，亦由從來尊信朱子者徒以其名，而未得其真；而近世闡提陸説者，其權詐又出金谿之上。金谿之謬，得朱子之辭闢，是非已定，特後人未之讀而思耳〔一〕。若姚江良知之言，竊佛氏機鋒作用之緒餘，乘吾道無人，任其惑亂；夷考其生平，恣肆陰譎，不可究詰，比之子靜之「八字着腳」，又不可同年而語矣。而所謂朱子之徒，如仲平、幼清〔二〕，辱身枉己，而猶哆然以道自任，天下不以爲非。此義不明，使德祐以迄洪武，其間諸儒，失足不少。思其登堂行禮，瞻其冠裳，察其賓主儔伍，知其未曾開口時此理已失，贏得滿堂不是耳，又安問其所講云何也！ 故姚江之罪，烈於金谿，而紫陽之學，自吴、許以下已失其傳，不足爲法。今日闢邪，當先正姚江之非；而欲正姚江之非，當真得紫陽之是。論語「富與貴」章，先儒謂必取捨明而後存養密。今示學者似當從出處、去就、辭受交接處，畫定界限，札定腳根，而後講致知主敬工夫，乃足破良知之黠術，窮陸派之狐禪。蓋緣德祐以後，天地一變，亘古所未經，先儒不曾講究到此，時中之義，别須嚴辨，方好下手入德耳。

率臆妄議，自知纛狂，無當於理，惟先生不棄其愚而教正之，幸甚幸甚。家刻朱子遺書七種呈覽；其論孟精義、儀禮經傳通解，正在繕寫，以力艱未能速成，尚遲異日。虹玉兄歸塗取道錢江矣〔三〕，其篤志好學，敏鋭而端醇，目中尠覯，又足窺先生取友與人之無不善。兹以敝門人董生便道，謹令肅謁。率泐附候。陰令凝寒，初陽潛復，伏惟爲道愛護，以副遠望。不宣。某再拜〔四〕。

某按，沈龍江文雅社約書劄一條云：「君上至尊，臣下表章未嘗用紅紙紅簽以爲敬。乃鄉俗往來率用全紅，無乃侈乎？」其言甚當。承先生賜帖，亦似過隆，今後願先生一概書劄止用白簡，或雙幅，或單帖，以存示儉示禮之意。未知是否？何如？

某又拜言。

【校　記】

〔一〕讀而思　原作「思而讀」，據孫刻本、詩文集鈔本、王鈔本改。按，所據底本於「讀」旁書一「思」字，於「思」旁書一「讀」字。

〔二〕仲平 原作「平仲」，諸本同。按，許衡字仲平，吴澄字幼清。

〔三〕錢江 吕氏鈔本、詩文集鈔本、王鈔本作「錢塘」。

〔四〕某 據孫刻本、王鈔本補。

答某書

茅齋晤對，未盡萬一；贈言在耳，至今如雷。此刻得十月廿八日書，千里之外，經年之別，諄諄不忘，以良規相勖，何見愛之至斯也！感激感激。弟本庸人，未嘗學問，丙午所爲，亦一時偶然，無關輕重。相知者喜其有片長足録，未免稱許過當；聞者因而疑之議之，亦其情也。足下又從而洗刷勸勉之，益令人慙死耳。然故人善善之長，同郡觀察之慎，於此具見君子愛人成人之意，周詳篤摯，又非尋常期贈比也。感謝感謝。

自別後，醫藥之事，凡外間見招者，一切謝卻，已一年矣。只知交及里中見過有不能辭者，間一應之。初亦未嘗計及醫品損益，但於斯有未能自信處，恐致誤人，以此謝卻耳，不意其已有合於良箴也。

今歲屈致考夫兄在舍，求其指教，冀於身心間稍得收拾，未知有受益之地否耳。張佩璁已會過，有志之士也。朱韞斯、曹射侯兄弟、祝兼山俱安好。中庸輯略已成書，延平答問刻及其半，近思録尚未上板，俟刷印時自當寄覽。雲士處五書當即致去。寄信客此刻即行，倉遽草草不備。

答潘用微書

某南村之鄙人也，至愚極陋，未嘗學問。幼讀朱子集注而篤信之，因朱子而知信周程〔一〕，因程朱而知信孔孟，故與友人言，必舉朱子爲斷，友人遂謬以爲好理學者，其實未嘗有聞也〔二〕。朱子所謂使人一日見其面目，聽其辭氣，察其所爲，則冗然一庸人耳，其不唾而棄之者幾希。吾友道原稱足下清操篤志，以道自任，則必學務爲己，其於取友輔仁，不啻詳且嚴矣。過聽人言，辱以長書下問，以先賢不可得聞之言，質之未嘗有聞之庸人，此則足下之失人失言，亦非某之所冒昧敢當也。

足下書云：「篤於信孔孟，故深於疑程朱。」某則不然，竊恐於孔孟未必篤信耳。果篤信孔孟，則未有更疑程朱者；若疑程朱之不合於孔孟，某將謂從孟子便應疑卻〔三〕：孔門但言仁，孟子則言仁義；孔子言性相近，孟子則言性善。可疑也且不止此，將謂從孔子便應疑卻：孔門問仁，孔子答之，彼此異詞，無一言之同，又何從得所謂一定之論，明聖賢之旨趣，爲後學之宗依耶？如此，則直合疑殺，東坡所云疑漢不曾有揚子雲也。

足下書又云：「宋賢之所謂理，即老莊之所謂道。」且未説程朱，即老莊二公亦未肯心服在，無怪乎觸處皆疑也。嘗聞之矣，言不難擇而理未易明，必於古人之書，反覆玩味，寬心游意，使其所説如出於吾之所爲，無復纖芥之疑，而後發言立論，辨其可否；不則理有未明，於人之言有未能盡其意者，豈可遽絀古人而直任胸臆之所裁乎？某之所聞於朱子者如此，若兩書中云云，某學識卑闇，實不能辨也。應君從未識其人，書中謂其有論宋賢性即理之非，則知其人亦未盡人言而輕於立説者，或者其所辨論足以超越前古，庶幾與足下鼓吹，有運斤投芥之合乎？來書已轉託友人識其人者遞去，得其報當奉寄也。

吾友道原云，足下曾熟張考夫兄。某之畏友，只考夫而已，然其人亦篤信程朱者。足下若謂直接孔孟，鄙棄一切，則當自有同志，倘欲從程朱以得孔孟，則盍不就考夫質證之乎？道原兄行促，適患齒痛，不能握筆，口授兒子奉覆。高明以爲如何？

江歛谷：通首闢之雖嚴，然理有未明一段，真乃一服返魂丹也，不識用微能虚心領受否？

孫學顔：陽儒陰釋之徒，未有不疑程朱者，因其説不足以服人，故又借信孔孟之説以彈壓之。殊不知孔孟程朱，道統相傳，不差累黍，疑則俱疑，信必俱信，不容分彼此也。潘用微拾陽明之唾餘，欲鼓其説以亂吾道之真，故先生於此辨之最嚴，讀者尤宜服膺。

張謙宜：世間原有此種狡黠外道，抱孔孟而攻程朱，正是挾天子以令諸侯之故智。顧惜情面，罪比扶同，先生衛道之功，略見一斑。○「應君從未識其人」旁注：豈杭州應嗣寅乎？眉批：今考訂是。

【校記】

〔一〕知　據妙山精舍集補。

〔二〕所據底本於「有」、「聞」間旁書一「所」字。吕氏鈔本有「所」字，妙山精舍集無。

〔三〕從　據孫刻本、妙山精舍集、王鈔本、詩文集鈔本補。所據底本於「謂」、「孟」間旁書一「從」字。

與施愚山書

去歲得九日手書，兼荷緑雪青螺之惠，秀色清芬，充溢村屋，恍如對敬亭見君子也。

夔公歸時，欲數行候謝，而臨行相左，深以爲憾。頃接教言，重辱垂注，西望天末，但有神往耳。先生膺斯世斯文之望，所居與游，論文講義，流傳遠近，在陶鑄中者不爲少矣。

某跧伏荒塍，日趨弇固，偶於時藝，寄發狂言，如病者之呻吟，亦其痛癢中自出之聲，而賞音者以爲有當於歌謳，顧先生亦有取焉，又自憮然也。至謂痛抹陽明太過，爲矯枉救弊，此則非某所知。平生於此事不能含糊者，只有是非二字。陽明以洪水猛獸比朱子，而以孟子自居，孟子是，則楊墨非，此無可中立者也。若謂陽明此言亦是矯枉救弊，則孟子云云，無非矯救，將楊墨告子皆得並轡於聖賢之路矣。且所論者道，非論人也。論人則可節取恕收，在陽明不無足法之善；論道必須直窮到底，不容包羅和會，一着含糊，即是自見不的，無所用爭，亦無所用調停也。使陽明而是，則某爲邪説，固不得謂之太過；陽明而非，則某言猶有未盡者，而豈得謂之太過哉！從孔孟程朱，必以辨明是非爲學，即從陽明家言，渠亦直捷痛快，直指朱子爲楊墨，未嘗少假含糊也。然則不極論是非之歸，而務以渾融存兩是，不特非孔孟程朱家法，即陽明而在，亦以爲失其接機把柄矣。某所以寧犯不韙之名，而不敢以鶻突放過也。先生不鄙其愚，伏望更有以垂誨之，幸甚幸甚。

比欲蒐尋三百年八股文字成知言集一書，凡經生社稿，無不入選。貴郡爲聲氣淵源，遺文必多，望爲某一訪購羅致，感何如之。夔公爲寫知言集，未得即來，計秋深過候。先生稿樣，望先時料理成帙，渠到便於卒業也。尊文領讀，猶恨其少。小題湖筆，草率伴緘〔一〕。痔瘻作惡，不能握筆，口授兒子奉候，不恭。

江斂谷：論道非論人，一語破的，雖曲愛陽明者，亦不必爲之調停矣。

孫學顔：邪説亂正，似是而非，儒者衞道，不過辨取真是真非，令彼不得肆害於人心耳，豈真與之爭勝負哉！俗儒不識聖賢苦心，必欲打滅是非二字，務爲調停之説。此生民之禍，所以靡有底止，而憂心世道之君子，益不能已於辨也。

【校記】

〔一〕伴緘　原作「絆緘」，據吕氏鈔本、孫刻本、詩文集鈔本、王鈔本改。

與施愚山書

瀕行走别寓齋不值，即以尊稿致許兄。次日早發，遂不能再詣，至今惘然。倥傯中草草讀先生之詩，未能盡窺堂廡，已信其遠則纓帶岑王、近則凌轢何李無疑也。然微窺先生，有不欲以是爲了卻一生者，則又深歎致遠明志，其進取者大矣。近世作者得到先生境界，不知復有幾人，而尊意如此，此非流俗所知也。而且咨嗟太息，以直諒下責於村子，何敢當，何敢當！然不敢不仰承尊旨，以求正於君子。竊謂古今論詩者，淺之爲聲調，爲格律，深之爲氣骨，爲神理，盡之矣。以此數者論先生之詩，所謂子女玉帛，羽毛齒革，君之餘足以波及天下，而何以益之？無已，則六經之義乎？孟子曰：「王跡息而詩亡，詩亡然後春秋作〔一〕。」然則詩之義，春秋之義也。全唐詩人，較量工拙，未必盡讓子美，而竟讓之者，諸人工於詩，子美得此義也。由先生今日推之極於大成，敢謂更不須進步，然所謂進步者，亦不過於聲調、格律、氣骨、神理間脱落變化而已。其著作能方郝陵陽、虞道園矣，講學能駕吴幼清、許平仲矣。先生試取此數子之集，平氣以衡之，得毋尚有歉然於中者乎？然以春秋視數子，曾不如其無有耳。豈數子之著作講學猶有所未工哉？亦或失其義也。先生誠退求諸此，不爲外物所動，灑然特立乎千仞之崖，其視郝虞吴許，直不屑點我足汗耳。不然，則所爲方駕數子者，無論是世情語，非世情語，是未及，是過之，總只在彼圈襀中，終無出理。此如風轉帆回，滿船物色，一齊拽轉，百貨到家，比之漂泊狂濤時，實則猶是也，今乃爲我有耳。先生得無意乎？

某褊心迕俗，轉喉觸諱，非先生其何敢發此狂言耶？比歸里門，覩聞無非詫異〔二〕。向所謂由都會以及郡縣者，益駸駸見逼矣。目下決計活埋於南陽村舍，有句云「同流合污非所能，絶人逃世從兹始」，將以巨石支扉，不復與城闕周旋矣。先生倘不鄙其迂隘，有取乎論詩之義，則他日扁舟問我於岸蘆叢竹間，挑燈燒菜，藉草談經，亦自有一番景致也。丹陽道中，次韻得一首録正。外所委已修改如法，並摹印二百册，附夔公馳上。雲泥睽隔，臨書依戀。

孫學顔：詩與春秋不同，而其義無不同也。然非學足以知聖人作經之心，終不解義之所以同者謂何，況欲守其義以善其身乎？請以此作題目入思議，而毋妄疑其説可也。

【校記】

〔一〕然　據孫刻本、詩文集鈔本、王鈔本及孟子原文補。

〔二〕吕氏鈔本、詩文集鈔本、王鈔本於「覶聞」後有一「間」字。

與施愚山書

歲杪拜書，即匿影南村。腐儒過計，謂人心惡薄日甚，即殺運所開，聊避睹聞，竊恐不免。入春以來，風雨飄忽，草木時驚，竄息中言念高賢，渺焉天末，未嘗不搔首睠懷也。夔公來，得詳近履，捧誦手教，如接音徽。世事紛紜，至斯文危微絶續之會，先生幸脱塵鞅，亟以大擔壓肩，興起來者，任不小小，卻於分内亦只有此事合作，懸知灑然一切，墮地之甑，正不足當知道者之回顧沾帶矣。

尊著領讀，理法兼至，真大雅之作，即入集以惠後學。事理無大小，文字亦猶是也。有謂此與事理有别，與凡文字又有别，知其人於事理文字俱成斷港絶流，未有見處。在君平握粟，尚可言忠孝，況本來此物此志乎？論文正當共明此義也。詠見贈詩，風力又别具一格，鍾司徒書法，種種巧妙，總是熟中生耳。妄次三律，用志懷企，非敢以巴里和春雪也。又承葛香之惠，厚意篤摯，令人不敢辭，謹拜珍賜，至謝至謝。宣箋珀杯，聊以伴緘，非以云報，祈一笑置之。吴雨若兄未通賤名，不敢冒未同之愆。先生稱其行高學正，定非虚語，煩致嚮往之私，俟異日相見求教耳。燮公因尊稿未竣，匆遽西來，附此率率，不盡欲語。

答吴雨若書 號晴巖，宣城人

曩者得聞先生文行之高於施先生，久矣心企之。甲寅湯生來，辱先以手教，示以著作，開函飫發，不可覶縷。靜定披諷，皆衷正道，距邪説，犯天下之忌嫉而不顧；文之奇瑋，又足以達之，無論近世陷溺講師，雖前輩諸君子之救正，亦少此明辨也。先生又以某之荒言，時有近於指趨，欲引而寘之同聲之應。自顧闇鄙，何足以承此，然不敢不自幸且奮也。路長勢阻，奉報無郵，湯生昨歸，又相失，不得附書。先生迺不棄，復賜不倦之誨，循省稽晉，益滋惶悚。

竊謂聖道在兩間，雖千年無人，任異端所惑亂，而未嘗澌滅也。今日疑果澌滅矣，忽於澌滅中得先生之言，又有一某千里不相約而合先生之言，此何由乎？即所爲澌滅不得也。是以君子不必爲道憂，而亟爲自憂，憂之必辨之，辨之必極其至而後已，豈過求以爭勝立異以爲高哉？不如是不能定是非之歸，而實得之於己耳。故得彼之所爲非，而益信此之是，一辨也；真得此之所爲是，而後能盡彼之非，又一辨也。讀先生甲寅所示正王諸文，於彼説之非，既洞抉無餘矣。某復何以進？無已，則商吾之是者，可乎？夫所非爲王，則所是爲朱可知矣。按朱子平生所嚴闢者三焉：一金溪，一永康，一眉州也。金溪之爲姚江不必言，若永康之功利、眉州之權術，兼挾文章之奇，尤足以痼學士大夫之疾，故朱子闢之甚厲。果以朱子爲是乎？宜於此擇之精語之詳矣。今讀後寄街南諸作，於義例似未嚴也，且議論往往出入永康、眉州間，毋亦朱子謂賢如吾伯恭，亦尚安於習熟，不甚以爲非者乎？倘於此有纖毫之疑，即於所是有未的，則所非雖甚辨，尚須勘驗也。自古有道所生之文，有因文見道之文，如退之、永叔因文見道者，先儒猶少之，以其有所明亦有所蔽，不足定是非之歸也。故學者多患不能文，能文者又患不純乎道，又必有韓歐其人生程朱之後，實得其道於己，一開斯域焉。度其文必韓歐有未之及者〔一〕，而惜未之見也。先生幾之矣，可仍爲未見程朱之韓歐哉！狂迂之言，似無端而可怪，然譬之舶賈泛大海，遇颶濤，群以盤針致戒於舵師，非其技嫻於舵師也，衆賈之命存焉爾。某且託命於先生矣，故不揣固陋，以求正於左右，其或未然，藉以發鍼石之施，尤某之深幸也。家刻朱子遺書一册奉覽，無緣面承教誨，惟冀以時爲道加重，不宣。

江斂谷：是非界限明白，則異端俗學之説，不攻自破。

【校記】

〔一〕文　原作「人」，據吕氏鈔本、孫刻本、詩文集鈔本、王鈔本改。又，所據底本於「人」旁書一「文」字。

答吴晴巖書

某頓首，敬復晴巖吴先生道兄足下：兩辱手書，賜以大著，恨道遠病廢，不能覿面求益，然循省惓惓之意，可謂厚且至矣。前者正王之教，似以某有一知半見之仰同，足以共論者。今兹惠示旨述〔一〕，則又似憫其知見之陋，而欲以所得廣之者。天下芸芸，幾人理會斯事？其高座説法者，勢又不可復受商量，如老兄之擔荷大業而垂誨不倦，誠世俗之所稀，某何幸而得此於老兄也。然某之惷頑僻固，實有所不可廣，亦不敢曲附爲同者，不敢不明告而冀垂亮焉。

某平生無他識，自初讀書即篤信朱子之説，至於今老而病且將死矣，終不敢有毫髮之疑，真所謂賓賓然守一先生之言者也。今教之曰：「爲講義制舉文字則當從朱，而辨理道之是非，闡千聖之絶學，則姑捨是。」夫講章制藝，世間最腐爛不堪之具也，而謂朱子之道僅足爲此，則亦可謂賤之至惡之至矣，此某之所未敢安也。夫朱子章句集注，正所以辨理道是非，闡千聖絶學，原未嘗爲講章制藝而設，即定制經訓從朱子〔二〕，亦謂其道不可易，學者當以是爲歸耳，豈徒欲其尊令甲取科第已耶？况某村野廢人，久無場屋之責，其有所評論，亦初非爲制舉文字當爾也。今指某尊朱以攻王爲制舉家資，則其不然又甚矣。果僅爲制舉家資云爾，則王何必攻，王非令甲所禁也。且某尊朱則有之，攻王則未也。凡天下辨理道、闡絶學，而有一不合於朱子者，則不惜辭而闢之耳，蓋不獨一王學也，王其尤著者耳。

昔者孔子之道雖大，然當戰國時，楊墨老莊儀衍輩出，天下幾無孔子矣，賓賓然守一孔子之言者，孟子耳。今天下知尊孔子而不敢非，此非今天下之明，孟子之力也。然孟子之言歷千餘年猶少信之者，以宋司馬温公之賢，猶疑且詆之，他可知矣。及南宋朱子出〔三〕，賓賓然守一孟子之言，然後孔子之道乃益著。今日老兄與某得以尊信孔子之道者繇孟子也，而得尊信孟子以及孔子者繇朱子也，故某之尊信朱子也，又親於孔孟。今教之曰：「奚爲賓賓然守一朱子之言？」則孔孟先危矣，奚有於朱子？陽明不云乎：「道天下之公道，學天下之公學，非朱子可得私，非孔子可得私也。求之於心而是也，雖言之出於庸人不敢非也，而況出孔子乎？求之於心而非也，雖言出孔子不敢以爲是也，而況未及孔子者乎？」今尊書之旨毋亦猶是，而且闢王學爲内篡，告子爲内畔，佛老爲外寇，不知所云云者爲内篡歟？内畔歟？外寇歟？吾恐老兄之於王學猶未盡其説，且有陰墮彼中而不自覺者矣。

夫陳獻章、王守仁，皆朱子之罪人、孔子之賊也。今特宗獻章後人之旨，而譋斥守仁，是猶魏、吴皆漢賊也〔四〕，尊魏得漢統而獨斥吴，宜非吴人之所服矣，況又奉魏以攻後漢乎？集中如「意爲心所存」、「大學從古本」、「格物格本末」，皆陳、湛後人之所已言，是老兄固未嘗不賓賓然守一先生之言也。但其爲一先生者不同耳，繇朱子而程子而孟子而孔子，此一先生也；繇尊刻所述而湛若水而陳獻章，亦一先生也；則繇陳獻章、王守仁而陸九淵而達磨而告子，亦一先生也。凡此先生者宜何從，則千古必有能辨之者矣。蓋某之闢王説也，正以其畔朱子；而老兄之闢王也，不必不畔朱子，則某之闢王固不可仰爲同。而其賓賓然守朱子之説〔五〕，有一不合即以爲畔道而不敢從，則尤非尊教之所欲廣矣。老兄高明迥出，不難駕越朱子而上，度必有同得者與爲證合，最下亦須與朱子等者，而後能契服焉耳。某方俯伏朱子門廡之下，又安能知而敢與辨所説之是非哉！所敬布左右者，第以明己意，不敢强爲附和而已。悚息之深，伏冀垂察〔六〕。某再拜。

孫學顔：晴巖没溺於王氏之學，故以先生守一朱子之説爲非，且謂爲講章制藝則當從朱，辨道理、闡絶學則姑舍是，是分明自寫叛朱供狀，而猶不自知其有罪，可謂無忌憚之甚矣。嗚呼！群言淆亂，壞人心術，苟非知言君子，有以折衷其説，不幾又使宇宙爲長夜乎？讀者能與閑闢録同觀，庶幾不負作者苦心。

佚名：「今天下知尊孔子而不敢非」眉批：今天下知尊朱子而不敢非，此非天下之明，先生之力也，先生誠朱子第一功臣也。（王鈔本）

【校記】

〔一〕惠　原作「專」，據吕氏鈔本、詩文集鈔本、王鈔本改。又，所據底本於「專」旁書一「惠」字。

〔二〕定　原作「祖」，據吕氏鈔本、詩文集鈔本改。又，所據底本於「祖」旁書一「定」字。

〔三〕朱　原作「諸」，據吕氏鈔本、詩文集鈔本、王鈔本改。又，所據底本於「諸」旁書一「朱」字。

〔四〕魏吴　原作「吴魏」，據吕氏鈔本、詩文集鈔本、王鈔本改。又，所據底本乙作「魏吴」。

〔五〕其　吕氏鈔本同。孫刻本、詩文集鈔本、王鈔本作「某」。又，所據底本於「其」旁書一「某」字。

〔六〕察　原作「譽」，據吕氏鈔本、孫刻本、詩文集鈔本、王鈔本改。

與葉靜遠書

兩接手書，皆發蒙鞭駑之言。千里勤渠，期責深至。顧某何人，足以當此，又復何幸而能得此也。三復永佩，敬謝敬謝。某頹唐不自力，兩年以來，撲揪塵埃，有消無長。考夫先生雖在舍間，而違離之日多，親炙之時少。今年又得渝安、寅旭、佩璁諸君子相聚邑中，友朋合并之緣，從來希覯。然師資在望，故我依然，即容貌詞氣間，固是一麁疎人也，則其所爲開徑求益者，亦徒以名而已矣。不敏、不勇、不虚受，又孰有甚於此？臣猶知之，而況於君耶？今思刻意摒當，墨守洛閩之書，不欲爲顢頇謬悠之見，不敢爲主張調劑之言，卑之無高，冀有稍進，庶幾不負楷模劘切與千里提撕至意乎？然臣精銷亡，退就新懦[一]，不知終能收拾否也。朱子遺書四種先完，正在刷印，恨信行促迫，未及待成，俟後便寄呈可耳。何時快晤，以承教言。冗次率復，不備萬一。某再拜。

張謙宜：説本分話，故無應酬氣，此莫是最難處。

【校記】

〔一〕新　原闕，呂氏鈔本同。據孫刻本、妙山精舍集、王鈔本補。國粹叢書本作「頑」。

與葉靜遠書

自變動以來，貴里尤爲雲擾之地，未嘗不念及道翁，不知潛止何所。接教，審已越在近地，喜可知也。弟自前歲冬即移居村莊，比亦患瘡疥，至不能行動。吾道日衰，正人代謝，張考夫[一]、沈石長、張佩璁於去年相繼厭世，敝鄉同志，一時略盡；厪存者何商隱、凌渝安而已。兩公皆未有後人，商隱近復受小人之侮，坐訟未已，不知天道何故？看此火色，殊未是陰消陽長之幾。如何如何？尊札中施、孫二姓，從未識其人，豈非敝郡講學之徒乎？若然，則邪妄人耳。乃與張、何雜稱之，甚失其倫，不可不辨也。中秋後候尊駕之來，以罄縷縷。敝居在南門外黑板橋，問呂家東莊即得。手不能書，口授兒子，不一一。

【校記】

〔一〕夫 呂氏鈔本作「翁」。

答葉靜遠書

久不得覿止，遠企爲勞，接手教甚慰懸念。某衰病日深，支骨待死，較丁巳追隨時先生所覩憔悴之容，已不可復得矣〔一〕。

醫事久已謝絶，惟點勘文字則猶不能廢，平生所知解惟有此事，即微聞程朱之墜緒，亦從此得之，故至今嗜好不衰。病中賴此摩挲，開卷有會，時一欣然，覺先聖賢一路，目前歷歷，而正嘉以後諸公，講學紛紜，病譫夢囈，皆因輕看經義，不曾用得工夫，未免胡亂蹉卻路頭耳。若謂弟逐蝸蠅生計，弟雖不肖，不至污下如此。尊教殷殷愛我，而賜之鞭策，敢不感激思奮？然於斯意尚多未達，又未免耿耿也。

竊謂事理無大小，文義無精粗，莫不有聖人之道焉，但能篤信深思，不失聖人本領，即擇之狂夫，察之邇言，皆能有得；如本領差卻，則以曾子之慎獨，孟子之良知，未嘗不原本經傳[二]，然適爲近世惑亂之鼓笛，路頭一蹉，雖日日静坐，時時讀書，徒以佐其謬妄耳。病在小時上學，即爲村師所誤，授以鄙悖之講章，則以爲章句傳注之説，不過如此；導以猥陋之時文，則以爲發揮理解與文字法度之妙，不過如此。凡所爲先儒之精義，與古人之實學，初未有知，亦未嘗下火煅水磨之功，即曰「予既已知之矣」，老死不悟所學之非。鼠入牛角，蠅投紙窗，其自視章句傳注文字之道，原無意味也。已而聞外間有所謂講學者，其説頗與向所聞者不類，大旨多追尋向上，直指本心，恍疑此爲聖學之真傳，而向所聞者果支離膠固而無用，則盡棄其學而學焉。一入其中，益厭薄章句傳注文字不足爲，而別求新得之解。不知正嘉以來，諸講學先生亦正爲村師之講章時文所誤，不屑更於章句傳注文字研窮辨析，乃揣撰一副謬妄淺陋之説，以爲得之，不覺其自墮於邪異耳。故從來俗學與異學，無不惡章句傳注文字者，而村師與講學先生其不能精通經義亦一也。蓋人聞邪異之解，則必於章句傳注真有自信不及處。要知此自信不及者，乃吾心之粗，非古説之失也；亦村師講章時文之所蔽，非章句傳注之本然也。篤信深思，精其心以求之，則其理自出；輕信粗心，則必反疑古説，於是奮其私智，穿鑿破碎，思妄駕乎章句傳注之上，罪不勝贖矣，乃反謂經義必不可以講學，豈不悖哉！ 今日理學之惑亂，未有不由此者，而其原則從輕看經義、不信章句傳注焉始，此某所以皇皇汲汲，至死而不敢捨置也。遺書精義已成，尚未較對鑿補。 儀禮經傳通解，正在繕寫發刻，但其事浩大，不知能畢工否耳。 童蒙訓一册呈上。 凌渝老今歲仍在敝里，涵養加邃，其尊翁已服闋矣，弄璋之事，並無其具，奈何！ 曹舍親俱好在。 後學規訓容索取奉寄。 率復不盡。

孫學顔：世衰道微，爲人心禍祟者，不外俗學、異學兩種，而此兩種病根，皆自輕看經義，不信章句、傳注生來。 一經先生道破，覺正路之蓁蕪，爲之一空，學者毋終爲村師所誤可也。

張謙宜：先生所言，固中前朝巨公之弊。 然彼雖叛經，其文章自成佛老體段，尚可欺誑一時。 今則名遵傳注，而握管提衡之子，别有肺腑，其不宗程朱，亦不附異端，杜撰一種鄙俚荒蕪、漫無根柢之詞。 使先生尚在，敢寓目開口耶？ 竊謂石門正學，又將落劫，書不待焚，而庋閣腐爛，即同灰燼，將奈之何！

張千里：本是富貴功名中人，遭時不偶，聊以經濟之才，寓之筆墨。 又不甘僅爲時文選手，故假講學以博名，借時文以取利。 以爲生長□□，縱不得貴且得富耳，縱不建功且立名耳。 此一寸，真贓物也。 ◯今日之病，又在小時上學，村師即授以南陽講義、東莊選本，以爲先儒精華，古人實學，不過如此。凡所謂「居敬力行，踐行盡性」者，率視爲姚江之流弊、江門之宗旨，概勿之省。其爲身心害事，可勝言哉！（轉引自呂留良年譜長編卷十六）

【校記】

〔一〕已　妙山精舍集、王鈔本作「又」。

〔二〕原　呂氏鈔本、妙山精舍集、詩文集鈔本、王鈔本作「源」。

答張菊人書

於時文中見所著，瑰奇窅緲，知非經生家；後於孟舉處得所貽詩，清挺傲俗，又知非時下僞盛唐詩人。今來舊京見諸作，則洵元和、長慶之遺也。有作如此，其不傾注者情乎？顧以蹤跡暌異，不自唐突，乃忽枉詞屈慮，先我以書，又其中推許過當，有非某所可承者，則又怪執事之致於己者甚高，而假於某者何寬也！

某荒村腐子，生長喪亂患難之中，顛蹐失學。今年四十又五矣，鬢齒敗墮，志業不加進，本末無足觀，挑燈顧影，輒自悲惋耳，又何云哉！自來喜讀宋人書，爬羅繕買，積有卷帙，又得同志吴孟舉互相收拾，目前略備。因念其爲物難聚而易散，又宋人久爲世所厭薄，即有好事者，亦揀廟燒香已耳。再經變故，其澌滅盡絶必自宋人書始，今幸於吾一聚焉，不有以備之流傳之，則古人心血實澌滅自我矣。因與孟舉叔姪購求選刊，以發其端，以破天下宋腐之説之謬，庶幾因此而求宋人之全。蓋宋人之學，自有軼漢唐而直接三代者，固不係乎詩也。又某喜論四書章句，因從時文中辨其是非離合，友人輒慫恿批點，人遂以某爲宗宋詩、嗜時文，其實皆非本意也。近者更欲編次宋以後文字爲一書，此又進乎詩矣。室中所藏，多所未盡，孟浪泛游，實爲斯事。至金陵見黄俞邰、周雪客二兄藏書，欣然借鈔，得未曾有者幾二十家，行吟坐較，遂至忘歸。憶出門時，柳始作綿，今又衰黄矣。

前孟舉云，見足下考索詳核而好奇。恨其時外走，不得親叩。又聞許示茶山、紫薇、斜川諸集，夢中時樂道之。今讀手教，更知其詳，如江西詩派一書，某求之十餘年而未得者也，承許秋後盡簡所蓄惠教，某何幸得此於執事哉！謹以所有書目呈記室，外此倘有所遇〔一〕，知勿惜搜致之力也。

某疇昔無境外之交，性又戇頑，不善懷刺掃門，尤畏近貴人。至此間初無所主，旋遇徐州來、黄俞邰、周雪客諸子，不以某爲怪而與近，則又自忘其麤疎也，而狂與諸子言，今日之所以無人，以士無志也。志之不立，則歧路多也，而歧路莫甚於禪。禪何始乎？始於晉。今中國士夫方以晉人爲佳，而傚之恐不及，又孰知有痛乎？自嵇、阮出而禮義蕩然，神州之所以陸沉也；王安石、蘇軾繼之，而北宋以陷；陸九淵繼之，而南宋以亡；王守仁、李贄繼之，而乾坤反覆，此歷歷不爽也。吾儕身受其禍，謂宜談虎色變矣，而猶多浸淫游戲於其中，其於治亂之原，殆有所未審耳。或者豪傑之士，不得志於時，則借以抒其無聊者有之。某竊謂今日不得志，未必非天所以成全之也，何用無聊而遽遁於異物耶？某又嘗謂，三代以下，學者大都被司馬遷、蘇軾二子教壞，令人靡所不爲。其病中於心術，人必不爲二子所惑，而後可以言學，詩文雖小道，其源流亦出於是。執事高明老宿，其不以某言爲誕悖乎？

所示時藝，得莊子、史記之神，而文序一首則孫可之筆也，只此已足俯視一切矣。詩文作家，執事固有辭之而不得者，然某之所望於左右又有進於是。横術廣廣，吾道無人，其可不疾痛而屈頭肩此大擔耶？足下年長於某，其聞識多於某，顧不揣刺刺云爾，亦以同溺旋渦中，不得不號責於有力善泅者耳。偶作二首，匆次不及謄清，以草稿附呈，亦以見求正之急也。末緣相見〔二〕，徒切依仰，言無倫次，恃鑒不宣。某再拜〔三〕。

孫學顔：士不立志，不知所以爲學，未有不溺於功利詞章，流於陽儒陰釋，而終於蕩滅先王之禮教者。篇中痛懲嵇阮王蘇諸人之弊，皆爲天下後世立防範也。惜當時無足語此義者，徒費先生一片救拔苦心耳。張謙宜：東坡、子靜、陽明謂足以亡宋明，人必不信，此從生心害政、相沿成風處，究極言之耳。其及史公亦然。篇中望之極厚，然詩古文，無關於理學，先生姑一唤醒則可。○讀蘇文，能取其所長、棄其所短者，惟見一方正學；讀史記有得者，如唐荆川、歸震川，而不免爲良知禪學所惑，看來真是難。己丑正月八日記。

【校記】

〔一〕外此　妙山精舍集作「此外」。

〔二〕末　原作「未」，據吕氏鈔本、孫刻本、詩文集鈔本、王鈔本改。

〔三〕某再拜　據孫刻本、王鈔本補。

答戴楓仲書 名栻，山西人

某足跡不越江南，交游不及名位，荷鋤村畦，穿穴故紙，頽然乾坤一棄物，持此終老而已。何意數千里外，有道君子有從而物色之者，某適滋懼也。讀半可集，浩演渟滀，無從測其涯涘。再讀自序，始知淵源於東鄉。今從二川以入歐曾之室，故宜其門戶正大如此。近世文字，自震川出，始能窺子固之藩籬；而千子表章震川之力，功更不小。然竊謂二公之論文，亦止論文之法耳；後來之説愈精，總不離文法，最上一關卻無道及者。不知古人用許工夫，成此不尷尬者，將安用也？眼前紛紛，多不出朱子辭、闢二途，江西頓悟，永嘉事功，而愚謂更當闢眉山之權術。去此三大患，必更有實得古人處，不知先生於狂言謂何也。

來教云：「大丈夫當此時欲以筆墨見長，可鄙甚矣。」此雖執謙之言，然語亦有病。世衰道微，不患亂之不歸於治，患只成漢晉唐宋，不能復三代，正在此時之君子存此理於筆墨耳。孔孟不得志，亦須存其言，豈以筆墨鄙乎？如徒以文法也，然後謂之筆墨也可，則且有不止於鄙者，如所謂頓悟也、事功也、權術也。其言之不精則禍中於生民，孟子所謂「生心害政」，立言者可不慎與？然則先生今日以著述自命，正當以宇内第一肩大擔子自任耳，何言之過輕也！

承惠，祇領傳草晉詩〔一〕，以誌勿諼。玉鈎藉返，適在村莊避兵，無以爲報，徒有慙負。拙刻偶評一集呈覽，若以筆墨觀，此又筆墨之最下矣。然或有未盡鄙處，亦欲於此下一轉也。一笑〔二〕。山河遼闊，相見末從，臨書神溯。

孫學顔：爲學必有實得古人處，方能透文字最上一關。而三代之治理，亦可藉是以存，然非能以宇内第一肩大擔子自任者，方且求向江西、永嘉、眉山門下討生活，而惟恐其不容也。又何怪其用許工夫，僅能成一不尷尬物事耶？此儒者之學，所以貴先立志也。

張謙宜：從古文引入正路，其用心良苦，然度其必不相當也。

【校記】

〔一〕傅　原作「傳」，據妙山精舍集、王鈔本改。妙山精舍集旁注：「傅君，太原人，善草書，名山。」

〔二〕一笑　據妙山精舍集補。

復黄九煙書

三次得書，皆以骨董爲緣，其事甚可憎，然以此得通數年未通之消息，又甚喜之也。執事清操好古，世不易得，某比雖杜門，無日不思一見，得書如得面焉，故不惜一引致耳，非好古董也。其售否厚薄固非所與聞，且孟舉不爲收藏大老官，用晦非孟舉門下幫閒客，九煙非用晦綫索人，而此一流輒溷乃公，令人悶悶。嘗謂某不幸交孟舉、自牧，疑殺天下人，凡有冀望於二友者，必以某爲狗監，得者引羶，失者藂怨，訾責不少，即如執事尚有「用晦能得於孟舉，九煙不能得於用晦」之言，又何怪市井流俗之云云也。敝里之無一人足以語〔二〕，此執事所知也。某之所以善二友者，亦如韓公之於大顛，爲其頗聰明識道理耳，豈以其厚於貲能爲某用哉！即四方賓客所周旋與否，皆其本意，某未嘗左右於中也。

某少時不知學，狎游結納，無所不至，今始恨悔所作，不但俠邪浮薄惡之不爲，即豪傑功名、詞章技藝之志，皆刊落殆盡矣。故世多見許爲騷人、爲俠士、爲好客、爲多能，未嘗非過情之譽，然正皆其所恨悔者，非所願慕也。其所願慕者，竊程朱之緒言、守學究之家當而已。

讀來書及佳詠，似尚有知某不盡處，故輒自布其狀，謹和第三首韻曰云云，執事亦一笑而許之乎？中秋之約，竚望殊切，不謂又有如夫人腹疾之阻，不知今遂平復未？重九前後得補此約否？孟舉叔姪甚思把晤，囑筆加訂，諸不一一。

江歛谷：中間恨悔數語，真乃自道其實，而凡爲學者，亦不可無此恨悔也。

孫學顏：半非與先生爲道義交，乃敢以鄙瑣不堪之事，妄相干瀆，其所以自待者輕矣。書中借市井一流，痛懲其失，而以知有不盡一語結之，所謂聽其言也厲，如是如是。

張謙宜：正於没緊要中，竪起脊骨。

【校記】

〔一〕以　吕氏鈔本、妙山精舍集、王鈔本作「與」。

答陸冰修書

每寄信相約，輒疑辛齋不能來，今果然矣。十二日鼓峰舟過，留一字相致，即往吴門。弟因數行與兼山持奉，未至郭店，即乾斷，舟不能前而返。今函尚未拆也，并以送覽。不意忽有此行，迫促不能一晤，比之常日，倍覺黯然。

彦遠以珠彈雀之語，良是良是。弟則以爲莫道不是珠，且恐不得雀，得亦不足飽耳，況此非雀也，蜣螂鴟鴉，豈可彈耶？「纔説尋貲去耦耕，定知不是耦耕人」，辛齋豈忘鄙詩乎？乃欲得三四百千以老，嗟乎辛齋，此世界中豈有三四百千棄置路旁〔一〕，待芒鞵布襪人拾取耶？癡矣癡矣！他人蒙皮戴角，攫入箱袋中物，安肯拱揖而貢之不同道之人？若謂吾别有取之之術，此豈復成辛齋乎？憶前年太夫人生日壽序，某謂太冲書此意以厲辛齋幕賓游客之語，旋有身詈之而身爲之者，辛齋尚不知所警耶？況太夫人齒高，正啜菽飲水盡歡之時，豈遠游日乎？無肉喫菜，無菜喫淡，只有此法。耦耕便耦耕，更有何商量計較，莫鑄壞幾州鐵也。天之與我甚榮甚貴，正復有在，是珠不是珠，正在此間辨取耳。彈雀之後，豈復有珠哉？非辛齋，某豈敢發此狂言〔二〕，誠猶望其行之未成也。

研斲已久，欲待面商落筆，故銘尚未刻。銘曰：「石無奇色，而何以刻？余曰不然，辛齋之物〔三〕，耻齋斲之〔四〕，神斤妙質。茹光吐華〔五〕，終古不蝕。苟非其人，雖有奇石，劫燼塵灰〔六〕，無異瓦礫。敬哉吾友，永寶爾璧。」研作壺式，又有銘，則刺觸不堪書也，姑記以俟面時勒之。知己稀少，又復違離，悽愴如何。

孫學顏：志士不忘在溝壑，居今世不能咬菜根，未有不失其本心者。冰修賢於衆人遠矣，而猶不能免於時俗富貴利達之求，此先生之所以深惜而欲止其行也。

張謙宜：友誼藹然，在浙中尤爲對症之藥。無意爲文，如溪雲初起。

【校記】

〔一〕千　據呂氏鈔本、孫刻本、妙山精舍集、詩文集鈔本、王鈔本補。

〔二〕豈　呂氏鈔本、妙山精舍集、詩文集鈔本、王鈔本作「何」。

〔三〕辛齋　硯銘作「冰修」。

〔四〕耻齋　原作「辛齋」，據硯銘改。　斲　硯銘作「琢」。

〔五〕光　硯銘作「精」。

〔六〕劫燼塵灰　硯銘作「煨燼灺灰」。

吕晚村先生文集卷二

書

與高旦中書

别後何時抵鄞，塗次無所苦不？弟爲凶歲所窘，殊無善狀，思與吾兄尊酒論文之樂，曾未閲時，又如疇昔矣。頃悟虞山先生，囑道懷念，并訂兄駕明春早出，於詩史諸事大有所商，謂非兄與沖老昆季共爲料理，未易辦此也。

至文字之交，弟於三吴已無遺憾，獨越郡明州未獲同岑。丁酉孟春，曾合南潮敦盤於蓬虆中，其時浙東箋啟，俱託朱朗兄分致，不謂竟至浮沉，縞紵闕焉，至今耿仄。兹欲少爲整頓，不揣固陋，將勒成一書以公海内，而以兩郡君宗未經面商，難期畫一，非得大君子爲之主持，無緣聯合，且久知吾兄厭棄此事，未必樂聞。思貴郡董吴仲兄往曾於筆札論心，雖未識韓，而神交已久，此弟所最傾注者也。慈湖秦子臨兄與弟訂盟湖頭，爲性命之友，暇時望與兩兄爲弟細酌，全局儻有成算，弟即東渡錢唐，登堂拜母，并與諸同人商定。兩郡人文，爲東南一大觀，且得快聚桐齋，與賢兄弟叔姪聯床晤語，亦人生一段佳話，想不以塵俗鄙夷我也。貞一兄歸，率此附候。不一。

與高旦中書

半載不面，書問隔絶，此數年以來未有之闊疏。每一念及，未嘗不黯然也。附公擇二月書，停滯省下，越兩月乃得讀，然近狀則公擇先謂之矣。聞醫行鄰邑當事，得直足資薪米，甚慰甚慰。然此中最能溺埋，壞卻人才不少，急宜振拔灑脱爲善。念頭澹薄，自然删落，若不甘寂寞，雖外事清高，正是以退爲進，趨利如騖，此中逕畛甚背懸，不可不察也。以老兄今日室無堅坐之具，身有攬取之才，而胸無足畏之友，從此塌腳，不難入無底之淵，故不禁其言之屑屑耳。

某百凡如故，家口亦粗安，但於己分内無分毫長進。醫未嘗不行，而醫理亦無新得。此地待老兄者甚衆，不得已來屬弟者，皆不足以慰其欲；每至技窮，未有不思使鼓峰在，當別有解治也。一月前晤考夫，自覺有益，恃以不孤。某思從前過督，最大是自作自掩，今且自覺得處，痛自改治，正不知能接續推擴得去否耳〔一〕。近小葺蘭森堂，初意不過砌磚止涇，换窗蔽風雨而已。事機一動，勢不自止，又須改東西兩廊，又須於南牆架數間作書舍，未免多事浪費，然業已至此，只得成之。凡心之把捉不定，事之預料不來，放易收難，大約類此。

孟舉、自牧俱如常。令兄閩歸，稍足濟否？聞萸山欲出游，此間自去冬來頗以交游爲戒，恐致垂橐，大非算也。弟今秋爲次兒娶婦，冬營窆季臣先兄父子。過此便欲省事閉籬，煮水吃菜，以卒舊業，冀得些小工夫耳。秋涼得一出面爲妙〔二〕，欲言固不只此。

江斂谷：痛下鍼砭，愛人以德。

孫學顔：鼓峰賣藥以食其友，生平志節皎然，爲一時遺民之冠。先生與之書，猶以醫行當事，最易溺埋爲憂，可見士君子守己立身，洵非容易。而凡有志於上達者，不可不熟此以自警也。

張謙宜：文士一落術字中，其人品心術，少有能保全者。此致遠恐泥注脚也，文可謂吐血淋漓。

【校記】

〔一〕耳　妙山精舍集作「耶」。

〔二〕妙　妙山精舍集作「望」。

寄黃太沖書

春中奉教，闃寂至今〔一〕，往還未嘗無人，有書不得展讀，宿愆猶積，媿負何言。伏惟近履有相，大小清泰。聞提唱明州，宗風雷起，不審有幾許入室足荷擔大法者否？前書秋渡之約，想以此不果也。某於六月四日復舉一子。蘭森南牆搆得數椽，消卻半年光陰。餘無足道。潛溪、遜志、遵巖、荆川等集，不知曾爲撥忙看定否？亮牕粉壁間，甚思披受誨益也。

公擇歸，欲遣力走請，適旦中來致台諭。他書有未盡録，故謹於來春候教耳。近得程北山集六本，爲宋紙印者；又鈔得誠齋集一本，則舊本所未見；又吕涇野集二十本，蔡蛟濱語録四本，及餘明人集數種，俱待晤時呈覽也。趙浚谷、霍渭崖二集，并望借看。外書目一紙奉記，以備簡發時遺忘。公擇行迫，不及一一。敝衣一件，松蘿一觔，聊爲寒夜著書之供。何時瞻奉，臨字惘然。

張謙宜：此等文，據案直書，并不作意，自爾蕭森，殆是天分過人。

【校記】

〔一〕寂　吕氏鈔本、妙山精舍集作「寥」。

與黄太沖書

貞一歇夏時，曾附數行相候；旦中來，得近況而無字；貞一到館未得晤，然聞其有字與公擇，亦不言太沖有札語也。餘自越中來者，輒言太沖有與吕用晦書，淋漓切直，不媿良友；而某竟未之見，何也？若不足與語，則不必作書；既作書矣，是欲其得規而改過也，而又不使之見，是借題作一篇好文字耳，定非吾直友之用心也，故某頗疑其説之妄。後問旦中，則曰：「誠有之，不過責善意耳。」某於是浩歎，謂太沖其果不知某者也！茫茫宇宙，何處無流輩。顧數年以來，竭情盡慎，只此數人，若將終身焉者，豈果相藉爲標榜哉？誠望切磨之益，使得聞其過，則日遷於高明之域無難也。太沖有責善之言，正某之所欲聞，奈何書成而不一示之耶？嗟乎太沖！天下掊讀書負氣之人，望誰能言？使太沖言之而當，於太沖爲知言；即言而未當，於太沖豈有過哉？但於言之外别有委曲依隱之私，是則太沖未嘗無言，而所以言者先失其道矣，然於某正不當作如是觀也。或者又云：「此太沖絶交之惡聲耳，非真責善也。子必欲見之，是又起爭端矣。」此則大不然。縱使太沖立言有私意在，是太沖自己病痛；太沖所言，自是某之病痛，兩者豈相除算哉？即如或言，不可知者心耳，其言豈有不是者，此某之所以引領拳拳也。千萬録示，以卒餘教。

外明人選本及宋元明文集、易象廿本，詹氏小辨一本，攻媿集三本，又韓信同集、金華先民傳，俱望簡發。天涯瞻奉〔一〕，臨書惘然。

孫學顔：太沖之書，不過絶交之惡聲耳。先生正欲於此中，求得切磨之益，可謂責諸己者厚以固矣。

張謙宜：心地坦白不待言，其文抑何跌宕沉着，引人入勝耶！

【校記】

〔一〕天　原作「未」，吕氏鈔本、妙山精舍集同；據孫刻本、王鈔本改。

復姜汝高書

某𪗾踈人也，平生以朋友爲性命，然以不慎齒舌，又家貧，禮數闊略，計所以得罪於賢豪間者不一，以故不復蓋覆其短，市廛汚行，擿發殆盡，良友身質，諒自非誣，其爲群情共棄宜矣。比者旦中來，乃復荷手教之及，不謂其猶未見擯絶於老兄也。愧悚愧悚。今來唯有扃門掃跡，守章句集注以教兒子，願爲一村腐，庶幾補過末路而已。醫事功力不深，止是庸醫行徑，於古人略無發明處，間有所得，亦不能出旦中範圍，又豈足爲老兄道乎！承惠書二種，一佩前輩格言，一熟醫經塗軌，老兄之教我至矣。珍感珍感。

顧有所請者，尊公先生與老兄主張斯道，嘉惠來者，去歲委刻念臺先生遺書，其裁訂則太沖任之，而磨對則太沖之門人，此事之功臣也。若弟者，因家中有宋詩之刻，與刻工稍習，太沖令計工之良窳、值之多寡已耳。初未嘗讀其書，今每卷之末必列賤名，於心竊有所未安。嘗讀朱子與張南軒往復論刻書事，一字一句，必考存原本，其精慎如此，此所謂較讐之功也。今此書未曾一見原稿，直太沖傳本耳，未知其於原稿無一字一句之誤否？昔二程遺書，傳自上蔡、龜山；朱子語録，出於勉齋、潛菴，皆真得斯道之傳。其立身瞬然，無一可議，天下於此信其所傳之不妄也〔一〕。旦中述太沖語云，近日劉氏於廢簏中，又得學言若干，比今刻不止十倍。某雖不知今得之何如，然則所刻之爲人删定而非其全體可知矣，其又何所依據而較之乎？若較爲磨對之名，則萬公擇獨任者，偶一及之，而某未嘗磨對者，反每卷數見，尤所不安也。因其時太沖愛弟過厚，不覺其失耳。至小兒公忠則并無計工之勞，豈以其受業太沖門下，故亦濫及耶？則劉門弟子尚多未及，其爲弟子之弟子，殆有不勝書者，即如尊公門下，庸詎無人，而濫及穉子，豈此本爲太沖之私書乎？果其爲太沖之書，則某後學之稱，於心又有所未安也。望老兄一一爲某刊去。某非敢立異，事有要好太過反致失禮者〔二〕，不得不正之耳。老兄以爲何如？

敝廬訟事，因某放廢，恣其凌侮，至今未了也。自顧所處，辱身其宜，承遠念殷摯，感謝感謝。久欲奉報，道遠未得便信，今附某人，率此數字。

張謙宜：念臺是陽明流派，先生不欲列名集中，别有主意。其言未見原本，不欲妄居較讐者，特託詞耳。然其論自正。○按表忠記念臺傳云：王文成倡道於越，甫歷百年，世未遠而居相近，上紹見知之統者，爲總憲劉宗周云。觀其所推重，已呈款狀。撰是書者，鄞縣盧宜也。○近見念臺書，極謬，宜先生薄之。

【校記】

〔一〕於　呂氏鈔本、妙山精舍集作「以」。

〔二〕禮　妙山精舍集作「體」。

復裁之兄書

襄指來，得五月廿八字，知小毒爲苦，今已平善耶？此是厥陰、陽明溼熱，若尚未愈，須用後方治之。所示婦去詞，言短味長，刺深旨厚，真風人之遺。蕩子空牀，塵鏡在匣，三復之餘，不禁綆縻之垂垂也。吾兄視弟，豈游戲波瀾人物哉！數年以來，屏棄一概，披胸納腹，其跡甚隘，雖敬愛如吾兄，然比之猶覺有間，它可知矣。意向冷灰凍壁中，尋取一箇半箇肯屈頭挑擔漢子，同鑽故紙蝕殘字，求聖賢向上事，自了此生分内而已。乃弟之所取者在此，而人之所求者又在彼，凡所爲説道理論文字，只如游方當上入門口訣耳。一朝䰍盡盧烹，圖窮匕見，本相一露，不能復揜。三吴間人無不笑弟之至愚，而歎此道之無人也。追思向時握手捉袂，揚眉瞬目，凌厲古人，呵罵一世，指冰霜嶽瀆以爲期，其噩夢耶？醉噞耶？病狐惑老魅耶？惝然自失，涕泗横出，真不能自信自解也。

昔有好色者，於逆旅遇靚妝女子，挑之就焉。明晝户尚扃，鄰舍訝發之，存一顱一髮，有巨獸獰目腥唇突出，蓋不知何怪也。今弟所存猶不止顱髮，則爲幸甚矣。此種狡獪伎倆，諒不足當明眼者之一笑。乃聞所至傾動，唱宗説法，尚欲以此塗一世之耳目，以行其攫竊之術。韓公詩「願君莫嘲誚〔一〕，此物方施行」，又可一慨也。

春間無事時，戲作得問燕、燕答二詩，别紙録去，聊發遠噱。弟已不願向世間疏明本末，因吾兄知信之深，屢荷遠念，故縱言及之耳，不足爲他人道也。近於襄指札頭見一行云〔二〕：「欲作聱者説相寄。」别論雖不詳，可以意會，得兄筆一點染，使妍媸無遁形，便足當辨姦、絶交論一則矣。望甚望甚。賀襄指「可」字韻詩，亦和得一首，并呈教。有便過語溪作數日詩話，尤曠劫之願也。

【校　記】

〔一〕誚　原作「笑」，據吕氏鈔本、韓愈石鼎聯句詩改。

〔二〕札　原作「扎」，據吕氏鈔本、孫刻本改。

與魏方公書

惠示南雷文案，雨中無事，卒閲之，其議論乖角，心術鍥薄，觸目皆是，不止如尊意所指摘僅旦中一首也。旦中誌銘固極無理，而莫甚於與李杲堂陳介眉一書，其意妄擬歐陽論尹師魯墓誌之作，詞氣甚倨，儼然以古作者自居，教二生以古文之法及爲誌銘之義。夫不論法與義，則愚不得而知，若猶是法也義也，則某竊有詞矣。

凡銘之義，稱美而不稱惡，原與史法不同。稱人之惡則傷仁，稱惡而以深文巧詆之，尤不仁之甚，然猶曰「不没其實云爾」；未聞無其實而曲加之，可以不必然而故周内之，而猶曰「古誌銘之法當然也」。所引昌黎銘法爲證尤可笑，李虚中、衛之玄、李于之方術燒丹，其平生他無足傳，而實以好異死，法固不得而易也。王適之謾婦翁，所以狀侯高之駃，與適之負奇耳。如史記稱高祖「賀錢萬，實不持一錢」，豈爲謗高祖哉？至柳子厚之誌銘則更不然，子厚之黨叔文輩也，事關國史，其是非既不可移，而爲子厚誌，則此其一生之大事，又非細故瑣語之可隱而不必存者也，然至今讀其文，淋漓悲痛，但致歎於無推挽與排擠下石之人，蓋已深爲之湔祓矣〔一〕。

今謂旦中「工揣測人情於容動色理之間，巧發奇中，不必純以其術」。試取此數語思之，其人品心術爲君子乎？爲小人乎？謂旦中之醫爲下品，某不敢知；謂旦中之人品心術爲小人，此某之所決不敢信也！若太沖本意止歎惜旦中馳騁於醫，而不及從事太沖之道，則亦但稱其因醫行而廢學，亦足以遺詞立説矣，何必深文巧詆之如此！是昌黎一誌，而出子厚爲君子；太沖一誌，而入旦中於小人。其居心厚薄何如也。乃欲以猘獒之牙，擬觸邪之角哉？且昌黎立身皭然，未嘗與子厚同黨，故可以歎惜不諱；若旦中之醫，則固太沖兄弟欲藉其資力以存活，故從臾旦中提囊出行，其本末某所親見具悉，今太沖書中亦明云「弟與晦木標榜而起」矣〔二〕。旦中果有過乎？則太沖者，旦中之叔文也。使叔文而歎惜子厚，天下有不疾之者歟？又謂寧波諸醫，肩背相望，旦中第多一番議論緣飾耳。太沖嘗遣其子名百家字正誼者，後託貴人爲二子百家、百學援闖例，貴人偶誤記，納百家、正誼爲二，今改百學名百家以應之，非昔之百家矣。〔三〕納拜旦中之門學醫矣。夫以旦中之術庸如此，其緣飾之狡獪又如此，旦中於太沖其歸依相知之厚也又如此，不知太沖當時何以不一救止之，而反標榜之，又使其子師事之，及其死也，乃從而掎摭之？驅使於生時，而貶駁之身後，則前之標榜既失之僞，今之誌銘又失之苛，恐太沖亦難自免此兩重公案也。即「身名就剥」句，引歐陽銘張堯夫例，亦屬不倫。歐陽所謂「昧滅」，歎年位之不竟其施也，太沖所云，譏其不學太沖之道而抹殺之也。

旦中生平正志好義，才足有爲，其大節磊落，足傳者頗多，固不得以醫稱之，又豈遂爲醫之所掩哉？世有竊陳王之餘涎，掇雜流之枝語，簧鼓聾瞶，建孔招顔，藉講院爲竿牘之階，飾丹黄爲翰苑之徑，一時爲之鬨然；然而山鬼之技終窮，妖狐之霧必散，此乃所謂身名就剥者耳。旦中身無違道之行，口無非聖之言，其生也人親之，其没也人惜之，然則旦中之日雖短，而身名固未嘗剥也，太沖雖欲以私意剥之，亦烏可得耶？夫德不如曾史，功不如禹稷，言不如遷固，即曰身名就剥，然則太沖之必不如曾史禹稷遷固，已萬萬可信也。所云「是是非非一以古人爲法」，言日空長而名蚤剥，方自悲之不暇，而遑及悲旦中乎？然拔太沖之矛以刺其盾，其誌銘中如降賊後有裁量，毁譽不淆，古文之道，豈復有出於此？遁者、授職僞府賊敗慙死者、勸進賊庭歸而伏誅者，概稱其忠節，而憤其曲殺，以國論之大，名教之重，逆跡之昭然，不難以其私暱也而曲出焉；一故人陰私之未必然者，則必鉤抉而曲入焉，是非毁譽淆乎否乎？言之裁量謬乎否乎？當道朱門，枉辭貢諛，紈絝銅臭，極口推尊，餘至么髍嵬瑣，莫不爲之滅瘢刮垢，粉飾標題，獨取此貧交死友，奮然伸其無稽之直筆，而且教於人曰，此爲古文之法，誌銘之義當然也。世間不少明眼，有不爲之胡盧掩鼻歟？

太沖有云：「昔之學者學道者也，今之學者學罵者也。」觀南雷文案一部，非學罵之巨子乎？罵人之罵而自好罵人，此楚圍之轉受僇於慶封也。夫罵焉而當，則曰懲曰戒；罵苟不當，則曰悖曰亂。今以悖亂之罵而横加諸人，曰「此古法也」，豈惟古文之道亡，將生心害事，其爲世道人心之禍，又豈小小者乎？旦中臨絶有句云：「明月岡頭人不見，青松樹下影相親。」此幽清哀怨之音也。太沖改「不見」爲「共見」，且訓之曰：「形寄松下，神留明月，神不可見，即墮鬼趣。」夫使旦中之神共見於明月岡頭，真活鬼出跳矣。旦中之句以鬼還鬼，道之正也。如太沖言，即佛氏「大地平沉，有物不滅」之説耳。青天白晝，牽率而歸陰界，太沖之云，毋乃正墮鬼趣乎？即「不見」「共見」，以詩家句眼字法而論，孰佳孰否，老於詩者皆能辨之。此文義之失，又其小者矣。

飄風自南，青蠅滿棘，本不足與深辨，但念旦中疇昔周旋，今日深知而敢辨者，僅某一人而已。若復閔默畏罪，是媚生貴而滅亡友也。故欲直旦中之誣，則不得不破太沖之罔耳。又念信旦中之審者，莫如賢叔姪兄弟，故敢嘮叨及之。至太沖所以致憾旦中，而必欲巧詆之死後，其説甚長，亦不欲盡發也。昨吴孟舉兄亦深爲歎息。寄示此書後有續集吾悔集四卷〔四〕，則此本猶有未全者。謹納上，幸視至。不宣。

張謙宜：層層摘發，如老吏翻案，如雷霆擊樹，真是神品。○黄太沖，名宗羲，别號梨洲，前御史尊素子。其學尊陽明，舊於尚書集解中，見其謬説，不一而足。甲午京邸書肆，又見學案一書，披其目録，雜程朱陸王而一之，駁舛昭然。惜不能買而讀之，斥其詩迮。每閲此文，服先生闢邪力大，然王阮亭猶津津尊奉，益知此道之無人。

丁酉春季識。

【校　記】

〔一〕祓　原作「袚」，據王鈔本改。

〔二〕晦　原作「誨」，據妙山精舍集、詩文集鈔本、王鈔本改。

〔三〕「名百家字正誼者」至「非昔之百家矣」　妙山精舍集無此四十九字，蓋吕爲景刻時所補之注，然將「名百家字正誼者」七字摻入正文，以致混亂，兹據妙山精舍集正。

〔四〕續集　妙山精舍集作「續案」。

與魏方公書

弟去歲浪游白下，臘盡歸里，即有移居村莊之役。春來稍加整葺，而風雨連綿，至今未有成緒。諸僮皆有搬運作務，是以未獲遣候，不審比來福履何似？尊堂暨合宅新祉勝常？懸企懸企。令叔燕中得意，曾南還未？燕公兄近況定佳，新居定於何所？聞有卜遷山陰之意，果否？渴思候晤，一罄闊悰；又適有不入城市之戒，南望停雲，徒切懷想耳。

吾兄遭赫烈之虞，滌蕩過當，親知無不惋歎，然所謂厄困震悸勞苦變動而後能光明，顔曾之養，爲樂甚大，此柳子厚所以賀王參元也。願益加刻勵，以復前業；折節好脩，德望隆起，非祝融之顯相耶？望之望之。夏初稍安，雖不入城，當櫂舟湖上，圖面以悉。兹因仔肩親翁至杭之便，荒函附候，率率不盡欲語。

與萬祖繩書

不奉教者數年於兹，思挹清光，渺焉天際。弟頹惰自廢，白首無成，猶欲以炳燭晚救，而今已病亟矣。咯血嗽痰，聲瘖臥熱，種種惡候，夜鬼相參。思老兄曠懷醇性，神王趣真，猶能以蠅頭細書集録古今遺文，以自娱樂，遠貽同好，真不啻蒲柳之視喬松耳。旦中兄一生行腳，多爲友朋，今其諸子孤寒，投止無依，誠知交之耻。恨弟久謝世事，無可爲謀，聞其近狀，且更有坑塹之憂，不第生計之寥落而已。弟謂此事須急圖明白決絶，日愈久則患益深，不可徒爲枝梧避地之策，自釀奇禍也。其三兄君爽同來云：「將轉爲鳩會，以了此案。」庶幾此説爲長。弟不敢辭乏，即措一會之貲付之矣，他非弟力之所能及也。

兄札又云：「數載前有一語之違。」弟愕然不記爲何事。兄即有語，弟未嘗聞，未嘗憾也。至謂兄「不登他友之堂，可以釋憾」，斯語尤可怪。弟年來此心不白於相知多類此，故交隙末，人生一倫之缺陷，兩有罪過，不止一邊事也。弟於他友實無致憾之意，而横被浮言鬩搆，無從辨解耳。未嘗憾他友，豈遷憾與友交好之人哉？至老兄與彼往還，自有本末，自有取義，柳子厚所云「何與我耶」，老兄亦惑於浮言，誤疑弟爾。實各無憾〔一〕，又何釋之有？忠介公鈔集領至，劉改之、劉原父二集甚欲得之，鄧栟櫚詩，舍間已有。天一閣中聞有袁清容桷、戴剡源表元全集〔二〕，爲刻本所無者，并望爲弟全鈔見寄。其謄寫資值，兄酌命之，或以拙刻相抵，或竟奉金，無不可者。程墨偶評、金黄稿各一册附正，希視至。病中不能手疏，口授兒子繕白，不盡。

張謙宜：心地如雪，此之謂大丈夫。

【校記】

〔一〕各　妙山精舍集作「果」。

〔二〕全　原作「表」，據妙山精舍集改。國粹叢書本作「兩」。

答萬祖繩書

弟病日加劇，根由鬱怫〔一〕，親知勸以游戲解之。仲春過湖上，欲看西溪河渚梅花，而雨雪爲虐，竟阻勝事。悶坐魏舍親齋中，忽接尊札，惠以手録公是、改之二集，不禁眼爲明而膈爲爽，忘沉痼之在體與陰霾之在庭也。近歲貴郡諸公，以弟爲異己之罪人，嗚鏑所注，萬矢恐後，獨老兄惓惓猶以故人相待，嗜其膚論，貽以未見之書，厚意有加。自揣無足致此於老兄者，但有感且愧耳。旦中殁後，門户荒寒，弟以力微累重，不能稍爲援佐，徒負故知，曾未有忠之盡而歡之竭也。念旦中當日所周旋，分甘給火，手援翼覆之人，今多反脣詬詈，聲達九泉，惟老兄殷殷軫卹，痛癢關切，友道之砥柱，於兹僅見耳。

袁清容集弟所有者，較來目僅十之一二，相去甚遠，得録惠爲佳，但卷帙浩繁，重累靜課爲不安也。戴集舊刻止四本，昨見天一閣書目有十本，豈字大本薄故耶？乞老兄爲我一查對，果與刻本無異否？若其中有一二不同者，亦望鈔賜。外唐荆川、歸震川、錢吉士、陳大樽稿各一册附上，江西五家稿已盡發金陵，俟今印寄奉也。率率不盡。

張謙宜：感其寄書一節，説他待旁人好，正是對照自己。

【校　記】

〔一〕佛　原作「拂」，據吕氏鈔本、妙山精舍集改。

復高君鴻書

舍姪人從武林還〔一〕，得手教，審因便至省，足徵近況之閒適，甚慰甚慰。至所諭館事，以不能如約而責失信於方公，此似過也。世路艱難，讀書人毫無滋味，延師一事，日少一日，即有一二，皆爲高才捷足所取，甚難爲計。方公向時許尋，固屬摯誼，及求之不獲，無以應命，亦力詘於無可如何，非有心於欺紿也。天下之物，凡有之己者可以持贈如意，若事在求人，肯爲留心用力，已足感其意之厚矣，成敗得失，豈可并責之其人耶？以此待人，人孰肯樂爲之用，必至不敢輕許一語而後已。此不特方公知戒，即弟亦聞而卻畏矣。

至云「束手待斃」，此亦不可以責人也。學也禄在其中，果欲處館，但當益精其本領；本領既精，則人將求我。每見貴郡能文諸兄，在敝里已獲豐厚館穀〔二〕，次亦未至寒餓也。苟無其本〔三〕，縱儌倖到手，終亦必亡，曾何補於待斃哉？即行醫之道亦然。如尊公當日之行於三吴，亦其本領自取，非關人之薦揚而行也。若謂賴人薦揚，則戊戌、己亥之間，懸壺湖上者兩年，其時同游之友不惜極口，何以寂然不行？及庚子至敝邑，弟亦未嘗爲尊公標榜也，偶遇死症數人，投藥立起，於是一時翕然歸之。然則戊己兩年之不行，以薦揚之虚語也；庚子以後之盛行，以本領之實效也。乃其時同游之友觖望於尊公者，以爲尊公之行，由於弟之力而得，弟之力又實由於彼之力，以此怨報德之薄，衆口一聲，至今不息，真欺天罔人之語。弟且無功，彼更何與？此弟每歎惋不平於斯者也。今同游之友，亦頗欲行醫，其子若姪亦皆以醫求食，何不一出其薦友之力，以自厚其身與子姪乎？豈爲其身與子姪者反不若爲友之切乎？由是言之，親友之用力，固其情誼當然；若成敗得失，則又由其人之本領與時命焉，不可强也。

弟自邇年謝息交游，不復與人世相接，亦無可爲轉覓之地，至戚至友貧困者更多，皆苦無以應之。有如尊門推令先君孝友之意，且學富而德粹者，莫如令叔，然且不能爲之謀，下此則令弟君眉，窘狀更甚於兄。前者令兄君求札來，亦欲覓地，然則即使有館，必須得三四處而後足以及吾兄也，固知其斷斷不能矣。承諭明正見顧，親戚好我，惠然肯來，粗茶腐酒，足奉談笑，固所願也；若以薦館行醫之事見屬，則萬不能奉命。徒費往返，益增諐尤。寧使兄聞此而見惡於前，無致含糊而得罪於後。唐突附復，惟足下諒之而已。某頓首。

孫學顔：教人必盡其誠，文亦質樸可味。

張謙宜：樸中帶嚴，此豈旦中之子耶？斯無愧父執。

【校　記】

〔一〕武林　原作「武陵」，據孫刻本、妙山精舍集改。

〔二〕敝　妙山精舍集作「鄉」。

〔三〕「本」下疑脱一「領」字。此句妙山精舍集作「苟其無本」。

答徐瑞生書

曩從鼓峰得聞高懷篤行，折節好古，靈蘭之道，超越遠近。鼓峰不輕許可，獨於道翁首屈一指，心竊嚮往焉。庚戌冬會葬烏石，思得一見，而尊駕時有天台之游，阻此良晤，至今悵然。某迂狂無似，每以纛疎得罪交游間，貴鄉名碩類能掎發其陰私，亦可約略其爲人矣。賢如鼓峰，經諸公譏彈，尚不足比數，況某之不肖者乎？令郎兄來，手教惓惓，猶不忘鼓峰之言，欲置之議論之列，先生得毋悮耶？恐比匪之傷，且累及令郎兄，此某之所惕息而趦趄不遑者也。

數月以來，卧病苕山，昨昏抵舍，令郎兄以新作見示，展讀之際，光芒四射。恨令郎兄東旋遽迫，某又初歸，坌冗未獲涉筆，然已驚壓四座矣。新秋出晤，當更一傾倒耳。匆次草草，未盡萬一。

答徐邈思書

久耳盛名，愧未有夙昔之雅，反辱枉書屈慮，循省悉歎，無以爲辭。先生自叙平生三謬，乃三奇也，在今人固不復知矣。當時碩宿之爲文、論古、結友者，無不以是得名，如先生之馳譽東海，固名下無虚也。若弟之爲謬守章句之緒餘，犯禪學之詬厲，則自當時至今日，無不非笑而斥惡之者，斯真天下之大謬耳。

令嗣妙才，淵源家學，固當一瞬千里。弟自顧迂疎，於歐陽所謂「順時取榮」之道，相去甚遠。先生爲子擇當行舉子之師，而下問及弟，是猶調天馬而引之淖中，求神行而陷其足，亦太左計矣。適患咯血，復治痔瘻，支離伏榻〔一〕，辭不能多，力疾附候。不盡。

【校記】

〔一〕伏　吕氏鈔本作「枕」。

與范道願書

歲暮得手札，知羅尊公先生之變，伏想孝思崩摧，何以堪此。弟去歲爲家兄及舍親家事，歷碌經年，總計在家之日，不滿兩月耳。意緒惡劣，鬚白者三之一，齒落則過半矣。仲冬會旦中之葬，留甬上旬日，而風雪載塗，無從寄問。近除歸里，爲凶歲所困，田租竟不可問，一家四百指，須食米百數十石，仰頭打手，直無以爲計。目下價日騰湧，憂懸不可言。

詩集序斷不敢爽約，然此時愁如亂絲，意思收拾不上，實未能落筆，待春中心稍空閒，庶足以傾寫欲言，不至佛頭着屎耳。所示近詩鎚錬老成，壁壘一變，望而震畏，足見漫游中不廢工夫，勇於爲學如此，何事不登峰造極，既歎羨又自愧悔也。吟詠數過，曾攜以示芥舟，共相欣賞，欲細爲點勘，少出一得之見，以就正於高深，然亦非此時所能，俟一併卻寄可也。宋詩鈔孟舉將印行已刻者爲初集，當特送一册，弟不知從何處附寄。此書易爲人沉没，必須的當，幸先酌示之。儗月盡月初入省奉弔晤語，今聞望後渡江，歸期又在冬底，言之黯然。無以將意，先具束芻之儀附上，幸爲告之几筵，遲日登堂再拜耳。信促率泐，不備。

與錢孝直書

前日曾以「不誠」二字答孝直，想孝直未必遂承認斯語。所謂不誠，不必懷挾僞妄也。凡言不經體驗，行不可告人，而多方曲折以回護之，皆謂之不誠。其根大約在好高騖遠，事事求出人頭地，此聰明有才者病每坐此，究竟不能出人頭地者多矣。無他，只不從實地用功也。從實地用功，只前字所云「細心讀書，隨事省察」，亦是大段語。若果從實地用功底人，只此八字便不肯渾淪放過。如一讀書，今日通某經，明日通某史，後日通某文集，如將吐納百家，反而問之，四書本經尚多窒礙處，此是不誠也。至於「隨事省察」四字，望之甚易，行之實難，只現今一日間，許多合做底事，都不去理會教一一停當，卻去東塗「存心」，西抹「主敬」，是不誠也。忽而聖賢，忽而英雄，忽而才人，胸無所主，逐件便作登峰造極想，究不知歸宿何處，是不誠也。眼前有一光明正大之道不去行走，而向岐塗胡亂揣測，此爲墨翟之所哭也。今世衰道微，人心不正，天生聰明有才人皆有此責，只看人之肯任與不任耳。所謂「細心讀書，隨事省察」，以求進此道，吾非孝直之望而誰望耶？

今孝直能痛自針砭，不向外求，一言一動，內度之心，外禀之父兄，表裏如一，不求浮名，不取速效，醇謹端恪，事事誠實，便是出人頭地處矣。至若權術作用，此學道之鴆毒，人禽之關，正在乎此，此不可不知者也。因與尊大人先生言及前字，故更書此以申鄙意，尚有未盡，嗣奉詳之。

與吴容大書

敬賀吾兄掇巍第，步清華，開吾邑二三百年未有之盛事，鄉里之榮，何以逾此！而弟之所企幸則更異於是。夙昔晤對，每見殷殷於學術之正，人品之真，固知藴負有素。昨歲接手教，示及貴師質疑之著，審又出有道君子之門，相與研究精微，辨析同異，其足以崇正闢邪，爲聖學之金湯無難焉〔一〕，此則弟之所手額相慶者也。

王學之惑亂幾二百年，其間大人先生亦頗知其謬，然大約指摘其弊病者輕，而許與其具體者重，甚則與朱子兩分其是非，知其於邪正之界〔二〕，蓋猶有所未確矣。讀質疑所論〔三〕，剖決精詳，絶無包羅夾帶，自羅整菴、陳清瀾、徐養齋以來，未有如是之親切著明者。此誠斯道之幸，生民之幸，非小小文字之功也。顧弟更有所進者，近世王學惑亂，雖未能廓如，然猶多疑而辨之。至於陳獻章一宗，幻妄充塞，如謂「意爲心所存」、「慎獨有獨體」、「一貫爲入門工夫，而非究竟」，其背畔程朱爲尤甚。然不幸其淵源誤出於前輩正人之口，遂足以鼓動流俗，不審張先生亦嘗聞其説而辭闢之乎？此宇宙生心害政之大患，有心者不可不力持而救正之也。弟未敢於張先生作未同之言，幸兄爲弟致景仰禱祝之意。

兹因敝門人董載臣入都之便，附此奏候。載臣遭其兄方白之變，孤危窮苦；而方白有首尾一宗，爲浮薄者所負，今將適楚責索，恐世路嶮巇，先望援於明德。吾兄能爲之規畫，使不至虚往，以慰其存殁，銘刻不獨載臣，尤弟之所感激勿諼也〔四〕。山菴率泐，無任馳溯。

孫學顔：異端持論，雖各有宗旨，然其借儒家説話，改頭换面，以惑世誣民，却只是一個套子。學者知陳獻章背畔程朱爲尤甚，則王學之非，可不辨而明矣。

【校　記】

〔一〕學　呂氏鈔本作「域」。

〔二〕所據底本於「界」旁注一「間」字。

〔三〕所據底本於「讀」與「質疑」間旁注「貴師」二字。

〔四〕「兹因敝門人」至「感激勿諼也」九十二字，據吕氏鈔本、孫刻本、王鈔本補。孫刻本凡遇「董載臣」、「載臣」處皆空闕。

答潘美巖書

某病苦侵尋，精銷影瘦〔一〕，投骨山菴，以待氣盡。初非效冥鴻之飛，亦未敢墜野狐之窟〔二〕，然老不自力，志業摧頽，以視先生沉酣法苑，游戲詞場，拈祖綱於坊肆之間，調倡情於鼓笛之下，顛倒人間，不可方物，真不啻稷嗣聖人之笑腐傖矣。

某年來乞食無策，賣文金陵，亦止僦寓布家，自鬻所刻，並非立坊，亦未嘗販行他書，所謂「天蓋樓」者，乃舊園屋名，不可以移餉者也。若金陵書坊則例有二種：其一爲門市書坊，零星散賣近處者，在書鋪廊下；其一爲兑客書坊，與各省書客交易者，則在承恩寺。大約外地書到金陵，必以承恩爲主，取各省書客之便也。凡書到承恩，自有坊人周旋可託，其價值亦無定例，第視其書之行否爲高下耳。某書舊亦在承恩寺葉姓坊中發兑，後稍流通，遷置今寓，乃不用坊人。其地離承恩尚有二三里，殊不便兑客也。

辱賜教大刻，且命附以朽言。某自顧不能文，故凡所刻文字，從來無序，此外同志有作，亦未曾有跋引之詞，可爲佐證，非敢倨違。平生迂僻，於冶情綺語風流跌宕之音，性所不洽，至西來大旨，刺眼心痛，與新會、姚江之説同疾之若傷我者。雖圓頂衣伽，而不宗不律不義講不應法，自作村野酒肉和尚而已。今先生所賜書，若不作西廂觀，則已入禪會；若不作法語觀，則必落豔辭；若謂兩者皆不涉，即是講學，則不離公甫、伯安。凡此皆某之所不知且不欲者。故不敢發函，隨來手附納。爰居之耳，聞鐘鼓而駭，想先生爲之拊掌大笑也。他有評論古今之大著，尚冀不悋垂誨。企仰何如。臨書無任馳溯。

【校記】

〔一〕銷　吕氏鈔本作「瘁」。

〔二〕敢　吕氏鈔本作「甘」。

與某書〔一〕

省足下前後二書，情詞懇切，議論奇創，皆以聖人不可知者相商，此非庸夫之所知也。

雖下針發藥，極中其病，而弟之愚闇，終不知其所當然。敬謝教意，且固守未達不敢嘗之義耳〔二〕。若謂知之而不改，是何心哉？弟之所不出也，古人相勖，至無可奈何，則各尊所聞，各行所知，是或一道也。至云此爲良知不致之故，則大不然。弟之痛恨陽明，正爲其自以爲良知已致，不復求義理之歸，非其所當是，是其所當非，顛倒戾妄，悍然信心自足，陷人於禽獸非類而不知其可悲，乃所謂不致知之害，而弟所欲痛哭流涕爲天下後世爭之者也。朱子有言：「豈肯以其千金易人敝帚哉！」足下既自以爲不謬，則勉之而已，正不必欲其必同也。

孫學顔：或人必庸妄一流，故示以不屑教誨之意。

【校記】

〔一〕孫刻本、王鈔本題作「答或人」。

〔二〕義　王鈔本作「意」。

復王山史書

某荒村腐子也，平生無所師承。惟幼讀經書，即篤信朱子細注；因朱子之注，而信程張諸儒；因朱子程張而信孔孟，故其所見皆迂拘而不可通於世。所謂理學講道，則槩乎未有聞也。其在文字，亦止知八股制義，於所謂古文詩詞，亦槩乎未有聞也。而質性又僻戾不可近，亦不樂與人游，故友朋絶少。如寧人兄南中之士，其志節學問文章，馳譽遠近，心甚企羡而從未得見，其他可知已。

今衰病侵尋，旦暮且死，惟願以裼寬博裹身入黄土，他無所求於世間也。側聞先生以鴻才實學，振興關西，續先聖之遺緒，寶鑑在懸，鬼燈失焰，固惟先生與寧人兄諸君子是望耳。法書聖謨，教我良深。家刻數種呈正，非報。伏枕不能握筆，口授兒子繕復。便郵行迫，不盡所云。

孫學顔：真得宋頭巾習氣，正不必以撏撦秦字漢語爲奇。

答趙湛卿書

奉復湛翁先生足下：猶憶酉戌之間，讀執事小試之文，破空出奇，如海鴻天馬，不可蹤跡。企仰有年，而雲泥暌左，末緣瞻拜，反蒙翰教〔一〕，示以鴻文，捧緘占氣，光耀衡宇，不自知何幸得此也。

某荒村腐豎，初無所知，交游借譽，多過其實。環顧平生，不直識者之一笑。年來衰病頽廢，鬢白齒脱，屏跡蓬篠間，久矣絶意人區〔二〕。偶爲亡友補葺殘藁，而親知從臾兒輩，並出其村塾塗抹本頭，刊刻問世，殊昧本懷。蓋「選手」二字，某所深耻而痛恨者，不幸其行跡如之。嘗謂近世人品文章，皆爲選手所壞，如尊教所云：「侏儒婦人，木雕泥塑，極盡妄作惑世之弊。」然猶就文字言也。若其苟且卑污，靡所不爲，一副齷齪肺腸，不堪照看。目未識貴人，輒呼其字甫，若舊知深好；名未通一刺，已譜叙交契，攀揎綫索，謂某某手授郵寄。士林廉耻之道，至此掃地盡矣。

當時每科各房自刻京稿，曰十八房、二十房行，及外間選家合選之，曰房書。亦自近年來吴越選工，爭牙儈之利，營狐犬嫛媚之私，於是有幾十名家及選評專稿之事，皆小人之尤也。稿之刻在京則當屬房師，在外則屬鄉黨同筆硯之友〔三〕，外此便非分内所當爲，非諂即罔耳。故前歲徐方虎兄致書招某至燕選房書，并定其新稿〔四〕，某託友人固辭得免。凡諸名稿，曾無一拙評拙序可驗也。方虎與某疇昔風雨日久，不同泛泛，疑若可爲；然硜硜小人之性，自斷以爲不可，方虎亦諒其迂拘，不相强也。

今尊稿見委，實愜嚮往之志，奈於此義有不能自爲矛盾者，非敢故爲偃蹇也。但望大刻告成後，賜教一册，開示聾瞶，爲家塾指南。偶評有續刻，自當借光，少效揚讚之力，雖不能有加於萬丈之燄，亦自謂得豹變之一斑耳。極欲留讀，恐誤付梓，割情附璧，不勝馳戀。

張謙宜：傳稿不能盡當，直道難於概施，故言巽而意甚堅。○謙宜六十矣，見理益親切，轉覺良心難昧。庸妄者，雖惡言相加，亦所不悔。即勝友名流，有護前自喜之意者，并不請讀其文。回思先生之言，真有至味。戊子七月初九日識。

【校記】

〔一〕反　呂氏鈔本、妙山精舍集作「伏」。

〔二〕矣　妙山精舍集作「已」。

〔三〕鄉黨同筆硯　原作「鄉同黨筆硯」，據呂氏鈔本、妙山精舍集、王鈔本改。

〔四〕其　原作「某」，據妙山精舍集改。

答許力臣書

某東海腐傖，未嘗學問，亦未嘗自通於四方有道，徒以塵壒浮譽，驚大方之耳。曩荷枉詞，教以著作爲足與論文析義者，然雖深感斯意，而期許過分，非所敢當也。村居杜門，無京華往來之便，未嘗以荒言奉報，懷抱耿耿，輒渝歲時。兹更辱不倦之誨，循省怠昚，惶惕無地。執事江淮碩宿，久爲四方所宗，其文洸瀁排奡，迥自成家，無趨時之習，并無以古建招之意，其足以信今而傳遠無疑也。乙卯坊刻，膾炙海内，與酒後呼天而奮袂者若合符券〔一〕，亦既自信而信諸人矣。今於已售已行之後〔二〕，復生疑憾，又何自信之不堅也。

某僻劣無似，於「選家」二字，素所愧耻，偶因補葺亡友遺選，并刻及塾課本子，行跡乖誤，剌違本懷，故於癸丑後立意不復評點，雖傾倒如尊文，未效表章之力，亦以例割愛也。至名家專稿，向來無一拙評拙序，坊肆皆知其不爲，此可案驗者。如癸丑徐方虎、趙聲遠、黄伯和諸兄，皆某夙昔好友，未嘗以此相屬，他可知矣。憶趙聲遠兄曾爲下問，某答之，謂近世人品文章，俱爲選家壞卻，目未識貴人，輒呼其字甫，若舊知深好者；乍通剌謁，已叙交契，稱某某手授郵寄，爲結納梯媒之地，士林廉耻，掃地盡矣。專稿之刻，在内則主考房師，在外則平生筆研師友爲宜，若選家評選，即屬諂叟之事，硜硜之意，斷以爲不可。聲遠亦諒其迂拘，不相强也。蓋文字傳否，自有定體，本領真足，則久而益彰，次亦因其本領厚薄爲時之久近，其精光氣力，外人不能掩，亦不能爲之持也。謂借選家時名，足令作者不朽，此選家誑惑自大語耳。執事試思守溪、熙甫、應德諸公之文，果賴誰選評而傳乎？近時如某某稿爲選家所揚詡者，不數年已隨煙草銷沉，又何選評之有乎？間有行而不敝者，其文自不敝，選家藉其文傳耳。揚子之書，桓譚輩不能舉，而望之後世復有子雲；昌黎集，待永叔出之敗簏中，而韓文之論定，則當時之無知者固亦久矣，而古人不以爲憾且疑也。

今執事吴門原本，大行於世，同時之子雲、永叔已不少矣，何惑於未必傳，而汲汲尋佛頭之糞哉？且三復金臺集，執事於古文振起如此，肆其力爲之，足與古人爭毫釐尺寸者在是〔二〕，時文直餘事耳。顔子不貳過，孔子從先進論，古人皆附全集以傳，無假外求也。所教尊稿，珍藏篋衍，俟異日有續刻，當盡發其英華，未必無一斑之窺。然此屬某論文之得失，與執事之文之傳否無涉矣。千里命使，愧無以塞責，但能爲决未必傳之疑，亦執事之所快聞也。隆儀拜璧，敬謝厚意。末緣摳掃，臨書皇恐。

孫學顔：極論選家習氣之惡，與爲文欲藉選家以傳者之非，可歎可警。

張謙宜：其所云本領，乃明理之精液，浩氣之英華也。

【校　記】

〔一〕袂　原作「决」，據妙山精舍集改。

〔二〕於　原作「以」，據吕氏鈔本、妙山精舍集、詩文集鈔本、王鈔本改。

〔三〕尺寸　吕氏鈔本、妙山精舍集、詩文集鈔本、王鈔本作「寸尺」。

與某書

向辱賜書，示以大著，拜教勿諼。時從敝親遞中，得聞近履，深慰遠跂。昨接手札，更荷拳拳。某本村鄙，業無淵源，徒守童時誦習傳注，不敢變耳。講學之事，不但非其所知，亦平生所憎疾而不欲聞者也。拙選止於癸丑，以後不復從事矣。目下收拾有明三百年之文爲知言集，雖布衣社稿皆與焉，但生存不録，以人物界限必蓋棺論定也。苦樣稿不備，正在蒐討，不審貴處先民文字有可訪求者否？尊選歷科四百首，何日成書？别諭作序，弟之不文，非其人也。且有迂戾戒心，故即拙選數刻，亦未嘗自序，非敢託辭自外也，幸原之。天蓋樓一本呈教，匆冗不及一一。

呂晚村先生文集卷三

書

答李萊馭書

弟非知文者也，但不能自欺其一隙，以强附時好，率臆妄論，當世不以爲大謬而群異視之，或且以爲有裨於文事，其甚者則又謂不悖於聖人之道，弟亦不知其然否也。於坊本中偶得尊著，玉衡懸秋，異劍出土〔一〕，與塵物聲光迥異，亟繰藉以傳示宇内，正恨未窺全豹耳。先生輒引爲知己，而枉詞屈慮，至儗仲翔之一人，竊又自愧非其倫也。三復手札及惠教全稿，乃知先生於此道源遠流長，爲東吴之宿碩，則更深抱不識程伯子之耻矣。行將增定拙選，公諸藝林，不敢私秘也。比又論次有明一代之文，第苦足目隘陋，先生多聞廣交，不審能爲搜羅遺軼否乎？闡幽賞奇，度亦作者之同心也。詩扇之贈，重於拱璧，其中稱許逾分，有非所敢當耳。新刻金稿一本，呈求是正。冗次率率不備。

【校　記】

〔一〕異　吕氏鈔本作「星」。

與沈静宸書

廿餘年闊别，亦知交中一段奇話，足見吾輩淡成落落之致。然道駕無緣至語溪，而弟時或至武林，則疎索之罪，實甚於弟，於先生嵇阮高致無與也。昨承枉顧，既失掃徑，豚子拜謁，反荷授餐，兹復重以嘉惠，新詩肆好，和以清風，茗氣如蘭，敢忘臭味，感頌之餘，益深惶悚。蓋弟十餘年來，頽放無狀，偃蹇村墟，遂成麋鹿之性，即敝里親知，多經年睽隔，至當事門牆，更久絶村子之跡矣。以此趦趄，不能摳候，然懷企之私，未嘗頃刻殊也。古人有云：「屈於不知己，而伸於知己。」今弟之硜硜，正欲求伸於先生耳，諒先生不特不我責，更有以曲全而廣護之也。蔣兄人文，小兒誦述其概，已切景慕。大匠門下，定無恒材，恨弟絶人逃世，無從説項耳。台諭雖心誌之，恐無以報命，有懷如何。村味不堪，聊佐清齋一匕。諸有欲言，當遣兒子詣禀，不盡。

復翁衛公書

客冬辱枉教，村燈寒牖，草草相見，短語遽别。又荷嘉惠，至今懸企，猶怦怦也。某於此事本無師承，又不勤學，虚聲誤人，爲害不小。加以素性迂僻，不堪應酬，數年以來，病苦百出，未免偃蹇，外間不察，以爲有所迎距，致取僇辱。以此今春自誓，不但不提囊行藥，并叩關謁醫者一概固辭。猶恐不免，不得已爲山游，爲白下之行，皆爲此也。

頃令親數顧〔一〕，致虚往返，接讀手教，益知罪戾，惶仄何言！然細忖令孫兄脈候，不過調理，既前方偶中，但宜守服，久則神旺，非他症比，必須更换加減者。即有他端欲商，第筆墨詳示，便可奉對，若必督其面胗，非不欣企，然柴門一開，不可復閉，使某何以辭於敝里諸親友也。至尊教所責，非庸俗伍不應一例相拒。此實不然，某概謝不敏，尚召訾尤，若有所揀擇於其間，則其罪自亦無解矣。古人有云：「士屈於不知己者，而伸於知己。」使有揀擇，亦寧受屈於庸俗耳。若先生夙昔爲文字之神交，近復承道誼心志之契，竊謂得伸其硜硜者，正於先生有厚期焉，固知一笑而釋之形骸之外也。伏枕率復，統希鑒原〔二〕。

【校記】

〔一〕頃　原作「項」，據呂氏鈔本改。
〔二〕原　原作「厚」，據呂氏鈔本改。

與黄俞邰書

不見顔色有年餘矣，村莊灌植之暇，亦時繙舊書，拂几開卷，未嘗不憶我俞邰也。世間知書人有幾，讀書人有幾，惜書人有幾？六陰晝盡〔一〕，微陽不滅，正賴此耳，非結習癡癖之謂也。得手札，知近履安勝，不減探討較讐之樂，甚慰甚慰。鹿床翁意況何似，比在何地？讀倡和落句，情深文至，三復闇然，愧村子不足以當之耳。欲次韻奉酬，俶擾中尚未得其緒。前所寄拙稿乃舊刻，非新作也。小題今始印就，以一册送正。爲兒戲則劇於此時，何異戒嚴講老子乎？亦欲見其癡頑耳。所借書，郵寄恐遺失誤，謹收貯，俟他日呈政〔二〕。弟書知爲愛護，不煩囑也。昨雪客字來，云劉雲莊集二本，爲程子介所浮沉。度子介爲吾兄所厚，不應有此憾事，況此係弟借兄委，不可不力索還之。知兄惜書之心，在彼猶在此也。患瘻經年，近復病疥，不能執筆，口授兒子奉書，不盡萬一。

【校　記】

〔一〕畫　國粹叢書本作「晝」。

〔二〕呈政　原作「政呈」，據吕氏鈔本改。

與周龍客書

弟本鄉迂，以多難失業，未嘗有所實得，率意妄言，每不爲君子之所棄，亦其遇幸耳。乃吾兄傾蓋投契，又出尋常期待之外。昨得手教，情誼殷摯，令人感愧，不自知其何以得此於吾兄也。至欲以過分相處，弟何敢！弟何敢！在吾兄則歐陽子所謂謀道之急，不擇人而問，而在弟則柳子所謂環顧其中，未見有可取者。爲衆人師不可，而況吾子者也。吾兄天姿奇儁，上承家學之源，内有昆弟風雅之助，外多良朋名士交游之益，又加以好學深思，欿然不自以爲足之心，以此進德修業，其勢如渥洼天馬，得安驅於千里之康衢，雖老驥顧之阻喪，況弟之駑駘乎哉？小題一册呈正。手瘡作惡，不能搦管，口授兒子，𩬊候不盡。

與周雪客書

年餘不相見，顔色時來夢寐。荒村敗壁，倚樹臨流，出所惠竹根杯，與鄉友稺子浮白，輒舉豪契風流，以爲話柄，惜遠不能致耳。伏審近履，自太夫人以下皆安善。弟別來無一佳狀，鄉居稍習，性同麋鹿，與世間觝觸不堪，竟成獨腐。塵坌澒洞，不知所届，食指數百枚，號啼無策，過一日且作兩半日，其槩可覩矣。小題刻已久，因無紙刷印，今始成部一册，奉之几上，爲粘窗引睡之具。此何時，猶作此生活，亦可笑其癡頑也。痔瘻未平，又患瘡毒，不能握筆，口授兒子書候，不備。

與周雪客書

六年契闊，無時不思，兒輩歸，每述明德，深用慰企。弟降辱餘年，修不如短，老兄知我，亦不爲弔而爲慶耶？珍貺遠頒，不敢辭卻，然實有所不安，謹令小子叩謝。所許詩册在，吾兄贈言，隨時徵策，重於球璧，誠所樂得而讀，然正不必以壽爲義也。若徧徵他友之作，不過虛譽浮名，祝讚長生套語，有何意味，萬勿爲也。弟嘗謂壽文壽詩，起於末世誇誕營競之俗，古來文人之所無有也。至於屏障軸册，尤流俗之失，吾輩今日正當力矯此弊耳。如何如何？

月川集得爲刊行〔一〕，乃世間一大正氣事，非小小功德也〔二〕。其餘如薛文清讀書録、胡敬軒居業録，多爲流傳，皆有功於往古來兹者，先生得無意乎？弟精氣衰敗，思纂輯舊聞，急了欲了之書，而臟毒日深，不知尚有幾時偷息，造物肯容成此否耳？比卧疾山中，不能執筆，口授兒子繕奏，未盡。

【校記】

〔一〕爲 據呂氏鈔本、詩文集鈔本、王鈔本補。

〔二〕也 據呂氏鈔本、孫刻本、詩文集鈔本、王鈔本補。

與徐州來書 別號孔廬

前有數行奉寄，想已塵台覽矣。比來意況復何如？闔宅大小佳勝？所業又何書，有新得否？令子用功精進，足慰孔廬傳貽之意，便可一切勿問矣。弟自遭先仲變後，心緒惡劣，事端棼夥，直無有生之樂，更不足爲老兄道也。前札所稱某某見許，此固野人之幸，然非野人之意也。弟之論文，自論文耳，何嘗有某某在其心目中乎？孔廬老婆心切，欲於此中尋取上乘根器，弟竊未知其可也。先儒謂佛門若有一個男子，臨死時定索尺布裹頭去。立身瓦裂，更論何書，豈非鬼念大悲咒耶？淫坊酒肆，盡是道場，只除異端有此懺悔活路，恐儒門無此法也。吾輩雖欲曲爲之通，其如枉己正人何！若今日不可無扶進撥轉之功，亦只可望之未經沉溺者耳。波中品類，豈肯復登陸耶？

偶於亂紙中得少作數帖，雖未成書，聊奉充喬梓閒窗一噱；餘帖分致俞郘、仲枚、雪客、龍客、闇公、鹿峰諸兄。又敝門人董杲方白稿前語欲一本，今奉到十九本，惟賞識取用，餘本渠欲發坊取值，買四象橋水筆，不若竟留案間，友朋間可分者分之，每本價五分，付敝寓友人買筆，不審可否？弟經年不至金陵，所發書坊葉姓者，頗萌欺蝕之意，敝友索之不吐，倘終於頑梗，欲仗大力與雪客兄以法彈壓之，深感相愛之誼。事悉敝友施卓人口中。餘嗣及，不一一。

復徐孔廬書

降辱餘生，俯仰多疚。讀贈言，鞭策重遠，令我愧汗，古璧温栗，拜君子之教深矣。未獲躬謝，先令豚子叩首，以頌明德。弟比買得一小山，名曰妙山，離家百里許，有峭壁深潭〔一〕，長溪修竹，將埋身其中，補輯舊聞以畢此生，不復知有世事矣。惟老友一相思，千里命駕耳。塵氛讋逼，令人心悸，常恐造物不容，便負斯志。如何如何？臟毒困卧，不能執筆，口授兒子繕奏。

【校　記】

〔一〕璧　原作「璧」，據吕氏鈔本、王鈔本、國粹叢書本改。

與徐子貫書

正憶喬梓近況，而尊札適至，喜慰不可言。承惠製黄，知見愛之切。至謝至謝！來教云近看近思録，心中稍静，其所得也大，而進也邃矣。乃又云無得不進，何也？此書最難看，於此有見，視群書直土苴耳。教授講小學，亦是極頂事業，作聖之基，名世之具，備於此矣。某近正思刻小學，曩晤施虹玉兄云，書舖廊鄭店，有高足以欽兄藏熊勿軒注甚佳，不審可惠借一録否？幸足下爲我一訪請之。知言集料深望同志留神，所示近稿二册，劉則狐禪，陳則俗套，無足選者，即節取亦不多也。敝友行急，不及作書，尊公前乞叱候。

與陳柳津書

久不奉書問，伏審比來福履動定有相，德門大小和祥，足慰遠懷。太原修阻，久虛音信，不知家報已收幾次，意致何如？便中希示一二。

思疇昔奉教，謬承知愛，竊嘆真淳風雅，逸趣坦懷，諸親翁所同，而志節矯厲，不隨時俗，則於親翁尤切仰企之私。前者忽聞有應聘修書之事〔一〕，初疑必無是理，曾與湘翁令弟言及，囑沮再三，謂斷不宜做，即湘、秋二親翁已入世途者，於分或可應，然尚當以利害自止，況親翁自命何如人，此是何時勢〔二〕，漫然一呼而出耶？此已事不必言。昨從友人處見貴邑公憤文字，則竊以爲失禮之中又失禮也。凡作事立説，先須照管自己，即自反合禮，古人尚有奚擇何難之義。況自反此事不當爲而爲，則傷義；人不可與而與，則傷智，已先坐一半不是矣。譬之芳華吹墮圊溷，其平昔臭味，識者雅自辨之，但此時淘漉，欲與穢物分别香惡，則既入其中淘漉一番，播穢一番，惟有均不堪耳。深山窮谷，有志之士聞此舉者，固憎惡彼非，然亦未必肯放過賢者也，紛紛者又何爲乎？

文字中波及某者二條，不覺慚悸無地。如云求某賣劉書與姜二濱，因某得見二濱，尤屬誕謬。某與二濱從無交，因旦中與其郎汝皋論醫，故往還數次，二濱僅一面耳。只此一端，不惟摭事失實，將以某爲何等人哉！某方埋没身名，以無人齒及爲快，何污之至此！文字或未必出之親翁，然未有不與聞者，豈親翁平昔視某爲曳裾屈膝齷齪無耻爲蠅營狗苟之人耶？今後伏望親翁悔厲自愛，置之不言，立身進德，富有日新，彼中愆尤，不但公論難磨，即其本心上，亦自揩抹不去，豈不更甚於兩觀乎？因尊使歸，草泐無緒，俯冀鑒督，恕其唐突。何時北來，杯酒話舊，一吐欲言耶？諸親翁前不及一一，俱望叱候。不盡。

【校記】

〔一〕應聘修書　據吕氏鈔本補。

〔二〕時勢 據呂氏鈔本補。

與陳簡齋書

僧寮唄火，刺促夜分，八識田中，已鑄一善。讀書論文之簡齋於今九年，不自今日也。此後草頭行腳，屢過海昌，自顧非復向時行徑，不欲溷公耳。近則如狪獠山鹿〔一〕，野性已成，聞跫然之音〔二〕，畏而卻蹶，若引之入坐，有不止裂衣狂走者矣。其病如此，非敢自外雅懷也。老友辛齋、鼓峰已並致廡下，此玉山之廉夫、伯雨也。臭味風流，歇絶已久，一旦爲簡齋拈得，古之欲招陶陸與游者，真不啻老傖矣。咿啞所及，偶塗扇頭，江上晚來，故是村學中本色語耳，經作家勘驗，令我背汗直流。鼓峰近詩又增一格，直破半山之壘，老兄晨夕唱酬，亦信之否乎？辛齋遠歸，聞其體中尚未健，殊念切也。前因鼓峰行早，不及裁答，深以爲愆。率泐附候，不盡萬一。

【校記】

〔一〕狪 呂氏鈔本、詩文集鈔本作「洞」。

〔二〕跫 原作「蛩」，諸本同。莊子徐無鬼：「夫逃虚空者，藜藋柱乎鼪鼬之逕，踉位其空，聞人足音跫然而喜矣。」成玄英疏：「跫，行聲也。」王鈔本眉批：「蛩當作跫。」並引莊子云云。據改。

與陳執齋書 别號湘殷

籛侯至〔一〕，得手教，諗近履安勝爲喜。十月初存甥見痘，今已回好，但眼皮發，餘尚未乾，已無他慮。此德門之蔭，亦足慰尊親遠懷也。第某子孫四人出痘，而殤第八子，賤室終日悲淚，酸痛不可聞，以此心緒殊惡耳。

籛侯明歲事，舍姪孫年尚穉，而受成昆季不容怠玩，兩者相較，自當捨語水而就姚江。在某親疎之誼，亦無分彼此也。但某本無知能，而籛侯强納一拜，兩年以來，思少效力於籛侯。雖粗發其端，而於老生箋箋之緒，尚有所未盡。即説書之理，不能無疑；行文之法，不能盡合。在某所見已如此，況其上焉者乎？以此爲師，不過流俗中一琤琤者耳。「名師」二字，尚未許承當。先生欲得名師以訓子姪，而急求籛侯，究竟止取其習熟省便耳。然爲籛侯計，明年必當捨姚而就語；即爲令子姪計，亦必當令其捨姚而就語。何則？令子姪之不可緩，固甚於舍姪孫；而籛侯之不可緩，更甚於令子姪。使籛侯之名師有成，則令子姪不過從容歲月間，其砥礪更有可觀，則爲彼正爲此也。儻先生以爲吾子姪期速成耳，安用此迂遠不切事情者？然則如今日之籛侯，遠近不乏其人，亦何用取必於籛侯，令其自誤誤人哉？以此擅爲决計，令明年仍就此地相期，猛力講究，以副先生屬望至意。度先生與人爲善爲懷，於初旨似殊而實合也。

別諭取所存物，今歲某以娶婦造屋，多費五百餘金。受成一宗，置絲未脱；舊存一宗，收布至閩，易帛而歸，目下正在印書，亦未得到手。鄙里之荒，較貴地加倍，日内尚未見顆粒之租，而催科迫於星火。枝梧之苦，有難以言告者。歲中度未能多措，須俟新春陸續奉納耳〔二〕。裁兄文領入，襄指兄已爲刻二首矣〔三〕。匆次奉報，未盡所云。

佚名：爲子弟而求名師，讀書正自應爾。然名師未易得也，能於流俗中得一琤琤者，已足多矣。若不擇其人品，不問其學術，徒取其習熟省便，而曰吾期子弟速成，固無用彼迂遠不切世情者，吾恐其自誤誤人。歲月益久，病根益深，其爲子弟也，終以殺其子弟已矣。爲父兄者，可不猛省！（王鈔本夾注：此批非孫、江二先生語，乃大字草書。）

【校記】

〔一〕籛侯　篇中此二字皆作「籛候」，據吕氏鈔本、王鈔本改。

〔二〕「别諭」至「奉納耳」一百二字，據吕氏鈔本補。

〔三〕兄　據吕氏鈔本、王鈔本補。

與陳湘殷書

朔日正寄字奉候，越日而親母夫人至，既慰違離，復感存没，一喜一悲，情難言喻。親母即欲東渡，某以長途勞頓，攀留村莊調攝，待精神加旺起行，脈候和平，可紓遠念。因與親母語及，先生寬仁恬淡，於官途嶮阻〔一〕，固多所不堪，然以愚計之，將來即錦旋珂里，亦正費商量。蓋責望者衆，則觖怨必生，觖怨生則仇隙必至，此無論能應與不能應，有力盡而不見信之勢，故每見貴鄉官成諸君，多有建業於三吴，想亦由此也。先生何不於杭嘉間營馮驩之一窟，爲進退之計，其事亦易爲，且使吾輩得以相依，盤蔬斗酒，池邃林畔，尋晚年聚首之樂乎？　狂言未必有當，聊以備葑菲之採。

【校　記】

〔一〕官　王鈔本眉批：「官字疑宦。」

朔日正作字附俊叔公，未行。初三日，令堂親母至，一時悲喜交集，殊難爲懷也。村莊叙語，調養頗安，且遲日東渡耳〔一〕。

答陳受成書

兩省來札，知進修之志甚篤，恐虚少壯歲月，此意極難得。但吾儒正業與流俗外道自别，外道但欲守其虚靈，以事理爲障，故必屏絶塵緣以求之；流俗陷溺於詞章句誦，亦必離遠應酬而後得力。若古人爲學則不然，朱子解格物所謂「或考之事爲之著，或察之念慮之微，或求之文字之中，或索之講論之際，使於身心性情之德，人倫日用之常，以至天地鬼神之變，草木鳥獸之宜，莫不見其當然與其所以然」，凡此者皆學也。如足下今在署中，過庭之際，其所以服勞承志者如何？尊公事務鞅掌，即可以考得失感應之故，與所以經畫之方，或有所行役，則亦可以察風俗，覽形勝，訪古今，求人物，亦無非學也。得暇即讀書閲史，以擴充其所未及。總在立志專一，則凡所閲歷，皆於此事相關。若志趣游移，雖博物能文，總於己分無涉。足下試從此求之，事理既明，德業自進，即行文亦必沛然條達，與向不同，他日相對，正好商量也。

莊中近復小葺，當淨掃一室以待吾受成耳。有便信時寄數字。

孫學顔：天下無事外之道，故無舍日用應酬爲學之理。學者須是立志專一，不爲流俗外道所惑，方知此文無一語虚設。

【校記】

〔一〕「朔日」至「東渡耳」四十四字，據吕氏鈔本、詩文集鈔本、王鈔本補。

與吴孟舉書

自吴中歸，瘻患復作，行步支離，致疎良晤。承示讀周先生史貫，覈而不刻，辨而不畸，有永嘉暨論之精，無眉山翻案之失，真翼經之功臣，論世之尚友也。村檠展復，不釋吟嘆。劉鳳閣云：史傳淵浩，非探賾索隱致遠鉤深者，烏足辨明哉？弟於史學向未有知，周先生書成，得卒業而問津焉，是所願耳。吾兄綜貫古今，識神超朗，玄晏之任，捨此安屬？弟之不能，兄所知也。抑有一轉語，聞絃賞音，足徵雅曲。雖未能盡窺全豹，然於論輓輅子，見其痛心於治亂大關；論孔博士，知其出處之不苟；論焚書，明此道之必不煨燼於烈焰。有心哉，其藴負如此！周先生非今日之人，此書亦非今日之書也。寶鏡在懸，鬼燈失燄，藏之石渠，布之寰有，固周先生意中事耳。吾舌長存，斯言不朽，何用汲汲於蒼公醒唸間尋佛頭之糞耶？試以狂言質之周先生，資一大噱，何如？原稿藉完去，并致執鞭之慕。月初復理秣陵之櫂，歲内或未得歸，則相見在梅花後矣。

與吴孟舉書

前因相訂湖上，十八日早從餘杭力疾趕至，則吾兄已於十七早行矣。悵極悵極！志書之事，非吾人之所宜爲，弟之愚自審所處，固不必言，在吾兄亦萬萬不可。義理有是非，世故有利害，兩者皆不可也。吾兄於此未免尚有意興，於義理雖明知而不親切，漸且不以爲然，故敢切直言之。至弟之關係更不小，惟仗兄與喬三護持之力，得爲弟決絶此事，乃深感也。前見喬三，亦以弟言爲然，然其語云吾輩暗中相商於弟，不知此所謂掩耳盜鈴也。若此事可做，則宜直下承當，何必如此！即吾兄所云家世文字須料理，亦係流俗之見。此意不明，都無是處。説至此，令我氣塞矣。不盡虔禱。

與吴孟舉書

千里遠别，乃以瘍累，不得執手河梁，殊用耿耿。兄體中初和，宜加意保攝。出門與在家不同，飲食起居，分外當慎，雖藥餌勿妄投也。途中雖衣船足恃，然萬勿侈張，以招意外之虞。關津閘口，勿臨險登眺。至燕尤以收斂謹密爲主，最要戒譏評，重然諾，勿爲快意之舉，勿爲炙手之緣；禁絶鬭戲，屏遠聲伎，庶足以保身進德，省費避尤。但以詩文風雅，自重於儒林，以兄之才華，取自然之令譽，天下且將欽慕之不暇，豈假塵坌徵逐以取之哉？知兄明敏，不待弟言之及，然私心惓惓，有不能自已，惟吾兄察之。便中時寄數字見慰。燈下草草，不盡欲言，千萬珍重。方虎兄一字，附記室致之。

寄吴孟舉書

臘月奉書，附勞宅幕客，不審幾時至邸履新。動定有相，旅情和暢，足慰千里之思。尊門大小平安，可無煩縈念。弟於季冬舉第七子，正月又添一孫，食少口繁，徒多爲累。

而浹旬中連遭先姊、姊丈之變，邅迴烏鎮，情緒之惡，更可知矣。

斐如兄傳兄歲底一信云：「正月書升必得差，決計同出。」最善最善。又聞積分例行，則尚須留此，此亦在兄自審機宜，難於遥斷。第書升出而兄獨留，凡事尤當加意歛約，以坐館爲上，依友次之，斷不可自借華寓。借華寓則必將供帳宴會，内無人必至畜姬妾，從此鋪排，不可收拾矣。區區所祝，惟願兄謹交游，遠聲伎，節浮費，嗇精神，馬弔之戲斷勿復近，傍人勸服槐花飲子，勿與商量而已。其中尤要慎赫奕之跡，古來文人失足，未始不因文字相知也。近日友朋在此中，大約只爭目前些小得失，不復知有平生品行，蠅營狗苟，真不可令冷眼人静處笑看。吾兄夙昔洞然，今更當高着眼、牢跕脚，勿爲所移惑也。

前札中云梁姓者多藏書，許借楊大年集。今録上宋集目一紙，幸細問之，有可假者，亦快事也。所惠恭順餅，其包香綿紙，乃燕中最多之物，頗堅韌可用，望兄爲弟買千許歸，擇其精者尤妙，特以此紙寫書目呈樣，千萬勿忘。

大兒今歲爲自牧招與其長郎同坐，今在園中。賡虞令弟忽擇及寒陋，議婚於弟，將爲子女親家，此亦兄所欲聞者。因性孚之便，瑣屑及之。性孚來，欲尋一書館，有可爲地者，惟推分留神。方虎不及作字，寄聲相念。春寒料峭，爲道自愛，得歸只宜早歸。餘不備。

復吴孟舉書

得十九日書，悉近狀，甚慰遠念。讀答方虎語，尤感尤喜，歎老兄知弟之深，愛弟之切，而教弟之至也。方虎二十餘年之交契，分非不篤，然終是世故中人，方且以留夢炎、程文海自處，於語知己何有哉！歸時當叩首謝兄益我耳。聞比有疾惡之事，不知進止若何？弟意終以玉不抵鵲，吾輩胸界稍寬，便不直與較。如其機既發，又不可曰吾小懲之足矣，操刀必割，勢自如此。君子之待小人常疎，小人之伺君子必密，我以游戲處之，彼以切骨銜之，不可不慎也。便中望示其概，以慰戀切。

弟此間行止未定，畏暑，欲俟秋歸。若吾兄楚行必果，則弟留此以待爲廬山之游；如其不確，則七月望後束裝南矣，亦候兄教決之耳。諸所委已悉，陸續寄奉兄處。宋元集及經學書目乞録一紙來，黄俞邰欲看也。

與吴孟舉書

接札深服教益，意趣之合，未有及此者。又喜吾兄必擴充此義，以共砥有成也。第如尊教所云：「艇子繫門，東西問津。」便恐將來此地又成熱鬧，則并累此莊，奈何？

昨得復仲表兄之訃，竟客死粤中，爲之痛悼。人生不力學自拔，便爲貧老所困，豪奢之習未能忘，饑寒之味不能忍，甘以玉骨委之塵壒，回顧生平，無一成就，如復仲兄者，真可哀也。

鋤頭二事領惠，謝謝。日來稍稍翻蓋修葺，力作之人，朝出暮返，爲工無幾。兄當中有蚊幮借我一床，但取寬大，不妨粗惡，事畢即璧。若爲價不多者，奉值銷號可也。有暇過莊中，煮茶清話，以商種種，望之望之。

與吴孟舉書

兄發猛閉門讀書，謝絶一切，此吾道之幸，豈直兄自了事哉？可慶可喜可畏，然又有可慮，則恐虎頭蛇尾耳。此事一有進步，不第詩文遒上，於吾兄德器必能脱去凡近，所造日高，非弟所能望其肩背也。抑又有奉獻之愚，兄近來於聲色太豪，竊謂顧瑛、楊維楨不足效，前移居札中業已發其覆矣，兄高明，豈不鑒之乎？即兄自謂精力過人，不妨游戲，不審保嗇此有餘之精力，爲平生大事用，不更善乎？迂言或有當，望察擇之。惠茶又得省客之教，拜賜尤多也。謝謝。

與董方白書

違離半載，初返園扉，思尋友朋里黨之樂，不謂舟過北門，忽睹妖異營搆。倉皇駭問其故，則曰：「新造小齊雲。」問誰主之，則皆平昔交好者。僕止之不能，諍之不應，不得不望救於同志。

竊謂此事有大不可者七：崇尚異端，誣民惑世，即無知妄作，猶恃紳儒正人起而禁遏之，況可倡此厲階耶？ 一也。年不順成者三載矣，今歲幸無他，然十室九空，流離未復，今無故發此大難之端，度所費不下數千金，時絀舉盈，極爲民害。二也。或者舊時原有遺跡而修復之，然且異端教宜汰不宜興〔一〕，今忽創建非常，此風一熾，燎原難息，民生何堪？三也。數年前海濱特立小普陀〔二〕，致三吴愚氓，燒香雲集，男女闐塞，千艘驟擁，穢跡彰聞，包藏叵測，當事震怒，擒其渠魁，置之法，禍乃得解；此覆轍不遠，今「小齊雲」之名，一播遠近，恐其患更有甚焉者矣。四也。此地係通邑咽喉，商賈薪米於是乎聚，漕輓官艦於是乎經，因河道逼狹，平時尚有剥淺阻塞之虞，將來香船駢擠，又何以堪？ 況吾邑疲弊〔三〕，幸上下皆恕其貧苦，以故數經凶荒而得免；今舉動若此，將浪得殷侈之名，來筦算之誅求，動不測之覬覦，以貽當事之憂。五也。又聞此地曾有尼築菴，以損傷地脈爲詞撤之，且經申報上司矣。尼之與僧有何分別，菴之與殿又加大矣，豈尼凶而僧吉乎？抑菴則傷脈，而殿又忽致福也？萬一有執此説以論可否者，前後互異，不知諸公將俾中尊何辭以對上司也。六也。私創夙有明禁，昨見孟舉兄，云杜公意亦不以爲然，然則其爲非法可知矣；不知諸公何故執迷，必欲畔正道，犯禁令，違父母之訓，而徇此邪妄之説耶〔四〕？七也。

蓋其説實惑於風水。不知風水之術，即使有之，亦當論地脈水法之去來消納〔五〕，方爲實理。今但云去水方位，宜興殿閣，夫水行地中，屋架地上，水不畏屋高而逗遛，屋不惡水流而拒阻，此理之易辨者也。若果有益水口，則北寺之巍峩，與夾岸僧廬，已足扼其吭矣；虎嘯之鬱聳，又足攔其要矣，又安用此疊疊者爲？況吾邑去水之口甚多，登雲橋以南，對縣治直走者十餘里；郭南橋以東，南寺以東，迎恩橋以東北，三里橋以東，傍縣治横瀉者，皆去水也，又安得許多地藏殿以塞之哉？此風水之説更可不待智者而破也。

此事一時之成毁似小，而關吾邑後此無窮之利害實大〔六〕。僕人微言輕，與諸公嘵嘵，竟不見省，伏望足下以此理直告之杜公。杜公爲吾道計，爲法守計，爲生民風化計，必深且切。倘得毅然禁止，永絶妖妄，則陰德之及吾邑者，直與語水相無涯〔七〕；而足下衛道之功，亦非淺尠也。舟次草草，虔禱千萬。

江歛谷：於一小事指陳弊端，歷歷明盡，此先生文理密察處，即此便見經濟實學。

○看他逐段中各有許多曲折。

孫學顔：此篇與與沈起廷書，俱極論創建淫祠之非，崇正闢邪，可謂不遺餘力。

【校記】

〔一〕異端教　妙山精舍集、王鈔本無「端」字。

〔二〕特立　妙山精舍集作「時造」，王鈔本作「特建」。

〔三〕弊　妙山精舍集校改作「敝」，注曰：「敝，壞也。」

〔四〕徇　妙山精舍集、王鈔本作「狥」。

〔五〕水法　據吕氏鈔本、妙山精舍集、王鈔本補。

〔六〕闢　妙山精舍集作「開」。

〔七〕直　吕氏鈔本、妙山精舍集作「真」。

與沈起廷書〔一〕

前日别後，微窺兄意，尚未甚以鄙言爲然，故又囑方白詳致。繼晤華老，亦曾託道此意。又會孟舉兄叔姪，極言其不可。諸兄皆吾輩道義素交，故弟與痛切論辨，蓋此事關係非小，不意諸良友偶誤至此。弟歸數日，耿耿憂懼，三夜不成寐，但爲此事。今知兄高明，必翻然不吝徙義之勇，不煩弟嘵嘵矣。頃晤華老，觀其意中尚戀戀不忍捨，有姑縮小其規制之説，此護短遂非調停之俗腸，非賢者光明磊落之道也。漢高祖聽人言宜立六國後，即爲刻印，後因子房言不可，即立促銷印，千古以此美高祖之光明磊落，真大豪傑作用。當其刻印，未嘗無説，見其納言之廣；當其銷印，又第見其改過徙義之敏決。天下後世稱歎無已，何嘗議其始之誤聽，又何嘗笑其後之不終哉！故此事兄既知其誤，宜即斷然已之，萬勿作調停猶豫之見。况聞此地向有尼欲造菴，縣間曾有以傷地脈爲辭，申報上司矣。尼之與僧，有何分别？菴之與殿，以小易大，在世法亦有所不可。杜公昨見孟舉，言及此事，豈可違法以徇妖妄乎？今直以杜公不可之旨下場，甚正大甚光明磊落，兄斷勿失此機會也。抑弟又有慮者，凡禿丁之毒謀最深，諸佛總甲之慫興正熾，必不肯中止。度此事非兄與諸友不能，必然多方摇惑吾兄，或以吾輩作事不可失手自廢，或以禍福，或以募化之物已收，紛紛俗説。兄須毅然以理義斷止，使其説不得而惑。彼見諸策不行，必將造作流言以激吾兄，或增捏弟不堪之語，爲離間之計，皆勢所必至，惟兄明鑒而勇斷之也。

南中遠近有道有識之士，聞弟述吾兄梗概，皆敬慕不置。此舉若遂，其有損於吾輩德望不小。弟聞朋友之義，猶臣之事君。君過不諫，非人臣也；友過不諍，非人友也。事君之道，諫不聽，則以去就爭之。今弟亦輒敢以去就決之於兄及諸好友。儻此事終不可罷，則將來集雅之堂，必無某之跡矣。惟兄高明勇决，迥出流俗，可與盡言。弟此號呼，聲淚迸出矣，伏望鑒其愚戇而採擇之。幸甚幸甚！禱切禱切！至禾數日，度十七八定當歸叩尊齋。若經過北門，見甞搆巍然，便不復能東也。瀕行，草草不盡。

佚名：合與董方白書觀之，又見先生交友之誠處，所謂忠告而善道者如此。（王鈔本）

【校　記】

〔一〕題原作「與某書」，據吕氏鈔本、孫刻本、王鈔本改。

與沈起廷書〔一〕

方白昨過致尊旨，謂弟與孟舉日遠日疎，不可不亟爲修好釋諐之事。其言真以切，其情深以厚，其計慮亦遠以周，此弟之所感激而欲涕者也。然反覆籌之，有所必不可者，不得不詳其説於左右。

昔弟與孟舉非尋常悠泛之友也。其才情穎朗，意氣展拓，謂可同切劘於正人君子之塗，冀各有所成就，非世俗徵逐酒食往還體面以爲歡也。其母夫人識弟於稠人之中，命之納交如其嫡從之屬，孟舉亦竭情盡歡，表裏無間者十有五年。而有劉徿楷〔二〕、余蘭之變，賴兄與諸友綰合，至今又五六年矣。弟受其解衣推食、吉凶同患之德，既渥且久，夢寐不敢忘，今日但有弟負孟舉耳，不可謂孟舉負弟也。嗟乎！弟何心哉！弟何心哉！蓋所以斷斷不合者，實弟之迂拘僻戾，自足以取之。富貴利勢，天下之同好也，必曰詩書禮義；參禪付法，古今名士多爲之，必曰異端邪説之當辟；驕奢淫欲，得志於時者之所爲也，必曰收斂保嗇，毋踰繩墨；諧臣媚子，所以娛心志也，必曰親君子遠小人；戲弄博簺，講習聲技，豪家之風流，悦世之善物也，必曰是非君子之道，名教中自有樂地；凡吾所欲爲，游吾門者皆當逢迎順旨，雖否亦可，此忠於所事也，必曰是則是，非則非。一冰一炭，一朔一南，背馳遼絶，乃欲强挽而使之同，兄試思之，將令弟改轅易轍以就孟舉乎，抑能令孟舉棄其所樂而下徇匹夫乎？兄亦知其不可也。何若使孟舉自快其人生行樂之見，無復有僞道學之可憎，敗人意興於其間；亦使弟自適其枯槁絶物之性，不睹不聞，無復憂惶駭愕，鰓鰓嘵嘵，日取罪於達人，所謂彼我之間，各得分願，不亦善乎？蓋所爭在志趣，不在事跡，事跡可以修釋，志趣不可以修釋也。

方白云，吾兄亦知難於驟洽，且求全故交之念切，欲弟姑自貶損無深求，且作尋常悠泛之往來，於義宜無害。然弟又有所不可者。思當時交誼，期許之過深，今忽改而之淺，吾不忍爲此態也。又思劉、余變後，孟舉本無悔過服罪之心〔三〕，徒迫於友朋之牽撦，勉强相通，周旋世故，外合中離，誠意不孚，所以復有今日。錢若水所謂無品節高蹈之臣〔四〕，所以貽人主之輕鄙，揣蒙正之眼穿復位，譏昌言之罷斥流涕，皆苟且依違之有以自取也，豈可更蹈前日之覆轅耶？朋友之倫，與君臣同，皆以義合，不合則止。如爲行道而事君，道不行則潔身而去，此難進易退之義也；若當時以道不合而退矣，又欲其降而取乘田委吏之義，留戀苟容，則大不可也。文叔在上，下放嚴光，士各有志，豈能相强。今者孟舉原未嘗絶弟，弟自不可立於孟舉之庭耳。夙昔之惠，但有感恩，豈敢怨乎？吾兄往矣，致語孟舉，江湖浩浩，游乎兩忘之鄉，斯可矣。各匿其意，貌與盤桓，名曰世情，實嶮黠之所爲，又何取焉！言不盡悃，統冀鑒諒。不宣。

江歛谷：此先生所謂欲學朱子，當從去就交接處，畫定界限做者也。世風日下，寒士日戀富交，而富者益輕寒士，總緣脂韋不斷絶耳。須知能感人處，却不在戀戀也。看他義正詞嚴，無一語放倒自家，直是可以廉頑立懦。

孫學顔：較與董書，意更深切。中間許多箴規語，都是對症之藥。洲錢先生卒得爲端人正士，未必非因此感悟而然也。嗚乎！人生不幸不聞過，顧安得直諒之士與之爲友耶？

【校記】

〔一〕題原作「與某書」，據呂氏鈔本、孫刻本、王鈔本改。

〔二〕徹 原作「行」，據呂氏鈔本改。按，劉徹楷於康熙四年乙巳至八年己酉任石門縣知縣。

〔三〕罪 呂氏鈔本、王鈔本作「義」。

〔四〕品 呂氏鈔本、王鈔本作「秉」。

與董雨舟書

浪游半載，固多離群之歎，而於吾兄疎遠，更有異於尋常百倍也。舊京所遇，殊無足道，止鈔得書籍數千葉，差足快意耳。然視兄閉門養高之樂，又有雲泥之别矣。歸來見里中所爲不道，不勝憂憤，喜方白志同語合，乃得暢所欲言。接手教，固知淵源之有自，又喜老友雖久暌，而此意未嘗無水乳之契也。持正闢邪之功，實出喬梓，弟又何益之與有？承諭力民明歲之計，兄之子孫猶吾家也，兄但計其合當如何，得力民成就遠大，弟固祝而望之，其敢以私利礙公家大策乎？方白近來敏決亦迥乎不凡，不知兄門將來昌大當何如也。極欲晤對，以盡闊悰，未識何時能過敝齋作數日暢談？冗中率率未盡。

與董雨舟書

尊教至，適弟已入省，遂致稽遲。豚犬重累載臣，恃喬梓夙昔世雅，故敢以輕鮮唐突，若見麾卻，令我慚恧無地矣。雖知己情逾骨肉，無藉虚文，然兒輩終身始事，不可不存此戔戔之意也。伏望一笑置之。虔禱虔禱！歸君已下榻荒村，但風雪中難爲載臣，甚不安耳。新年正望杖履過從，商定山林經濟，耦耕之志，於是乎有成，真人生快事也。

呂晚村先生文集卷四

書

與徐方虎書

江城度歲，景物光陰，别見客中興趣，雖游槖不甚稱意，然吟詠所得，自足豪矣。目疾困人，知清齋習静，不日自可。弟爲荒村風鶴，不能鼓枻候晤，西望怏然。老畏城市，甚於萑苻，不自知失保身之術，亦足見其迂戾而闇於事理。將來欲令家人入城，以此身委之而已。小兒駑下，愧勿能教，幸得親門牆，正賴鞭箠之力，萬勿以成人待之。昔友文字，刻板已竣，專待大序行世。弟友大半皆兄友也，而弟平生於交游間情事，及雲雨變幻之來，亦惟兄知之最深，幸勿悋一援筆揮灑此意，拜賜多矣。

姚江近狀亦各行其志，但依附其門者，必見攻以示親信，如演義所云投名狀者，真可怪笑也。有如别諭，其曲折，可以意想，吾輩亦無如之何，止當謹默自全，庶幾遠謗之道，吾兄以爲何如？承名泉珍味之惠，至謝至謝。新刻金正希稿及先外祖稿各一册附正，晴窗引眺時，不無少助也。餘不多及。

答徐方虎書

弟病極矣，光陰無幾，汲汲打包，猶恐不及。痁鬼模糊，苦不相投，卧想碧巖、蒼弁之間，自是神仙會集，非病僧所得與也。有人行於途，賣餳者隨其後唱曰：「破帽換糖。」其人急除匿。已而唱曰：「破綱子换糖。」復匿之。又唱曰：「亂頭髮换糖。」乃皇遽無措，回顧其人曰：「何太相逼生！」弟之薙頂，亦正怕换糖者相逼耳。兄不哀其窮而加歎美焉，毋乃過耶？

旌德湯生，不特爲弟寫樣，并管刻局中事，若此公一出，則十餘人皆須散遣矣，故不能也。有吕建侯者，寫字亦相同，但手慢，每日不及五篇，故其人自不肯寫，今特令之過從，若希兄以爲可用，則留之，否則急遣歸，弟處鑿補等事皆賴之也。小兒刻文一本呈正，幸批抹教之。

年餘間别，時時往來於懷。方老屢約爲弁山之游，而弟衰病日逼，生趣索然，九原不可作者，行將就之耳。登臨之事，度非所能矣，昔人所以歌「爲樂當及時」也。

試牘文字，弟素性所不喜。蓋時論以至庸至俗之文，則名之曰墨卷體；而以無理無法者，則名之曰考卷體，世間惟此二種惡業流傳耳。弟之惡考卷體也又甚於墨卷，以其尤遠於理法也，交游間有投贈者，即以糊壁覆瓿，未嘗有所留貯，故無以應命，惟質亡集有故人試牘，附覽。

答韓希一書

弟處自開刻局，有二十許人，皆恃湯生一手寫樣給之。而刻局中一應收發料理，亦皆湯生主其事，若令出門一日，則二十人皆須罷遣矣，故勢有不能〔一〕。有吕建侯者，其字與湯生同，但手慢，每日不及五首，其人自以爲非策，故不肯寫樣，而爲琢硯、鐫碑帖、雕印鈕、刻扁額齋聯諸事，時下無出其右者，今特令走謁，試鑒定何如。明文備從未繙動，承令表弟索取，謹以原本納還，幸致之。舍姪於杭遇闗姓者，雜貨店人也，而好名，自言有明文數千肯相借，未及浹月即促索，至加訶責，急還之乃已，於此悟文之宜買不宜借也。先兄遺文之賜，如獲拱璧，感謝感謝。蒼水先生已得其全稿，若月函固無可著者，若其人已古，可入質亡集耳。小兒新刻一本、小草三帙呈正。尊公前幸致候。伏枕率率不備。

【校記】

〔一〕有　呂氏鈔本作「必」。

與張午祁書

尊恙餌藥來有進無退，自是賤技庸劣，不能測中病機耳。更酌改備擇，善自頤養，博採名術，以復天和，此遠懷所禱也。古老志節之士，雖時喜禪悦，然非其安身立命處，若付之闍毘，是以西裔待之，使不得正其終，恐有所不忍，其慘毒又甚於暴露矣。弟計山中葬埋爲費有限，且禍福無主，隨地可藏，幸致山眉兄圖其合於義理者爲之，勿以苟且辱志士。若資有不給，吾輩朋友之誼，各有不得辭，群力衆舉，似亦易易也。草率附復，諸容晤悉。不一一。

與何商隱書

違教幾兩載，不免有悵悵之歎。先生歷境雖困，而其道益光，正足以見識養之邃。人之無良，曾無與於先生者也。若弟滿前剌觸，動足成諐，事皆由己，不關他人，其取困又與先生不同，不審先生何以終教之乎？

春夏營構山菴數間，雖未盡落成，而泉生室中，峰當牖外，澄潭可釣，峭壁可登，松徑竹林，可以避客，亦復欣然忘老。第苦空谷無音，寂歷誰語，安得晨夕高賢奉几杖以開蒙翳哉？倘先生不棄荒昧，秋間拏艇奉迎，試憑眺其間，可居可游，惟先生指趣所適，得遂追隨之志，固不勝大願也。

志雒所患，當以温補收功，自是正論。第其中次第，宜先滋補，而後議温，或可以不温而愈；若必至温，則又進一步説也。至其婚事，竊以爲禮節易而居處難，此須先生與渝老、幾臣熟計長便，弟無從籌畫，僅可從諸公後，少效涓埃之力耳。志雒東來，率復不盡。

孫學顔：言外可想見商隱人品之高。

復苗采山劉素治書〔一〕

兩兄奇才駿志，崛起西陲，又與家姊丈游，熟聞雒閩之旨。前歲遠辱惠書，示以佳製，開緘循讀，光燄四射，吴越善文之士，未能或之先也。天下將治，地氣自北而南〔二〕，今南風日靡，而北有兩兄卓然自拔於方隅，非將治之賴乎？充兩兄之力，詎止陵轢時賢，以之入古作者之室，固優爲之。然弟之屬望於兩兄者，抑又不在此也。譬之賈焉，視市集之闕乏者而爭致之，獲利十倍，然猶庸賈也，今之善其文以取華望者是也。若擇市集之所賤棄者獨居焉，是爲奇貨〔三〕，其售無期，而利不可量，賈斯良矣。今天下所群棄而不取者何物乎？此奇貨也，兩兄亦有意耶？弟老且病矣，爲俗氛所苦，薙髮入山，與野僧柴漢爲侶，不足與聞斯道，惟兩兄勉之而已。家刻二册、小兒妄作二帙，附呈記室，用博一粲。便郵附候，不盡所云。

孫學顔：引進後學，意思真摯，然市集紛紛，竟無知奇貨可居者，如庸賈何。

張謙宜：理學者，才人名士之所畏惡也，故屬望而不敢竟其説。

【校記】

〔一〕孫刻本題作「復苗生劉生」。

〔二〕地　據妙山精舍集補。按，此句邵雍語。

〔三〕是　呂氏鈔本作「視」。

與朱望子書

屢得甥字，去年以書信附蘇州，而郵客已行，竟不得致，怏然。閱甥近文，較昔條達，知勤業不怠，日有進詣，可喜可慰。第尚未能開拓境界，不脱膚淺平實四字，大都好通篇逗點，無可抹亦無可圈也。其病坐無意思，故無曲摺生發。今特寄與程墨一册，金正希、黄陶菴稿各一册，吾兒竿木集一本，其中金稿與竿木集尤爲吾甥對證之藥，當細玩之。家中尚有歸太僕、唐荆川稿，不以相寄，因此等文字，甥宜慢看，不能得其精微高妙之故，則徒益其膚淺平實而已。爲甥計，急力闢生徑，使心思别出，乃有進處，否則終無當也。

吾痔瘻增劇，連年咯血，今聲嘶痰嗽不止，日就枯瘁，加以塵埃嬰逼，意益不堪，遂削髮爲僧，結茅埭溪之妙山，苟延性命。急欲完知言集及一二種要緊文字，而精神已不支，搦筆收拾不上，家中子姪門人之文槩不能批看，故甥文亦不及動筆也。苗兄、劉兄文甚佳，北方有此神駿，尤不易得，愧殺南人矣。觀其志趣亦不凡，似不甘以時下自了者，故以數言慫慂之，晤間爲道斯意。醫理難精，以餬口之心爲醫，更必不精。其説甚長，俟歸時面言可耳。便信行遽，不及多語，惟善自愛，以副遠念。五舅字與朱大甥。六月廿二日〔一〕。

【校　記】

〔一〕六月廿二日　據吕晚村先生家訓真蹟卷四補。

與朱望子書

男子志在四方，爲行其道也。若漂泊，則何志之有？然一身猶可以自解，奈何以白髮之親，流離塞上，倘有意外，不得遂首丘之仁，是誰之責歟？甚至以故婦爲辭，則三妃不從蒼梧，豈大舜反戀皇英之墓耶？若以新恩得所，樂而忘歸，寧陷其親於荒徼，此尤與於不仁不孝之大者，甥又何以自立於兩間也！情切故詞直，惟甥勉之。十月九日舅字與大甥。

與董方白書

久不與賢者相對，繫念無時，形之夢寐。得近札，知以館穀北留，較之奔馳，此爲良矣。若得閉户讀書，做些著實工夫，爲益更不小，只恐此中應酬世故，又從而牧之耳。此不必講義理，只與論利害，則作宦之危，自不如處館之安，宦資之不可必，自不如館資之久而穩也。惟幕館則必不可爲，書館猶不失故吾，一爲幕師，即與本根斷絶。吾見近來小有才者，無不從事於此，其名甚噪，而所獲良厚，然日趨於閃鑠變詐之途〔一〕，自以爲豪傑作用，不知其心術人品至污極下，一總壞盡，驕諂並行，機械雜出，真小人之歸，而今法之所稱光棍也。究之所取，亦東坍西漲，有虚聲無實際，歲月之間，消落如故，落得個終身狼藉耳。其家人見錢財來易〔二〕，皆驕奢不務本業，則又數世之害，故不可爲也。

來札云：長安富人肯爲捐納，以其輸錢得官，於心未安而止。此固是矣。然賢者見識，於理尚隔一針。在今日而言〔三〕，以文以錢，有以異乎？無以異也！若他人代爲捐納，則雖今日亦有所不可〔四〕，使其人即不望報，我何義以處之？如其不能不望報也，則此官豈可爲乎？辭受取予，立身之根本，足下不安於輸錢，而反安於他人之捐納，此吾所謂差卻一針也。滚滚馬頭塵中，自然無人物在裏，亦不足較量，但足下自能高着眼孔，跕得腳住，則所望於賢者不輕耳。

僕迂病日甚，即邑里紛紛，俱不欲相近，看此世界中真無一足把翫者。惟殘書數種未了，思後來歲月無幾，將屏棄一切，汲汲了此，此僧家之打包者也。但恨同志稀少，無處商量。向日張佩璁頗聰明細心，有志向上，欲引以爲助，而天奪之遽。邑中止一吴自牧，天資過人，近年德業日新，以爲賴有此人，而七月間又以疾暴亡。看此氣象火候，殊不佳，顧影煢煢，有口掛壁，真無生人之樂矣。不知天意欲何如，此數書又安能以一手一足成之也。言之可悲可痛！令弟文字甚長進，志趣亦漸入高明，第苦無定疊工夫，打成片段耳。嘉善柯寓匏到燕，曾相會否？此兄質性極美，有意於正業，爲文亦高雅無俗韻，華胄中絶少者，只是門第習氣重，世故深，擺脱不得，亦是無可奈何。然素心奇賞，此意時時不泯，得閒即與商論，想互有益也。

選文行世，非僕本懷，緣年來多費〔五〕，賴此粗給，遂不能遽已。其中議論去取，未免招人憎忌〔六〕。目下刻成墨評一部，中多直抹批駁，恐外間不無謡諑，或別生是非，故尚游移未出，不知當復如何，幸爲我察之。得早見裁示，恃爲行止也。冗次率率不備，俟後再寄。某頓首〔七〕。

壬辰科張君名永祺者，余極喜其文細實有本領。聞其宦在燕中，幸爲我一訪之，得其全稿爲妙，其墨卷鄉會俱不曾見，欲讀尤切。目下程墨完，即料理知言集起矣，凡明文不論房行社稿，皆爲我留神訪之。又湯若望有天文實用一書，幸爲多方購求一部，感甚。某又言。

孫學顏：經歷世故愈久，處義愈精，惟有本者能之。

張謙宜：只是義精，故照見一切世情。讀竟慨然，真有李文靖之嘆。

【校記】

〔一〕然日趨於閃鑠變詐之途　妙山精舍集無此十字。

〔二〕妙山精舍集無「人」字。

〔三〕今日　據吕氏鈔本、孫刻本、妙山精舍集、詩文集鈔本、王鈔本補。

〔四〕今日　據吕氏鈔本、孫刻本、詩文集鈔本、王鈔本補。

〔五〕妙山精舍集無「緣」字。

〔六〕免　原作「勉」，據吕氏鈔本、妙山精舍集、詩文集鈔本、王鈔本、錢振鍠排印本改。

〔七〕某頓首　據孫刻本、妙山精舍集、詩文集鈔本、王鈔本補。

寄董方白柯寓匏書〔一〕

正月入埭，買得青山潭石壁一帶，溪山幽峭，樂而忘返，留連者兩月。昨始歸家，見手札，知近詣加進，不爲聲塵所動，甚慰甚慰。且有寓匏相講習，喜可知也。墨評之不宜，寓匏別時見規，正與足下言合，感愛我之深，鄙意竟庋閣不出矣。臨奇來，述時論有招致詩文之事，頗有齒及者，聞之不勝震悸。區區本末，足下所知也。昔人所云不值半文者，豈敢昧忘耶？初與寓匏論文字，曾及舊絶句一首，正爲此耳。此係某平生關目，惟足下急與寓匏審察消弭之策。知我只二公，所恃爲保護餘生者不小也。激切激切。餘悉載臣札中。心緒惶擾，諸不盡〔二〕。

張謙宜：此舉博學鴻詞時事。觀其傴切，真有談虎色變意思。

【校記】

〔一〕妙山精舍集題作「寄董方白」。據書内所述，似僅與董氏一人。

〔二〕盡　妙山精舍集作「一」。

答柯寓匏曹彝士書

使歸後甫畢塵事，而小孫患痘殊劇，旬日來未免憂懸，忽忽無緒。昨晡始有生意，得力疾展讀。坐此遲爽，耿仄何如！兩兄文各負奇偉，寓匏天才駿逸，迥絶塵姿，多於蘊藉中挺瀟灑不羈之致；彝士風骨雄勁，所向空闊，一瞬千里，不可捉搦。不謂於文字頹澌時覩此異材，又能閉户相砥礪，不屑稍近流俗，只此雅懷，已足千仞。乃冲襟虚挹，問不擇人，村子環顧其中，則皆君之所餘也，又何以相益？

無已，竊有所質，兩兄之爲此文也，其心有篤好，爲文固當爾耶？抑外間風旨乍更，爲决科之利耶？篤好以爲當爾，則志定而氣堅，必有進而無退，不至於古人不止。彝士文有云：「孤行無偶而不懼，舉世菲薄而不慙。」此見道之言也。兄試自舉勘，果不負斯語乎？若猶未也，則决科之意急，而爲風氣所拘也〔一〕。風氣有何定一，津要倡論於上，朝行矣，升沉局幻，暮復變焉。爲文而由此，則志惑而氣躁。庸流乍撼之不動也，數鉅公沮之稍動矣，數名宿引之又動矣，或得或失，誘之挫之，則大動而不能自主矣。出門抱行卷，自以爲逢時，數十日抵郊衢〔二〕，聞時尚又不爾，回惑失措，則今日所爲，安知非他日所悔乎？文由心生，心正則文正，心亂則文亂，此不可不辨也。某之論文亦止如此，未嘗期其書之必行世，世之從吾言也。適與時論相凑，謂其功足變風氣，爲近日選家之勝，此某之所深耻而痛恨者也。但使舉世譟駡，取以覆瓿黏壁，錮其流傳信從，如蘇氏「烏臺案」、朱門「僞學禁」，莫不拒絶遠避，而有人焉獨以爲不可不業此，此則某之論文果有功，而其不止於文者，亦鬆鬆盡出矣。兩兄於此，得毋猶有所疑乎？

前在金陵，有時貴相識者欲某定其房稿，曾有絶句云：「自古相知心最難，頭皮斷送肯重還。故人今有程文海，莫便催歸謝疊山。」〔三〕此心言也。兩兄深知此意，至燕市絶不齒及，若有問者，第云「衰病，事事頽廢，更無足道者」，則知我愛我之至也。

江歙谷：爲文趨風氣，即喻利之根源也。學者欲正誼明道，於此一關先打不破，更有何説！

孫學顔：與文人講究，必有透頂之論，本領深厚故也。

張謙宜：嘗誡子弟云：「文章遇合，如商人行貨，自珠玉錦繡，以至銅鐵布絮，俱有售主，但當致上等貨，不必揣摹衆情。若主意不定，雜濫澆薄，未有不折閲者。世豈少劣文僥倖之輩，爾文到極劣時，人又棄而弗顧矣。」讀先生文，足堅人向上之志。

【校記】

〔一〕拘　妙山精舍集作「軀」。

〔二〕郊　妙山精舍集作「交」。

〔三〕詩參見何求老人殘稿卷五零星稿，題爲得孟舉書志懷，後兩句作：「故人誰似程文海，便恐催歸謝疊山。」

寄柯寓匏書

相晤輒遽别，恨無旬月之留，從容商論。今復有此壯游，一摩青雲，便與枋榆睽隔，即行止亦不得自由，正不知相見何時也。僕杜門掃跡，心知最稀，自辱交以來，每嘆兄冲襟摯性，曠才嗜古，近世所不多見，甚思合并共事，所欲期於相成者頗鉅。惜雲泥勢阻，更不勝悵惘耳。所教孫言之戒，非愛我之至，安得聞此！敢不書之几牖以自警。

僕自計生平，未嘗開堂説法，亦未嘗與人往復爭辨。比來謝病不對客，對客亦不敢談及此事。惟是時文批評中，酒酣耳熱，未免放言，兄所聞其由此乎？抑别有爲乎？幸明示之，以便省改也。十二科墨選中多直抹，以此遲疑未出，今承教，自當庋置，亦幸知之早也。燕市見惡者不少，望時爲察之，有聞即密示爲囑。大兒金陵初歸，課義尚不廢。名山業未曾見，拜惠，謝謝。四方交游間，幸不忘蒐討之囑，至禱至禱。涷石因祝兼山未到，故不曾動筆，此必須兼山奏刀，方不失筆意。俟其來，即與合作，奉至宅上。但不知宅上須授何人，燕中寓在何所？俱望示知，便於寄札也。武功録前本先附璧〔一〕，提綱尚欲一閲，他日馳納。閩茶毫筆伴緘，爲舟中消暑，一笑。率復不盡。

張謙宜：儉德避難之旨。

【校記】

〔一〕前本妙山精舍集作「十四本」。

寄柯寓匏書

久不得書信，正切懸念，接手教甚慰。降辱餘年，不欲掛齒，親友皆卻之，尊惠遠頒，不獲返納，破例登受。愧謝愧謝。某病甚矣，血脈瞀亂，神志改常，每一觸發，即忿戾肆突，亦自知其不祥，然不能自制，此不治症也。紅塵澒洞，轟震林莽，憂惶悸慄，病益增劇。自念麋鹿之性，久與世不相入，固知死安於生，修不如短，所依違沾戀者，惟耿耿舊聞，孤危無寄，思收羅散軼，考正其是非，編就數書，質之後世子雲，庶幾無負此生而已。而看此火色，造物似不相容，前有字寄方白，囑致足下，冀知己保護之，得了前件耳。然天下事每出意料之外，或非人力所及，此即命也，豈可逃乎？

來札云歲前有所聞，不知何事。彝士云恐知之不能相忘，此猶是相知未深語。凡謗必有所由來，定非無根者，或我實有過而陷於不知，或彼言雖浮其實，而自處原有未盡，即竟屬空中樓閣，而我之所以致彼憎者，亦必有其端，正好藉以自察。若聞言生恚，但咎人誣，不責己過，此俗情之所同，稍知爲己者，決不如此。

文穆不欲知姓名，乃大臣含容之量，非儒者克治之義也。然某尚疑文穆此語，亦是黄老之學，并不是古大臣含容真量。如其言，倘一知姓名，即終身不忘，其胸中亦隘甚矣。天下安得如許不見不聞者，以全大臣度量耶？此等見識横於胸臆，名爲黄老，實不免於鄉原流俗之歸，陰私忮刻，潛隱竊發，其患有不可勝言者。吾輩講究，正要打破此箇病根，庶幾有進腳處耳。

足下天性粹美，志趣超然，雖處風塵，知不爲習俗所移。第患於是非真妄界頭〔一〕，或未能一劍兩截，討個決斷分明，則未免頭出頭没，久之亦恐把握不住耳。率意妄揣，不知賢者以爲何如？得便幸勿吝往復，正好商量也。兹因敝親魏方公兄之便，匆匆附此。見方白幸即示之。有信與彝士，均質以此意，未必無所攻錯也。手顫不能細字，囑兒子繕白，不盡。某頓首。

江歛谷：中間辨文穆含容一段，有功學者不小。

孫學顔：於克己工夫，不肯絲毫放過，可以爲法。

張謙宜：呂氏之謗，至今不息，總恨其書之大行耳。是與之爭發兑，非與之爭道理。間有一二批駁者，又説不通，故江浙人妒忌尤深。中間邁身自省一段，只合如此説，才忿恨，便差却。

【校記】

〔一〕患 呂氏鈔本、孫刻本、妙山精舍集、詩文集鈔本、王鈔本作「恐」。

與柯寓匏書

把别忽已經年，某衰病侵尋，嘔血不已，而塵壒坌集，去除不能，遂於夏間削頂爲僧，自名耐可，號曰何求，更字不昧。行徑如是，想足下聞之，不直一笑也。帶水暌隔，令祖母之變，絶不相聞，有失奉慰，歉然歉然。

足下天性粹美，氣宇渾厚，自是遠器。第向來習染深錮，不易解脱，未免擔閣耳。今乃於讀禮靜處，奮然發學道之志，可敬可喜。所謂近世學者，患在直求上達，此總是好名務外，徒資口耳，於身心實無所得。至目前紛紛，則又以之欺世盜名，取貨賄，營進取，更不足論也。要之，真欲爲此學，須是立志得盡〔一〕，下手便做，不但求辨説之長始得。從上聖賢道理已説得詳盡，又得程朱發揮辨決，已明白無疑，今人只是不肯依他做，故又别出新奇翻案耳。所謂至簡至當，豈有外於四書五經者？只是做時文人看去，只作時文用；爲詩古文者看去，只作詩古文用；若學道人看去，便句句是精微正當道理，更何經書之有哉？第程朱之要，必以小學近思録二書爲本，從此入手以求四書五經之指歸，於聖賢路脈，必無差處，若欲别求高妙之説，則非吾之所知矣。要之，此事須面談，非筆墨所能達也。

明史提綱從未卒業，不詳其書得失。向見范淯川御龍子集及所論曆法奏疏〔二〕，知是讀書博辨之人，疑其書必有異，故留此欲待稍暇。今承索取，附使奉還，他時有遺力及史事，尚冀借看也。學蔀通辨取歸，復爲他友借去，近聞平湖顧蒼巖已刻板印行，則購求亦甚易耳。又荷珍惠，深愧何以當此。感謝感謝。使者遽旋，草草未盡，俟晤言。不一。

孫學顏：聖賢道理，備具四書五經，學者若不只作一場話説讀過，一生受用儘無窮。看先生指點詳明處，有志之士，亦當知用力之地矣。

張謙宜：説向上徑路，真朱子嫡傳，又妙在不腐鈍。

【校　記】

〔一〕盡　孫刻本、妙山精舍集、詩文集鈔本、王鈔本作「定」。

〔二〕御　原作「拳」，呂氏鈔本、妙山精舍集、詩文集鈔本、王鈔本作「豢」。按，左傳昭公二十九年：「古者畜龍，故國有豢龍氏，有御龍氏。」黄虞稷千頃堂書目卷二十五著録「范守己御龍子集七十八卷」，四庫全書總目卷一百七十九别集類存目亦著録，曰：「是編以集爲名，實則兼收其説部，故目録每卷惟署曰『御龍子第幾』首。爲膚語四卷，次天官舉正六卷，次參兩通極六卷，次即曲洧新聞四卷，次乃爲吹劍草五十三卷。」又按，范守己，字介儒，洧川人。據改。

與吴玉章書

山中遽歸，惟慮後期爽訂，抵舍不見信息，知非吉徵，不謂果罹大故，思惟至性崩摧，何以堪此。又聞有傷體之事，不禁爽然。伏念數年相與，且謬有師弟之稱，自恨平時不能指陳正道，推明禮意，足下聰明果毅，必奮然以聖賢之孝道爲歸，不至毁性滅義，不以禮事其親如此。此非足下之過，而某之罪也。夫復何言！

夫人子於親，苟可以致心竭力於踵頂，豈有愛焉？然古來稱至孝者，帝王中無如虞舜，賢士中無如曾輿矣，乃一則父置之死而不死，一則慎保手足而無敢傷。思此一聖一賢，於父母病革時，豈於身有所惜，於心有所未盡，於此事有所不能，以遺後人以突過哉？亦以止於孝之道有所不可也。禮於居喪瘠毁，尚比不慈不孝，故衰麻有期，哭踊有節，若任心行之，以不孝爲孝，亦復何所不至。近世不明禮義，刲股斷臂之事〔一〕，紛紛多有，正人君子亦嘗深論其非，而流俗溺惑，錮不可解，然猶多出於無知之氓，正賴讀聖賢書如玉章者，有以救正之耳。奈何不務法虞舜、曾輿之事親，而下效愚夫愚婦之所爲，豈愚夫愚婦之爲，反有加於虞、曾者耶？今玉章此舉，震動顓蒙，流俗無知，轉相傳誦，惑世誣民，爲害非細，四方有道之士，必指某而斥之曰：「夫夫也，固嘗與之游矣。其爲邪説然耶？其告之不忠耶？」某亦誠無所辭，獨負疚無分毫之益於足下，而侈然以師道自居〔二〕，真愧悔難安耳。成事不説，今復何言，惟足下勉自愛，率慰不具。

孫學顔：玉章無精義之學，而好爲苟難，故以刲股斷臂救親爲孝，先生引經據禮以斥其非，且憂其惑世誣民，爲害不小，真乃仁人之用心也。凡爲人子者，俱當以此爲戒。

張謙宜：豺虎之惡，弗食其子，而况人乎？凡割股救親，皆昫翁嫗不如猛獸者也。故事後猶必規正，此所謂不明乎善者。

【校記】

〔一〕股 妙山精舍集作「骨」。

〔二〕而 據吕氏鈔本、妙山精舍集、王鈔本補。

與吴玉章第一書

與足下交數年矣。足下固執謙節，初不得辭，然嘗自疑以爲其趨不一，終不能有益於足下，必成兩悔，時杌杌不自安，今乃漸覺其果信也。

昨自山中歸，獨不見足下面會文字，問之舍姪，云：足下先數日過舍，至期不作文而去，强之不可。且與舍姪言，大約謂「諸子皆游藝，已不欲游藝者，故不爲」，其立説甚高；再則曰即爲之，必不能勝諸子，故不爲，其説又益下。然高與下總不足論，即作文不作文猶小節耳，獨以足下之病在心者深錮，其本指與某相背謬，故不得不一直告也。凡某之欲諸友爲文，非以希世獵名，爭區區詞章之末也。人之樂有師友，蘄明此理而已。理之明不明何從辨，必於語言文字乎辨之，知其所明者若何，未明者若何，而後得效其講習討論之力，故曰「君子以文會友，以友輔仁」。既曰輔仁，第須於仁乎取之，何事於文哉？蓋言者心之聲也，字者心之畫也，心有蔽疾隱微，必形於語言文字，故語言文字皆心也。惟告子自信其心，不復求義理之是非，分内外爲二，故云「不得於言，勿求於心」，而孟子直闢以爲不可〔一〕，而自舉其所學曰「我知言」。今觀孟子之語言文字何如也，斯豈非游藝所得耶〔二〕？且吾所欲爲文非藝也，論語之所爲藝〔三〕，注曰「禮樂之文，射御書數之法」〔四〕，文者指其儀節言，法者指其技術言。若禮樂之本，射御書數之理之所以然，則亦非藝之可名矣。故朱子特注「文」「法」二字，乃所謂末也。然且學者必須游習以博其趣，是則吾道無内外精粗之可分也益明矣。況以程朱之説，上求孔曾思孟之指，能體會其義而發明焉，則爲佳文；不則相與辯駁極盡以期有合，此亦格致之一道也。奈何以「藝」之一字抹摋之哉！足下謂諸子皆游藝，蓋譏諸子之不志道據德依仁也。諸子於存心力行之功，誠有所未逮，然從此見理日明，其後亦未可量。

前在山中觀足下所爲文，愛其筆力夭矯曲盤，固亦未嘗不能文也。特於義理有未然，故批摘其謬誤以相告〔五〕，是足下工夫所少，正於志據依處有不的耳。其所以不的，正於文字義理不精察，則志非所志，據非所據，依非所依耳。病在是而不思治，虧欠在是而不求益，悍然以爲吾自有所得，烏用是！是病者日益病，而虧欠者日益虧欠，以至於消亡也。且足下自謂於存心力行根本，有實得乎？則其語默作止之間，必人皆得而驗之。即以今會業一事而言，若果不願爲，則當辭之於早，先期來矣，及會而渝，可謂誠乎？晨訂而午變，言詞閃鑠，不可謂信；以師命而赴，不致告而避，不可謂敬；衆友群集，即不作文，亦當終事而散，倏忽逃會，可謂無禮。如藝必勝人而後游，則古今之能游者寡矣〔六〕；不勝人即不游，謂好學者如是乎？己則不能，而微譏他人，務以求異求勝，是不謙讓也。辭氣悻悻，傲岸而不顧〔七〕，是躁戾而失養也。凡此數者，末病乎，抑本病也？不力行之故乎，抑不求知之故也？然則足下之存心力行，與所謂志道據德依仁者果安在，而欲以之傲人勝人哉？

諸友平昔亦以足下瑰異之材，果毅之質，流俗希有，嘗與某私相歎跂，以爲追琢有成，必非凡近所及，故箴規過於切直者有之。足下概不爲己虚受，一擊不中，輒思幡然颺棄，壹何自待之淺隘也！子路人告以有過則喜，故曰百世之師，今既不能喜矣，又加憤焉，其志氣相去幾千萬里，更何以造舜禹之域耶？

抑會文之事，實出於某，非諸友私集也。某欲諸友材質高下者，皆講習討論於其中，以求義理之歸，蓋某與天下爭學術是非之界正在此。今足下自以本心力行爲得，而不欲從事於文義，其本指正與某相反。然則足下之所非不在諸友，而在某之立説誤人矣，而猶晏然自居爲足下之師，不亦大昧罔無耻之甚哉！自白沙、陽明以來，以本心力行爲説，不求義理之學盈天下，目前竊其緒餘以鼓舞賢豪者不少〔八〕。足下既見某説之非，即當早自決擇，就其徒印證焉；或有以益吾子，使可朝悟而夕成也〔九〕。奈何依違腐儒之門，坐縶千里之足哉！人之從師，爲道耳，豈爲世情。某雖不敏，必不敢以此相責。若必以昔日一拜爲嫌〔一〇〕，即以此書當某納還前拜之狀可也。某頓首〔一一〕。

張謙宜：讀前書，想見其好高自喜；讀此書，又想見其好勝怙非。以此向學，必不能入，故早謝之去。不然，少作一會文字，亦屬小過，何至如此决絶。

【校記】

〔一〕妙山精舍集於「闢」下有「之」字。

〔二〕非 原作「亦」。妙山精舍集朱筆改作「非」，旁批：「疑作不，或作非。」眉批：「非字是。」據改。

〔三〕爲 妙山精舍集作「謂」。

〔四〕御 原作「藝」，據吕氏鈔本、妙山精舍集、詩文集鈔本、王鈔本、朱子四書章句集注改。下文「射御」同此。

〔五〕批 原作「抑」，據吕氏鈔本、妙山精舍集、詩文集鈔本改。

〔六〕妙山精舍集於「者」下有「亦」字。

〔七〕傲　據吕氏鈔本、妙山精舍集、詩文集鈔本補。
〔八〕舞　妙山精舍集作「動」。
〔九〕悟　原作「語」，據妙山精舍集改。
〔一〇〕日　妙山精舍集作「者」。
〔一一〕某頓首　據妙山精舍集補。

與吴玉章第二書〔一〕

大始來，得足下札，讀之不覺失笑。笑足下之强欲置辨，辨而益彰也。足下意止欲辨不赴會不譏游藝耳，然既云不譏游藝，不敢非我教矣。又云群聚會文，不可謂非角勝，悦人耳目，專詞章而離道德仁。又云雖非世俗社比，然仍從事文義，可不謂譏之非之乎？且吾所責於足下者爲心體有病，而足下曰氣質之故；吾責足下以理義不明，而足下曰機調生澁；吾責足下以本事之失，而足下曰平日偏蔽。辭其大而任其細，飾其近而咎其遠，若以爲此日此事此心毫無過失者，則諺所謂「白强」者也。

夫足下云云，自以爲辨之而無過矣。然而讀者以矛刺盾，但見足下之過益彰者何也？此即足下輕視文義之效驗也。文義不通，病在心有蔽錮；心有蔽錮，病在不求明理。欲明理，奈何亦仍求之文義而已矣。夫文義之不通，豈止不善爲文哉？凡語言書札動止無一足以自達者〔二〕，故文義非細事也。至謂窗下拈題抒寫，請教質正，每月所限文數，未嘗不遵，而獨不可以會課，此更非也。某豈區區期足下以作文者乎？王唐歸胡何足爲百世師，足下不欲作時文即已，何必强爲？但文義不可不通，而理不可不明爾。若既可拈題抒寫，則窗下與會課何異？論語曰：「君子以文會友。」易曰：「麗澤兑，君子以朋友講習。」禮曰：「相觀而善謂之摩。」古之學者皆以聚友論文爲樂，未有閉户私搆乃爲有得者也。又謂會課即角勝，起悦人耳目之心，必至專詞章而離道德仁，此更大謬不然。昔朱子論試士比較之非，謂其有黜陟進退，以利誘人也；程子譏爲文悦人耳目，爲其以詞章求媚於世者也。若師友相聚，爲講習義理之文，初無利誘，亦非求媚。即曰角勝，角是非精粗耳；即曰悦人，悦師友耳，又何患乎專詞章而離道德仁？果其專辭章而離道德仁，將角必不勝，而師友之耳目亦必不悦矣。孔子曰：「當仁不讓於師。」不讓於師，角勝之大過，則將德不仁不可任乎？孟子曰：「令聞廣譽施於身，不願人之文繡。」聞譽者悦人之所致，則將德不可飽乎？會課之角勝悦人，亦如是而已，足下何厭惡之甚乎？推足下欲速好勝之意〔三〕，一作文即欲使友朋歎服，而莫之指摘，此正角勝求悦人之隱根，雖日處窗下拈寫，而此病益深，不必會課而後有也。至於變化氣質，涵養性情，此是適道以上事，足下頭路未清，見解未的，方在未可共學中，何言之倨也！

凡某之爲此言者，非欲足下之强順吾説而從事時文也，止欲足下通文義以明理，明理以去本心之蔽而已。乃足下嘵嘵徒辨其未嘗非師譏友，而初不辭其非之譏之之實，皆坐不通文義不明吾説之所指也。今亦不須復辨，足下但取聖賢之書，虚心玩味，先通其文義，而漸求其理之所歸；不必作時文，有所見即作古文論説亦得，或作講義、或作書牘亦得，此豈復有角勝悦人、專詞章而離道德仁之患乎？若文義未通，而曰吾以性命自負、道德自企，此又諺所謂「未學爬，先學走」者也。世間或有此法，而某實不知。足下自信甚堅，則亦求其能助足下者而問之可耳。某自揣非其人，誠不敢擔閣足下時日。他日足下遇其師，片言了悟，乃嘆「爲此腐儒枉費許時工夫，遲我蚤聞道」，則某罪豈可逭哉！因大始歸，便附此數言，并足下前書批去，惟足下察之。

【校記】

〔一〕吕氏鈔本、詩文集鈔本題作「再與吴玉章書」。

〔二〕語言　吕氏鈔本、詩文集鈔本作「言語」。

〔三〕推　原作「惟」，據吕氏鈔本、詩文集鈔本改。

與陳大始書

玉章前會不作文逸去，以不欲游藝立説，甚可怪。察其意，大約褊隘不虚心，欲速不求益，而姑以云云自文耳，然已是心術有病。若認真以爲游藝不當爲，則病在學術悖繆，更不可藥矣。不得已作一字與之，足下取看，以爲何如？初八日僕村莊自值會，足下先日須至。玉章來否，聽之，勿强也。吾所辨在此理此心是非耳，非有私憾，正不必謬爲謝過之舉也。

大始賢友足下。　　留良頓首〔一〕。

【校　記】

〔一〕大始賢友足下留良頓首　據吕晚村墨蹟補。

與董載臣書〔一〕

屢欲草數字，以行人促迫而止，然未嘗不念及足下也。僕在此只得書集多種爲快；所遇人物，大約世情中汩没多少好才質，最上不過志在記誦辭章而已。都會雜沓，誠然無人，誠足壞人。張先生所慮「同流合污，身名俱辱」，其言固自不刊，但學者自問何如，正要此間試驗得過。鴨子使繩縛，止爲庸人説法也，濟不得事。吾不解抱不哭孩兒，寧遭簡點，此意無從告訴，但歎息知人之難耳，不審足下又何以益我也。漢園之變，令人悲悼，其人雖粗，然下梢展拓得開，不入鬼窟活計。惜哉，今不可復得矣！足下學醫，張先生亦甚憂，然僕知尊公深，此未可以口舌爭，且學道而先違親意，亦無此理學。奈何奈何！兒輩失所依託，令我茫然失措，又不審足下能爲我轉計否？匆次草草。

孫學顔：真學者大患，但不可概論有道耳。若自己信不過，便欲如先生云云，亦只是一場鶻突，不可不知。

【校記】

〔一〕王鈔本題作「與門人」。

答祝兼山書

初謂相聚正久，故未罄鄙私，不意事違其願，接手札殊惘然也。然受徒講習，自是儒者正業，且冕弟叔姪相叙一堂，真人倫樂事，正不必以離群爲恨耳。況論説之餘，研閲方書，原可並行不悖。第過承謙抑，自顧所得淺陋，無以裨益高深，輒自慙也。張叔承六要一書，本末兼該，條理不紊，不可不看，其中「病機」「治法」二要，尤爲精詳可守。若齋中未備此書，不妨遣人來取。寒食左右鼓峰先生必至，此時望過舍數日，定有聞見之益。醫雖小道，非於理學明、於世機淺不能精也。有便信時寄聞問，以慰遠懷。候晤不久，不多及。

與馬籛侯書

立夫之病，止是闇於義理，而鄙於利欲。吾固嘗言之，不深責其欺也。然朋友之道，所重在信，苟其爽信，是即欺也。乃曰其跡似欺，若其心本無他者，譬之跌宕於倡樓，而謂信足至此實無邪心，人其諒之乎？且立夫之爽信在返關之時，已屬無解，其後益甚耳。

大麻之館，本非大始所求，亦非吾爲立夫計也。立夫自因失血，急欲暱我來謀近地之館，吾以語大始，大始甚喜而定關，然吾固知立夫闇鄙，未必無中變，猶未之致也。立夫入省，又屢遣信來問館事成否何如，然後信而與之。未幾乃忽來返關，則治病之慮寬，而計較利便之私起矣。

今觀其字，謂冬間至省，如久歷波濤，一朝登岸，不勝愉快，可知其始終本無意於此地師友之樂也。前之求館，爲病亟不得已耳；病之既愈，館於何有？然而紿師矣，負友矣。當此之時，已難免於欺之一字矣，況又有後案乎？即明年在家之説，亦立夫自覺不安而計出此，吾未嘗督之也。然而許我矣，而又倍之，爽德再矣，又何必託名在家，實有其心而後謂之欺也！季冬廿一日之後，正月初十日之前，曾不遺尺一謀之師友，而即安於杭，是立夫之所欲也，又何云不欺哉！然而其欺也實生於鄙，而其鄙也實由於闇，闇且鄙則固有已欺而不自知其欺者矣，則雖謂之非欺亦可耳。

吾前在杭，不意其在彼，突如相見，不免棖觸。自念相與八年，曾無分毫之益於立夫，而使其顛倒至此。又在家之説吾已遍告人人，今實無以謝友朋，更無以對大始。吾之局蹐更甚於立夫，故但有黯然無緒而已〔二〕，非震怒也。大始能無毫髮之憾，吾甚服之。況立夫於我從無愆尤，又何罪責之有？從此求明義利而克改之，在立夫已事耳。五月之來，且姑緩之，待吾慚之漸忘也。便中即以此意告之。

【校記】

〔一〕然 呂氏鈔本作「默」。

與仰問渡書

昨載臣來，致足下傳示沈孟澤督過之言，不覺聞之驚歎，雖夢寐之中，亦不料及此。已矣，可勿復言。然恐足下諸友有未悉者，故聊白其概。

僕與孟澤向曾同社，交本不深，故孟澤原未嘗知僕，僕亦不敢自居爲孟澤之知己也。即孟澤之醫，初得之於宋穉圭；及鼓峰至邑，遂棄其學而學焉。鼓峰既殁，孟澤乃不惜下問，僕雖無知，亦不敢不盡其誠。數年以來，孟澤之道日行，然皆其才能自足以收之，僕自問曾無涓埃之益於孟澤，故亦未嘗敢竊以爲己功也。況僕自村居避跡，惟恐問醫者之至，堅辭曲遯，至於發憤。此自性所不能，志所不欲，亦非外飾以爲高，凡有問者必舉孟澤以對，此足下之所知也。

然則今日之云云又何爲乎？我知之矣。孟澤譽望日隆，其體不可復詘，其勢不可復受直言以自貶也。思目前所不達時務而仍爲直言者，計惟僕一人，所謂「寧逢惡賓，無逢故人」耳，然僕自計之終不能復事孟澤矣。僕之平生惟有一直，謂僕借私以訾毁，雖他人不相與者未嘗爲之，况孟澤乎？若欲僕曲徇標榜，昧其是非之理，唯阿諛是從，亦素所不能也。昔金碧安有云：「用晦待我甚厚，感之不忘，然其不堪處必將甘心焉。」僕之所遇大約如此，亦其戇闇所自取，不敢以是怨他人也。古之假道學有言「我日斯邁，而月斯征」，各尊所聞，各行所知，無復望其必合也。若孟澤更語及，幸舉以復之。手瘡初愈，未能握筆，口授兒子奉白。某頓首。

吕晚村先生文集卷五

序　論文

周易口義後序

昔朱子於詩傳自以爲無復遺憾，而於易本義則意有不甚滿者。趙子欽寓書朱子，謂説語孟極詳，説易則太略。朱子曰：「譬之燭籠，添一條骨子，則障一路光明，若能盡去其障，使統體光明，豈不更好耶？」由是窺朱子之意，則本義一書爲先儒説理太多，終翻窠臼未盡，其所不甚滿者此也。

自制科頒教，易遵本義，經生行文，嫌本義之略而無所依傍，於是間入程傳，然猶未離乎先賢之説也。至講章叢出，則又拉雜諸家穿鑿附會之説，而加之以俗陋之己意，學者喜其依傍而可以餖飣也，則益蔓衍而不知所返。如近日坊本，其説尤鄙劣，而時之以易名家者無不宗以爲傳，上非是不以取，下非是不以應，名奉典制，實則離考亭而畔本義者也。蓋朱子之意主於簡，而今則惟恐其説之少；朱子以易爲包含活絡〔一〕，而今則一以硬裝死著；朱子之大旨在象占，而今則以象占爲駢疣，此其所以離且畔也。惟程子亦云：「三百八十四爻，不可只做三百八十四解。」今則並無三百八十四用矣，此不特畔本義，並畔程傳也。

吾師五宜先生，玩索於此者三十餘年，探窟躡根，與二三子朝夕論説，手鈔舌腨，雖時講細曲，亦爬羅補苴，以收其一得。久之，成口義一書，遠依雲峰之通釋，近涵虚齋之蒙引、次崖之存疑，同爲本義之臣翼〔二〕。淵明所謂「汲汲魯中叟，彌縫使其淳」者也。某從游最久，近復與先生之從子鈺有子女之屬，同梓是書，以發蒙斯世，因請刊落群言，獨存本解，以傳考亭之精意。先生曰：「吾救時世之妄耳〔三〕，非詮本義也。本義則朱子且以爲多，而吾更爲之增其籠竹乎〔四〕？且今之説易，非以求易，求行易之文耳。文雖多而易欲簡，其勢逆而難從，吾故就其説而導焉。朱子自謂於諸家之説，只就語脈略牽過此意，惟吾口義亦於時説牽過而已。若夫朱子之所不甚滿者，而吾能滿之乎？爾其爲我序之。」某竊懼闇鈍，不足以敷張師意，因次述所聞以識於後，庶幾離畔者知所返焉。門人吕某謹序。

孫學顔：考亭著本義一書，易道如大明中天矣。餘子紛紛妄作，皆爲燭籠添骨子耳。

張謙宜：合四聖人成一書，自周易始。一人心力，豈能窮其底藴？不滿意，正見煞用工夫來。援文公以尊其師，恭謹至已。

【校記】

〔一〕絡　原作「括」，據妙山精舍集改。

〔二〕臣　妙山精舍集作「羽」。

〔三〕世　吕氏鈔本、妙山精舍集、詩文集鈔本、王鈔本作「書」。

〔四〕籠竹　原作「籠燭」，詩文集鈔本作「燭籠」，據吕氏鈔本改。

西法曆志序

洪武初，大將軍徐達等平元都，收其圖籍經傳子史凡若干萬卷，輦至京師藏書府。嘗召儒臣進講，以資至治。間有西域書數百册，文殊字異，無能解者。十五年秋九月癸亥，上御奉天門，諭史臣李翀、吴伯宗曰：「天道幽微，垂象示人，人君體行之成治功。古帝王仰觀俯察，以修人事，育萬物，文籍以興，彝倫修叙。邇來西域陰陽家推測天象至精密，有驗其緯度之法，又中國所未備，其有關於天人甚大，宜譯其書，以時披閲，庶幾觀象可以省躬修德，思患預防，順天意，立民命焉。」遂召欽天監靈臺郎海達兒、阿答兀丁，回回大師馬沙亦黑馬哈麻，咸至於廷。出所藏天文陰陽曆象書，命次第譯之，曰：「爾西域人，素習本音，通華語，其口以授儒，爾儒譯其義，緝成文焉。毋藻繪，毋忽越。」明年二月書成，凡曆法、經緯、表度三卷，載在掌故。然以翻譯未廣，且不詳其論説，以故一時詞臣曆師，無能參用以入大統者。

夫載籍所傳，天地陰陽變化之故，日月星辰之運行，寒暑晝夜之代序，與人事爲吉凶，與物理爲消長，義弘衍矣。然至理精微，充塞宇宙，固未嘗以華夷間也。中葉，星曆諸臣以舊法未合天行，求改正。萬曆中遂有修曆譯書、分曹治事之議，使分曹各治，事畢而止，大統不能自異於前，西法又未可爲我用，猶二百年來分科推步之故已。烈皇帝究知其然〔一〕，命禮臣督改之。勅廣集衆長，兼收西法，凡譯書一百四十卷，皆西法也。時中外多故，未及會通，以頒布瀰宇，以繼述高皇帝遺意，而京師變陷矣。豈遠裔絶學，其得行於九夏，亦遇合有時，不可測歟？不然，以聖哲之主，前後譯撰，而卒不得用，何成之難也。一代鉅典，未能備衆美，成大法，遐方藝術之奇，又不克見正於聖作，儒臣守理而不知數，曆家執成法而不知變化消息之道，天經乖舛，彝倫攸斁，豈非天哉！

江歙谷：西法足補曆家未備之説，以其理之精微，有關於天人故也。惜三朝譯撰，俱不得其用，而一代鉅典，竟未爲完璧，殊可歎耳。

孫學顔：曆法未合天行，非精於數與通乎變化消息之道者，不能改正其失。西學有可采用處，固聖哲所不遺也。篇中慨歎成書之難，卒致天經乖舛，是多少關係在。

【校記】

〔一〕烈皇帝　原作「懷宗」，據王鈔本、錢振鍠排印本改。後文改同此。

文雅社約序

文雅社約者，歸德沈文端公之所作也。其約始於家門，及乎里黨，大趣多返樸崇儉，斟概近俗存古之意。嘗考是書之作，歸德方爲秩宗，不數年遂執政，當得志可爲，何不釐舉制度、修明文章、移易海内之風俗而還之古，而顧踽踽涼涼，獨與一二三鄉友相率爲會，如雒陽九老故事，以爲盛舉，何其卑也！意其時鵲聲北飛，樹私竊柄，歸德雖與之同列，豈鬱鬱枋梶，不能獨有所建竪，是以爲政六年而遂老歟？然則爲是書者，將毋志有所未逮，其亦有不慊於中者歟？孔子曰：「吾猶及史之闕文也。有馬者借人乘之，今亡矣夫！」風俗之變，如江河之日趨而下也。

今去歸德又七十餘載矣，視歸德所歎息更有甚焉者。夫陳俎而作聖基，祭野而淪陷應，禮之得失，關乎運數，其幾豈不在微乎？歸德慮之早矣。使是書而行於吾鄉，則俗盡變，而吾鄉獨不變也；行於吾家，則吾鄉盡變，而吾家獨不變也。竊以爲歸德相業之餘烈，於斯而見矣，會讀書者亦論其世焉可也。許子開雍雅志好禮，緦然憂流俗之頹敗而不知底也。亟刻是書，而問序於余，其裨益於世道人心非尠也，故樂而爲之序。禦兒呂□□謹書〔一〕。

孫學顔：社約亦有功世教之書，觀序中感慨情深處，便見歸德非無意於當世者。惜鬱鬱枋柅，未能罄其底藴耳。

【校　記】

〔一〕禦兒呂□□謹書　據孫刻本、王鈔本補。

古處齋集序

竊嘗謂三百年來，詩文無作者，或曰：「是有故乎？」曰：「有。病坐制舉業。」「罪至此乎？」曰：「舉業無罪焉，學舉業者爲之也。」

人之知識，如果核之有仁，而草木之有荄也。枝榦花葉，形色臭味，天性具足，雖妍醜萬態，莫不各有其生趣在焉。澤之以水露，治之以器鐵，厚之以垢壤，蒔壅不拂其性，光華爛然。反是，雖天性具焉，而生趣萎瘁矣。朽栟敗腐，蒸出芝菌，非朽敗之能爲芝菌也，養之者厚也。剪綵而綴之，一枝之間，而四時之花具，然而人不加賞者，其生趣絶〔一〕，其性非也。今爲舉業者皆有俗格以限之，循是者曰中墨，稍異則否。雖有異人之性，必折之使就格。而其爲法則一之曰套，取貴人已售之文，句鈔而篇襲焉，無隻字之非套也。以是而往試輒售，其爲力省，其見效速。父以是傳，師以是教，則靡然從矣。夫人之知識，必有所緣而生，而手筆隨之，生久益熟，熟乃成性，則不可復易也。唐康崑崙琵琶爲長安聲樂第一，而屈於段師善本，德宗令段師授康，段曰：「遣崑崙不近樂器十餘年，使忘其本領，然後可教耳。」套也者，三百年來文人之本領也。以此掇科目，獵榮譽，爲仕途捷徑，蓋平生得力之處，雖魂夢間不能自忘也。且身既貴顯，職在清華，或素有文字名，諛客日進，輦金帛乞數言爲光寵，幸載名字。彼方哆然談文章，論得失，義不可辭，曰未嘗學也；又不可下問，則悍然爲之，於是始作詩古文辭，則又不知古人爲學之法，即有告之曰：「是當多讀書，深養氣，如柳子厚所謂取道之原，旁推交通，以爲之者。」彼將曰：「是老死具也。爲力省，見效速，吾故用吾法耳。」試以爲古文，則儼然周秦兩漢六朝唐宋矣；以爲詩，則儼然漢魏晉宋齊梁全唐矣。凡此皆可以套得之，則又就其中擇其名之最盛而易飾者套焉，文則必周秦漢也，詩則必漢魏盛唐也。立說既高，附和尤捷，流至今日，其焰益張，雖高人名士，禪客女子，無不翕然論體格，擬聲調，作煙火臺閣、塵土酒肉語，云是正宗，遂牢不可破。此無他，天下庸夫多，而有志於學者寡，惟此可不讀書而能也。若曹固不足道，弘正嘉隆之間，名公迭起，得斯道之正者凡數大家，幾入韓歐之室矣，然以語神明變化，有難言者，則猶本領之未忘，舉業之累，於斯乃見耳。

吾師陳湘殷先生，性清真古淡，與世接無畦町。兄柳津，弟有上、紫綺，各負才致，遂居湫廨，真率如一人。每置酒輒見召，亦時枉敝廬，呼酒命醉，出手指爭勝負爲歡笑，或竟醉卧齋榻不返者累日。當酒酣，解衣脱幘，狂論迅發，座客皆愕眙相顧，先生獨不怪也，曰：「是真可與語。」因出古處齋集稿一卷，曰：「試爲我訂定之。」退而卒業，則天然爛熳，不假粉飾，而鏤肝琢腎，窅窅離離，無所不有，然又不可摘謂某首似某，某句調似某也。乃大驚曰：「是豈舉業家所得者？」先生笑曰：「吾爲舉業，亦未嘗解套人一字。」此真不拂其性，生趣爛然者矣。因自信「病坐舉業，舉業無罪」之説，於是乎益堅。然君且不以爲足，誦讀徹昏曉，響達行路，雖凝寒溽暑不間也；所手鈔古今書，等身者三四，不知其志願何！

昔嘗問黄太沖：「浙以西人稱多慧，而學者每出南岸，何也？」太沖曰：「浙西之材，未十歲許，便能操觚，文與年進，至三十許而止，自是以後，則與年俱退亦如進，故日就銷落。吾地人差樸，然三十後正讀書始耳。」時竊震其言。今先生挺不世之才，無俗學本領之累，著作益上，而且益厚，其養如此，所云根茂者實遂，膏沃者光曄，將爲玉樹琪枝，丹葩瑶草，非人間恒有，又安可以常理測識哉！若某蒲柳之質，向未嘗有所進取，今又不自力學，行年三十有四矣，與年俱退，日就銷落，誠如所言，殆不自知其税駕也。雖天性具在，而生趣萎瘁，行蹈先聖不秀不實之歎，讀古處齋詩文，三復太沖斯語，能不瞿然悔懼歟？

孫學顔：詩文套法，不止偷意盜句、剽竊字眼，凡有谿徑可尋皆套也。學者欲去此病，須如退之所云：「毋望其速成，毋誘於勢利，行之乎仁義之途，游之乎詩書之源，無迷其途，無絶其源，庶幾有入頭處。」然非先讀此文，感發羞惡之心，亦未必便肯立志，尋向上去。

【校記】

〔一〕趣 原作「趨」，據王鈔本改。

櫟園焚餘序

吾友吴孟舉歸自燕，亟稱周雪客之賢也。余至金陵，因見之，則孟舉之言信，相得歡甚。雪客泫然出其翁櫟園詩文曰：「先子於喪亂顛躓之後，舉平生所作畀之束炬，此其流傳於知交而某收羅得之者也，故名曰焚餘，而吾子試序焉。」余謝不敏，不能序大人先生文也。雪客曰：「固知子。雖然，以某故也，必序之。」余受讀而歎曰：「子知而翁之所以焚乎？知其焚而存之，是也；不知則益之焚也，亦如其不存。」坐客咸起曰：「何謂也？」曰：「古之人自焚其書者多矣。有學高屢變，自薄其少作者；有臨歿始悔，不及爲，謂此不足以成名而去之者；有刺促恐遺禍而滅者；有惑於二氏之説，以文字爲障業者；有論古過苛，不敢自留敗闕者；甚則有侮叛聖賢，狂誖無忌，自知不容於名教，故奇其跡以駭俗而自文陋者。其焚同，而所以焚不同也。今櫟園舉前後悉焚之，未始以昔爲非也，焚之後又未始不復作也。其書又不觸忌諱，不墮魔外，屬屬焉以古之作者爲歸。然則櫟園之所以焚，又必有不同於古人者矣。」嗟乎！櫟園以卓犖跌蕩之材，夙負令譽，天閑之上駟，群龍之腹尾也。中州南國，水委土附〔一〕，揖元禮於舟中，醉正平於座上，望者以爲神仙，不測其所届也。忽焉天地震盪，劫灰晝飛，猿鶴蟲沙，蒼黄類化，浪平痛定，一時同學僅有存者，宇内屈指，櫟園巋然其一也。雪樓草廬，豈異人任，迺天下方乞膏馥於櫟園，櫟園且取而煨燼之，何歟？兔園冀溲，重自珍戀，猶什襲緤藉，況著作如櫟園，非有所大不堪於中而然歟？余是以惜其書不如悲其志也。豪士壯年，抱奇抗俗，其氣方極盛，視天下事無不可爲，千里始驟，不受勒於跬步，隱忍遷就，思有所建立，比之腐儒鈍漢，以布約終殯村牖，固夷然不屑也。及日暮塗岐，出狂濤險穴之餘，精銷實落，回顧壯心，汔無一展，有不如腐鈍村牖之俯仰自得者〔二〕。吐之難爲聲〔三〕，茹之難爲情，極情與聲，放之乎無生。彼方思早焚其身之爲快，而況於詩文乎哉！然則從其焚而焚之乎？又不然。焚者志也，其不可焚者書也，知其焚又知其不可焚，使他日不自焚，以得櫟園之所以焚，是在雪客而已。南陽村白衣人序。

江斂谷：序焚餘詩文，足令泉下人通身汗下，然正意却都在無字句處。令人尋味而得，真奇觀也。

孫學顔：書不可焚，因其焚而知其所以焚，故不惜其書而悲其志。當玩味末段，意思深遠。

張謙宜：爲官場中人説法，憐惜處，正是出脱，然氣味却辣。

【校記】

〔一〕委　原作「萎」，據吕氏鈔本、孫刻本、妙山精舍集、詩文集鈔本、王鈔本改。

〔二〕鈍　原作「儒」，據吕氏鈔本、妙山精舍集、詩文集鈔本、王鈔本改。按，上文有「腐儒鈍漢」，則此處以作「腐鈍」爲是。

〔三〕難　原作「雖」，據吕氏鈔本、孫刻本、妙山精舍集、詩文集鈔本、王鈔本、國粹叢書本改。

尋暢樓詩稿序

孟舉之詩，神骨清逸，而有光豔，着語驚人，讀者每目瞯而心蕩，如觀閻立本、李伯時畫天神仙官，旌導劍佩，驂駕之飾，震慴爲非世有，然不敢有所嗜願，爲非其類也。凡爲詩文者，其初必卓犖崖異，繼而騰趠絢爛，數變而不可捉搦，久之刊落，愈老愈精，自然而成。今孟舉方當卓犖崖異與騰趠絢爛之間，固宜其驚人如此。所謂小稱意則人小怪，大稱意則人大怪，孟舉正須問其稱意何如昔人耳。人知我而驚，不知我亦驚，直不可以此介意也。桓譚、侯芭不足以知揚雄，而待韓愈知之；李翺、□□〔一〕、皇甫湜不足以知韓愈，而待歐陽修知之；若李白、杜甫之詩，則又近白、甫時之韓愈知之，宋人因而師承焉，今人又未之知也；然則唯作者而後能知作者，自古爲然。而作者之出也，或駢肩而生，或數百年一二千年而生，吾同時無其人，則必待之數百年一二千年而後生焉〔二〕，足以竭吾之長而攻吾之短，此真吾之所懟畏而託命者也。

目前紛紛，廣座長塵，拈黑道白，如土蠓野馬，其不足與於斯也明矣。而今人舐筆蘸墨，方以此曹之喜憎爲是非，所謂未有長卿一句、賓王一字，而罵阮籍爲老兵、宋玉爲罪人〔三〕，殊可劇歎也。歸有光目王世貞爲妄庸巨子，世貞曰：「妄則有之，庸則未也。」有光曰：「未有妄而不庸者！」歸之文至今可傳，以其意中能無此巨子也。今天下之巨子，其出世貞下又不知幾何。使吾之所爲爲其所稱歎，則必爲古與後之作者所嗤詈矣〔四〕；爲其所疑詫〔五〕，則必爲古與後之作者所抉擿矣〔六〕；爲其所屏棄不復置目，然後必爲古與後之作者所笑視目逆耳〔七〕。今孟舉雖不爲所喜，而猶爲所驚怪，其於作者尚未知何如也。然孟舉進方鋭，將數變而不可捉搦，以底於成，則其驚怪益甚，其爲屏棄不復置目，終所必至，顧在孟舉能卒不以此曹介意否耳。陸務觀曰：「外物不移方是學，俗人猶愛未爲詩。」余愛誦此句〔八〕，輒自咎平生言距陽明，而熟於用處，不事撿束，正坐陽明無忌憚之病。爲詩恨僞盛唐，而未離聲律，兩騎夾帶，猶爲所牽挽，思欲坐進古人，所待於後甚遠。不汲汲有求於今世者，心知其甚難，然不敢不與孟舉同厲之也。南陽村友□□氏序〔九〕。

孫學顔：詩文雖小技，然作者胸中，必各具一副不可磨滅本領，豈妄庸巨子所能知耶？故學者但當求稱意如昔人耳，不必以土蠓野馬之喜憎爲是非也。

張謙宜：爲知己好友敘詩，都遮攔周旋不得，此正是赤骨立爲人處，其論詩火候，今始知之。

【校記】

〔一〕□□ 原闕。呂氏鈔本、孫刻本、妙山精舍集、王鈔本、黄葉村莊詩集本同。

〔二〕黄葉村莊詩集本於「後生」前有「黄口」二字。

〔三〕「方以此曹」至「宋玉爲罪人」三十四字 黄葉村莊詩集本作：「方以此曹之喜憎爲是非趨背，得其譽，便可罵阮籍爲老兵，訶杜甫爲村子，一爲貶毀則志惑氣索，如喪家失父，不可自立於門户，諺所謂『以盲引盲，相將入坑』。」

〔四〕古與後　黄葉村莊詩集本作「前與後」。下句同。

〔五〕疑詫　黄葉村莊詩集本作「詫異」。

〔六〕所抉擿矣　黄葉村莊詩集本作「所疑而抉擿矣」。

〔七〕目　孫刻本、妙山精舍集、詩文集鈔本、王鈔本作「莫」。

〔八〕愛誦　黄葉村莊詩集本作「讀」。

〔九〕南陽村友□□氏序　據黄葉村莊詩集本補。

秋崖族兄六十壽序

辛丑三月，予過虞山紅豆村莊，蒙叟先生時八十，辰在重九之後。請以數言壽先生，先生曰：「子休矣。壽余者無過以吾家彭祖爲徵，子知吾祖以雉羹饗帝啟〔一〕，封彭城，而不知其遭厲、幽之禍，流離西戎百有餘年，若此之播越也。且鴻水滔天，憂墊溺焉；十日並出，憂燒灼焉；九嬰、封豨、窫窳、檮杌之徒，憂跋扈抵突焉。雖其受壽永多，然八百年内，享升平，歌暇豫，軒眉皤腹，開口而笑者，固無幾也。此漆園後生，睥睨冥靈，笑我祖之以宇内望。」

久特聞者，而子謂我願之乎？」予謝曰：「誠如先生言，此非上壽時。願先生力自愛，以副

歸不數日，而得姚江族兄秋崖書，麗以乞言小引，蓋秋崖兄今年甲子周，辰亦在重九後。東國名鉅，無不搆詩文爲祝者，而吾兄意未當也，又走書數百里命細子，豈頌禱揚美之辭，猶有所未備歟？蘇虞山之説推之，壽錢氏者之必以彭城，亦猶壽吾家者之必以蒲州也。蒲州當武宗之時，兩舉進士不第，潦倒驢背間。已得度世術，匕刀圭，餌丹藥，鍊精葆神，至於今不化，隱見湘潭岳鄂汴淮吴越之墟，言長生家必以爲宗。然吾數其後未四十年，遘金統之難，區宇糜爛；又五十餘年，而陰山微種，開門揖盜，燕雲以南，無復人理；數不半百，五朝八姓十主，自生民以來，未有若斯之酷也！宋德不長〔二〕，東罷於耶律，西躪於拓跋、完顔、蒙古，相繼甘人，磨牙吮血，腥聞過百年，是蒲州所閲歷，固有倍蓰於彭城者；彭城之八百有盡〔三〕，而蒲州之長生無窮，則變亂之奇，自今日以迄不可推測，抑又烈矣。湘潭岳鄂汴淮吴越之墟，耳斷雞犬，目斷爨煙，蒲州時一過之，狐狸叫嗥，鼷鼠厹跡，城郭如故，寂無人聲，依回四顧，獨自愁苦，其爲漆園之所笑者，又不啻垂天之於枋榆也。是雖伯陽奉書，子喬進藥，與蒲州同不朽，吾兄豈爲之哉？

然則吾兄之所欲言可知已。夙負奇氣，博聞强識，於典籍無所不窺，而不得一讀東觀

藏書。依泊塵沙，所畜泄益奇，其所遇合益落，既當天地反覆，思有所樹立而不可得。今且老矣，猶日手一編，孜孜矻矻，與古人較量得失。日斜睹景，忽忽有所不樂，則浮大白以驅之，醉醒而吟，吟倦復醉，所作詩古文辭，又累墜及牛腰矣。此其意豈屑與今日浮華之子，假聲律，摭詞句，以文其俗陋者鬭蕣華木槿之觀哉？誠欲使天下知今日江南，尚有行年六十而志不衰，學益進，爲呂秋崖其人者。吾道不墜，凡爲男子當如是矣，又何必假綏山之桃，乞安期之棗，爲吾兄祝也耶？是則吾兄之乞言，與蒙叟謝客小牋，情同而致異也，細子敢不亟稱之以爲壽〔四〕？

孫學顏：借荒怪之説，寫感憤之情，真古今有數奇文，不獨爲壽序開生面也。

【校記】

〔一〕饗　原作「響」，據孫刻本、詩文集鈔本、王鈔本、國粹叢書本改。

〔二〕不　據孫刻本、王鈔本補。

〔三〕固有倍蓰於彭城者彭城之八百有盡　原作「固有倍蓰於彭城之八百有盡八百有盡」，據王鈔本改。錢振鍠排印本作「固有倍蓰於彭城之八百彭城之八百有盡」。

〔四〕以　據孫刻本、詩文集鈔本、王鈔本補。

東皋遺選序

吾友陸雯若既没四年，其家於故簏得其評選歷科程墨稿一卷，授吕子補緝成集。嗣子少，未悉始末也，爲序而歸之。曰：

此不足以成雯若名，然其心志嗜欲之所存，不可没也。自萬曆中，卿大夫以門户聲氣爲事，天下化之，士爭爲社，而以復社爲東林之宗子，咸以其社屬焉。自江淮訖於浙，一大淵藪也。浙之社不一，皆郡邑自爲，其合十餘郡爲徵會者，莫盛吾兄季臣與諸子所主之澄社。己卯以後，季臣應徵辟，詣京師，不復徵會四方。予時年十三，因與從子約同里孫爽子度、王曍浩如者十餘子爲徵書。壬午冬〔一〕，浩如乃以雯若來會，予之交雯若始此。

凡社必選刻文字以爲囮媒，自周鍾、張溥、吴應箕、楊廷樞、錢禧、周立勳、陳子龍、徐孚遠之屬，皆以選文行天下，選與社例相爲表裏。雯若於是與同社有壬午行書臨雲之選，選自此始也。始之社也，以氣節，以文字，以門第世講，互爲標榜，然猶修名檢，畏清議，案驗皂白，故社多而不分。及是則士習益浮薄傾險，一社之中，旋自搏軋，鏃頭相當，曲直無所坐。於是郡邑必有數社，每社又必有異同，細如絲髮之不可理，磨牙吮血，至使兄弟姻戚，不復相顧，塗遇宴會，引避不揖拜者，咸起於爭牛耳，奪選席。販夫牧豬，皆結伴刊文，清晝爭道而不避，社與選至是一變而大亂。予叔姪遂支石蔽葉，一聽雯若諸友之所爲。

雯若爲人警敏而才，能高氣鋭，喜任事而樂多友，故人人牽挽以爲私己，雯若固汎應焉，而道益廣也。雖狙逆詭合，亦欣然忘宿物而暱就之。然新故遠近之間，終不能徧愜，則群忌恚以爲異己，排詆益急，雯若意不堪，出而求之兩海虎林間〔二〕。當是時，吳中選事漸闌，而浙風方競，張耳、陳餘同得名者也。外論優耳而劣餘，耳竟佩印收麾下，而餘漁獵澤中，甚怨之，思一得當以報耳。遇雯若則大喜，結驩無不至，雯若感其意，亦以身許之，倚蕩衝冒。耳不勝怒，一蹄而蹶。吳會之士，莫不奉約束，無肯讀耳之書者，雯若之名大震。於是耳之黨援，嚙指劘骨，致死於雯若；而向之會壁垓下者，又嫉其聲之赫也，而還攻之。雯若舉足，左右呰責隨至，刀瘡箭瘢，穿穴膺膂，轉鬬不休以死，而耳、餘之怨反解矣。雯若晚益厭苦，乃北抵燕，南泝襄海〔三〕，思一豁其湮塞磊塊之氣，歸而架精舍於東皋，積書其中，意豈止此哉？其止此，命也。歐陽永叔悲蘇子美之被擊，意不在子美，予獨悲天下之擊雯若者，意專在雯若也。

今者社事禁絶已久，猘吽牴觸之徒，皆席豐資、盜虛譽，遨游當塗，彌縫疇昔，獨雯若至今被譏訶吹索，爲人謝過釋罪之具，尤可歎也！雖然，以一布衣壇坫東南者十餘年，短箋四出，清流奔走，畫船珠䄙，川注雲浮，龍山、虎丘、西湖、東塔、苕溪、語水之間，市傭婦女，猶能指其讌集之處，述其輿從管絃供飲館帳之盛，自復、澄以來，未之有也。及其瓠落江湖，望鎖廳一第，以塞黨人，志亦卑甚可哀，乃天故靳之。讀其書者，黄口小兒，俯拾膴仕，而雯若竟以藍衫歛矣。謗焰雖息，光芒何懸？篝火雨窗，楓青路黑，颯然歎息之聲，其魂魄猶依此書也。金沙、婁東、雲間當其盛，東皋獨當其衰，天豈以一雯若結社事之案乎？何摧之甚也。嗚呼！其可悲也夫！同里吕某序。

江歙谷：極力揮灑，爲死友吐氣，沉魂滯魄，當解散一空。

孫學顔：雄深勁悍，直逼西京。昔友王秋畹云：「爾，仍之。」

張謙宜：沉痛纏綿，節奏激楚，此等文全是意滿氣豪，一涌而出。意味從報任少卿書來，月峰先生所謂「據案一揮，庶幾似之」者也。集中最上乘文字。〇「張耳、陳餘同得名者也」旁注：豈爾公、百史耶？今知爲石門王生、朱生爭操選政者。

【校記】

〔一〕壬午冬　據吕氏鈔本、妙山精舍集、詩文集鈔本、王鈔本補。

〔二〕海　妙山精舍集作「浙」。

〔三〕海　妙山精舍集作「漠」。

今集附舊序〔一〕

今日文字之壞，不在文字也，其壞在人心風俗。父以是傳，師以是授，子復爲父，弟復爲師，以傳授子弟者，無不以躁進躐取爲事。躁進躐取則不得不求捷徑，求捷徑則斷無出於庸惡陋劣之外者。聖人之言曰：「性相近，習相遠。」子弟之初爲文，未有無性者也。教之者曰：此轉苦不合，此語苦不熟，此一筆太遠，此一解太高，此一字一句未經諸貴人用。凡室中有光頭綫裝書，一切戒勿觀，朝而鋤，夕而燒薙之，不至於庸惡陋劣焉不止。未幾而揣摩成，以取甲乙如拾遺也。吾聞之，先輩大家，研究聖賢之書，浸淫於古文字，不知磨墨幾丸〔二〕，退筆幾篋，敗紙殘稿幾百束，而不敢幾一得；今之圈鹿欄牛，胎毛尚濕，調弄之無，鈔仿套數，朝塗而夕就矣。群謂某某已如法，將必售，則果如若言；其所謂轉不合、語不熟、筆太遠、解太高、句字未經用及好閱光頭綫裝書者，大約未必售，售亦離離如曉星，輒曰其人數偶耳。嗚呼！何其言若符券也。

人之愛其子弟，則期之以聖賢，或爲名臣豪傑，最下亦不失爲文章之雄，何至突梯滑稽，驅之使爲雞鶩鳧等〔三〕？吾讀其文，知其父兄先生之所願望，不過爲拜塵黄門、由竇尚書、吠籬侍郎而已，故其言曰：「制舉業之於科目，猶叩門之有甎楔也，門啟斯擲之耳。且君之欲入斯門也，何爲也哉？爲其美官也，爲其多得錢也。」然則其視舉業也，猶之乎穿窬之有鍬鍤，盜俠之有斧匕耳。排其闥，發其秘藏，負匱揭篋，擔囊而趨，又何甎楔之有？程子曰：「子弟患其輕俊，當教以經學念書，勿令其作文字。」古之人以聖賢之學爲學，故其視文字也猶糠粃糟魄然，慮其玩物而溺志也。今天下之視文字，殆不啻糠粃糟魄矣，豈皆學聖賢之學者與？人未有不戀其妻若子者矣，而游方之外者，吸光景，練精炁，以離坎爲媾精，以嬰胎爲孕育，其視棄妻子直敝屣耳。情生者無不以爲難，然而文信侯亦能之，故一妻子也，或敝屣之以度世，或敝屣之以釣奇，其心之善不善，豈直雲淵也哉！今天下之輕視夫文字也，亦若是而已矣。惟其視文字也輕，故明知其庸惡陋劣而不以爲耻，曰：「吾以釣聲利、弋身家之腴而已〔四〕。」程子曰：「灑掃應對，可以至聖人。」則知舉業亦可以爲伊傅周召。然而聞此説也，則群啞啞而笑矣。魏收引據漢書以斷宗廟事，諸博士笑曰：「未聞漢書得證經術。」今天下豈特以制舉業爲糠粃糟魄也哉？其視四書五經，亦猶博士之於漢書焉爾。謂其中有吾所當致知而力行者焉，則又群啞啞而笑耳。以故學究之支離，儇薄之荒僻，佛老異端之説，浸潤陷溺焉而不知其非。比年以來，亦復知有傳注矣。然非真知傳注之有切於己所當致知而力行者也，特以時尚焉耳、科條焉耳，則其視傳注果無異於異端佛老之說也。無異於異端佛老之說，則今日可以爲傳注者，明之日復可以爲異端佛老，何則？其心壞也。以既壞之心而求明書理，不明書理而求文字之復古，是鍛根株而求華實、塞江河之源而求波濤之奇險也，有是哉？

天下明知爲庸惡陋劣而不顧者，謂挾其術無不應也。蒲伏新貴人之門，求其平生得力之處，以爲枕秘。僥倖苟竊之徒，鼓其空腹，妄爲大言，至污極鄙，鄭重而受之，如長史右軍筆法，戒其子弟，雖千金勿傳矣。然三家之村，五都之市，比户聽之，其枕秘如一也。雖有才人，困躓場屋，間不能自振，亦復稍稍爲之。故一省餬名之士，幾及萬人，其不能揣摩如法者，約二千餘人，其不願如法者，數十人而已，餘擾擾數千，皆所謂如法者也，而題名者不及百人耳。所謂不願如法者，榜必有數人焉，離立於其間，此數人者，殆天所以扶斯文於不墜乎？然世卒謂如法者獲多，故雖屢受鍛刖而不悔。不知夫如法者以數千人中而得數十人焉，不願如法者以數十人中而得數人焉，其於多寡之計當必有辨矣。且庸惡陋劣一也，而數十人得舉，數千人得黜者，何也？曰：「數十人幸，而數千人不幸也。」夫所貴乎庸惡陋劣者，謂挾其術無不應耳，而亦有幸不幸焉，吾又何樂乎爲庸惡陋劣者乎？故曰：「文字有常賢，科目無常遇。」其人當遇，雖轉不合、語不熟、筆太遠、解太高、句字未經用及好閱光頭綫裝書，而不能禁其爲遇；苟不當遇，雖庸惡陋劣，極揣摩如法，而不能强其爲遇。人知文字不與禄命爭得失，則其作文字與讀文字之心，皆不出於釣聲利、弋身家之腴，然後視文字也重。重則禮義之悦根於心，而廉耻之道迫於外，雖日撻而求其庸惡陋劣也不可得矣。雖然，以予腐儒之力，與億萬庸父兄先生爭，其勢必不勝，又況其躁進躐取之法，更有出於文字外也。

孫學顔：此爲重利達而輕視文字者説法。若聖賢之學，則内外本末，自有輕重緩急之序，雖不輕視文字，亦豈肯溺志於詞章耶？讀者須理會先生立言之意，非但欲人不做庸惡陋劣文字已也。

【校記】

〔一〕孫刻本、王鈔本題作「東皋遺選舊序」。吕晚村先生論文彙鈔題作「墨評舊序」。

〔二〕磨　據孫刻本、國粹叢書本補。

〔三〕爲　吕晚村先生論文彙鈔、王鈔本作「與」。

〔四〕腴　原作「腴」。按，腴即瘦字。既曰「釣聲利」，則「弋身家之瘦」於意不愜。且下文此句即作「腴」字。又按，孫刻本、王鈔本作「腴」。據改。

庚子程墨序

乙未之冬，燕坐玄覽樓，群居甴然，無所用其心，因與雯若同事房選，於吴門市傭一室如農車大，鍵閉其中，匝月而竣事。蓋其爲日也暇，而致力也專，雖未必當乎古人，而世亦滿志矣。嗣而坊客驟以試牘程墨進，則賈人鶩利，視外間許可者而役之，例爾也。時又無事事，樂爲其所驅，且迫之以程期，限之以額，兩人從事苦不給，因分理之，故五科程墨則予之論居多焉。酉戌以來，類皆分閲而互參。

凡有事一選，輒屏棄他業，汲汲顧景，以徇賈人之志。然雯若性勤，而予習於懶；予迂拘犖確，而雯若博通無礙；予手目遲拙，自辰達酉，詮次不過五六首，而雯若盡日之力，時至一二十許。才之敏鈍，其相去懸絶，固不可强也。夫以予才之鈍，知識之迂拘，性之懶如此，而從事於逼迫程限之役，其爲煩苦也殆不啻瘻疥之於肌膚，而瘧痺之於腸腑，去之惟恶不速矣。而顧累累焉數見其成書，若甚樂此而不知疲者。蓋中無恒業，則日見無事，見無事則益甴然無所用其心，心無所用，則其苦有甚於逼迫程限之役者，故欣然受之而不辭也。

今年家仲兄以予之馳鶩而漸失先人之志也，錮予於棣華閣中，命授二猶子業，戒出入，謝賓客。閤之陽又爲構講室數椽，予挈二幼子與二三友人之子哦於其間，口爲唱，手爲讀，心爲解。鄉晨而起〔一〕，夜分而止，經傳雜進，背誦還前，講説異科，文字殊類。目偶不睞而嬉戲作，耳偶不聰而紕謬者衆，思慮偶不及而疑義難析，諸弊蓁起，刻晷程功，猶懼不暇。昔程子以文字爲翫物喪志，曩未篤信斯語，今予句讀耳，遂不能旁及乎他，亦心有所用而事不能兼，理固如是也，況乎學聖人之道者哉？然予之短於才而蔽於識也，則亦可見矣。而客又以庚子墨卷至，謝之。語未移時，顧謬悮者三起，客亦咨嗟而去。已而雯若示書曰：「選已成，獨其序非足下手譔不可。」則雯若愛友之切，復分其美以與我，君子長者仁厚之道也。顧予豈敢襲取不疑，以重掩良友之德意哉？爲叙其實如此。若夫是科之文，則雯若之予奪論次具在，予尚俟受而卒業焉。未卒業不敢妄有所稱述古也，亦懼無當也。

【校記】

〔一〕鄉　原作「卿」，據王鈔本改。國粹叢書本作「嚮」。按，「鄉」即「嚮」也。

五科程墨序〔一〕

自開闢至今茲，其爲文不知凡幾何變也；自今茲至不可億算，其爲文又不知凡幾何變也。有腐儒焉，欲起而一之，必有腐儒焉起而爭之，又必有腐儒焉起而調劑之。夫其一之、爭之、調劑之，是皆爲變所驅，而不能用變者也。善用變者，有可變，有不可變。予天下以可變，而奪之以不可變，可變者文，不可變者理。今夫煙波雲氣，斯天下之至奇且幻者也，然求煙波於污池，觀雲氣於赤鹵，其爲奇與幻者無有也，故觀雲氣者必嶽麓，求煙波者必江湖。夫江湖嶽麓，自開闢至不可億算，猶故物也，而天下且以爲荒忽怪異，莫奇且幻於此，此非煙波雲氣之力哉？然煙波不能自爲起滅，而雲氣不能自爲卷舒，則皆江湖嶽麓之自爲奇幻而已。煙波雲氣可變，而嶽麓江湖必不可變，文之有理，則猶江湖嶽麓也。其有文則煙波雲氣也，以至變之文，傳不變之理，雖開闢至不可億算，其爲文無不可定，況數科乎哉？

顧文運之變，每視文理之勝負爲盛衰。理勝於文則極治，平則盛，文勝則衰，純乎文則亂。自治而盛也文運長，自衰而亂也文運促。成弘以上，制科之文，理勝之文也；嘉隆之間，文與理平之文也；萬曆以至啟禎，則文勝與純乎文之文也。其變也如四時然，寒而燠，肅而和，風馳而電掣，即吾操筆落紙時，已迅逝而不可留，蓋無瞬息不變也。乃自開闢至不可億算，其爲春秋者如是，其爲冬夏者如是，然則非變也，復也。復所以爲變也，是以歲之冬也，必復而爲春，必不復而爲秋爲夏可知也。則文運之亂，必復而爲治，必不復而爲衰爲盛可知也。天下曰文已復古，然而非復也，變也。何則？今所復者，當成弘之前，而不當慶曆之下也。朱子曰：「高祖文帝詔令只三數句，貞觀開元都無文章；嘉祐以前，其文極拙，而詞氣謹重，有欲工而不能之意。」嗚呼！此真文運之極治哉！今之復古者有是乎？故曰非復也。然滓者變而爲清，譎者變而爲正，荒怪者變而爲醇雅，震震然知文之必本於理，殆將以開文運之復乎？由此進之，使孔曾思孟以及周程張朱之書，燦然復明於天下，如二儀五緯經天羅次而不息，庶幾猶及見成弘以上歟？乃一之、爭之、調劑之者，方且習訓詁之説，寶空虚浮滑之調，謂若者守溪，若者震川，若者昆湖荆川思泉。嗚呼！使數君子者在今日，其爲文又不知其何若也。乃捨不可變之理，而刻畫可變之文，是猶去嶽麓、離江湖而求所謂煙波雲氣，而且執繪之雲氣，塑之煙波，謂開闢以至億算，凡爲煙波雲氣者當如是也。悲夫！是爲腐儒而已矣。

孫學顔：可變者文，不可變者理。知以理爲主，而不徒事乎文之變，斯善用變而不爲變所驅矣。腐儒一切皆反是，故反復引喻以著明之。而論文之能事，幾無復進於是者。

【校記】

〔一〕孫刻本、詩文集鈔本、王鈔本題作「五科程墨觀略序」。

戊戌房書序

今天下有壞人心亂教化者若干人，去之可以彊國，而奸民竊盗不與焉；天下有損事業耗衣食者若干人，去之可以富國，而冗兵濫員不與焉，則庸腐之儒是已。先王設庠序以養儒也，非以其庸腐而養之也。督以學臣，訓以師長，禮義以閑之，廉耻以風之，非聖人之書不敢觀，非濂洛之理不敢從，故其謹小慎微謂之庸，方萬闊步謂之腐〔一〕。而今所謂庸腐者不然，吏之庭肩相摩衽相聯者儒也，胥之門頂相望踵相接者儒也。行安得庸，心安得腐？及其分章句，握三寸，智盡能索，困若囚縛，則爲庸腐而已矣。先王非以其庸腐而養之也，而其流不得不至於庸腐，則豈立法之未盡善歟？漢元光五年徵天下有明當世之務、習先聖之術者，令與計偕。所謂當世之務，即今之對策；所謂先聖之術，即今試士之經義耳。當時詩分四氏，易有三家，治一經必精且嚴如是。然易有韓氏二篇，嬰所撰述。蘭陵孟氏世禮春秋，亦以陰陽災變名家，而虎觀諸儒集五經互參同異。劉安曰：「五行異氣而皆和，六藝異同而皆通。不學六經，不足通一經。」古人治經若斯之難也。

自科目以八股取士，而人不知所讀何書，探其數卷枕秘之籍，不過一科貴人之業。黠者割首裂尾，私立門類，沿襲鈔撮，俄而拾取青紫，高車大馬，誇耀閭里。嗚呼！苟如是，是亦可矣，幾何而不相勸以盡趨於庸腐哉？蓋嘗以爲起祖龍於今日，搜天下八股之文而盡燒之，則秦皇且爲孔氏之功臣，誠千古一大快事也。然以爲科目之弊專由八股，則又不然。宋神宗熙寧二年議罷詩賦明經諸科，以經義論策試進士，蘇軾曰：「自文章言之，論策爲有用，詩賦爲無用；自政治言之，則詩賦策論經義俱爲無用。」旨哉斯言！後卒用王安石議，論者以爲科目之壞自此始。夫取士之以八股，數百年於兹矣，理學碩士出其中，將相名臣出其中，而盡歸科目之弊於八股可乎？夫科目之弊，由其安於庸腐，而僥倖苟且之心生。文氣日漓，人才日替，陳陳相因，無所救止。宋濂求賢論曰：「以愚選智，譬如以石式玉。求玉如石，玉無似者；求智如愚，萬無一獲。」故愚以爲欲興科目，必重革庸腐之習而後可。計庸腐之儒，邑可得數百人，累之則郡可得數千人，又累之則海内可數十萬人。此數十萬人者，今日損十萬焉何害，明日又損十萬焉何害？誠飭釐學宫，士必通經博古、明理學爲尚，即不能邃通經、邃博古、邃明理學，而取其庸腐者汰其三之一焉。今甲甚嚴，士風一變。然後及期大比，先試其詞臣必通經、必博古、必明理學者命之典試，其所選士必通經、必博古、必明理學者也。而餘亦用有司歲校士例等次之，其庸腐者復汰其十之一焉。如是則庸腐者無所側足，而士皆務通經、務博古、務明理學，行之數科，士風大變。故夫主持文運於上，以清賢路，求真才，此科目之所以興也。今不澄其培植之原，使人安於庸腐，而僥倖苟且之心生，則其弊無所不爲，雖嚴刑峻法以釐治之，而人才亦未必可得矣。且此數十萬庸腐之儒者，其耳目無所開，其心思無所用，游談妄議，武斷鄉曲以爲蠹，如此而人心不壞、教化不亂、事業不損、衣食不耗而無害於國家者，未之前聞！

愚生長草莽，不知忌諱，竊冀當世之名公鉅卿留心時務者，當輶車之採焉。昔賈誼以經生陳時事，大臣絳灌等畏害之，論者惜其才，以爲誼誠少年，安有立談之間而痛哭流涕於人主之前者也。竊以爲不然。誼之所言，如削分藩、制邊塞，皆深中機密，非經生所宜言，故犯時之忌耳。苟職所宜言而言之，言之而激切，雖痛哭流涕何害！今有爲經生所宜言者，不得不激切言之，言之而不得其所，故於是科房書而識之於首，以當吾之痛哭流涕者也。

【校　記】

〔一〕萬　王鈔本眉校曰：「方下萬字，批云疑誤。吾友友夏以爲萬字傳寫之訛，萬同矩。」

選大題序

一春爲風雨所敗，筆床硯匣皆黴潤不可近，書帙狼籍几案間，堆積如亂雲。胸徑湮鬱，任其縱横弗理也。有客排户，攜新貴人書及諸名家選本若干卷，屬與雯若共詮次之。時方悶久，思一暢所蓄，即取筆爲塗竄數藝。客竊睨視焉，則多世所欣賞者也，輒大驚。徐請間曰：「商之鼎、周之彝卣，識者咨嗟歎絶，許直百萬，實不與一錢，吾見凡三年矣。吾吴人鼓鑄，朝葬而夕就，淬以藥法，罨之成五色，斑駁陸離，爲若水、若土、若血、若汞、若漆、若灰之所侵裹，則如墨、如銀、如緑沉、如翡翠、如丹砂、如蠟、如瓜皮蕉葉安石榴、如火衲，包漿渾脱，雲雷蟠螭，欵識凸凹，無不精好，千年之色，成於頃刻，其所爲人故目擊之，而日售千百枚，故曰：『三年不鬻真，一日賣千僞。』願先生其謝商周而法吴鑄也。」

余閣筆而應曰：「夷光鄭旦，耕者見而忘犁鉏，覩無鹽宿瘤，則未有不卻走者，惟妍醜無異形，故好惡無倒置也。」而客曰：「不妻，妻必夷光鄭旦，天下鰥欲死，故天下之愛夷光鄭旦與愛無鹽宿瘤等。千載以來，知己皆不再得，而村豔市妝，鬆堊相競，則無不顛狂而願妃焉者，何也？淫行多而真好色者寡，故雖有夷光鄭旦與無鹽宿瘤，皆雜容於鬆堊之中而莫之辨也。且余估也，估不善計美惡，而雅計多寡。今一城邑間，凡讀書者百，則買書讀者三分百之一，貧不能具直者，富不妄費者，而假録讀者併直而共製者，亦三分百之一，其一則竟無須書矣。凡買書者百，其讀中下書者半强，中下且不能讀者半弱，讀最上書者百之一二耳。然一二中又且有貧不能具直者，而假録讀者併直而共製者，更傲岸不屑污一顧者，幾無須書矣。而吾估紛然，食指繁夥，無不待舉火於讀書者三之一，奈何捨九十餘人之所欲得而求售於未必售之一二也？」余曰：「是未易爲若道也。人必不爲習俗所移，而後可以移習俗。淇上之歌，華周之哭，匹夫婦也，而足以變一國哀樂之節，其情深而法善耶？情雖深不能使金鐵木石爲感泣，法雖善不能使蠉飛喙息詰磔鈎輈者變音而諧調焉，無他，所本無也。若夫哀而哭，樂而歌，此人心之所自有也。哭焉而悲，歌焉而肉好，亦人心之所自有也。自有之而不自得，忽有人焉舉吾心所有者而發於聲，聲成文，變成方，令聞者欷歔霑巾不能仰視，或眥决及鬓，或目瞤舌屈而無聲息，或激越飛揚而盪魂魄搖心神動血氣，余一不知夫歌哭之至於是也。於是乎凡爲哭焉思悲，凡爲歌焉思肉好，不期於霸而歌者皆霸，不期於梁之妻而哭者皆梁之妻矣。若是者，匹夫匹婦不能變一國也；其變一國，即一國之自爲變也。況乎理義者心之所同然，而文采節奏又理義之所自出。傳曰『人皆可以爲堯舜』，謂人性之無不善而有爲者皆至道也。又何有於傳注之顯，句字之末，而不足翼程朱、駕韓歐哉？第使天下曉然於中正之途，而詖淫邪遁之不敢作。胥天下讀最上之書，子方棄僞而求真、汰惡而取美之不暇，而又何慮夫百中之一二也耶？」

客起謝曰：「如先生，利乃益多，又不獨在估也。」

孫學顔：情深法善，古今文章之妙，總不出此四字。王石鱗謂先生爲文，絶無依傍，如此種怪怪奇奇，雖逼似昌黎，而氣骨高古，本領深厚，並非昌黎所能及。可謂知言。

東皋遺選前集論文 一則

洪永之文，質樸簡重，氣象闊遠，有不欲求工之意，此大圭清瑟也。成弘正三朝，猶漢之建元元封、唐之天寶元和、宋之元祐元豐，蔑以加矣。嘉靖當極盛之時，瑰奇浩演，氣越出而不窮，然識者憂其難繼。隆慶辛未，復見弘正風規，至今稱之。文體之壞，其在萬曆乎？丁丑以前，猶厲雅製；庚辰令始限字，而氣格萎薾；癸未開軟媚之端，變徵已見；己丑得陶董中流一砥，而江湖已下，不能留也；至於壬辰，格用斷制，調用挑翻，凌駕攻刦，意見龐逞，矩矱先去矣；再變而乙未，則杜撰惡俗之調，影響之理，剔弄之法，曰圓熟，曰機鋒，皆自古文章之所無，村豎學究喜其淺陋，不必讀書稽古，遂傳爲時文正宗。自此至天啟壬戌，咸以此得元魁，展轉爛惡，勢無復之。於是甲乙之間，繼以僞子僞經，鬼怪百出，令人作惡。崇禎朝加意振刷，辛未甲戌丁丑，崇雅黜俗，始以秦漢唐宋之文，發明經術，理雖未醇，文實近古，名搆甚多，此猶未備也；庚辰癸未，忽流爲浮豔，而變亂不可爲矣。此三百年升降之大略也。

東皐遺選今集論文 三則

一省一科之風氣，定於主司；天下數科之風氣，定於選手。通闈即無合作，不得不因陋就簡，此主司之予奪兼數命者也；聚遠近先後而論斷之，引繩削墨，是非灼然，此選手之予奪專於理者也，故選手不與主司較遇合而後足以論文。昔之選手大都如是，故其書至今可以惠後學。今之選手本領庸劣，其腹之空疎，手之甜俗，更甚於學究，秀才助彼説而張其燄。昔之選手能轉天下，今之選手爲天下轉，故曰：今之選手，今之秀才之罪人也。

吴次尾譏萬曆末年士自本科十八房而外，不知宇宙尚有何書，前此作者尚有何人，實學之衰，極重難挽。近時習尚，正復如此。己丑壬辰，一返蔓縟而歸之醇正，多老學好古之士，故格力遒上。乙未以來，名曰模範先民，實趨空疎甜俗，其所見之理、所宗之法，不能出萬曆乙未之圓俗機鋒，況能闖嘉隆以上之籬落乎？戊戌己亥辛丑，雅鄭互見，未嘗無矯傑之作，而外間盛行偏取下流，不知佳文幾何盡爲俗眼所埋没。是編亦就其中滂漉耳，尚恨翻圓俗機鋒窠臼未盡也。

次尾標摘當時俚俗字句爲「文禁」，且曰：「此等惡習始於一二空疎之子，以僥倖取捷，後人無學無識，轉相套襲，日增月盛。」今之惡習尤甚矣，目不識經史爲何物，而欲練飾辭彩，不得不出於俗談諢語，臭穢不堪。有人悟近日一名稿，全部只三百字可了，以爲秘妙，蝍蛆甘帶，鼫鼠嗜糞，良不虛也。嘗取次尾之義於家塾戒之，其詞句字法多不及載。今略舉活套陋調於此，如云云，如此腔板，不能盡舉，可以類推。使乳腥小兒弄筆如此，定以爲凡胎下梢，必無出息。老老大大，鬚長面皺，猶作此等見識，豈不愧耻！而選者密圈濃贊，以爲妙法，又從而傅益之，其惑誤後起不小也。有是非羞惡之心者，試思吾言，知必有斷然不爲者矣。

程墨觀略論文〔一〕 三則

文體之敝也由選手，而選手之敝也由蒙師。時文法度之最淺近者如破承之貴簡切而高渾也，小講之虛涵而勿盡也，提挈之得脈而勿痕跡也，提比之籠翻而勿急也，小比之點次老鍊也，中股之開合切實也，後股之推廓而不餒不泛也，過文之宜反宜正緩急合度也，結比之有餘勇也，掉尾之力勁而有別趨也，一句之當拆發也，全章數節之剪裁有要也，半段半句之當縮咽得氣也，過脈疊句之當上瞻下顧而實做本位也，連斷詳略之不可混也，兩截對扇之各有定義也，立柱分股之不可合掌也，布局命意之不可複疊也，此宜童子試筆時講明久矣，而今之巨公皆犯之，選家賞歎之。蓋今之選家亦今之蒙師之弟子也，則豈非蒙師罪哉？昔者盛時，吳中大家嚴重師坐，皆不惜厚幣豐養，致敬盡禮，以聘名宿，爲師者亦自力學珍貴，以副其責。今皆不然。欄中之牛，撫有數金館穀，若項王弄印刓敝，視善承吾意者與之，亦如其雇工然，不患其無有也。爲師者因各營狗監以求進，既得之則婯媚順旨，諂事弟子，彌縫及乎僮僕，以是爲固館之術。然且有攫而擠之者，其價日以賤，其品業日以卑，其人日以衆，或戲謂二千五百人爲師，其徒數十人，非徒少而師多，蓋人人皆可爲師也。師既如是，見文之奇博有本者，懵不能句讀音釋講解，則必力求空疎活套之書以爲業，使其徒速成，而已可免詬。於是乎空疎活套之選家，得哆然餬口於其間，亦無人不可爲選手也。選生師，師生選，文體遂極敝而不可返。文體猶小者也，使古來讀書種子於是乎斷絶，天下奇材美質於是乎無成，苟且奔競之習深，而人心風俗於是乎大壞。彼蒙師選手，不過爲一身一家衣食計耳，曾不意禍弊之至此極也。今縱不能驟還於古，顧臯比論文者，取淺近法度共講明之，其爲文也亦必取資於六經左國莊騷史漢唐宋作者，如程畏齋之分年日程、趙考古之學範，成法具在，可倣而行也。余嘗謂五方言語謡唱，百里殊風，無一同者，獨乞兒爹妳之聲，普天下無二。今文萬喙雷同，猶此聲耳。士龍怵他人之我先，退之惟陳言之務去，苟力行之，後有作者起，必來取法，是爲作者師也。

程子曰：「今之學有三，而異端不與焉，一訓詁，一文章，一儒者。」余按今不特儒者絶於天下，即文章、訓詁皆不可名學，獨存者異端耳。昔所謂文章，蘇王之類也，訓詁則鄭孔之類也，今有其人乎？故曰不可名學也。而有自附於訓詁者，則講章是也。儒者正學，自朱子没，勉齋漢卿僅足自守，不能發皇恢張，再傳盡失其旨，如何王金許之徒，皆潛畔師説，不止吴澄一人也。自是講章之派日繁月盛，而儒者之學遂亡，惟異端與講章觭互勝負而已。異端之徒，遂指講章爲程朱，而所爲儒者亦自以爲吾儒之學不過如此，語雖誇大，意實疑餒，故講章諸名宿，其晚年皆歸於禪學。然則講章者實異端之涉廣，爲彼驅除難耳，故曰獨存異端也。永樂間纂修四書大全，一時學者爲靖難殺戮殆盡，僅存胡廣、楊榮等苟且庸鄙之夫主其事，故所摭掇多與傳注相謬戾，甚有非朱子語而誣入之者，蓋襲通義之誤而莫知正也。自餘蒙引、存疑、淺説諸書〔二〕，紛然雜出，拘牽附會，破碎支離，其得者無以逾乎訓詁之精，其失者益以滋後世之惑，上無以承程朱之餘緒，下適足爲異端之所笑非，此余謂講章之説不息，孔孟之道不著也。腐爛陳陳，人心厭惡，良知家挾異端之術，竊群情之所欲流，起而決其籬樊，聰明向上之士，喜其立論之高〔三〕，而自悔其舊説之陋，無不翕然歸之。隆萬以後，遂以背攻朱注爲事，而禍害有不忍言者。識者歸咎於禪學，而不知致禪學者之爲講章也。近來坊間盛行本子，淺陋更甚，又有增改各刻，愈出愈謬，然且家佔户嗶，取其簡便。穢惡既極，勢不得不變，變則必將復出於異端，此有心吾道者之所深憂而疾首也。朱子教人但涵泳白文，有未得而後看本注，看注未得而後看或問。今當依之爲法，以本注爲主，無論新舊講章，一切弗泥，即大全中亦但看程朱之言，其餘諸儒合於注者取之，否則闕之，如此則進可以求儒者之學，退亦不失爲古之訓詁，或庶乎其可也。

學者有思辨之文，有記誦之文，二者工夫皆不可少。今人但解記誦而不知思辨，此文之所以日下也。不知思辨處得力最多，思辨長識見，記誦長機神，機神所附麗止於腔調句字，若識見長，則道理精、法度細、手筆高、議論暢，文品不可限量矣。故思辨之文不必句句合度可讀，但就一篇之中，得其高出在何處，其弊病在何處，研窮剖析，擇善而從，擇不善而改，故雖不佳之文，皆可以長識見，此即格物之學所必當引繩批根，不可使有毫髮之差者也。至於腔調句字，乃所以襯簟其道理法度、手筆議論者，固不可不熟，不熟則識見雖高，不能自達。然腔調句字因時爲變，在一時中又有高下異同，各從其所主，但取其有當於己之機神者讀之極熟，到行文時自有奔奏運用之妙。即解有未當，局有未真，皆在所略，故每有平淺無奇之文，而名家反得其用，又不可不知。然此則不可以選限，並不必佳選而後有者。是集止爲學人指示思辨之法，爲增益識見之助。誠虛衷細心以講究之，則甲乙皆我師資也。若記誦之文，雖不外此中而具，然聽人自取，無一定之論矣。

【校記】

〔一〕孫刻本題作「續選凡例」，詩文集鈔本題作「續選例言」，皆闕「學者有思辨之文」一則，故曰「二則」。三條具見十二科程墨觀略卷首。王鈔本分作三篇，一篇一則。

〔二〕疑　原作「義」，據十二科程墨觀略凡例、王鈔本改。按，所據底本於「義」旁書一「疑」字。

〔三〕論　原作「説」，王鈔本作「談」，據十二科程墨觀略凡例改。

呂晚村先生文集卷六

論辨　記　題跋

賈誼論

明君之於賢臣也，或身用之，或留於其子孫用之，皆用也。於其言也亦然，或身行之，或留於其子孫行之，皆行也。故或用其身而行其言，或不用其身而行其言，或身與言俱不用而亦用，此明君用臣之心與謀子孫之道也。

漢興至孝文帝，天下殷强，海内充溢，舉朝訢訢，謂將成三代之治矣。而賈誼以洛陽儒素，年不及强仕，位不及卿相，抵掌闕下，陳痛哭之言，上危亡之語，天子慨然歎爲不及，非其才之明而策之當，而能傾動英主若此乎？然而言不盡行，出就長沙，身終於梁傅，則又何也？於是言者曰：「誼初進言，以疎賤之人，計貴戚之事，過於切直，是以不得志。」此其説非知誼者也。孔子曰：「邦有道，危言危行。邦無道，危行言孫。」當有道之世，而用無道之術，是重誣其君也；挾諛佞之智，而欲行王伯之道，是自欺其學也；偷合苟容，浸結權貴，以求得志，及其得志而後圖之，是背本而賊義也。此數者，一介自愛之士所不爲，而謂賈生爲之乎？故曰此非知誼之言也。言者又曰：「漢室素輕儒術，道不同，故終不見用。」嗚呼！是烏知夫明君用臣之心與謀子孫之道哉！文帝之時，其左右朝廷、决天下之大計者，皆與高祖披荆斬棘、共起山澤者也；否則，皆先朝所擢之巖穴而用之廊廟者也。其出就侯國者，皆天子之叔伯兄弟也；否則，皆功臣之後也。一旦以少年布衣，加於老成貴介之上，而且欲裁抑勳舊，損削侯王，大或至於召亂，小亦必至於讒沮，是不得用臣之福，而先受臣之禍，欲行其言而并不得保其身也。是故出以老其才，静以俟其用，計絳灌諸臣衰退之年，當賈生强邁之日，於是舉而授之，此所謂明君用臣之心也。且賈生諸奏，其大者在乎封建，其言至善也，其策至當也，其憂慮至忠也。而文帝遲之又久，卒不及舉行者何也？蓋其時淮南濟北諸王，雖間有舉動，旋就夷亡，其他大國猶拱手受詔，未有異謀，苟即分更其制，則必皆奮臂而起，於是動兵勞民以大傷百姓，此文帝之所不忍也。假己之名以予人，聚民之怨以歸己，此文帝之所不欲也。文帝曰：「吾不若及其治而後行之。」此則久安長治之業耳。其後謀削諸侯，而七國果造亂矣。七國既平，而主父偃等果遂能行其策矣。終漢之世，無侯國之變者，偃之謀也；偃之謀，文帝之謀也；文帝之謀，賈生之謀也。而賈生之言固已行矣，此所謂謀子孫之道也。

雖然，使賈生不即死而絳灌衰，則必見用於文帝之世；使文帝不即崩而七國亡，則亦必身用賈生之言，然而不能則命也。乃世儒不察，猥以不遇之言短賈生而罪文帝。且士之欲得於君也，將取卿相之尊用其身而已乎，抑欲行其言也？如欲用其身而已，則後世之君，養無益之臣，知而不言，言而不當，以及於敗亡者，胡可勝計也！如欲行其言也，則賈生又何嘗不遇哉！

元祐三黨論

漢以上無黨，自漢而晉而唐而宋以來代有黨。漢晉唐宋之盛也無黨，而其敗而亡也代有黨，天下於是乎罪黨，黨之爲禍也烈矣哉！然自漢而晉，而唐而宋以來，宦侍者非黨，而氣節黨；跋扈者非黨，而清流黨；傾險者非黨，而正直黨。其所謂黨人者，類皆吾之所欣慕者也；其以黨之名加人者，類皆吾之所疾惡者也。天下而罪黨，將罪其所謂黨人者乎，抑罪其以黨之名加人者乎？故曰：「黨也者，小人中君子以危國家之名也。」

夫君子與小人，其不並立也若陰陽然，此長則彼消，爾生則我死，故古之聖人不戒於群陰壯盛之時，而戒於一陰初生之候。坤之初六曰：「馴致其道，至堅冰也。」姤之初，遯之二，聖人皆有危慮焉。明乎小人之退不盡，其道必至於否剥窮陰而後已，故君子小人競進，則君子必日疎，小人必日密。其始也，君子以小人攻小人，幸而勝，所用之小人轉而攻君子，幸而不勝，則又以君子攻君子。至以君子攻君子，而君子無不退，小人無不進矣。然所謂君子者，或爲累朝之所顧命，或爲人主之所深知，或爲朝野之所倚重，即攻之未必退，退之未必盡也。小人曰：「吾中之以黨名，則雖累朝之顧命而不足恃，雖人主之深知而不能留，雖朝野之倚重而不敢救。」於是乎黨之爲禍，蓋浸淫流漫而不可止，君子於此成不朽，國家以此成敗亡，吁可畏哉！

熙豐之間，王吕之黨，茅彙而進，海宇洶湧，莫不决齒而甘心焉，而熙豐無黨名。哲宗之初，聖母在上，群賢在下，始之以司馬，繼之以吕范，其經筵則程氏之道德也，其文翰則蘇氏之文章也，其輔相則劉王之政事也，此數公者，其於君子小人何居也，然而元祐名黨矣。嗚呼！黨之爲黨果何如哉？蓋熙豐諸人闒鬱於下，怨入肝髓，日窺伺間隙以求得志，於是陽附於君子之門，而陰搆夫黨錮之禍，洛朔蜀之名成，而熙豐之黨進矣。或曰：「三黨之名，蓋諸君子互相訾擊而成也[二]，於熙豐何有焉？」吾嘗讀程蘇之書矣，其議不合，非無黑白之跡、是非之分也，然究未嘗以黨相目，且諸君子不以黨加於熙豐之間，而以黨加於垂簾之際，一何惑也！若曰轉三黨者爲之也，此正熙豐諸人所謂陽附而陰搆者矣。張商英之在元祐也，上詩求進，諛佞無耻，而紹聖之乞毁碑者，商英也。周秩之爲博士也，親定謚號，自附正人，而紹聖之乞斲棺鞭屍者，秩也。子瞻之黜英州也，全臺劾其先是制詞多訕謗語，范公曰：「言者皆當時御史，何不即納忠，而今乃奏耶？」由是觀之，紹符之黨人，元祐之黨人也；元祐之黨人，熙豐之黨人也，洛朔蜀諸公又何與焉？然則此數公者皆無可議者乎？曰此則有辨。伊川先生之於宋也，猶其有泰宗兩曜也。登高者望之以爲表，處闇者依之以爲明，萬古長夜望之以爲昏旦，若蘇氏兄弟，特文章之雄耳。楊康國之言曰：「其學爲儀秦，其文爲縱横捭闔，無安靜理，用之又一安石也。」此可謂知蘇者矣。

夫使荆公當日無神宗之遇，備位制誥中，若疏劄騁文辭，更不幸遷徙炎荒窮海之鄉，鬱鬱不得志，以其所欲爲立言以垂不朽，後世讀其書慕其爲人，如見伊吕焉。不知其敗壞滅裂如今日也，而且相與歎其不見用，使三代帝王之治不復見於後世，豈不重哉！故荆公不幸而見用於神宗，而首惡於熙豐；子瞻幸而不見用於神宗，而垂美於元祐，而要之爲内翰則有餘，爲宰相則不足，子瞻之與荆公一也。不然，王雱欲斬韓富之頭以行新法，荆公悚然曰：「女誤矣。」荆公以異己之敵，猶知韓富之不可非；子瞻以同類之賢，而不知伊川之不可毁。以此乘時在位，其於進賢退不肖何如也？范公九年之奏曰：「當時臺諫如王巖叟朱光庭賈易等，皆素服頤之經術，故不知者指爲頤黨。」〔二〕則洛之與朔固未嘗有甞擊之事，又安得有分黨之名哉？惟蘇氏以歌哭葷素之瑣節，開過於伊川之門，使熙豐諸小人得乘其間，而散入於其中，出其蟲鼠之技，轉相掊擊，以黨之名中洛朔，而即以黨之名中蜀，以成紹符建中之禍，而子瞻不知也。古人有言：「朔，自守之兵也；洛，應敵之兵也；蜀，侵鄰之兵也。」由是言之，其開關而揖盜者，非蘇氏也哉？然以蘇氏爲非君子也，則又不可。夫蘇氏特其學未醇耳，其才剛毅明决，風生而嶽立，竄逐窮荒，而愛君忠國之思，百折而不可磨滅，豈若後世齷齪細儒，干依正類，操戈矛於堂，弄雲雨於手，其智出熙豐下哉！且熙豐諸人變幻百出，以搆君子，流其身，籍其家，追奪其爵號，羅織其子孫，其得計殊甚也。然腐儒穉子讀數寸之史，輒唾詈而恚恨之不置。而程之道德，蘇之文章，王劉之政事，長存天地間者，因黨名而益著，黨顧何累於君子哉！且使天下之爲經筵者至於程，爲内翰者至於蘇，爲輔相者至於王劉諸子，而曰黨人也，然則人主將日求黨人而師之友之臣之之不暇，而又何罪焉？故曰元祐非黨也。豈惟元祐，自漢而晉，而唐而宋以來之所謂黨者，皆非黨也。然則無黨者乎？曰否，以黨之名加人中君子以危國家者皆黨也。

孫學顔：或以此爲先生少作，觀其判斷分明，無一語含糊。恐非精於義者，亦不能道其隻字。

【校　記】

〔一〕子　據孫刻本、王鈔本補。

〔二〕此句，范太史集卷二十六薦講讀官札子原作：「當時台諫官王巖叟朱光庭賈易皆素推伏頤之經行，故不知者指以爲黨。」

答谷宗師論曆志

蒙發天文志，已細細同陳生較訂訖，謹如限繳進，第中有不得不言者。蓋天文一志，歷代皆有定説，大略相承，加多加密而不大相遠，凡一代曆法進退損益，及曜緯占驗之原皆從此出，不可不慎也。先朝宫界限度積分，俱集前代大成，未嘗創改。迨至烈皇帝時，始有西曆一書，然未經會通中曆，確有定論，頒布海宇，則此書在先朝尚爲未定之書，但可資其議論，以究天學異同。若以爲明天文志如是，則是從洪永以至熹廟，其時皆無天文也，其時之所謂天文皆非也。今所發天文志，大約撮取遠西曆書中一二種，雜以鄭端簡天文述捃湊成書，與先朝原法踰遠。夫所謂一代之史之志，必使後人據書握策，可以求此朝之成法，可以求此朝成法之疎密是非，可以求此朝政令徵驗得失之故。今乃盡去舊法，而但取末年未定西域一國之書以爲一代天文如是，其爲作者荒瞀之責小，天下後世執此以誣先朝之法，其罪安歸乎？故某前謂曆法一志，必須細細推算，種種脗合，又須博徵故實章疏，考訂明確，方可操縱成文，誠不敢鈔撮急就，以塞一時之責也。今將此志中難解者一一粘出，共計粘票八十二紙，其票粘未盡者，細陳左幅，惟師臺裁正。

辨經宿

三垣二十八宿，各有所屬之星，星有定數，數有定位，歷代以來，中國相傳不易；其從北極分十二辰次，以定赤道限度，亦歷代相傳不易，從未有以辰次割裂星宿者也。故凡天文志中分列經星，所以爲觀占推驗之用，自宜逐垣逐宿逐座交還完確。今但取西人分宫表度編作星經，或一座而割裂於兩宫，或一座而割裂於數宫，本宿忽失數星，他宫忽多數星，令觀者茫無覔處。此雖明於經緯者尚費查考，遺之後人，竟成夢話矣。不寧唯是，并於西人之説又多紕繆，如今所票粘者正復不少。以此爲志，何以示後世以觀占推驗之實乎？

辨黄道極

北辰爲天之樞，萬古不易；日行爲七政之紐，歲歲不常。究其細微，蓋緣日積而成歲，刻積而成日，則是不常者刻刻有之，分分秒秒有之也。其六十六年八閱月而退一度，固顯然可見者矣。惟其不定如此，前聖賢於帶天之紘處立爲一定之所，强名之曰赤道；分天爲十二宫，以爲日行不定者立法。宫者，日月星辰之辰是也。是出萬古一定之度，列萬古一定之宫，不可移易者也，故聖人曰「居其所而衆星共之」。居者日日如此居，共者日日如此共，惟其不易也，而後於其不常者立法求之，不常者有常可求焉。於是月之出入於黄道者遠不踰六度，亦猶日之出入於赤道者遠不踰二十三度九十分三十秒也。月一歲十三轉有奇，又白道斜正，上下遲速不常踰甚；因黄道不常之常者求白道斜正，上下遲速不常踰甚者，亦有常可求矣。

五星之出入上下遲速進退於黄道者，别有多端之不常一一，皆以日爲主，則姑且弗論，若是乎不常之可求如此，豈非以黄道乎？黄道不常，何以可求，豈非以一定之赤道，一定之宫辰乎？赤道宫辰何以可求，豈非以萬古不易之樞尊而無對之北辰乎？北極之於赤道其重如此。如曰黄道自有極，七政藉之運行，則此北極者，離所謂黄極也者二十三度有奇，而時時刻刻、分分秒秒拱黄極而流轉，與衆星同拱黄極也。然此黄極者二萬四千三百五十年餘，則成一黄極小規矣。小規之徑，以前人之度度之，蓋長四十七度八十分六十秒云。黄極則背負小規，所負之規亦分三百六十度，亦六七十年而移一度，且漫言時時刻刻、分分秒秒而漸移也，且漫言二萬四千三百五十年餘而移一大周天也。夫人拱而向之，注目而認之，定爲黄極矣。但見黄極也者，亦爲北辰一日一周，而成一小規云。徑之長，以前人之度度之，蓋四十七度八十分六十秒云。虚空難以定其極，置爲黄極渾儀規而觀之，北極蓋去黄極二十三度有奇云，北辰蓋一日一周黄極云，北極蓋二萬四千三百五十年餘而一大周黄極云，北辰時時刻刻、分分秒秒而漸移於黄極云。北辰者且不安其居，拱黄極之不暇，而何暇受衆星之共云？

伏而思之，鳥、火、虚、昴取象於蒼龍、玄武、白虎、朱雀以定四方。四方定矣，宫辰分焉，列宿序焉，後世宗焉，曆法密焉，皆恃有極焉以爲之主也。極者，不移之謂也，非時時刻刻漸移之謂也。居者不移，移者不居，居與移兩無所定，衆星亦無從而共矣。二十八宿距星可擴不可踰，十二辰位次有方難可改，將舉而名之曰東玄武、西朱雀、南青龍、北白虎，愚氓未之能信也。學者眼眶不大，止見得目前四千餘年内之事，未能了夫二萬四千三百五十年餘之事，然約略言之，或不大異耳。竊謂誣天之行，莫可憑於一時；誣民之史，難取信於百世。關係甚鉅，是以冒昧唐突，知犯忌諱而不敢默默也。

辨瑞星

老人星去極一百四十三度四十三分，去南極三十九度一十九分五十秒，在順天北極出地四十度之處，南極入地亦四十度。老人星常隱不見，此係經星恒度，非若七政錯行，彗孛含譽等隱見不常者也。然則永樂四年二月庚辰旦老人旦見，及累朝數見者，恐未足信後世之識者也。若在順天而見，則必歲歲同之，何以他年不見也？蓋老人星在南極入地三十六度之處，見之頗難。旦見丙，未幾而日出星隱矣；夕見丁，即淪入地中不見矣，故謂之瑞。蓋在千餘年前三十六度之地，今歲差漸移，即北極出地三十六度之處，未旦而先見，夕見而不即没矣。如今日浙中北極出地三十度有奇之處，冬春之交夕見數月，夏秋之交晨見數月，不足爲奇也。

辨七政

天地之理，有逆斯有順。上九字原稾另書格外，疑可删去。文曜麗乎天，其動者七，是爲七政。七政右迴者逆數也，易曰「數往者順，知來者逆」，易之爲數也逆，易日月也。陽變陰合而生水火木金土，五氣一陰陽也，陰陽一太極也。太極，易也。其用爲二五，二五者七政也，以故七政皆主逆。

洪武十年春，太祖與群臣論日月五星之行，翰林應奉傅藻、典籍黄麟、考功監丞郭傳皆以蔡氏左旋之説對，上曰：「天左，日月五星皆右。朕自起兵以來，與善推步者仰觀二十有三年矣。嘗於天清氣肅，指一宿主爲，太陰居其西，相去一丈許，盡夜則太陰漸過而東矣。爾等不明論之，豈所謂格物致知之學乎？」然七政皆主日，日率正則諸率皆正，日大明陽之精光，太陰承光夜明，五緯因之，而有遲疾留行順逆焉。七政惟日有光，一天威柄不下移也。月星皆無光，賤陰也；依日以爲光，藉天子寵命以出政於四方也。向日則昭明，背則魄伏，示順逆也。近日則光盡，上不可偪也。日麗天而列曜息，陰不當陽也，當陽則人主憂。日所行曰黄道，黄道無定體，因其所行强名也。南北二極之中各九十一度三一四三七五是爲赤道，赤道定位也，亦强名也。赤道定而後黄道之無定者，亦有定焉。月所行曰白道，白道出入於黄道内外，亦猶黄道之出入於赤道，强名以求定也。黄道相距最遠者二十三度九十分三十秒，冬至夏至日所在也。黄白相距最遠者六度，日行舒，月行速，當其同度，是爲合朔；舒先速後，近一遠三，是爲弦；相與爲衡，分天立中，是爲望；以速及舒，光盡魄伏，是爲晦；月循黃道内外而東，近北入黃道内曰陰曆，近南而出黃道外曰陽曆。陰陽體相遇爲會，會於黃白相結爲交，而食生焉，故曰交食。日，君象也。下有失德，應合於天，而適相值，理數參也。日食，陽不勝陰也；月食，陰不避陽也。月食行入闇虛，異地見同，故無時差；日爲月所掩，其時刻分秒，九服見殊，時差立矣。日輪大，月輪小，日道近天在上，月道近人在下，小掩大，近掩遠，故日食既，時周圜光溢出如金環也。日月變色失光芒，彗角鬬盪，小戴爪耳足如人，摇隕並見，出非所，王者惡之。

五緯水火金木土，日用五府之精光也。五緯各自有其道，出入於黃道内外，故亦因黃道求之。太陰因日爲望晦，而不因日爲遲疾。五緯不因日爲盈虧，而因日有遲疾順逆也。近日而疾，遠而遲伏，後而疾而遲而留，行皆順；留而退而又留，行皆逆。留而復順行而遲而疾而伏，而爲一周。合後見於東曰晨段，見西曰夕段，北齊張子□悟有盈縮之變〔一〕，而加減常率，以求其逐日之躔，頗親密矣。水行最速，一瀉千里，金行世如流泉，三月改火，木歲一凋落，土博厚不遷，故金水附日，歲一周天，火二歲，木一紀，土二十八歲一周天。土名填，讀如鎮，以靜爲體；讀如田，其用填塞也。木八十三年而與日合者七十六，火七十九年而與日合者三十七，土五十九年而與日合者五十七。金水雖依日，然金八年而合於日者五，水四十六年而合於日者一百四十五。七政自下上，一月二水三金四日五火六木七土。金火近日略同，然金仰得光而返景，火俯得光而順施，故火之效爲尤著。土最高，月最下，皆遠日，非濕即冷。木居土寒火熱間，氣和平，以故祥歸木，災歸火也。五星行列宿視所好惡，遇所好則所惡反之。凡五星起怒、芒角、拔劍、反羽、凌鬭、貫環、蝕吞、戴、勾、已、同光、牝牡，晝見經天，七寸以内犯列舍星宿，各以其所臨爲占。正德二年，五官監候楊源疏言熒惑入太微帝座前，東西往來不一，宜思患預防。時劉瑾亂政，輒矯旨杖戍之。嘉靖三年，光禄少卿樂護上言正月五星以次聚室，太陽臨近，隱伏不見，天象暗聚，流氣降精，占曰：「五星聚，是爲改易，有德受慶，子孫蕃昌；無德失國家，百姓流亡。陛下初承大統，五星適聚，可不益脩聖德以承此大慶乎？」崇禎初，日食不合，詔議之。海鹵法謂太陰朓朒之故，一因赤道上之黄道升降不齊。凡月離正降六宫則朔後疾見，斜降六宫則朔後遲見；離正升六宫則晦前遲隱，斜升六宫則晦前疾隱。一因白道距黄道之南北，在北即入地後，黄道疾見，在南則入地先，黄道遲見。一因月視行度之遲疾，視行爲遲段則朔後見月遲，爲疾段則朔後見月疾。至若五緯異行，各有赢縮加減，凡星在歲行規極遠之所，必合於太陽，其行爲順而疾，體見小；在歲行規極近之所，其行爲逆而疾，體見大。若土木火三星行逆則衝太陽，金水二星行逆必夕伏而合，行順必晨伏而合。其各星之順行而轉逆、逆行而轉順之兩中界爲留，留者非星不行，乃際於極遲行之所也。各星見伏之限以地平障蔽日光，晨昏光之久暫不等，星□時刻又自不等，故一以地平爲主。大約星在黄道南則度多，在北則度少矣。

統論見伏之因，一以太陽下於地平，一以星在緯之南北，一以極出地高下，一以黄道升降斜正，不第以太陽距度爲定也。其論頗細賾，與中法略殊，考正曆善詳之。

辨分野

乾坤交而變化生，變化生而調御出。帝王俯仰之功，所以勤庶績以承休光，猶痌瘝之於肢體，百絡縷分，一歸於心，故手足不相覺而脩救至，傳曰「四方有敗，必先知之」，蓋有其道矣。周禮保章氏辨九土封域，各有分星以覲妖祥；戰國時臯、唐、甘、石諸家主十二州兼斗秉以察機應，漢志分次具詳之。又有費直説周易，蔡邕月令章頗不同，若陳卓張衡京房譙周等更言所入宿度，又加異矣。唐貞觀中，李淳風撰法象志，始以唐州縣配之。而一行以爲天下山河之象存乎兩戒，北戒負地絡之陰，以限戎狄，爲胡門；南戒負地絡之陽，以限蠻夷，爲越門。河源自北紀與地絡會行，謂之北河；江源自南紀與地絡會行，謂之南河；觀兩河之象，與雲漢之所始終，而分野可知矣。雲漢自坤艮，北斗自乾巽，其分野與帝車相直，皆五帝墟也。列舍在雲漢之陰者八，爲負海之國；在陽者四，爲四戰之國，其説最精密云。

夫天之列舍盡於二十又八，而地之周徑以億萬計，其於中國十二州次，不啻數十億而一也。然王者盡以配我疆域，候符咎如景響答焉，豈列宿之所臨主盡是耶？上下中和清淑之氣於是焉聚，是爲天地之心所長存也。其區隅遼緲皆有仰觀之法，若回回、遠西諸國，亦能言象度，以測運緯，雖名號不同，星躔分次，亦列十二宫以爲準。至星位離合，則與諸夏特殊，若斗杓則易爲熊尾，南門則分爲馬尾及腹，敗臼則破爲火烏等。牽聯截割，非中國之舊，皆荒茫不可辨；彼土用以占步，亦復有信矣。然則氣數之所通感，統之至大且尊，析之至雖甚纖細，莫不具天地往來消息之故，故自天子公卿大夫士庶人及遠夷血氣之屬，皆當知戒謹，修德業，以答天意焉。而其爲大且尊者，固有常主哉。

若夫海宇裂王，畛域數分，一象則共占，共占而各驗，此又天道之遠，錯綜互變，非智術所能窺測也。洪武十七年，大明清類天文分野書成，凡二十四卷，詔賜秦晉燕周楚齊六國，大抵欽天監十二分野分配州郡，與唐志稍異。古之辰次與節氣相係，各據當時曆數與歲差爲遷徙，今更以七宿之中分四象中位，自上元之首以度數紀之，而著其分野，其州縣改隸雖不同，但據山河以分爾。晉天文志十二次始角、亢，以東方蒼龍精首也；唐始女、虚、危，以十二支困敦首也。其以斗牛爲星分之首者，日月星起於斗宿。古之言天者由斗牛以紀星，故曰星紀則星紀爲十二次之首，而斗牛又二十八舍之首也。太祖應運肇基，而南京應天爲星紀斗建之分，與三統之正相協，數千年間，帝王之運適符於今，豈偶然哉！

辨象占

天人上下，一氣之屬，其理與數不相間。政變於下則上應，象變於上則下應，吉凶倚伏，互相爲根，自然之符也。然天文應異及日月薄蝕、緯星犯守、鬭合諸異，曆家皆有恒法求之，雖密合親疏，法人人殊，皆可以推步得焉。故崇禎戊寅熒惑守心，西海曆家言五緯各有常行，當其留不以堯舜而避，當其退不以桀紂而延，以故守心非災。豈古所稱天象變占感召之理，皆非與？古大順之世，王者恐懼修省，兢兢於天命之不易，而其時薄蝕凌犯之事少，當衰亂怠棄則益多，代不爽也。譬之陽燧取火，方諸取水，易鏡求之則不應，抑又何歟？明高皇久行間，熟知乾緯。及即位，徵集諸言天家至京師議法象，搜抉往牒，并華夏海夷之術，今古略綜，至於省災祲、戒符瑞、敬天勤民，尤不敢忽焉。故其訓戒諸王及飭諭群將，皆非疇人算士所能測。列宗相傳，明時觀變，凡以謹天命、察幾宜咎謝以撫人事，代無差貸也。嗣及中葉，象緯之學闕如，保章、馮相守成法而不知變，欲以形先察微、脩救曆數以輔成至治，難矣。烈皇帝初年，慨然欲改治之，特命開局於京師，兼收中外諸法，將會歸以垂鴻摹，會國變未成也。

今考恒星、雲漢、經緯之次，七曜運行儀測分躔歷舍之道，載在靈臺，行於朝野者，采著成篇。雖術法繁移，其於一朝得失之故，不可誣已。若夫象曜陰陽之異，星精犯合流隕之占，其理與政事俯仰，雖推布有常度，而災害在國君大臣。夫月毀於天，而魚腦減於水，東風至而酒湛溢，陰陽迭感之，故災豈無意哉？故時數會則氣滋，氣滋則幾兆，幾兆則象懸於上，事形於下。天下不知其所以然而適相值，是爲主德；主德所及，運會生焉，是爲天道。天道者，大人之精符，王事得失之先著大防也。知之脩懼，謂之聖人，其義固有出於曆數推步之先者與？用備載簡册，以昭鑒戒，通三五焉。

【校記】

〔一〕張子□　闕字諸本同。按，北齊書卷四九方伎列傳有張子信者，善醫術、易卜等。

友硯堂記

予幼嗜研石，所畜不下二三十枚，其佳者纔四五耳。憶甲申與從子亮功游杭，見一青花紫石，兩人爭出直買之，互增其數，至過所索，賈反詑不售。歸相咎者數日，予卒以厚直得之，亟呼良工趙三者斲爲宋款，抱卧累月不厭，其癖可笑率如此。

時交游皆浮薄，所謂社盟名士，習知不過八股，寫八股之研，不過市間石片鑿水池，或更於旁穿穴，納綫絡頸下入試，一枚可值二十許錢極矣。見予所嗜研，輒怪而非笑之。予研大率得之骨董肆中，及山人門客之以骨董謁者。初嗜古，繼嗜奇，最後乃嗜端石，每嗜必受骨董之詐，故畜多而佳者少。然因欺而盡得其理，故歷之久而解識益進，若朋友淵源贈受之道，則曾未之及也。

遭亂竄跡山水，其佳者不忍舍，則托之村友。村友死於兵，研盡散失不可問。戊子以後，歸理筆札，則亦買市中石片磨墨，故友孫子度過而悲之，贈以眉槽小端硯，予自此復有研。初予之交子度也，亦以盟社集崇福禪院，獨予兩人坐大殿，出所作詩相質，子度攜新得澄泥研及程孟陽畫册，玩語竟日，社人皆笑。子度手予詩卷，題曰：「吾兩人當爲世外交，詩文其餘事耳。」它日復示書曰：「吾輩今日無可爲，惟讀書力學，事事當登峰造極，定不落古人後。」自此俱不復與社人通。嗟乎！子度吾真友，研吾真研也。辛卯子度死，予益落魄不自振。

己亥，遇餘姚黄晦木，童時曾識之季臣兄坐上，拜之東寺僧寮，蓋十八年矣。當崇禎間，晦木兄弟三人以忠端公後，又皆負奇博學，東林前輩皆加敬禮，所與游者負重名，如梅朗三、劉伯宗、沈崑銅、吴次尾、沈眉生、陸文虎、萬履安、王玄趾、魏子一者，離離不數人，天下咸慕重之。一二新進名士，欲游其門不可得，至有被謾罵去者。既亂，諸子皆亡落略盡，而晦木氣浩岸如故，後起不知淵源，習俗變壞，益畏遠之。然晦木固不能一日無友者，左右前後顧，則索然薾矣，於是得予則喜甚，曰：「是可爲吾友。」晦木求友之急至此，蓋可悲矣。晦木性亦嗜研，時端州適開水坑，同邑有官於粤者，予從購石十餘枚，與晦木品其高下，晦木又喜以爲有同好也，謂予曰：「予兄及弟，子所知也。有鄞高旦中者，此非天下之友，而予兄弟之友也。」庚子遂與旦中來〔一〕。其秋太沖先生亦以晦木言，會予於孤山，晦木、旦中曰：「何如？」太沖曰：「斯可矣。」予謝不敢爲友，固命之。因各以研贈予，從予嗜也。其研有出自梅朗三、陸文虎、萬履安者，其人雖已古，然繇三子之交而追之，或冥漠所不拒，孟子所謂友天下之士爲未足者，非耶？予又自幸其友之足尚也，因以「友研」名吾堂。同邑吴孟舉見而喜之。孟舉新獲研出自黄澤望，遂以見贈。澤望固予所慕，而孟舉又友之，宜進者，亦受而登諸堂，吾友與研於是乎盛矣！或曰：「子之友盡此乎？」予曰：「非也。或不能得研，或有研而不必取，又烏乎盡！」「然則子之名堂也，得毋重研而輕友乎？」曰：「否。予之研固不盡此也。研雖良，非良友不以登吾堂；吾友良，雖無研亦不敢不登也。」

八角研

餘姚黄太沖名宗羲所贈也。研八角而不匀，角當四正，體狹長，兩旁角闊，頦又狹於下，背作屈角，三足。有銘，即用六朝回文舊語，而中刻耶蘇三角丁圓文。其質則歙之龍尾也。太沖詩云：「一硯龍尾從西士，傳之朗三傳之我。燕臺澒洞風塵中，留之文虎亦姑且。十年流轉歸雪交，治亂存亡淚堪把。」未幾失去，又十一年而復得之，遂以見贈。

紅雲研

餘姚黄晦木宗炎所贈也。石青紫而有紅文若覆雲者，故名。晦木以黄金屈巵一、銀幾兩得之。其製闊邊小槽。晦木亂後物皆散盡，惟此硯厘存，出入必偕。其第三子百世尚未婚，晦木云：「吾將以此硯聘佳婦。」已見予嗜硯，即以畀予，而晦木子適爲予婭。晦木因作紅雲硯詩以贈，詩曰：「幼不學問多拘惑，購石斲硯勞心力。南唐沉泥宋龍尾，洮河鼉鄏誇耳食。西園磊磊成石林，豈顧寒廚炊煙息。磨礱既久美惡判，寶硯無如端谿善。端必下嵒之子石，天生硯材千古擅。搜奇弋詭又十百，最上絕倫有雙硯。飢寒剝剥患難逼，干戈死喪頻鍛鍊。衰翁煢煢止一身，更無他物樂晨昏。願言雙硯盟偕老，相隨松城縈蔓草。大兒殭倒小兒號，去兵去食甘立槁。又割片石易握粟，單輪隻翼生趣少。尚擬守此度餘年，夜雨慘澹孤燈前。刳心鐫腸鬼莫知，淚落硯池生寒泉。憶我弱冠授室初，細君弄物黃金觚。奪來易此一片石，墨華璀粲香披敷。三十年來惡夢長，石與予兮共埋光〔二〕。馬隊講肆固不宜，趙璧塵甑豈相當。我今屏息對奴隸，頑石止堪補泥牆。語溪吕子間世才，刃鋒凛凛辟氛埃。義理深究紫陽旨，經綸自喜管樂比。健翮負天卑鳧雁，窮老如予何益子。三生九死敦夙好，縮衣節食佐行李。文人屋好并愛烏，且愛頑石過璠璵。予曾戲言效米氏，欲以研易小樓居。子直笑領不爲怪，天壤何人識此迂。吾兒二十尚未婚，靦焉爲父徒欷歔。子能相之驪黃外，衣子之衣廬子廬。吾思報子貧無術，形影相隨止片石。贈君兼作紅雲歌，紅雲灼灼臨清波。温如處子豔如荷，稜稜丰采藏柔和。鈔經箋傳闢邪説，斧鉞亂賊誅么麽。」

鳳池研

鄞高旦中斗魁所贈。旦中有研二，皆萬履安所與。其一爲澄泥唐槽，履安游於杭得此研，即馳書旦中，曰近得張伯雨研。圓體三足，其池作鳳形，盤其尾，轉與味相及。刻「句曲外史印」，文曰「貞居」，背有銘曰：「交文明，考文德。舒九苞，輝翰墨。」字環書作小篆，蓋奇物也。伯雨雖元人，其高致亦可尚友也。

眉槽小研

同邑孫子度爽贈予。淡青端石，杭人趙三所琢，高三寸，廣一寸九分。

卣研

同邑吴孟舉之振見贈。癸卯春夏，予與太沖、旦中坐水生草堂，與孟舉、自牧諸子倡和甚樂。忽得晦木書，云澤望病劇，以此硯及石田、衡山畫售爲藥價。太沖、旦中踉蹌東去，澤望竟不起，此物遂歸孟舉。憶予年十四，見澤望於東寺，氣象偉然，與子度坐禪榻論司馬温公集，予側聆之，不敢問難。近得游太沖、晦木間，謂旦暮見之，不意遂死。今得此硯，如見其面豐然，其目修然，其聲琤然，又足感也。研嘗爲嶺南梁稷非馨所購，天然石樸，面滿黄臕，中穿蟲蛀，開皾以磨墨。予改爲卣研，初高二寸許，破其半作唐槽，歸之太沖，爲黄氏續鈔研。

山高月小研

同邑吴自牧爾堯贈也。亦甲申游杭所得，凡三石，一爲宋歙，次爲瓶研，此其三也。從子亮功爲予銘，且序曰：「叔父得端谿舊坑石子，方六寸，四周天然，面浮蕉，背緑文，如畫工所設遠山者。有眼半啣文上，如隔山待月，方過此嶺。文左可着墨，墨痕初溢，如山雲欲雨，坡陀滃鬱。或旁注眼上，則翳月微露，清光猶見也。因以山高月小名，而命宣銘。」銘曰：「秋月明，秋山横，壯士遇之悲生。反謂秋氣之無情，乃有怨怒愁痛之聲。秋月爲之低昂，秋山爲之不平。化怪石如肝脾，以成雕琢之奇。山釭月角，融結而入乎文字聲詩。使天陰欲雨，庭無月時，借置吾廬，爲苦吟資。久假不歸，抱墨淋漓。頓首噉詞，曰宣欲之，叔父其撚鬚一笑而許我分癡乎？」此銘久失之，研亦從村友散亡，流轉至自牧，乃割贈。時從子壻徐大竹適至，於舊簏得亮功遺稿一帙見畀，此銘在焉，遂勒之，又一段奇事也。

往時交游道盛，余與陸文虎、梅朗三數子獨有研好，所畜多絶品。外舅葉六桐先生、友人王子樹皆官粤中，不能致片石，最後萬履安以曹秋岳之力搜訪，亦未見有余敵者。亂後雲煙過眼，一時交游亦零落爲異物，余從樵人瀑布嶺下拾土題名而已。因歎交游之盛衰，關於世運之升降；而硯石之聚散，又關於交游之盛衰，如李格非之記名園一例也。讀語溪吕用晦友研堂記，朱鳥欲來，闗塞且黑，毒龍未怒，環劍可求，耿耿者久之，信有生習氣之不易除也。雖然，用晦之友即吾友，用晦之硯即吾硯，往時之盛，蓋庶幾復見之。契弟黄宗羲跋。

【校記】

〔一〕庚子　諸本皆作「戊子」。按，高旦中四明醫案：「庚子六月，同晦木過語溪，訪吕用晦。」「戊」字顯誤，據改。

〔二〕埋光　原作「理光」，據吕氏鈔本、王鈔本、國粹叢書本改。

題錢湘靈和陶詩

和陶始東坡，山谷稱其出處不同，氣味相似，此山谷阿所好耳。氣味那得似，淵明有所不可者也，東坡無所不可者也。平生沾沾於升沉得喪之際，鬱勃輪囷，孤憤懟恨，一變而爲禪悦、爲神仙方技、爲任俠、爲滑稽、爲飲酒近婦人、爲排闔縱横之説〔一〕，以無所不可爲達，正有大不達者存也。其和陶也，游戲韻腳，亦無所不可中之一耳。後人沿而和焉，是又刻東坡之舟也。然吾得一人焉，爲張北山。北山當德祐以後，徵書至門，遺民瀾倒，如平仲、文海、幼清、子昂諸人，皆不能自立，獨北山堅拒，以東海大布衣終其身，可謂得義熙之志矣。和陶雖在東坡後，而有所不可，即居東坡前可也。自餘和者，皆非和陶，乃和蘇耳。虞山湘靈〔二〕，乍嬰塵網，旋返自然，澡雪氛垢，快然可無遺憾，殆天所以成其和陶乎？宜不得比東坡之達也。讀其詩，寄託高遠，脱棄纆索〔三〕，其於古人固有曠世合節者矣。獨其於有無不可之間，爲陶乎？爲蘇乎？「認得淵明千古意，南山經雨更蒼然」，此在湘靈自勘之，余固不能辨也。晚村同學弟吕留良書於天蓋樓〔四〕。

孫學顔：尚論古人，識高於頂，警醒湘靈，意更深切。讀者玩索有得，當不屑爲東坡一流人物矣。

張謙宜：看人品於文字中，立界甚嚴。不多着語處，用意微妙。論東坡一段，乃文士通病，更無古今之異。

【校　記】

〔一〕闔　原作「闉」，據圓沙和陶詩、妙山精舍集、詩文集鈔本、王鈔本改。

〔二〕圓沙和陶詩「湘靈」上有「錢」字。

〔三〕棄　原作「去」，據圓沙和陶詩、妙山精舍集、詩文集鈔本、王鈔本改。

〔四〕「晚村」以下十三字，據圓沙和陶詩補。

題高虞尊畫像贊

凡今幅巾，不耐澹薄。望火日游，其狀磊落。佛門兒孫，侯門翼角。不知其隱，安問其學。巋然此老，冰懸雪壓。雙趺隱然，八字着腳。後未或知，曩則已確。其圖可傳，斯名不怍。

自題僧裝像贊

僧乎不僧而不得不謂之僧，俗乎不俗亦原不可槩謂之俗。不參宗門，不講義録。既科唄之茫然，亦戒律之難縛。有妻有子，喫酒喫肉。奈何衲裰領方，短髮頂秃。儒者曰是殆異端，釋者曰非吾眷屬。咦！東不到家，西不巴宿。何不袒裳以游裸鄉，無乃下喬而入幽谷。然雖如是，且看末後一幅。豎起拂子，一喝曰「咄！嘮叨箇甚麽，都是畫蛇加足」。

書舊本朱子語類

壬辰夏買此書，爲書船所欺，自三十一卷至六十六卷俱闕，而自此本至末凡十本又重出。全書中又多爲庸妄人所批抹，侮聖人之言，小人而無忌憚至此，每展閲時，恨怒無已。書此示兒輩，讀書無論聖言，當加敬畏，即古人文字亦不得輕肆動筆。且以戒與書客買書，當細對卷葉，翻看污損，勿輕信而怠忽焉也。

書大學切己録卷首

江西有程山一宗，皆以隱居講學爲事。有南豐謝秋水名文洊，著大學切己録，自序謂「向宗陽明，力否朱子，其實並未曾讀朱子書，惟據先入之言，幾成黨同伐異之見；至乙未閱李寅清大學稽中傳，丙申始取朱子書讀之，乃著此書」。然仍皆調和兩是之說，未可謂之曾細讀朱子書也，蓋先入之害如此。

識碧山學士傳稿後〔一〕

右先外大父學士葵陽先生文稿。年遠散軼，據陳百史五十大家本僅三十餘首，後四世孫相如從友人處得十許首，又從桐鄉錢蒼城得其婦翁姚北若所藏本十許首，最後四世孫橋出舊刻宦稿訂定數首，共五十八首，而諸改墨爲程者不與焉。

按先生文凡三變，初爲渾灝踔厲驚世之文。嘉靖辛酉甲子間，風氣冗弱，茅葦彌望，先生與同里趙玉虹獨勉爲古學，救之以精練典則。會隆慶改元，釐正文體，遂以第一人舉於鄉。辛未後文體復振，皆先生力也。庚寅歸里，與門生子弟論學不少倦，而文益簡淡高遠。今集中所載，多後兩變作也。海内過其門者，無不成名士，如會稽陶望齡、晉陽王濬初、華亭董其昌、同郡朱國祚陳懿典馮夢禎諸所陶鑄甚衆。先生初入翰林，爲館課輒傾其曹，同館雖前輩無敢雁行，而先生又嚴峻好直言，遂爲時貴所忌。萬曆戊子主順天試，取王錫爵子衡爲榜首；第十名李鴻，又申時行之壻也，言者遂以攻先生。下廷臣覆試至再，諸生文皆如格，事乃白。然先生遂自劾求斥，慰留再四，疏十上，竟告疾歸。先是丁丑會試，張居正欲以子嗣修相屬，先生堅避不入簾，爲江陵所頷，以故久不遷。夫不肯趨附熏灼之江陵，而私調停畏葸之太倉、長洲，固有以知其不然也。然先生終拂衣不起，絶無顧戀營冀之情，其名節自重如此。

竊論先生之文，上裁嘉靖以前之迂蕪，下截萬曆以下之俚怪，酌乎古，不入乎時，三百年文運之正中極盛也。編修時疏正文體，謂必先端士風。士風倒瀾，欲正無繇，因陳六事，曰去浮靡、止奔競、明是非、禁佞諛、禁黨錮、禁清談，啟禎間事無不灼見。嗚呼！誠得行其言，豈止文字無末流之禍哉！外孫呂某謹識〔二〕。

孫學顔：葵陽亦文人之雄，然其可傳於後世者，却是能以名節自重，篇中特爲提出。

【校記】

〔一〕孫刻本、王鈔本題作「書黄葵陽稿目後」。

〔二〕呂某 王鈔本作「呂留良」。

跋八哀詩曆後

汪孝廉魏美　陳晉州士業　申山人自然　錢宗伯牧齋

王先生子文　劉先生伯繩　黄孝廉季真　仁菴義禪師〔一〕

黎洲八哀詩，余同哭者只牧齋、魏美耳。然伯繩余所願見，甲辰將渡江而不果，識其子子本於杭。前年黄木正寄詩於余，得聞其父孝廉之風。子文則立谿、烏石數爲余寄問焉。山人之死友，又余之舊也。是皆宜哭，不當以識不識異。今年求宋元集於晉州，晉州雖亡，不可等之路人。惟於仁菴無淚焉。嗟乎！　年　月，幽草無銘。甲拜乙號，荒臺有記。耿寒燈於霜木，許故劍於南枝，其聲光氣力，能使後世惻愴如見，而況於余乎？南陽某謹跋。

【校　記】

〔一〕南雷詩曆卷二八哀詩所詠無「王先生子文」一首，而易以「蒼水」一題。

書西樵兄遺命後

此先兄十一年前書留篋中者也。甲寅八月十六日午，兄病革，命簡以付某及平生事略數紙曰：「爲我善成之。」問家事，曰：「不必言。」嗚呼！此非明於義利邪正之辨，豈易及此？以視世之名爲士大夫，而惑於禍福死生，佞佛乞靈，甘於叛聖而不顧者，其智愚賢不肖相去何如也。諸子孫豈惟恪遵，更當推明此意，於爾身爾家，一言一動，必懷義而去利，守正以闢邪，庶不忝爾所生哉！甲寅八月廿八日，弟某拭淚謹書。

吕晚村先生文集卷七

墓誌銘　祭文

隆德令贈奉直大夫静寧州刺史費公墓誌銘

仕宦之獨尊進士也，不知始於何年。至於國雖亡，而進士之權有餘烈，其師生同榜世次蔓延徧天下，蟠結深固，故進之捷，退之難，其聲譽易起，有詿誤亦經營易復，雖至失職敗節，猶能飾罪爲功，顛倒朝廷之刑賞；而自舉貢以下則反是，雖有高行偉烈，曾不敢與爲比例焉。故艾千子謂「舉人官至府同知，便爲入閣」，憤進士之黨也。而其中則又有門户之黨，雖以進士之尊也，亦必繇乎此。凡入於黨者，亦進捷而退難，聲譽易起，詿誤易復，雖失職敗節，可飾罪爲功，而其力并可顛倒宇宙之是非；其不入於黨者則又反是焉。乃其不入黨者，則又有二。黨有陰有陽，有正有邪，其翻覆傾軋，勢必有消有長。當消長之交，大位者必有危禍，於是黠者出焉，曰吾於兩者皆不與，混混默默，善事上官，分積寸累，潛致崇階，實陰用陰邪之力，而又不爲陰邪所累，蓋其術又狡矣。進雖不捷，退之甚難，亦能完聲譽，免詿誤，飾罪爲功，以顛倒是非刑賞，而其爲迂拙自守，誠不知有所謂黨者，則又反是焉。嗚呼！仕官之難至於此！士之欲自樹立，而出不由進士，仕不入門户，以迂拙守官，死封疆而無聞焉，如隆德令華陽費公者，豈不又甚難者與？

按公名彦芳〔一〕，字爾英，華陽其號也，世居邑之某某里。祖某，父某，公爲仲子，未弱冠補邑生，萬曆癸卯舉於鄉，年且三十矣。又七躓公車，以母老且病，冀及禄養，不得已遂謁選，歸而丁母憂。服闋，授江西上高令。公自以一榜起家，思以治行自奮，而不善爲逢迎結納之術，居數年，無異聲。旋以漕事挂議，謫江西按察司經歷。時公有門人秉銓政者，或勸公通委曲，可亟復，且得美地，公笑而不應。崇禎五年冬，乃起補陝西平凉之隆德。秦地自延綏寇亂，蹂躪無完土，武臣莫肯用命，失機則以賄免；守土者率望風解竄，營救於樞要；天子亦以武備久弊，罪不在小臣也而寬之，多得不死。於是行間不戰，郡縣不守，賊益横行無所阻。是年春，秦將曹文詔、楊嘉謨等始屢戰而勝，有西濠虎兕隴州諸捷，賊黨可天飛、獨行狼、不沾泥、混天猴、紅軍友等相繼擒斬，秦中得少休息。公至治，急招流亡，繕城郭，勸農設賑，民賴以安。然秦寇散在楚蜀者日復充斥，乃以延撫陳奇瑜總督五省，檄諸軍追賊，賊盡竄入漢興間。方賊之在楚豫也，廣衍四潰，撲之實難，今逼入巉山窮坂之中，自春及夏，大雨連月，弓脱馬斃，進不得食，退無所奔突，環諸省之兵蹴之，賊之滅可待也。賊魁李自成困興安之車箱峽，峽嶮不得出，行賂乞降，奇瑜狃於楚捷，輕賊不足平，且冀大功之速成也，許而縱之。賊出棧道，即與略陽群盜合，掠破州縣，勢不可制，而秦患復猖矣。

賊分爲二支，一入長平，犯涇陽；一趨郿，剽盩厔。衝突飄忽，臨鞏平凉，在所不支〔二〕。公聞報，急募兵。未集而防守把總王珍先遁，賊破靜寧州；閏八月二十九日，以城無兵衛遂陷。賊執公求金，掠其署，大失望。其首號信王者詫曰：「窮如是，其好官邪？」縛不殺。先是，公遣僕丸書求救於固原道陸夢龍。陸報公堅守，且日親率兵至。詗爲賊所得，即分賊騎設覆於六盤山。陸至，陷伏中，軍衝爲二，力戰而死，身被創矢，無完膚。陸，蓋公同年友也。賊返城，遂害公。公挺立受刃，腰領皆穿穴以死〔三〕。固原失事聞，天子愍悼，命查卹死事者。秦撫練國事疏報含糊，謂公被傷，不知所及。再命覆核，乃得公死狀，聞者憫之。卒以中無黨助，且王珍懼罪，賄中樞求脱，反譖公城守謀疏，故僅贈公奉直大夫靜寧州刺史，而逃將獨得不誅。

悲夫！公於上高善自謀，不必降爲幕；爲幕而善爲謀也，亦不與隆德之難；雖及難矣，當時有通賊者、棄城遁者、賄賊以免者，其法甚多，皆可不必死也。而公竟歷坎壈至於此，此則所謂公之迂，公之拙也。然使公成進士，爲黨人，得此一死以張大之，朝野相引爲重，其迂且拙，又爭傳爲奇節矣。然則公之不幸，在不成進士爲黨人耳，非迂拙之累公，公之累迂拙也。公死後十年而京師失守，士大夫相率迎拜，旋轉取富貴，黨論互爲塗飾：開門者樞臣也，而曰舉義；投名受職，賊敗乃死也，而曰殉節；勸進賊廷，歸伏誅也，而曰黨誣。天下既亡，刑賞固無從問，而宇宙之是非，亦任其顛倒如是而莫之正，以彼視公，公真可以不必死者耳。然而公寧以死守其職，又不得厚卹，朝論泯然，清議亦莫爲辨；死後數十年，事往世移，益少稱述之者；棺在草間，子孫貧不能葬，號於里左；至此而後，公之迂拙乃盡，則世以迂拙爲仕宦之戒焉，亦其宜也。

吾友吴孟舉之振聞而悲之曰：「公，故吾舅也。公孫婦，又吾姊。姊蚤没，吾幼無聞焉。其忍終暴公而使之湮滅乎？」乃具甎埴、治灰石、召圬者襄其子孫，後公死四十九年而得葬於其居之偏，而以叙銘屬余。公子某婦，又余表女兄也，義不得以不文辭。公配施氏，有賢識，能相公，生幾子〔四〕某某〔五〕，皆祔葬左右，孫某某〔六〕，亦以其生壙次焉。銘曰：

宜然乎不必然，世所謂權。不儘然而然，吁公之賢。死固人之所難，豈輕責乎名臣而重與小官？久而不剥，封兹柳棺。

孫學顔：費公忠義大節，雖不得厚卹於當時，而數十年後，得此誌銘，亦不啻榮於華衮矣。至篇中序公履歷艱難，而有明一代敗亡之故，亦即了然言下，則又非龍門之筆，不能有此力量。

【校記】

〔一〕芳　原作「方」，據吕氏鈔本、明史改。

〔二〕在所　吕氏鈔本、詩文集鈔本、王鈔本作「所在」。

〔三〕領　吕氏鈔本、詩文集鈔本作「勁」，王鈔本作「脛」。

〔四〕幾　詩文集鈔本作「某」。

〔五〕某某　吕氏鈔本作「某某某」。

〔六〕某某　吕氏鈔本作「某某某某某某某」。

孫子度墓誌銘

崇禎十一年戊寅，余兄季臣會南浙十餘郡爲澄社，雜沓千餘人中，重志節、能文章、好古負奇者僅得數人焉，孫君子度其一也。越三年，子度擇同邑十餘人爲徵書社。時余年十三，子度見其文，輒大驚曰：「非吾畏友乎？」社中曰：「稚子耳。」子度曰：「此豈以年論耶？」竟拉與同席。時璫亂既夷，正類旋振，而外猾内訌〔一〕，國勢頽壞，門户之鬭復興，靡然敝天下之精神於聲氣，而世益無人。

余從子宣忠從子度游，館荒園水閣，余時往就之，論列古今及當世，擘畫慷慨明瞭，皆可旦夕施行者。案畜日本佩刀，長二尺，自爲銘曰：「吾與汝俱廢置而不試，天下洶洶，太平其可致乎？」又與從子作金人承露盤倡和，詠後漢君臣七人，詞旨悲激，聞者壯之，而不能測其謂。又數年，國破。丁亥，從子殉難虎林，固至性素然，然師友之感勵多也。當從子被收，適在君墨兵齋中，獰卒并縛去，錮吴山閲月。及訊，從子謾駡，君力爲之爭其善，致受杖。然亦以此直之，放歸，纓絶醢覆，琴碎海枯，自是埽跡城市，往來苕霅間，成悽孤幽渺之致，視昔之豪壯一變。如是者六年，竟以鬱瘵死。嗚呼！其不可及也。

子度長身玉立，廣額修髯，兩顴插起如華嶽，劍眉濃矗，紫眸燿然，望者以爲神仙。平居塞默，似不長於言者，及議大事，對鉅公，析疑送難，衆噤不敢發，則侃侃瀾涌，洞中樞要，吐音清迥，若鸑鷟之伏百鳥也。父遘奇疾，廢者十餘年，奉藥必親如一日，遇亂欲有爲而終不以身許人者，以父故也。撫誨諸弟皆有成業，與物坦然無迕，而崖岸嶄嶄不可犯以私。家無完壁，老穉恒飢，淡然相守，知交濟之亦受，然未嘗有望援乞潤之意，故貴厚者不得而近，亦無可以驕之。

年二十三，以高等補杭郡廩生，名噪遠近，與四明萬泰、陸符，錢塘卓回、沈佐，餘姚黄宗羲、宗炎，嘉善魏學濂互相期負，而遽罹國變，即奮然厲冰雪之守。有勸之出者，怒不答，作貞女傳以自託焉。爲文清挺屼嵂，不傍籬樊。虞山錢牧齋稱有老泉父子與近世歸太僕風。而其奈何不能自已者，一寄之於詩，爲風酸雨駭、山哀海思、荒怪回惑、變亂不可揣測之音，然皆帖然蟠結於醖藉跌宕之中，故讀者但覺其高秀閒遠。嘗云：「詩窮乃工，今日之窮又不然，羲皇以來僅再見耳。當唐宋人未有之窮，必有唐宋人未有之詩。」其意甚長，而所見卓遠，不爲唐宋詩人所縛如此。自欲老其年以盡發之，不計其止於此也。喜作字，能合魯公、率更、海岳爲一家。間破墨作圖畫，老工歎爲不能及。

憶余初得交子度，竊意東南如許，所見不數人，必吾足目不廣；及變亂，即所謂數人者，或碌碌死，或改節死，或老而衰，求如子度之皭然又不易得也。然自子度死二十三年，余足目亦數更矣，并所謂數人者未之多覯焉，更可怪也。昔與子度游者，皆重自標置，有老友干賙，子度庭訶之，即改戢；又有邑吏某、賣藥某慕其風，皆好賢樂施以自親。自子度死，習俗益污下，向之同社，面目變換至不可識。驕者以奴隸辱故人；諂者多潦倒自貶，白頭拜門，走於時貴；後起恣惑聲利，不復知名義爲何物，狂敗無耻，恬不相詑。使子度及見之，其憤疾當復何如，固不如不見之爲愈耶？然子度而在，意其人有所畏，都不至此，亦未可知也。以是歎賢者之存亡，其繫人士風俗之重也如此。若子度者，烏可復得哉！夫子度一人耳，其名位甚不足動人，然則士誠賢，正不在多也。而余之媮惰無狀，其生也不足爲重輕，以負吾死友之知，抑又可哀已矣。

子度名爽，别號容菴，先爲浙東人，八世祖遷居語兒之檀樹村，今家焉。曾祖仁壽，以貲雄。祖良佐，號景亭，勇略異人，與遼將劉大刀綎爲俠友，而讀書有奇識，終隱不出。考有慶，習儒行。曾祖妣蔡，祖妣郭，妣徐。配張氏。子二：長慎，娶執友徐廷獻女；次懷，娶費氏。女二：長適吕尚忠，次適胡洪叙。孫一：元履。孫女三：俱慎出。生萬曆甲寅四月十五日，得年三十有九之五月二十有八日卒，又二十三年十二月庚申，其孤慎卜葬於其祖墓之左〔二〕。而問銘於余，余不得而辭者，以子度之知也。銘曰：

此窪然凷然，何足以藏君。惟生同乎冰沙窮海之纍群，死何所不可爲君墳。黄泉律回絪復緼，後有昌者行所云。

【校記】

〔一〕猾　據吕氏鈔本、王鈔本補。詩文集鈔本作「蠲」。

〔二〕卜葬　原作「卜墓」，據呂氏鈔本、詩文集鈔本、王鈔本改。

從子進忠墓誌銘

君名進忠，字集思，行二，邑宣化里人。曾祖熯，淮國儀賓，尚南城郡主。祖元學，繁昌令；祖妣孺人郭氏。父茂良，夏官郎；妣宜人包氏，生母聶氏。君生崇禎甲戌二月十日。爲人沉毅篤摯，善飲，喜讀書，每以一尊一卷默坐，竟夜忘寐。居家循禮法，不爲外習所移，而志與境左，坎壈鬱幽。丁酉十月十九日嘔血以卒，僅年二十有四。配王氏，生子二：長懿行，娶梁氏；次懿謀，娶許氏；女一：名文，未字；孫女一，尚幼。乙卯正月庚申祔葬父兆之右。銘曰：

而貌之瑟然，而氣之赫然，而情誼之蔚然而胡年壽之欻然，是殆不知其然，而不得不然，其長發乎兹丘之鬱然。

孫學顔：集思，志士也。其生平盡五六十字中，固當以奇創銘詞傳之。

從子履忠壙誌

余仲音兄之第三子，名履忠，字垣人，崇禎己卯某月某日生。余伯兄伯魯名大良，娶檇李朱氏，爲太僕大啟公女，淑麗多才，而有盛德。伯兄不慧，斷人道，終身不令人知，卒無子，仲兄因以履忠後之。娶同邑石墩楊氏。年二十爲邑庠生，敏於記誦，而短於搆攄。性嗜豪飲，雖盎無儲粟，必典衣擁壺，相對終日以爲歡。仲兄時當變難後，析産既薄，而履忠夫婦復不善治生，家漸落。仲兄憎其縱惰，不甚顧惜，且聞其妻黨有觖望誶語，愈益惡之。貧日甚，至寒無絮襦。某年某月某日，楊氏先病死，履忠鬱鬱，越某月某日，嘔血亦卒，年僅二十有七。傷哉！大凡處姻戚骨肉間，雖甚愛情激，猶宜顧大義，善爲説。夫使人失父子歡，至窶死不得意，是欲厚所私而適戕之也，可不慎歟？生二子：長懿典，娶孫氏；次懿範，聘徐氏。二子以辛酉季冬壬寅，卜葬祖墓之東阡，因爲記其略。父名茂良，爲部郎；祖諱某，繁昌令，余本生父也；曾祖諱某，尚南城郡主，爲淮府儀賓。叔某書。

從子愚忠壙誌（一）

愚忠，字及武，仲兄第四子也。曾祖諱某，淮府儀賓，尚南城郡主；祖諱某，繁昌令；父茂良，樞部郎，即余仲兄。兄於國難後，又遭尾大之變，令愚忠同其兄履忠從余學。爲文頗善領會，第性多雜慧，而不勤正業，又喜諛己。余稍抑之，輒厭去。旋爲邑庠武生，遂疏遠文字。然於算數音韻六書之術，嗜之不衰，時有所撰解，多出人意。余欲終引之學，冀幡然有所成，而屢爲燕僻所沮，曰：「安用是卑卑者！」亡何，患血疾卒。悲夫！距生崇禎癸未某月某日，得年二十有六。娶湖州潘宗玉國瓚女，中丞昭度某之孫也。生二子：長懿秉，娶俞氏；次懿臻。以辛酉十二月壬寅，同履忠葬於父墓之浜東，越東百步許，則繁昌祖墓在焉。叔某書。

【校記】

〔一〕壙 呂氏鈔本、詩文集鈔本作「墓」。

從子婦孫氏墓誌銘

余仲兄性豪宕，於儒釋不甚辨。卒之日，忽以文字一幅授余，令勿作佛事。余受命，終喪未嘗用浮屠法，凡俗禮之出於彼説者，悉罷之。家人以遺命，故不敢有他，然意未協也。兄之第五子名奇忠，頗能文矣，而病痼。妻孫氏，余友子度爽之姪子雒誦之女也，工容皆殊衆，年十幾歸奇忠。奇忠病漸狂不可堪，婦視之惟謹，遂勞鬱成瘵，某年某月某日先奇忠卒。卒前旬日，與其父訣。父痛之，謂女少夭，夫子既病廢，女又無所生，室中物固路遺耳，盍多作佛事以資他生福？婦頷之，家人皆以爲宜。次日强妝起坐，請余往訣曰：「婦且死，吾父憐之甚，令作佛事，此不可也。大人昔有成命，尚未信於後人，豈得以婦故亂家法，使大人之命繇婦廢乎？昨不欲拂父意耳。恐婦死，家人且以爲詞，敬請翁主其事，證婦言以謝婦父。」余歎曰：「爾賢如是，然得無疑怨乎？」曰：「婦於此不疑也，又何怨。所怨者命不永，負諸大人耳。」余不覺泫然爲起曰：「爾誠賢，誠苦命不永。雖然，爾勿怨也。人生修短榮悴，以古今視之，直瞤睫間耳。雖修且榮，竟同盡，何足慕者。今爾明於理，合於道義，能成余兄志，使後世子子孫孫援孫氏母訓爲法，即此數言，既永不死矣。且爾不觀諸庸下婦人乎？第知自私利，惑溺邪說，悖舅姑之教，輕棄夫子。當其生時，人理滅久矣，雖倖長年，享豐盛，卒爲宗黨唾笑，鄉鄰不知愛歎，以今思之，此與犬豕何異哉！然則爾固未嘗短且悴，而彼亦未嘗修、未嘗榮也，又何怨之有？余且誌爾墓，記斯語以不忘。」婦爽然起謝，越數日乃卒。又幾辛酉季冬某日，祔葬於先兄之墓左。嗚呼惜哉！義當與銘。銘曰：

紛彼男子難與論，嗟爾幼婦何所聞。善成正訓貽子孫，命不可續賢永存。視我此碣信不湮。

孫學顔：巾幗中有此奇人，愧殺多少讀書識字秀才。宜其得此佳文，以垂不朽。

從孫琦墓誌銘

君名琦，字荆山，原名懿脩，以應試更今名。初讀書，塾師卑鄙，不契舉子業，因學將略鈐策，則嗜不倦。年十五即善騎射，雖關外徤兒歎爲不多也。爲人細小精果，結束支架，無不驍駿。年十七，補邑庠武生。丙午秋，馳較萬人圍場，采呼如雷，知與不知爭識之。榜發，爲有力敚去，省下爲之騰憤，至己酉乃舉於鄉。尤善控悍馬，嘗騎入市，忽奔逸人仆，君攬繮逸過，力稍猛，顛旋從尻尾躍而登，時馬騁飈迅，見者以爲神。然自是傷其膂脅，不覺而患成矣。明年乃病瘍，醫又决其要，創口竟不合，逾三載以卒，蓋甲寅正月六日也。距生庚寅年十二月七日，得年二十有五。其仁孝性成，即抱疴累歲，執人子禮益謹。父偶值微疾，必强起侍奉，父諭曰：「汝憊甚，勿爾也。」君不爲勞倦。及病革，忽命製寬博儒服服之，問家人曰：「何如？」曰：「甚都。」顧其婦，曰：「歛我如是矣。」乃知曩所處，殆非其好也。蚤從力學，明大義，其爲詎止此，且死之忽也。惜哉！娶陸氏。曾祖元肇，太學生；祖調良，父岳溶，俱邑諸生；母陸氏。以甲寅十月丙辰祔葬官村祖墓之側。銘曰：

才耶命耶，教耶性耶？奮發者其志，而杌者其病耶？夫焉知全歸於是者非幸耶？

孫學顔：天生賢豪，不幸短命而死。爲誌銘者，却以全歸於是爲幸，真悲痛不忍言。

哭吴自牧契兄親家文

茫茫九區，我知者誰？曰君一人，而又如斯。與君相知，壬辰之歲。笑視莫逆，不解所謂。自此迄今，二十六年。其交益新，若未覿然。始而藝術，繼而文章。久之攜手，雒閩之堂。我行不掩，君不我非。言之不擇，亦不我疑。所以然者，非繇私好。信其平生，必更有道。云每見過，無論請益。游戲笑言，亦必有得。嗚呼至此，豈誠然乎？君之好善，舉世所無。波及我者，皆君之有。取之不足，反忘我醜。憶辛亥秋，大麻舟中。米鹽絮語，驟驚不同。問胡從得，勿恡我告。君曰無他，即子之教。十五年前，受近思録。如嚙木札，心口不屬。比來讀之，分外有味。時翫一條，不能捨棄。歎君篤學，益畏益親。七年之間，富有日新。嗟彼義襲，徒事表襮。真醇内積，肅雝敦睦。流俗視君，猶夫人耳。

察及幾微，昔賢有幾。器重道遠，方期共肩。何圖中路，履隻輪單。斯文將喪，逆天者亡。何有於君，而得久長。顧我逆天，死反得後。知我不材，君賢加又。嗚呼已矣，吾厭吾生。廣廣横術，涼涼獨行。有疑焉析，有知焉質。舉頭觸根，口張掛壁。知交戀我，大槩因醫。救君不能，學醫奚爲。哀哉自牧，賢門之表。豈惟賢門，東南絶少。我子君女，失賴如何。此猶私痛，悼道實多。川竭復流，哲萎難再。我悲孰知，英靈長在。

孫學顔：痛知己之難得，詞意極悲惋。中間極力表章自牧善於爲學，尤令讀者想見其爲人。

祭錢子與文

自黨禍之爲烈於天下也，固知其中之無人。惟闔棺而議定，孰有如君之超然自拔於緇磷〔一〕。吾邑聲氣之盛，實開於崇禎之丑寅。與江上之應、婁東之復、雲間之幾連軫接武，爲東林之後塵，皆君與二三老友爬羅鈎結，千里荷擔而脱巾，渡錢塘，探禹穴，自江以東無不從君；而得與於盤敦，豈草野以虚聲相標榜，而中朝河北遂挾神州以胥淪？蓋風流消散，泣藏翼與隱鱗。然君與門户相終始，而不爲其所埋湮。方其盛也，不得一第置身於青雲，與之樹私植援〔二〕，飽氣啖之炙熏；及其衰落，又不能借夙昔名字之知，如今日之遺民，爲要路謁客以呈身，或捉刀懷槧爲幕府之師賓。最下則含乳乎南宗，開堂賣拂，此其家亦可以不貧。奈何三尺之籬，數十竿之竹，蔽影於九曲之村？於是知君之志趣，益迥絶於儕倫。頗憶疇昔之周旋，其與爲性命者，左拍夫振公、子諤，而右抱子度、季臣。既數子之云亡，蘭摧蕙歎，固一落而不能自振，雖恢諧嬉罵，詭時玩世，人皆以爲老狂，而不知其淚假笑揮而血從醉吞也〔三〕。形不悴而神傷，又何能久於人世之紛綸。嗚呼哀哉！過君小齋，榻舊書存。詒君令子，孝友博聞。冀班荆以累世〔四〕，庶幾魯國之與長文。君亦復何悲乎？其憑几而歆此一樽。

孫學顔：門户中人物，志節皭然如子與者甚少。先生謂其超然自拔於緇磷，可以不愧。

【校記】

〔一〕緇磷　原作「緇粼」，據錢振鍠排印本改。按，論語陽貨：「不曰堅乎？磨而不磷。不曰白乎？涅而不緇。」

〔二〕植援　原作「值援」，據詩文集鈔本、王鈔本、天蓋樓雜著、錢振鍠排印本改。按，宋書卷六十七謝靈運傳：「穿池植援，種竹樹堇。」

〔三〕其　據呂氏鈔本、詩文集鈔本、王鈔本、天蓋樓雜著補。

〔四〕以　呂氏鈔本、詩文集鈔本、王鈔本、天蓋樓雜著作「於」。

祭董雨舟文

百年纔半，舊友無幾。老健如公，奈何遽爾。去冬語余，溺血如縷。雖無所苦，中衰時淬。余聞暗驚，知非佳事。然與公談，矍鑠可喜。謂當偶然，不無推擬。豈期公命，竟殞於此。憶年十七，追逐亂始。余毀厥家，公妙頰齒。經營岩澤，連絡首尾。塵扇所及，如潮赴海。海凍龍沉，蛇返鄉里。風波肆盪，扞蔽縫彌。閔余多難，門户傾圮。於骨肉間，委曲善處。艇子一葉，前山漾裏。狂濤屋高，舟獻其底。公自持橈，力盡得艤。余坐浸中，度曲不已。公恚問余，此豈歌所。余遽應公，不歌亦死。相與大笑，濕衣就邸。公告暫還，某日復詣。是時對簿，及期迫竢。衆謹必爽，雜進讒詆。余兄疑沮，遑遽無主。余決無他，請立表晷。正爭訟間，雨舟至矣。二人同心，大約如是。公每舉之，以戒諸子。諸子從游，名業日起。公愛埭溪，團瓢陽塢。余買妙山，亦築風雨。二老風流，短衣芒履。兩家子弟，教之一體。提攜壺榼，詠詩習禮。可樵可農，不失初旨。此有何奇，而天不許。哀哉雨舟，世豈復有。言無不合，事無不理。雄才明略，吾今誰語。憑筵一哭，心傷無緒。嗚呼尚饗。

孫學顔：董公一代偉人，與先生心相契處，原非世俗所能知。篇中特舉約信之小者，以概其餘，頗極文章變化生新之妙。

哭阿彗文

痛哉阿彗！今日汝死三朝矣。阿爺阿娘哥哥皆痛汝不忍捨，二伯伯四伯母賜楮幣哀汝，父執吴五叔叔嬸嬸亦遣人弔汝。今吾令汝乳姆攜菓餌蔬飯祭汝，汝不能飲，令其握出乳汁以飲汝。

痛哉阿彗！汝生面方，廣額豐下，耳長垂珠，隆準脩眉，髮頂黛緑，膚如凍肪，瞳如髹漆。母抱汝前，十步之外，目光及我，啼聲震鄰。項頸肩脊〔一〕，屹如山立，兩手常對握端拱，不自掉弄。其骨度莊凝如此，無一死法。生未十日即能笑，數月以來，洞解人意，呼之相親，即捧面哺口。吾有不釋，母令爲花鼻，即能蹙山根作皺紋，口輔出纈以悦我。其聰明而孝如此，亦無死法也。

阿彗阿彗，汝何以死？汝初病痘，不八日而靨，不十日而痂落梅片，疤白無苔痕，吾即驚憂，謂必有變。已而餘氣怒生，幸部位不犯要害，進參芪託裏之藥，瘍雖未愈，而肌肉神氣未曾減損〔二〕，謂可不至死也。汝苦藥，每服必强灌，見持茶盞至，即戟手摇頭，牙噤喉拒，捏閉汝鼻，纔進少許，宛轉呼號，其難如此。以故汝母乳姆姑息煦嫗，見汝少安，便勸輟藥，後之間斷致危，遲遲報信，皆坐此也。

六月十八日，吾以事須往杭州，念汝病不可離，時高旦中在海昌，遣人來迎黄晦木，將同往蘇州。吾因致書曰：「彗兒病且危，弟欲暫入省，計駕從此至吴便道也〔三〕，不靳一跋涉，活此細命。晦木亦待於此矣。」吾謂必足以致吾友，遂放心至杭，否則吾雖忍甚，豈能捨汝而去乎？杭州數日不見家報，計已調理平復矣，因更淹數日。寫目市貨，有戲具字，館人笑問，吾答以五兒病新愈，買以娱之也。孰意廿七之酉，而有阿墀之信乎！吾問阿墀，然後知次日海昌竟不至，但遣童迎晦木耳。童謾云廿三日且至，遲則廿六也〔四〕。不謂汝病劇於廿三日，身熱洞瀉。家人妄冀吴門之約，又望吾之歸，因循五晝夜，變症蠭起，始遣墀報。吾冒暑奔歸，已無及矣。此是吾方術之疎，而期人之過，急外務而不飭家人以速聞，使汝失治以死也。吾殺汝，又將誰尤？

汝生於乙巳九月，至今纔十月耳。吾名汝爲彗，汝母曰：「何用此不祥者？」吾曰：「乃其所以爲祥也。」今其果不祥耶？汝瞳子能自會於兩眥，吾又戲名曰烏鬬。此二小名吾每呼汝，汝目諾而口應者。將於晬日，命汝正名曰定忠，此汝所未知也。今以語汝，汝其能應否耶？

痛哉阿彗！遺衣委床，啼音在耳，汝母乳姆，哭聲一發，刲心鉥骨，吾又何堪？行且權厝汝於識村，囑汝兄輩，異日吾没後，舉汝祔於吾家之側，與汝相依，以誌吾痛也。

阿彗第五，今同第八弟祔葬識村，歲時亦祔食。公忠記〔五〕。

【校記】

〔一〕項頸肩脊　原作「項頸肩背」，據呂晚村先生家訓真蹟卷四改。

〔二〕曾　原作「嘗」，據呂晚村先生家訓真蹟卷四改。

〔三〕計　據呂晚村先生家訓真蹟卷四補。按，所據底本於「省」、「駕」之間旁書一「計」字，且眉批曰：「『駕』字上原稿有『計』字。」

〔四〕廿六　原作「二十六」，據呂晚村先生家訓真蹟卷四改。

〔五〕公忠識語，據呂晚村先生家訓真蹟卷四補。

吕晚村先生文集卷八

雜著

賑饑十二善〔一〕

賑饑之法莫善於散米，而莫不善於施粥，莫善於各里散米，而莫不善於城市籠統散米。

各里散米之善何如？施粥止可及近里之人，十里以外多不能及，即數里以内人，其藏府筋骨已爲饑餒所敗，欲其晨赴夕歸，力既不堪，況竟日止此一粥，而奔馳往返，數日之内，即使不闕施粥，亦必轉填溝壑。至於罷癃老稚之斷不能出而餐粥者，又不必言矣。散米則皆安居而受賑。其善一。

煮粥必多人料理，徒飽此曹，私其情親，養其傭僕，有破冒之弊，有偷竊之弊，有添水之弊，有宿餿之弊；又薪米器具之費，有此二項，計米一石，饑民所食不過二三斗耳。若省此賑米，足供三倍。其善二。

城市游閒無賴，皆得積飽，鄉愚瀕死之民，安能與爭？强者或數處重餐，弱者或後時空返。不公不均，無從核理。散米則案籍分給，即無重餐，亦無空返。其善三。

一家有幾口吃粥，必須齊出。此只消卑幼一名持票赴領，全家皆得安業。且近見吃粥婦女出頭露面，有志者羞泣可憐，愚稚者習成無耻，甚至執役之喪心綽趣，亡命之調笑擠挨，言之足令髮豎。散米則皆得全其禮節，又可不廢女紅。其善四。

然此猶小者也。救目前之性命，當救將來之性命；救將來貧民之性命，即救將來凡民之性命。蓋目前之性命在口食，而將來之性命在農桑。若施粥之法，無論如從前諸弊，民不沾恩，即使奉行盡善，饑民人人受惠，日日飽餐，於城市之中，朝出暮還，如此不消一月，田地誰爲耕鉏，禾苗誰爲種穫？目前饑民，終作餓殍；即目前不饑之民，亦同歸於盡矣。惟各里散米，則僅費頃刻之支領，仍不曠逐日之工程，農安於畎畝，婦安於機紝，無曠土，無流民，有無相濟則情厚，死徙不出則俗淳。其善五。

況饑民宜散而不宜聚，宜靜而不宜動。日喧闐於闤闠，更有隱憂。何如帖然於村落間乎？其善六。

城市散米，似乎米多倍濟，然鄉民走領數合之米，往還過午，飢腸難支，必不能持歸炊煮，不過於城市即换餅餌或畀飯肆，些須之米，所買幾何？不足一飽，則反不如施粥矣。各里散給則無是患。其善七。

籠統賑施，人户難稽，應領而不得領，不應領而多領，弊端蘖生。惟各里造册自賑，則鄰里熟悉，真僞難欺，必無不均不公之病。其善八。

城市賑施，必每日領給，此則或五日一給、十日一給、半月一給、廿日一給、一月一給俱可，遲速之期，視米之多寡難易爲準，但以五日、十日爲佳，蓋五日以下則太頻而勞，十日以外則總給米多，飢民恐有不知撙節者，前去後空，反致飢餒，不可不爲之節制也。其善九。

所賑之米雖止數合，然十日、五日總結，不奪其工，其人仍可做生活以佐益之，則全家鼓腹矣。其善十。

或疑此但救土著，而不救流亡。不知流亡之在地方深足爲害，其中狡黠頗或煽爲不良，久成癰痏，往往坐此。况被災之處，財力艱難，飽一流亡，必餒一土著。夫此之流亡，即彼之土著也。但使各州縣各都啚舉行此法，各賑其土著，安得復有流亡？即有流亡，聞故鄉有米可賑，誰樂爲流離異域之人乎？其必歸而就賑矣。是不救流亡，正所以救流亡也。近見東三縣不被災之處，流民群聚，當事紳士捐米賑濟，自是仁人用心，然飢民傳聞，皆相率奔赴，流亡益多。初意賑之遺還，其如所賑有限，既不足爲路糧，而後至者衆，則又轉生覬望，不思歸亦不能歸，究意不保其生，轉死他鄉者多矣。不災之處，徒費財粟，無益於流民；被災之處，土田益荒，將來之憂更大。是流亡之因救而愈甚，不可以不察也。不若此法通行，直救流亡之根源。如隣封豐熟，仁人君子肯博其施，則竟彙集錢穀，持赴被災之地，分助其地之不能賑者，此尤活人之實德也。其善十一。

此法既行，人不出鄉，又可佐以興作之事。各里之中，巨室長者，或疏鑿，或櫐造，皆可以活人。其里中公役，則高鄉宜濬河浜，低鄉宜築圩岸。有産之家，計畝稍出升合，既以活人，又可爲己業無窮之利。若當時推擴此義，爲力尤大，即如吾邑官塘大河，自松老橋至石門高橋四十里間，河道淤淺，故潦則易盈，旱則易涸，若乘荒時挑深，真可爲語溪萬世之澤也。其法每工食米一升，更給一升爲工值，使足以養其全家，則存活者衆矣。其善十二。

孫學顏：此即致堂「賑饑莫要乎近其人」之意也。看他用意周匝，立法盡善處，直是無絲毫滲漏。非王佐之才，詎能辦此。○直起直收，綱領條目，井井不亂。以文字論，亦古今無兩。

【校　記】

〔一〕孫刻本、詩文集鈔本、王鈔本題作「賑饑議」。

棣華閣齋規

程子曰：「灑掃應對進退，造之便至聖人。」今日爲學，正當以此爲第一事，能文其次也，其共勉之。

晨起必蚤，面水未至，先入位習業。盥櫛衣冠畢，進揖，同學相揖，即就位。從容莊肅，展書開讀，聲必明朗，毋含糊低懈，必記遍數〔一〕，不許偷少。背書不許差譌字句、重覆上句。凡一課初完，稍覺昏□□□靜坐一息〔二〕，或命散立一息，但不得借爲游戲地。□□飯〔三〕，講書必衣冠，講時靜聽默思，有疑義則從容起問。若問及，必莊對，毋口中囁嚅，欲吐不吐，亦不得率爾致語，全不思索。至有懵然不覺，心馳於外，昏氣倦容，呵欠瞌睡交集〔四〕，此下愚質也，當予杖以醒之。講畢，揖退就位，再看書，靜思一息，乃執他業。傍暮課畢，庭下散步。言必循理，思而後發，不許戲謔，或以尖酸隱語，或以筆墨譏笑，此最是下流輕薄兒所爲，勿學也。夜飲群叙〔五〕，必和必敬，飲食必自顧容儀。燈下習業，即先完者，亦且靜坐沉思，反覆翫味，最有益。余未寢，毋先臥也。除講書飲饌及午膳後小憩〔六〕、夜飲前後散步欵語，餘時不許私相往來、聚談嬉戲。凡言語應對，必響亮决絶，然又不可突而聲厲。拜揖須深，首不可仰，正立圜拱，疾徐中度。揖須端立〔七〕，緩退，毋輕躁〔八〕。趨走莊重，毋跳躍顛躓。坐必正直，毋跛倚。有客至，在堂者起揖，在房者非呼不許出揖，揖畢即入位。課業非命坐不得與坐，非命輟誦不得輟誦，非問及不得參語。書本須愛護，不使汚損及摺角。凡學者最忌好高躐等，如不命作文而私自拈題，或至妄作詩古文詞，釘本塗寫，私看閒書，私學它藝，極爲學累，終難長進，必痛責而□□之〔九〕。有事須出，則詳告以故，如期而歸。倘所出非□□〔一〇〕，必究其極而大懲焉。凡午前課闕，不許與午飯；□□課闕〔一一〕，不許與夜飲〔一二〕；燈下課闕，不許就寢。

辛丑歲，先君子始謝去社集及選事，携子姪門人讀書城西家園之楳華閣中，此其齋規也。黏壁久，故有闕字。公忠記。〔一三〕

【校記】

〔一〕必　據呂晚村先生家訓真蹟卷一補。

〔二〕□□□　王鈔本作「疲可以」。

〔三〕□□　王鈔本作「凡喫」。
〔四〕交集　據吕晚村先生家訓真蹟卷一補。
〔五〕敘　原作「聚」，據吕晚村先生家訓真蹟卷一改。
〔六〕講　原作「讀」，據吕晚村先生家訓真蹟卷一改。
〔七〕端　吕晚村先生家訓真蹟卷一闕。
〔八〕躁　據吕晚村先生家訓真蹟卷一補。
〔九〕□□　王鈔本作「嚴禁」。
〔一〇〕□□　王鈔本作「所告」。
〔一一〕□□　王鈔本作「晚」，國粹叢書本作「午後」。
〔一二〕與　據吕晚村先生家訓真蹟卷一補。
〔一三〕公忠識語，據吕晚村先生家訓真蹟卷一補。

力行堂文約

昔之子弟患其馳騖，爲聲氣之習所壞；今之子弟孤陋寡聞，夜郎自大，日趨於惡劣污下而不自知，其失均也。今爲此約，但會文字，不會酒食。一以戒徵逐，二以節浮費，三以遠社席之風。有觀摩之益，無囂競浮動之虞，亦興起大雅之一助乎！

日期三、八，文限二作，從俗從同也。題必畫一，乃有相觀之善。每期大小題各二，以分長幼。近者凌晨傳發，遠者先日封寄可也。

師長無權，則心志不精專，長務外之弊，故批點之任，各歸其師，不可侵越。無師者歸其家長，或其同學之友。師長以爲佳，迺得見付入集；如不甚足觀，無妨置藏不出，以待次期之長進。慎勿欲速好名，捉刀作僞，以誤子弟也。

文須當日搆寫批看，次日午前彙付。若過四、九兩日，雖有佳文，不復入集，以策驕惰。

文既集，總釘傳閲，以前後次序爲甲乙，間着評語。如有絶頂佳文，仿月泉例，贈以筆墨小物。其三次無文入集者，亦薄罰焉。

每齋傳閲不得過三日，以次傳遍，歸還草堂，遺失闕損者罰之。

文必用格紙謄清，其字句之疵，師長即爲抹改，亦不必别録，以考其真。每朔日分一月格紙，願則來取，不敢拒亦不敢强也。

不遵信朱子者勿與。

對題鈔套文字，最爲無耻，較出必罰。

寫別字有罰。

賣藝文

東莊有貧友四，爲四明鷓鴣黄二晦木〔一〕、檇李麗山農黄復仲、桐鄉殳山朱聲始、明州鼓峰高旦中。四友遠不相識，而東莊皆識之。東莊貧，或不舉晨爨，四友又貧過東莊。獨鼓峰差與埒，而有一母四兄弟一友六子一妾，乃以生産枝梧其家，而以醫食其一友，友爲鷓鴣也。鷓鴣貧十倍東莊，而又有一母五子二新婦一妾，居剡中化安山。有屋三間，深一丈，闊纔二十許步，床竈書籍，家人屯伏其中，烈日霜雪、風雨流水遶攻其外。絶火動及旬日，室中至不能啼號，鼓峰雖以醫佐之，不給也。而又有金石玩好之性，喜鑿印章，結構撫摹秦漢，間作南唐圖書記，或摹松雪朱文筆法，高雅可愛。至其精論六書，則斯邈俗吏，茫昧古法，殆不可與語。東莊謂賣此頗可得飽腹，謀之鼓峰，云鷓鴣技不止此，若其可以玩世者，則又善畫，畫李思訓、趙伯駒二家法，精致微妙，出是亦可得錢。因憶吾黄麗農畫亦兼南北宗，尤妙董巨神理，下筆秀潤生動，直坐元四家於廡下。麗農固自秘，郡人亦無識者，年來困益甚，子女十數人，有子之妾四。麗農少壯，故豪奢，日夕遂至不堪。責逋者環坐户外，輒慟哭欲自引絶，責逋者多驚散去。然稍閒又欣然弄筆，都不復憶也。

吾友賣畫，此當與結伴，而鷗鴣意又欲賣文與詩，謂此事可吾輩共計耳。然吾姊丈聲始淵源程朱，所作文不減歐九，爲雜著小品，奇詭要㚟渟蓄，出入蒙莊史遷昌黎間，而獨不喜作詩，是亦有不能共計者。顧其人别無藝能，於經紀爲尤拙，隨意至友人處，坐講今古，竟日不倦，其家具食食之，否亦論難泉湧，了不知餓，便至昏黑。家有二幼子一弱女，早喪母，惟一房老與俱，則腸鳴如雷矣。桐鄉人皆以爲癡。行且飢欲死，出其長，但文耳，而其文又可傳而不可賣。鷗鴣曰：「姑試之。安必其無一遇也。」因約聲始竟賣文，餘友共賣文與詩，麗農鷗鴣共賣畫，鷗鴣東莊共賣篆刻，東莊獨賣字。鼓峰掀髯曰：「終不令子單行。」鼓峰小楷類樂毅論及東方朔像贊，行書逼米海岳，間追顔尚書，於是鼓峰東莊共賣字，既以字食，且以食友。

約成，草於吴孟舉之尋暢樓。孟舉書畫故奇艷，涉筆成趣，得天然第一。謂：「吾手獨不堪賣耶？」「然如子家不貧何？」曰：「請以字佐鼓峰東莊，以畫佐鷗鴣麗農。吾出藝，而諸君共收其直，可乎？」衆曰：「幸甚。」東莊乃脱稿而屬孟舉書。

鷗鴣〔二〕

石印每方一錢〔三〕　金銀銅鐵印每方三錢　玉印瑪瑙印〔四〕每方五錢　水晶印磁印每

方四錢　犀象琥珀蜜蠟玳瑁印每方二錢〔五〕　北宗山水每扇面三錢　詩律一錢、古風二錢〔六〕、長律每十韻加二錢　文壽文一兩、募緣疏一兩、祭文五錢、碑記書序各一兩、雜著五錢〔七〕

麗農

南北宗山水每扇面三錢、册頁三錢、單條五錢、全幅一兩、手卷每尺三錢、堂畫二兩〔八〕　詩文同鷗鵠

殳山

文每篇一兩

鼓峰

小楷每扇面二錢　行書一錢　帷屏每幅三錢　錦軸每幅八錢　齋扁每字一錢

杜聯每對一錢　詩文同鷗鵠、麗農

東莊

石印每方三錢　小楷每扇滿面三錢　册頁三錢　手卷每尺三錢　行書每扇面二錢、册頁手卷同，單條三錢　草書每扇面一錢〔九〕、册頁手卷同　詩文同鷗鵠、麗農、鼓峰

孟舉

小楷每扇面二錢　行書每扇面一錢　杜聯每對一錢　畫竹每扇面一錢　寫生每扇一錢、着色二錢

孫學顔：以奇人爲奇事，必有奇文以傳，無怪其無一語之不奇也。

【校記】

〔一〕木　原闕，據天蓋樓雜著、國粹學報補。

〔二〕諸本俱無此潤格例，據天蓋樓雜著、國粹學報補。

〔三〕一錢　國粹學報作「二錢」。

〔四〕「玉印」之「印」字原闕，據國粹學報補。

〔五〕二錢　國粹學報作「五錢」。

〔六〕二錢　國粹學報作「三錢」。

〔七〕雜著五錢　原闕，據國粹學報補。

〔八〕堂畫　國粹學報作「堂幅」。

〔九〕一錢　國粹學報作「三錢」。

反賣藝文

庚子作賣藝文，錢牧齋見而歎曰：「昔之西園畫記也，今爲汐社許劍録、玉山草堂雅集矣。」剡中黎洲先生德冰擎拳獨立，排拓二百年之詩文，於九流百家之術無不貫穿，予欲廣賣藝文以位先生，而以吳自牧之詩畫算數聲音之技附之。鍾山民部黄半非、射山陸辛齋聞之，喜而見過。黄民部者亦賣文字，自作駢語小引，久不見售，辛齋則思賣而無伴，於是皆欲寄賣於吾，文更有一二循例請附者，則不之許也。

有傳黎洲爲人作賣藝文，引用爲例，曰：「子法甚隘，而黎洲道廣耶？」予曰：「不然。必有爲言之也。」未幾黎洲寄示此文，果以徇故人之子請者，又一例也。或又曰：「子之徒益夥矣，某郡若某某、某鄉若某某，皆援例賣藝，方以子爲貨殖之祖，可無虞其孤另而難行也。」已有工挾薦牘請見曰：「某某致語東莊，工甚精，幸厚遇之，庶幾賣藝初意。」予始怪且笑，已復自痛其立説不善，害一至於斯也。季布髡鉗、子胥鼓簫、相如滌器、豫州種菜結髦、柴桑乞食、中散力鍛、步兵哭喪，織簾屩屨、負薪補鍋之徒，趣有所託，而志有所逃，不極其辱身賤行不止也。然未聞人奴市乞擔糞踏歌操作之賤工，有竊擬於諸子者。且吾經年不見一買主，而賣之如故，此豈較良楛短長、趨時變、爭長落者哉？富家熱客持金錢按吾文價以請〔一〕，此不直吾友一笑也。何則？藝固不可賣，可賣者非藝，東莊諸人以不賣爲賣者也。且吾寧與人奴市乞擔糞踏歌操作之賤工伍耳。人出丐販之下，而欲假篡於豪賢，此人奴市乞輩之所不爲者。今有人墮落坎壈，灰頭炭嗌，沿門號索，其唾駡不顧者，常也。雖不能飯，而嘆憫焉，長者也。從而摹倣其形狀以爲嬉戲者，此輕薄兒無人心者耳。夫至沿門號索而猶不免於輕薄者之嬉戲，予之所以滋悔也。因以黎洲、鷓鴣、鼓峰、孟舉、自牧約不復賣藝爲一例；聲始已得食，所賣不賣俱無與爲一例；麗農、半非、辛齋浮沉客路，勢不能自止，竊僞嬉戲亦不暇計也，聽其自賣爲一例。嗚呼！知予之賣藝也非衒奇，則其不賣也亦非高價以絶物，吾知後之哀其賣者，又不如哀其不賣者之痛深也。

孫學顔：賢豪賣藝，皆以不賣爲賣者也。而假篡一流，輒思攘臂其間，是真欲以高名爲奇貨矣。篇中痛斥此輩，足令古今賣藝者，一齊稱快。

【校記】

〔一〕以　原作「價」，據詩文集鈔本、王鈔本改。

丘震生筆説

山谷老人曰：良工爲筆，其擇毫也猶郭泰論士。然毫爲兔，次羊，次狸，又次輔之以檾。兔最貴，必雜以羊狸，輔之以檾，收中材也。然是物也，終日握而不敗，卒無損乎擇毫之道，則最貴多與？有工焉，聚䌰而束縛之，參以羊狸，渲氄爲衣，固儼然毫也。於是乎蛣蛤蒸獺猩毛鼠鬚雞翮之族，則皆得起而嚇毫，毫又無如何也，然而其工則賤矣。茗上丘震生，蓋精於擇毫者，於南國知書善屬文之士，無不歷歷能指其名。庚子季夏過予，袖尺幅，云欲通於其所能指名者。余謂此曹方爲世所嚇，恐未能厚，子且勿去。然丘子既精擇毫，又能慕知書善屬文者，真無媿爲工之有道矣。知天下之不爲䌰與羊狸者，於丘子又有神合也。書以果其行，且一一致語。

繞指柔　妙手脱丸，無形有劍。殺人如麻，何須百煉。

游戲自在　長年蕩槳，群丁撥棹。有何老子，大悟於㷭道。

欻珠　腷腷膊膊藜藿腸，磊磊落落生夜光，曾不若一囊坐北堂。

姹胎髮　西抹東塗，奈何爲婆，獨不見黄口小兒鼓嚨胡。

金僕姑　翻身向天仰射雲，雲中委羽何紛紛。

無心散卓　不立文字，指揮如意，天花墮地。

鶻落　秋風震翮，草枯眼疾。爲君前驅，百不失一。

小梯媒　爲神智騮何如望火馬，不見黑頭公滿天下。

横行　起赤城，流丹精，破宛陵。

醉鶴 飛飛摩蒼天，實不持一錢。

客坐私告

某所最畏者有三：

一曰貴人。夙遭多難，震官府之威，今夢見猶悸。故雖生平交契，一登仕途，輒不敢復近。非過爲揀擇也，心有恐懼，習久成性耳。對宦僕如伍伯也，捧大字書帖即牌檄也，登朱門則揣揣焉大庭福堂也。二曰名士。向苦社門之水火，今喜此風衰息矣，而變相傍出，尤不可方物。如選家論時藝，幕賓談經濟，尊宿説詩古文，講師爭理學，游客叙聲氣，方技託知鑒介紹。彼皆有所求耳，接與不接總獲詈尤。每晨起默禱，但願此數公無一見及，即終身大幸也。三曰僧。生平畏僧，甚於狼猰，尤畏宗門之僧。惟苦節文人託跡此中者，則心甚愛之。然邇年以來，頗見託跡者開堂説法，諂事大官，即就此中求富貴利達，方悟其託跡時原不爲此，則可畏更過於僧矣。

又有九不能：

一曰寫字。本不善書，比苦痔瘍去血久，筋脈顫振，并失其故矣。二曰行醫。靈蘭之書，向未之讀也。因家人病久，醫友盤桓，粗識數方。間與親契論列，遂爲謬許，傳誤遠邇。今三年之中，兄喪、女夭、冢婦暴亡，身患藏毒，淋漓支綴，其能事可覩矣。且年未五十，鬢白齒墮。瘻疾一發，卧起洗滌，非人不便。頽然一廢物，豈能提囊行市耶？三曰應酬詩文。少孤失業，又無師授，不知行文之法。每苦有情不能自達，況應酬無情之言乎？四曰批評朋友著作。性不善諛，而時尚所宗，未展卷帙，先須料簡諛詞，又須揣合其意。如曰「惟公不好諛者乃佳」，其苦甚於夏畦。五曰借書。所寶惜者惟此，而友人借去，輒不肯見還。所謂「借者一癡，還者一癡」也。當永以爲鑒。但欲依鈔書社例，各鈔所有之書相易則可。六曰薦牘。凡人投契，各有誼分。標榜樹私，乃門户中籠絡之術。吾戇而固，安能爲此。至醫關人命，師長生徒，尤不敢妄舉。況有言不信，亦無可舉處。七曰宴會。病不能久坐，優劇素所痛惡，觴政爭呶，多致生釁，皆其所不堪。八曰貨財之會。親知嫌隙，大約因貨財〔一〕。而銀會，事非一人，期非一日，吾見始終無言者鮮矣。況力實不勝，其能免乎？凡有告急，但諒己力所及，有則贈之，無則辭焉。若必以會相强，及居間借當之屬，斷然不能。九曰與講會。吾身不能居仁由義，何講之有！

凡此三畏九不能，友朋間有知其大半者，有知其一二者，有全不知者，但一不知而觸焉，必因之得罪矣，故不敢不布。

【校　記】

〔一〕因　原作「開」，據天蓋樓雜著改。

壬子除夕示訓[一]

吾自讀浦江鄭義門規範，即慨然慕之。彼人也，我亦人也。彼爲法於一家，可傳於後世，我未之能逮也，願與吾子孫共存此志，期於必成。度其規制法度之全，勢不能猝備，當以漸爲之。而其根本大要不可緩者有四[二]，先與妻子諸婦立約相勉，其共聽焉。

一曰敬順。凡爲妻者必敬順其夫，爲子者必敬順父母，爲弟妹者必敬順兄嫂及姊，爲姪者必敬順伯叔，爲幼婦者必敬順長婦，如此，則孝弟之道成矣。中心敬順，外間言語呼揖行坐作爲無不敬順。即如行坐一節，吾每見兄立而弟自坐，夫立而妻自坐，長婦立而幼婦自坐，傲然自由，毫不肅恭起立。此雖小節，實即不敬順之心所發也。今後推此戒之。

一曰無私。大凡人家分爭，兄弟不和，其端必始於妯娌。婦人小見，只要自好，自管後來自做私房，不知你要自好，誰人肯讓你獨好？一人要便宜，大家要便宜；一人存私，大家去存私。自然兄弟不和，不能同居矣。我今日告祝諸子媳婦[三]，第一要斷絶此一點惡念頭，不可分此疆彼界。一應器物，大家用，大家收拾愛惜。有僮婢大家使喚，大家教訓炤管。飲食大家分嘗〔四〕，大家收藏出客。凡貨財産業一進一出，必禀命於尊長，不得擅自主張。若有欺父母，瞞公婆，私藏器物，私造飲食，私護僮婢，私置田産，私放花利，私自借債做會等，此是第一不孝，查出即行重責離逐。大凡妯娌不睦，必有小人從中搬鬭是非，其所以搬鬭者，皆因此疆彼界，各房人各要獻媚於家主，説别房不好，以見其忠，家主反道他護家，曲爲庇護，以致不解。今大家不分爾我，便永無此弊。或有言語可疑，便當告之尊長，登時對會明白，不可存留胸中，此輩自無所容其奸矣〔五〕。

一曰勤儉。每日雖無大事，必要早起晏眠。家長早起晏眠，卑幼誰敢貪懶？上人早起晏眠，下人誰敢貪懶？早起晏眠，一日抵兩日。吾目中所見敗家子破落户，無不晏起早眠者，不可不戒也。至於勤而不儉，雖有亦立盡。子孫繁多，衣食艱難，今當事事節縮，如食不必兼味，衣用紬布，勿好綾羅繡緞及金珠無益之物。

一曰去邪。凡聽信邪説，則父子兄弟夫婦之間〔六〕，必無恩情，必無禮義。師尼老佛誘引唆鬭，其害無窮，布施騙財，乃其小者也。今吾家子孫婦女不論老少，不許燒香念佛，并不許吃觀音、三官、準提、斗七等齋；僧尼老佛，不許往來。凡一應冠昏喪祭行禮，不許用僧道及陰陽禁忌阿婆經，妄言禍福，則自然邪不勝正，和氣致祥矣。

其共聽而勉守之。壬子除夕耻齋老人書。

【校記】

〔一〕呂晚村先生家訓真蹟目録、孫刻本、王鈔本題作「壬子除夕諭」，呂氏鈔本、天蓋樓雜著作「家訓」，詩文集鈔本作「壬子除夕誡諭」。

〔二〕有　據呂晚村先生家訓真蹟卷一補。

〔三〕日　據呂晚村先生家訓真蹟卷一、孫刻本、詩文集鈔本、王鈔本補。

〔四〕甞　原作「嘗」，據呂晚村先生家訓真蹟卷一、詩文集鈔本改。

〔五〕奸　原作「閒」，呂氏鈔本作「間」，據呂晚村先生家訓真蹟卷一、孫刻本、詩文集鈔本、王鈔本、天蓋樓雜著改。

〔六〕兄弟夫婦　原作「夫婦兄弟」，據呂晚村先生家訓真蹟卷一、孫刻本、詩文集鈔本、王鈔本改。

甲寅鄉居偶書

某迂戾無狀，屢獲罪於賢豪，循省愆尤，兩儀充塞，而硜硜之性，頑不可改，必將蹈國武之禍，用是屏跡丘樊，不復溷厠里黨。所冀知交，待以「移之遠方，終身不齒」之例。

愛我者譬某浪游未返，晤言雖渺，筆札可通；見惡者譬某已爲異物，不見其人，亦將置之不校。則恩怨可以胥忘，是非可以不論，江湖浩浩，放此餘生，皆長者之賜也。城市義既不入，村中亦無禮數見賓，倘猶以往返驅使相責，有斷不能奉命矣。謹拜陳白，伏冀慈諒。

戊午一日示諸子

程子曰：「人無父母，生日當倍悲痛，更安忍置酒張樂以爲樂？若具慶者，可矣。」如是，故天下生日之可慶者不多有也。不多有而慶之也乃宜，此終身不當慶之例也。沈文端云：「古者以八十爲下壽，近世乃有慶七十者。」文端，萬曆間人，其言猶如此，然則世俗縱不能行程子之説，亦當俟七十以上乃可。夫謂之慶者，以其難得而得，故足慶也。使六十以下而慶焉，是以宜短命詛之也，非慶也，此六十以下不當慶之例也。然此皆泛論也，在吾今日則更有所不可者。

吾遺腹孤也，父喪四月而始生，墮地之日，即襁衰麻。生母抱孤而泣，暈絶而甦。分撫於三兄嫂〔一〕，三歲而嫂亡。已而出嗣，考妣祖母相繼奄棄〔二〕。十三歲本生母又卒，母年僅三十七耳。計自始生至十五歲，未嘗脱衰絰〔三〕，視他兒衣綵繡、曳朱履，如衮舄之不易得。人世孤苦，無以加此。每一追憶，未嘗不心傷涕溢也。平生未嘗一會親朋〔四〕，奉觴拜二人壽，而身受子女族屬姻戚交游之娱樂。母年不能及四十，而幸己之五十爲榮；以父喪母哭之日，爲置酒張樂之辰，其可乎？不可。或謂吾遭多難，厥宗幾覆，今幸而爲不食之果，斯可慶也。若是，則其不可也滋甚。人固有以生爲重者，亦有重於生者。以生爲重，吾幾當死而不死，則自戊亥以後，無日不宜慶也，何待五十？如其有重於生也，則偷息一日，一日之耻也。世有君子聞之曰：「夫夫也，何爲至今不死也。」則其僇嚴於鈇鉞，又何慶之有？故爲吾計，惟有閉門深匿，以木葉蔽身，以泥水亂跡，如世間未嘗有我者，斯得耳。使以辱身苟活者爲賢而慶之，將置夫年不滿三十、義不顧門户、斷脰飛首以遂其志義者於何地也？此吾終身不當慶之義又有異乎他人者，而六十以下之例，又其小而不必言者也。然此言不可告於親朋，不得已援世俗避生之例。俗之避也以明謙，其下者以惜費。費吾素所不惜，謙亦無所謙，聊以釋吾上下之痛而已。

凡親朋以壽盒祝儀來者，慎勿受，雖以此得罪勿顧也。汝等見長者，但叩頭辭謝，且稟白吾語云：「良辰佳趣，村酒野花，奉諸先生杖履之歡，正復有日，豈必沾沾此際觸其惡緒，而益其眚尤哉！」諒諸先生愛我，且熟其硜硜，必不怪也。

至性過人矣。孫學顔：先生生於憂患之中，其生平所深痛而不忍言者，略見於此，亦足以知其

【校記】

〔一〕分　據呂晚村先生家訓真蹟卷一補。

〔二〕祖母　原作「祖妣」，據呂晚村先生家訓真蹟卷一改。

〔三〕未嘗　呂晚村先生家訓真蹟卷一作「不」。

〔四〕未嘗　呂晚村先生家訓真蹟卷一作「不曾」。

癸亥初夏書風雨菴〔一〕

到此菴中，屏絶禮數。病不見客，隘不留卧。經過游觀，自來自去。送迎應對，一概求恕。久坐閑談，爾我兩誤。可惜工夫，各有本務。知者無言，怒亦不顧。問我何爲，木雕泥塑。何求老人書。

二妙亭對聯〔二〕　妙山妙泉搆亭名二妙。

開牕放山入　閉户聽泉流

西首圓洞板窗上

初月寒潭留白住　微陽遠嶂送青歸

【校　記】

〔一〕呂氏鈔本、詩文集鈔本題作「癸亥初夏書於風雨菴中」，王鈔本作「辛酉初夏書於風雨菴中」。

〔二〕自「二妙亭對聯」以下，據呂氏鈔本、詩文集鈔本補。

遺令

不用巾，亦不用幅巾，但取皂帛裹頭，作包巾狀。

衣用布，或嫌俱用布太澁，内襖子用紬一二件可也。

貼身不必用綿歛，勿以我歛伯父法亦用之。小歛大歛，歛衾必須炤式。

棺底俗用灰，則土侵膚矣，他物俱不妙，惟將生楮揉碎實鋪棺底寸餘，然後下七星板爲佳。歛後棺中空隙之處，以舊衣捱要爲妙。然下身必不彀，亦莫如成塊生楮，輕而且實。凡未斂以前，親族送生楮，勿燒壞。

帖子上稱呼，但稱「不孝子」，蓋世俗「孤」、「哀」分配之稱，原屬無理，且有行不通處。假如嫡母先亡，而有後母，乃丁父艱，則將如何？稱「孤子」則傷嫡母，稱「孤哀」則傷後母，此所謂行不通者也。聞應士寅遺命一槩稱「哀子」，渠所據儀禮喪稱「哀子哀孫」，入廟稱「孝子孝孫」，然不知「哀子哀孫」「孝子孝孫」皆祝史之詞，非子孫自稱之名也。古人居喪，豈有狀帖與人通者哉！

故舊親友有作祭奠者力辭之，止受香燭。惟新親翁勢必難辭，須遣友致意，雖作祭來，斷不受也。萬不得已，領其准奠二兩，多至四兩，四兩以上，回之不受。

客來弔者，止子孫親人哭，不必令僕婦等代哭，且多婦人哭聲，亦非禮也。雖新親遠客富貴之客，止用蔬菜，不用酒肉，以遺命告之可也。力作之人，不在此例。一月即出殯於識村祖父墓之西，壬山丙向。三月即葬，葬請萬吉先先生主其事。一月先作主，粉乾，待葬時題主，虞祭如禮，仍安几筵。年老大而無子，理當娶妾，但不許娶娼妓及土妓之屬。子孫雖貴顯，不許於家中演戲。

先君子終於癸亥八月十三日，遺命絶筆於十一日之晨。然中有數條則自七月來已書之矣。男公忠泣血謹記〔一〕。

【校記】

〔一〕公忠識語，據呂晚村先生家訓真蹟卷一補。

吕晚村先生續集卷一

宋詩鈔列傳

小畜集

王禹偁，字元之，濟州鉅野人。九歲能文，太平興國八年進士，授成武主簿，徙知長洲縣。端拱初召試，擢右拾遺、直史館，拜左司諫、知制誥，坐劾妖尼，貶商州團練使，量移解州，進拜左正言，直弘文館，出知單州，尋召爲禮部員外郎，再知制誥。至道元年入翰林爲學士，知審官院，兼通進銀臺封駁司，又坐謗訕，罷爲工部郎中，知滁州、揚州，召還知制誥，又坐實録直書，出知黄州，徙蘄州而卒，年四十八。今有小畜集六十二卷，紹興丁卯沈虞卿所編也。當時元之自編，按其序則三十卷，宋史言二十卷，脱誤也。元之詩學李杜，故其贈朱嚴詩云：「誰憐所好還同我，韓柳文章李杜詩。」學杜而未至，故其示子詩云：「本與樂天爲後進，敢期子美是前身。」是時西崑之體方盛，元之獨開有宋風氣，於是歐陽文忠得以承流接響。文忠之詩，雄深過於元之，然元之固其濫觴矣。穆修、尹洙爲古文於人所不爲之時，元之則爲杜詩於人所不爲之時者也。

騎省集

徐鉉，字鼎臣，會稽人。與弟鍇未弱冠以文行稱。仕南唐三主，歷官至吏部尚書、右僕射。機命制誥，咸出其手；文章議論，與韓熙載齊名。宋問罪江南，請使見太祖乞存，辨論不屈，太祖亦嘉禮之。後隨後主歸宋，授太子率更令，改左散騎常侍，累封東海郡開國侯，檢校工部尚書，卒年七十六。精於篆隸，修許氏説文，自撰韻譜。江南馮延巳曰：「凡人爲文，皆事奇語，不爾則不足觀，惟徐公率意而成，自造精極。」詩冶衍遒麗，具元和風律，而無洪忽纖阿之習。初，嗣主以譏貶移饒州，適周世宗兵過淮，鉉即榜小舟歸昇州，賦詩有云：「一夜黄星照官渡，本初何面見田豐〔一〕。」其伉直如此。大梁以後氣稍衰苶矣〔二〕，蓋情鬱爲聲，悽楚宛折，則難言之意多焉。

【校記】

〔一〕初　原作「朝」，據宋詩鈔改。

〔二〕茶　宋詩鈔作「恭」。

安陽集

韓琦，字稚圭，相州安陽人。弱冠舉進士，名在第二，方唱名，太史奏日下五色雲見。累官至右僕射、侍中，歷儀、衛、魏三國公，出備兩鎮，輔三朝，立二帝，決大策，安社稷，制西夏，出入將相，事具史傳，不載。卒年六十八。大星隕於治所，櫪馬皆驚。贈尚書令，謚忠獻。詩率臆得之，而意思深長，有鍛鍊所不及，理趣流露，皆賢相識度。其題劉御藥畫册語云：「觀畫之術，維逼真而已。得真之全者純也〔一〕，得多者上也，非真即下矣。」人謂此術不獨觀畫，即可觀人物，竊謂惟詩亦然。魏公勳業彪柄，直無暇於筆墨爭長，然語窺閫奥，無他，此道得也。

【校記】

〔一〕純　宋詩鈔作「絶」。

滄浪集

蘇舜欽，字子美，梓州銅山人〔一〕。以父任補太廟齋郎，調滎陽尉，尋第進士，改光禄寺主簿，知長垣縣，遷大理評事，監在京店宅務。以范仲淹薦，召試集賢校理，監進奏院。舜欽所論侵權貴，而婦父杜衍與仲淹、富弼在政府爲時忌，會進奏院祠神宴會，不與者銜劾舜欽用鬻故紙公錢召妓樂，醉歌狂悖，因欲摇動衍等。舜欽坐除名，後爲湖州長史，卒年四十一。既廢，居蘇州，買水石作滄浪亭，益讀書，時發憤懣於歌詩。善草書，酣酒落筆，往往驚人。與梅堯臣齊名，時稱「蘇梅」。劉後村謂其歌行雄放於聖俞，軒昂不羈，如其爲人，及蟠屈爲吴體，則極平夷妥帖。蓋宋初始爲大雅，於古樸中具灝落渟畜之妙，二家所同擅，而梅之深遠閒淡，蘇之超邁横絶，則又各出機杼，永叔所謂「不能優劣」者也。至情志忠惻，而議論富理，要又非詩人粗豪一流所比。詩有云：「筆下驅古風，直趨聖所存。」又曰：「會將趨古淡，先可去浮囂。」其本領卓越如此。

【校　記】

〔一〕梓州銅山　據宋詩鈔補。

乖崖集

張詠，字復之，濮州鄄城人。舉進士，知崇陽縣，歷官樞密直學士，知成都益州，禮部尚書。其治績多在蜀中，具載史傳。剛直自立，智識深遠，有澤被天下之心。尤博典籍，雖卜筮醫藥種植之書，無不精究。自少得劍術，無敵於兩河間。善弈碁，精射法，飲酒至數斗不亂。惡人諂事，不喜俗禮，因自號乖崖子。寫真自贊曰：「乖則違衆，崖不利物。『乖崖』之名，聊以表德。」嘗訪三峰陳希夷摶，摶顧謂弟子曰：「此人於名利淡然無情，達則爲公卿，不達則爲帝王師。」其爲高人推重如此。幼與青州傅霖同學，霖隱不仕，詠既貴，求霖者三十年不可得。晚自金陵造朝，論丁謂、王欽若，出知陳州。一日霖忽來謁，閽走白詠，詠訶曰：「傅先生吾尚不得而友，汝敢呼姓名乎？」霖笑曰：「是豈知世間有傅霖者。」詠問：「昔何隱，今何出？」霖曰：「子將去矣〔一〕，來報子爾。」詠曰：「詠亦自知之。」曰：「知復何言。」翼日辭去，後一月而詠卒。贈右僕射，謚忠定。詩雄健古淡，有氣骨，稱其爲人。

其與傅山人詩云：「寄語巢由莫相笑，此心不是愛輕肥。」足以見其志也。

【校　記】

〔一〕去　原作「出」，據宋詩鈔、宋史本傳、東都事略改。

清獻集

趙抃，字閱道，衢之西安人。中景祐元年進士乙科，通判宜州。以母喪廬墓三年，孫處爲作孝子傳。召爲殿中侍御史，京師號「鐵面御史」。進參知政事，已而求郡，旋召旋罷。英宗朝除龍圖閣直學士，知成都，蜀益治。神宗初召知諫院，曰：「聞卿匹馬入蜀，以一琴一鶴自隨〔二〕，爲政簡易，亦稱是耶？」既與王安石議政不協，求去，除資政殿學士，出外改越州。致仕，尋卒，贈太子少師，謚清獻。詩觸口而成，工拙隨意，而清蒼鬱律之氣，出於肺肝。然其學多本於佛，與濂溪爲僚而不知改，故亦不能卓然有所發揮也。

【校　記】

〔一〕鶴　原作「鼂」，據宋詩鈔、宋史本傳、九朝編年備要改。按，東都事略作「鼂」。

宛陵集

梅堯臣，字聖俞，人稱宛陵先生，宣州宣城人。以從父蔭補太廟齋郎，歷主簿、縣令、監税湖州，簽署忠武、鎮安兩軍節度判官。初，大臣屢薦宜在館閣，嘗一召試，賜進士出身，餘輒不報。嘉祐初，學士趙概等十餘人，列言於朝，乃得國子監直講，累官至尚書屯田都官員外郎。撰唐載記二十六卷〔一〕，多補正，乃命編修唐書，書成，未奏而卒。聖俞少即以能詩名天下，求者踵至。其初喜爲清麗閒肆平淡，久則涵演深遠，間亦琢剥以出怪巧，然氣完力餘，益老以勁。其應於人者多，故辭非一體，非如唐諸子號詩人者僻固而狹陋也。在河南時，王晦叔見而歎曰：「二百年無此作矣。」賢士大夫如温公、東坡、介甫諸人，咸敬重之。尤與歐陽文忠公善，世比之韓孟，兩公亦頗以自況。故貢奎詩云：「詩還二百年來作，身死三千里外官。知己若論歐永叔，退之猶自愧郊寒。」蓋言詩力也。又龔嘯云：「去浮靡之習於崑體極弊之際，存古淡之道於諸大家未起之先，此所以爲梅都官詩也。」果信。

【校　記】

〔一〕記　據宋詩鈔、宋史本傳補。

武溪集

余靖，字安道，韶州曲江人〔一〕。舉進士，與尹師魯同應拔萃科，靖爲冠。累官至秘書丞，充集賢校理，天章閣待制。時范仲淹以言事觸宰相得罪，靖疏救之，坐貶監筠州酒稅，已仲淹得白，乃召還。慶曆中，夏元昊納誓請和，將加册封，而契丹兵來，止毋與和，朝議患之。靖謂「撓我爾，不可聽」。乃假靖諫議大夫，報契丹於九十九泉，卒屈其議，取其要領而還。加知制誥、史館修撰。時相忌之，坐習蕃語，出知吉州，奪官。皇祐初復起，平儂智高於嶺南，拜集賢學士，遷吏部侍郎。交趾寇邕州，以爲廣西體量安撫使，靖往，移檄而定。拜工部尚書、始興郡開國公，食邑二千八百户，實封二百户。代還，道病卒。累贈少師，謚曰襄。有武溪集二十卷。爲文不爲曼辭，如辨謚、論史、序潮等篇，皆有所發明。詩亦堅鍊有法，時歐陽變體復古，靖與交厚，故亦棄華取質，爲有本之學。

【校　記】

〔一〕曲　原作「合」，據宋詩鈔、宋史本傳、東都事略改。

歐陽文忠集

歐陽修，字永叔，吉州永豐人。天聖中進士，補西京留守推官，召試學士院，爲館閣校勘。以書詆諫官高若訥，貶夷陵令，徙乾德，改判武成軍，遷太子中允、館閣校勘、集賢校理，知太常理院，出通判滑州。慶曆初，擢太常丞，知諫院，拜右正言，知制誥。以朋黨出知滁州，遷起居舍人，徙揚州、潁州，復龍圖閣直學士，知應天府。母憂起復，判流内銓，以翰林學士修唐書，加史館修撰。勾當三班院，判太常寺，拜右諫議大夫，判尚書禮部，又判秘書省，兼龍圖閣學士，權知開封府。唐書成，拜禮部侍郎、樞密副使。未幾，參知政事。定議立英宗。以觀文殿學士、刑部尚書知亳州，徙青州、蔡州，以太子少師致仕。卒贈太子太師，謚曰文忠。其詩如昌黎，以氣格爲主。昌黎時出排奡之句，文忠一歸之於敷愉，略與其文相似也。

和靖集

林逋，字君復，杭之錢塘人。少孤力學，刻志不仕，結廬西湖孤山。真宗聞其名，賜粟帛，詔長吏歲時勞問。臨終詩有「茂陵他日求遺稿，猶喜曾無封禪書」，時人高其志識。賜謚和靖先生。逋不娶，無子，所居多植梅畜鶴，泛舟湖中，客至則放鶴致之，因謂「梅妻鶴子」云。其詩平淡邃美，而趣向博遠，故辭主靜正而不露刺譏，梅聖俞謂「詠之令人忘百事」，大數搴王孟之幽〔一〕，而摅劉韋之逸。歐陽文忠愛其梅花詩「疏影横斜」一聯，謂前世未有此句，黄涪翁則以「雪後園林」二語爲勝之。蓋一取神韻，一取意趣，皆爲傑句。然知歐陽之所賞者多，知涪翁之所賞者少也。所作雖夥，未嘗留稿，或問之，曰：「吾不欲取名於時，況後世乎？」故所存百無一二。如當時稱其五言有「草泥行郭索，雲木叫鈎輈」句，集中已不可得，其他遺軼可知也。

【校記】

〔一〕搴　原作「塞」，據宋詩鈔改。

徂徠集

石介，字守道，兖州奉符人。年二十六，舉進士甲科，爲鄆州觀察推官，歷官至國子監直講。慶曆中，進用韓范富杜諸臣，介躍然喜曰：「此盛事也，雅頌吾職〔一〕，其可已乎？」乃作慶曆聖德詩，直指大臣，分别邪正。詩出，泰山孫明復曰：「子禍始於此矣。」以是爲人所擠。杜祁公、韓魏公俱薦之，拜太子中允，直集賢院，尋卒於家。怒之者謂其詐死，北走契丹，請斲棺驗之〔二〕，幸不許。所爲詩文，皆根柢至道，排斥佛老及姦臣宦女，庶幾聖人之徒。魯人稱爲徂徠先生，因以名其集。永叔詩云：「問胡所專心，仁義丘與軻。揚雄韓愈氏，此外豈知他。尤勇攻佛老，奮筆如揮戈。」又云：「金可鑠而銷，玉可碎非堅。不若書以紙，六經皆紙傳。但當書百本，傳百以爲千。或落於四夷，或藏在深山。待彼謗焰熄，放此光芒懸。」今讀其詩，嶙峋硉矹，挺立千尋，温厚之意，存於激直，得見風人之遺。然正學忤時，直道致黜，千古一轍，其可哀也。

【校記】

〔一〕雅 歐陽修徂徠石先生墓誌銘同。按，宋詩鈔、宋史本傳作「歌」。

〔二〕驗　原作「殮」，據宋詩鈔改。

武仲清江集

孔武仲，字常父，臨江新喻人。至聖四十八代孫也。舉進士，中甲科，調穀城主簿，教授齊州，爲國子直講，歷秘書正字、校書、集賢校理、著作郎、國子司業，論詆王氏，進起居郎，侍講邇英殿〔一〕，起居舍人，旋拜中書，直學士院，擢給事中，遷禮部侍郎，以寶文閣待制知洪州，改宣州。坐元祐黨奪職，居池州，卒年五十七。與兄文仲、弟平仲並有文名，時稱「二蘇三孔」。元祐文人之盛，大都材致横闊，而氣魄剛直，故能振靡復古。如三孔者，皆文章之雄也。然文仲恃才，爲蘇氏所使，攻毁程子，晚知懊恨，嘔血而没。君子病之，集藁罕傳，周益公時搜合爲三孔清江集〔二〕，已不可多得矣。一言不知，令名剥落，爲文人者每得罪聖賢，不必爲奸邪，而卒不得與於君子，豈獨一文仲哉！作者不可以不慎也。因附其遺詩數首於末。文仲字經父，舉進士，官至諫議大夫，中書舍人。

【校記】

〔一〕殿　據宋詩鈔補。

〔二〕時搜合　原作「搜合時」，據宋詩鈔改。

平仲清江集

孔平仲，字毅父〔一〕，武仲之弟。登進士第，吕公著薦爲秘書丞，集賢校理，出爲江東轉運判官，提點江浙鑄錢、京西刑獄。紹聖中，以元祐黨人屢謫韶、惠、英三州。徽宗召爲户部、金部郎中，提舉永興路刑獄。帥鄜延、環慶。黨論再起，罷，主管景靈宫，卒。平仲長於史學，工詞藻，故詩尤夭矯流麗，奄有二仲。

【校記】

〔一〕毅　宋詩鈔有小注曰：「一作『義』。」

南陽集

韓維，字持國，開封雍丘人。父億，參知政事。維受蔭入官。父没，閉門不仕。歐陽修薦爲檢討，知太常禮院，出判涇州。英宗免喪，除同修起居注，侍邇英，進知制誥，知通進銀臺司。神宗初除龍圖閣直學士，充群牧使，出知襄州、許州，入爲學士承旨。會其兄絳入相，出知河陽，知許州，提舉嵩山崇福宫，召兼侍讀，加大學士，拜門下侍郎，出知汝州，以太子少傅致仕，轉少師。紹聖中，坐元祐黨，安置均州。元符元年卒，年八十二。徽宗初追復舊官。維同時唱和者爲聖俞、永叔，其深遠不及聖俞，温潤不及永叔，然古淡疎暢，故足爲兩家之鼓吹也。酴醾絶句在集中不足數，而世盛稱之，古今豈有定論哉！

臨川集

王安石，字介甫，臨川人。後居金陵，亦號半山。登進士上第，簽書淮南判官，再調知鄞縣，通判舒州，召試館職不就，用爲群牧判官，知常州，移提點江東刑獄。嘉祐三年，入爲度支判官，俄直集賢院。明年同修起居注，知制誥，糾察在京刑獄。以母憂去，終英宗世，召不起。神宗爲太子時聞其名，即位，命知江寧府，數月，召爲翰林學士，兼侍講。熙寧二年，拜參知政事，變行新法，天下騷然。罷爲觀文殿大學士，知江寧府。再起爲相，屢謝病，又罷爲鎮南軍節度使〔一〕、同平章事，判江寧府，改集禧觀使，封舒國公。元豐二年〔二〕，復拜左僕射，觀文殿大學士，换特進，改封於荆。哲宗立〔三〕，加司空。卒贈太傅，謚曰文，配食孔廟，追封舒王。南渡後，始罷從祀。安石少以意氣自許，故詩語惟其所向，不復更爲涵畜，後從宋次道盡假唐人詩集，博觀而約取，晚年始悟深婉不迫之趣。然其精嚴深刻，皆步驟老杜所得，而論者謂其有工緻無悲壯，讀之久則令人筆拘而格退。余以爲不然，安石遺情世外，其悲壯即寓閒淡之中，獨是議論過多，亦是一病爾。

【校　記】

〔一〕軍　據宋詩鈔補。

〔二〕二　原作「三」，據宋詩鈔、宋史本傳改。

〔三〕立　據宋詩鈔補。

東坡集

蘇軾，字子瞻，一字和仲，眉州眉山人。嘉祐二年進士，調福昌主簿，對制策入三等，除大理評事，簽書鳳翔府判官，入判登聞鼓院，召試直史館。丁父憂。熙寧二年還朝，判官告院，權開封府推官，出判杭州，知密徐湖三州。以爲詩謗訕，逮赴臺獄，謫遷黄州團練副使安置，築室於東坡，自號東坡居士。移常州。哲宗立，復朝奉郎，知登州，召爲禮部郎中，遷起居舍人，尋除翰林學士，兼侍讀，拜龍圖閣學士，出知杭州，召爲翰林承旨；數月，知潁州、揚州，復召爲兵部尚書，兼侍讀，改禮部，兼端明殿、翰林侍讀兩學士，出知定州。紹聖初，貶寧遠軍節度副使，惠州安置，又貶瓊州别駕，居儋耳。徽宗立，移舒州團練副使，徙永州，更三赦，遂提舉玉局觀，復朝奉郎。建中靖國元年，卒於常州，年六十六。南渡後贈太師，謚文忠。子瞻詩氣象洪闊，鋪叙宛轉，子美之後，一人而已。然用事太多，不免失之豐縟，雖其學問所溢，要亦洗削之功未盡也。而世之訾宋詩者，獨於子瞻不敢輕議〔一〕，以其胸中有萬卷書耳，不知子瞻所重不在此也。加之梅溪之注，鬬釘其間，則子瞻之精神，反爲所掩，故讀蘇詩者，汰梅溪之注，并汰其過於豐縟者，然後有真蘇詩也。

【校記】

〔一〕於　原作「以」，據宋詩鈔改。

西塘集

鄭俠，字介夫，福清人。第進士，調光州司法參軍，秩滿入都，見安石，言新法非便，安石不悦，使監安上門。會久旱，俠繪門上所見流民困苦圖，發馬遞投銀臺進之。神宗覽圖嘘唏，罷新法，浹日大雨。用事者爭置俠擅發馬遞之罪，編管汀州，改英州。哲宗立，放還，除泉州録事參軍。元符復送英州，建中靖國放還，復前職。崇寧監衡山廟，旋追毁前命，勒停五年，降告復將仕郎叙用，俠遂不復出。在英時號大慶居士〔一〕，還鄉所存惟一拂，故又號一拂居士。宣和元年，忽夢鐵冠道士遺之詩，視之，乃子瞻也。嘆曰：「吾將逝矣。」作詩云：「似此平生只藉天，勝如過鳥在雲煙。如今身畔無餘物，贏得虚堂一枕眠。」授孫而卒，年七十九。嘉定中，謚曰介。俠少苦學，其古詩疎樸老直，有次山東野之風，不得以當行格調律之。

【校　記】

〔一〕時　原作「宗」，據宋詩鈔改。按，錢振鍠排印本作「州」。

廣陵集

王令，字逢原，廣陵人也。年十數歲，與里人滿執中爲友，偉節高行，特立於時。王安石赴召，道由淮南，令賦南山之田詩往見之，安石大喜，期其材可與共功業於天下，因妻以其夫人之女弟。年二十八而卒。令詩學韓孟，而識度高遠，非安石所及，不第以瓌奇也，惜限於年耳。

後山集

陳師道，字履常，一字無己，號後山，彭城人。年十六，謁曾南豐，大器之，遂受業焉。元豐初，曾典史事，以白衣薦爲屬，尋以憂去，不果。章惇冀其來見，將特薦之，卒不一往。蘇東坡與侍從列薦爲教授，未幾，除太學博士。後以蘇氏私黨，罷移潁州，又換彭澤，以母憂不仕者四年。元符間，除秘書省正字。侍南郊，寒甚，其妻於僚壻借副裘，蓋熙豐黨也，竟不衣，病寒卒。初學於曾，後見黄魯直詩，格律一變。魯直謂其讀書如禹之治水，知天下之脈絡，有開有塞，至於九川滌源〔一〕、四海會同者，作文知古人關鍵。其詩深得老杜之法，今之詩人不能當也。任淵謂讀後山詩似參曹洞禪，不犯正位，切忌死語，非冥搜旁引，莫窺其用意深處，因爲作注。蓋法嚴而力勁，學贍而用變。涪翁以後，殆難與敵也。

【校記】

〔一〕九川　原作「九州」，據宋詩鈔、尚書禹貢改。

丹淵集

文同，字與可，蜀梓州人。初以文贄文潞公，公譽重之，由是知名。登皇祐元年進士，爲邛州軍事判官，調靖難軍幕。至和中，召試館職，判尚書職方，兼編校史館書籍。以親老，請通判邛州，尋改漢州。熙寧中復入朝，與執政議新法不合，以論禮坐奪一官，出知陵州，徙洋州，所至皆有政績。代還，判登聞鼓院，數月，出知湖州，尋卒。稱石室先生。自謂有四絶：詩一，楚辭二，草書三，畫四。且云：「世無知我者，惟子瞻一見，識吾妙處。」其詩清蒼蕭散，無俗學補綴氣，有孟襄陽韋蘇州之致。與東坡中表，每切規戒，蘇門亦嚴重之，不與秦張輩列。送蘇倅杭云：「北客若來休問事，西湖雖好莫吟詩。」蘇不能聽也。世以爲知言。

襄陽集

米黻，自云「黻即芾也」，故亦作「芾」，字元章，太原人，徙居襄陽，號襄陽漫仕，後徙居吴。以母侍宣仁后藩邸舊恩，補洽光尉〔一〕。歷知雍丘縣、漣水軍使、太常博士，知無爲軍。召爲書畫學博士，賜對便殿，上其子友仁楚江清曉圖，擢禮部員外郎，出知淮陽軍，卒。解音律象緯，善屬文，作韻語，要必己出爲工，務崖絶魁壘。悟竹簡以竹聿行漆，故篆籀法特古，作字遒勁奇峭。畫山水人物，自成一家，極江南煙雲變滅之趣。晚以研山易北固園亭，名海嶽庵、淨名齋，又作寶晉齋，因號海嶽外史。又以曾監中嶽廟，號中嶽外史，自稱家居道士。有潔癖，世謂「水淫」。任太常，奉祀太廟，洗去祭服藻火，坐是被黜。冠服作唐人，所好多違世異俗，故人皆稱「米顛」。嘗作詩云：「飯白雲留子，茶甘露有兄〔二〕。」人叩之，曰：「只是甘露哥哥耳。」王安石愛其詩，摘書扇上。東坡云：「元章奔逸絶塵之氣，超妙入神之字，清新絶俗之文，相知二十年，恨知公不盡。」答曰：「更有知不盡處。」其風致可想也。有山林集十卷，恨未見其全。

【校　記】

〔一〕洽光　原作「臨光」，據宋詩鈔、宋史本傳改。

〔二〕茶　莊綽雞肋編、宋詩鈔作「荼」。按，詩經邶風谷風：「誰謂荼苦，其甘如薺。宴爾新婚，如兄如弟。」襄陽詩本此。

山谷集

黄庭堅，字魯直，分寧人。游灊皖山谷寺、石牛洞，樂其勝，自號山谷老人，天下因稱山谷，以配東坡。過涪，又號涪翁。第進士，歷知太和。哲宗召爲校書郎，神宗實録檢討官，起居舍人，除秘書丞，國史編修官。紹聖間，出知宣鄂。章蔡論實録多誣，責問，條對不屈，貶涪州别駕，安置黔州。即日上道，投床大鼾，人以是賢之。徽宗起監鄂州税，歷知舒州，丐郡得太平州，旋罷。嘗忤趙挺之，及相，嗾除名，編管宜州〔一〕，卒年六十一。宋初詩承唐餘，至蘇梅歐陽變以大雅，然各極其天才筆力，非必鍛鍊勤苦而成也。庭堅出而會萃百家句律之長，究極歷代體制之變，自成一家，雖隻字半句不輕出，爲宋詩家宗祖，江西詩派皆師承之。史稱自黔州以後，句法尤高，實天下之奇作，自宋興以來一人而已，非規模唐調者所能夢見也。惟本領爲禪學，不免蘇門習氣，是用爲病耳。

【校　記】

〔一〕編　九朝編年備要、揮麈餘話同。按，宋詩鈔、宋史本傳、宋名臣言行録續集作「羈」。

宛丘集

張耒，字文潛，號柯山，人稱宛丘先生，楚州淮陰人。少善屬文，游學於蘇轍，轍愛之，因得從軾游，稱其汪洋沖澹，有一唱三歎之聲。第進士，歷官至直龍圖閣，知潤州。坐蜀黨，徙宣州，謫監黄州酒税。徽宗起爲太常，出知潁、汝，復坐黨籍落職。在潁時，聞蘇軾訃至，爲舉哀行服，遂貶房州别駕，安置於黄。後五年，得許自便，居陳。時二蘇及黄晁諸人相繼殄殁，惟耒尚存，士人就學者衆，分日載酒肴事之，其名益甚。卒年六十一。史稱其詩效白居易，樂府效張籍，然近體工警不及白，而醖藉閒遠，别有神韻；樂府古詩用意古雅，亦長慶爲多耳。子瞻謂秦得吾工，張得吾易，謾相壓也，要在秦晁以上。

具茨集

晁沖之，字叔用，初字用道。舉進士，與陵陽喻汝礪爲同門生。少年豪華自放，挾輕肥游帝京，狎官妓李師師，纏頭以千萬，酒船歌板，賓從雜沓，聲豔一時。紹聖初，黨禍起，群從多在黨中，被謫逐，遂飄然棲遁於具茨之下，號具茨先生。十餘年後重過京師，憶舊游，作無題詩二首，爲時所傳。時諸公謀欲用之，高挹不顧。至疾革，取平生所著曰：「是不足以成吾名。」悉焚之，故其詩不多。呂紫微位之江西派中，云：「衆人學山谷，叔用獨專學杜詩；衆求生西方時，秀實獨求生兜率。」然又云：「叔用嘗戲謂：『我詩非不如子，只子差熟耳。』答云：『熟便是精妙處。』叔用大笑。」此亦紫微多上人語耳。若其淵渟雅亮，筆有餘閒，未肯退下一格也。劉後村稱其「意度宏闊〔一〕，氣力寬餘，一洗詩人窮餓酸辛之態〔二〕，「南渡後惟放翁可以繼之。」其見許如此，足爲雅鑒。

【校記】

〔一〕宏　原作「容」，據宋詩鈔、劉克莊江西詩派小序改。

〔二〕酸辛　原作「辛酸」，據宋詩鈔、劉克莊江西詩派小序改。

陵陽集

韓駒，字子蒼，蜀仙井監人。嘗在許下從蘇轍學，稱其詩似儲光羲，遂名於時。政和以獻頌，補假將仕郎，召試賜進士，除秘書正字，尋坐蘇氏黨，謫知分寧。召爲著作郎，奏舊祠祭樂章，辭多牴牾〔一〕，因更撰定五十餘章。遷中書舍人，兼修國史，權直學士院，復坐鄉黨曲學，提舉江州太平觀，卒於撫州。詩有磨淬剪截之功，不吝改竄，有寄人數年，復追取更定一二字者。故其集不多，而密栗以幽，意味老淡，直欲别作一家。紫微引之入江西派，駒不樂也。

【校記】

〔一〕牴　原作「抵」，據宋詩鈔改。

雞肋集

晁補之，字无咎，濟州鉅野人。年十七，從父官杭州，著七述，言錢塘山川風物之麗。時東坡爲通判，正欲作賦，見之，稱歎曰：「吾可閣筆矣。」由是知名。舉進士，試開封及禮部別院皆第一，神宗閲其文，曰：「是深於經術，可革浮薄。」累仕著作郎，充秘閣校理，國史編修，尋坐修神宗實録失實，降官。徽宗召還，未幾復以黨論，坐貶還家。葺歸來園，自號歸來子。大觀末，出黨籍，起知泗州，卒。有集七十卷，自謂「食之則無得，棄之則可惜」，故名雞肋集。

道鄉集

鄒浩，字志完，常州晉陵人。第進士，爲太常博士。哲宗擢爲右正言。時廢孟后，立賢妃劉氏，浩切諫削官，羈管新州。徽宗立，召還復官，問：「諫草安在？」曰：「焚之矣。」退告陳瓘曰：「禍在此乎？異日奸人妄出一緘，則不可復辨也。」蔡京用事，果爲僞疏陷之，遂謫衡州，尋竄昭州，五年得歸，復直龍圖閣。病卒。高宗贈寶文閣直學士，賜諡忠。嶺表歸後，自闢小圃，號曰道鄉，故學者稱道鄉先生。

淮海集

秦觀，字少游，一字太虛，揚州高郵人。豪雋慷慨，溢於文辭，舉進士不中。盛氣好奇，讀兵家書。見蘇軾於徐，爲黃樓賦，軾以爲有屈宋才，介其詩於王安石，亦謂清新如鮑謝。軾勉以應舉爲親養，始登第筮仕。元祐初，軾以賢良方正薦於朝，除秘書正字，兼國史院編修官，日有研墨器幣之賜。紹聖初坐黨籍，出判杭州。以增損實録，貶監處州酒税，使者承風旨伺過失，無所得，則以謁告寫佛書爲罪，削秩，編管横州，徙雷州。徽宗放還，至藤州，出游華光亭，爲客道夢中長短句，索水飲，笑視水而卒。朱子謂渠詩「合下得句便巧」，吕居仁云：「少游過嶺後詩，嚴重高古，自成一家。」故當時於蘇門並稱秦晁。晁以氣勝，則灝衍而新崛；秦以韻勝，則追琢而渟泓。要其體格在伯仲，而晁爲雄大矣。

江湖長翁集

陳造，字唐卿，淮之高郵人。自以無補於世，置江湖乃宜，又以物無用曰長物，言無當曰長語，故稱江湖長翁。年二十五，始學儒。四十三登乙未科，尉繁昌，改教授平江府。參政范石湖曰：「使遇歐蘇，名不在少游下。」尋知定海縣，授朝散郎，淮南路安撫司參議官，病卒。陸放翁序其集，謂「能居今篤古，卓然傑立於頹波之外」。其詩椎鍊，不事浮響，故見許如此。

雲巢集

沈遼，字睿達，以兄遘任入官爲審官西院主簿，出監明州市舶司，遷太常寺奉禮郎〔一〕，改杭州軍資庫，攝華亭縣事。奪官，徙永州。元豐八年二月，卒於池州。遼畜聲妓，几研間陶瓦金銅物，皆數閲數百年，遠者溢出周秦。王介甫贈以詩云：「風流謝安石，瀟灑陶淵明。」其子雱亦有詩云：「前日覽佳作，淵明知不如。」及徙秋浦，築室齊山，名之曰雲巢，一洗年少之習，從事禪悦。蘇子瞻嘗語人曰：「睿達末路蹭蹬，使人耿耿。求此才韻，豈易得哉！」余閲其詩，間出入俗調，佳者亦生硬排奡，不知何以諸公見賞之如是也。悉爲汰去，庶諸公不爲失言耳。

【校　記】

〔一〕太常寺奉禮郎　原作「太常奏禮部郎」，宋詩鈔作「太常奉禮郎」，據宋史本傳改。

西溪集

沈遘，字文通，錢塘人。以郊社齋郎舉進士〔一〕，廷唱第一，謂其已官，改第二。通判江寧府，除集賢校理，知制誥，出知越杭二州，遷龍圖閣直學士，知開封府，拜翰林學士。丁母憂，卒於墓廬。有西溪集十卷。詩非其能事，而唱和者爲王介甫、蘇子美，何故而止於是也。

【校記】

〔一〕社　據宋詩鈔補。

龜谿集

沈與求，字必先，湖州德清人。登政和五年進士，累遷至明州通判。召對，除監察御史，歷兵部員外郎、殿中侍御史。請都建康，上不悦，出知台州，召還，再除御史，遷御史中丞，前後幾四百奏〔一〕，其言切直，自敵己以下，有不能堪者。高宗時，有所訓勅，每曰：「汝不識沈中丞耶？」移吏部尚書，出知潭州，召除參知政事，出知明州，遷知樞密院事。卒謚忠敏。其詩喜論體製格律源流所自，不貴苟作。有龜谿集十二卷。

【校　記】

〔一〕幾　原作「卷」，據宋詩鈔改。

節孝集

徐積，字仲車，楚州山陽人。少孤，從安定學，門下踰千人，獨以別室處之，遣婢視飲食澣濯〔一〕。盛寒一衲裘，以米飯投漿甕中，日食數塊而已。事母至孝，以父名石，平生不用石器，遇石輒避。母死，廬墓哀號，三年如一日。每以五字教學者。公卿部使者交薦，除楚州教授，改防禦推官，又特改宣德郎。崇寧間，又特除西京嵩山中嶽，皆非常制。七十六卒於家〔二〕。謚節孝處士。先是，枕書臥册間，大書曰：「五月榴花不肯開，直待徐郎來。」筆蹤不類人世書，卒時適五月一日，人皆異之。詩文用腹稿，嘗曰：「文字在胸中，未暇出者甚多也。」晚年耳疾，不發遠書，率以小詩報之。

【校記】

〔一〕澣　原作「瀚」，據宋詩鈔改。

〔二〕七十六　原作「七十八」，據宋詩鈔、宋史本傳改。

簡齋集

陳與義，字去非，號簡齋，汝州葉縣人。登上舍甲科，歷太學博士，擢符寶郎，尋謫監陳留酒税。南渡後，避亂襄漢，轉湖湘，踰嶺嶠，召爲兵部員外郎。紹興中，累官翰林學士、知制誥，至參知政事。卒年四十九。少學詩於崔德符。問作詩之要，崔曰：「工拙所未論，大要忌俗而已。」嘗賦墨梅，受知徽宗，遂登册府。高宗尤喜其「客子光陰詩卷裏，杏花消息雨聲中」之句。天分既高，用心亦苦，意不拔俗，語不驚人，不輕出也。晚年益工，旗亭傳舍，摘句題寫殆遍，號稱新體〔一〕，體物寓興，清邃紆餘〔二〕，高舉横厲〔三〕，上下陶謝韋柳之間，劉後村謂「元祐後詩人迭起，不出蘇黄二體，及簡齋始以老杜爲師。建炎間，避地湖嶠，行萬里路，詩益奇壯，造次不忘憂愛，以簡嚴埽繁縟，以雄渾代尖巧，第其品格，當在諸家之上」。劉須溪序其詩，亦謂「較勝黄陳」，比東坡，云「如論花，高品則色不如香，逼真則香不如色」，其推尊如此。簡齋自言曰：「詩至老杜極矣，蘇黄復振之，而正統不墜。東坡賦才大，故解縱繩墨之外，而用之不窮。山谷措意深，故游泳玩味之餘，而索之益遠，要必識蘇黄之所不爲，然後可以涉老杜之涯涘。」味此，足以定其品格矣。簡齋晚年讀書吾邑之□□鄉，有遺蹟云。

【校記】

〔一〕號稱新體　原作「稱號新」，據宋詩鈔、葛勝仲陳去非詩集序、蔡正孫詩林廣記後集改。

〔二〕餘　原作「徐」，據宋史本傳、張嵲陳公資政墓誌銘改。

〔三〕厲　原作「麗」，據宋詩鈔、宋史本傳、張嵲陳公資政墓誌銘改。

盱江集

李覯，字泰伯，南城人。舉茂才異等不中，以教授養親，從學日衆。范仲淹薦試太學助教。嘉祐中，召爲海門主簿、太學説書，卒。門人鄧潤甫上其所著書，尤長於經制。朱子謂「李泰伯文字不軟帖，氣象大段好，實得之經中。雖淺，然皆自大處起議論。若老蘇父子，得之史中戰國策，故皆自小處起議論」，真知言也。詩雄勁有氣燄，用意出人，有云「格如平易人多愛，意到幽深鬼未知」，見其得處矣。

雙溪集

王炎，字晦叔，新安婺源人。所居武水之曲，雙溪合流，因以爲號矣。登乾道進士，始令臨湘，受學於南軒先生，入中都，官博士。慶元四年爲實録檢討，尋轉著作佐郎，出守湖州。年八十餘。著有雙溪集。炎詩頗爲世所稱許，然亦多庸詞〔一〕，今擇其刊落者入鈔。

【校　記】

〔一〕詞　宋詩鈔作「調」。

吕晚村先生續集卷二

宋詩鈔列傳

眉山集

唐庚，字子西，眉州丹稜人〔一〕。年十四能詩文，賦明妃曲、題醉仙崖諸作，老師匠手皆畏之。中紹聖進士，爲州縣官，至大觀始入爲博士。張商英薦其才，除提舉京畿常平。商英罷相，庚坐貶，安置惠州。會赦，復官承議郎，提舉上清太平宫。歸蜀，道病卒，年五十一。自南遷海表，詩格益進，曲盡南州景物，略無憔悴悲酸之態。劉潛夫謂其出稍晚，使及坡門，當不在秦晁下。今觀其結束精悍，體正出奇，芒燄在簡淡之中，神韻寄聲律之外，雖云後出，固當勝爾。

【校記】

〔一〕稜　原作「陵」，據宋詩鈔、宋史本傳改。按，隋書卷二十九地理志「眉山郡」條下：「丹稜：後周置曰齊樂，開皇中改名焉。」

鴻慶集

孫覿，字仲益，嘗提舉鴻慶宮，故自號鴻慶居士。五歲時即爲東坡所器。第政和間進士。靖康倣擾，爲執法，爲詞臣，旋由瑣闥歷吏、户長貳，連守大邦。紹興而後，遭值口語，斥居象郡，久之，歸隱太湖二十餘年。孝宗朝，命編類蔡京王黼等事實，上之史官。年九十餘卒。由其居閒久，故問學深，誠有宋之作家也。獨以其誌万俟卨之墓，嘉靖間，常州欲刻鴻慶集，邑人徐問曰：「覿有罪名教，其集不當行世。」遂止。嗚呼！斯言固秋霜也。今不廢其詩者，以見有詩如此而不得列於作者，欲立言者知所自重耳。

蘆川歸來集

張元幹，字仲宗，永福人。太學上舍，歷官至大監。所與游皆偉人賢士，嘗裒其亡友唐慤生詩帖，褾軸璀粲，如諛達人貴公得氣時，人嘉其朋友之義。又於亂紙中得其祖文靖手澤，知祖未第時壻於劉氏，劉無出，葬於福清，元幹求之榛莽中，割牲釃酒，爲文刻石，以傳子孫，作幽巖尊祖録。宣政間，游定夫、楊龜山、陳了翁、朱喬年、李伯紀、洪駒父、徐師川、吕居仁名賢三十餘家，咸題跋歎美之。有蘆川歸來集十餘卷，得之書肆廢帙，逸其大半，詩止近體六、七二卷，清新而有法度，蔚然出塵。觀其序王承可詩云「初從徐東湖指授句法」，知淵源有自也。

建康集

葉夢得，字少藴，吴縣人。紹聖四年進士，自婺州教授召爲編修官，歷祠部郎、起居郎、翰林學士，出知汝州，提舉洞霄宫。政和五年，起知蔡州，移帥潁昌府，尋提舉南京鴻慶宫。紹興初，起爲江東安撫大使，兼知建康府，移知福州。上章請老，仍提舉洞霄，致仕而卒。贈檢校少保。夢得有總集百卷，此集乃知建康時所作，總集中之一集也。建康是時值用兵，契闊鋒鏑之中，而吟詠蕭散，固是詩人之致。

橫浦集

張九成，字子韶，開封人。徙居錢塘，從學於龜山。紹興二年，策進士，直言者置高等，九成遂擢首選。授鎮東軍僉判，歷至刑部侍郎。秦檜和議不合，謫邵州，復以傾附趙鼎落職，高宗特予宫觀。先是，徑山僧宗杲與善，檜諷論其與宗杲謗訕，謫南安軍十四年。從學者稱橫浦先生。每執書就明，倚立庭磚，歲久，雙趺隱然。寶慶初，贈太師、崇國公，謚文忠。九成於經學頗多訓解，然習於異學，故議論多偏，詩亦多禪悦空悟習氣。

浮溪集

汪藻，字彦章，德興人。入太學，登進士，歷江西提舉。徽宗製君臣慶會閣詩，藻所和，群臣莫及，傳稱於時。時胡伸亦以文名，人爲語曰：「江左二寶，胡伸汪藻。」遷著作郎，忤王黼，與祠，寓晉陵八年。欽宗還起居舍人。高宗歷擢中書、給事、侍講、直學士院，一時詔令多出其手。拜翰林學士，以所御白團扇，親書「紫誥仍兼綰，黄麻似六經」十字以賜。除龍圖閣，奏纂三朝日曆，進顯謨閣學士，知徽州，論落職，居永州卒。在晉陵時，徐俯、洪炎、洪芻自負無所屈，見藻詩於僧壁，唶曰：「我輩人也。」詣舍上謁而去。藻歎曰：「撚鬚琢句，騷人墨客不平之鳴耳，烏足尚哉！」詩高華有骨，興寄深遠。有浮溪集六十卷，失傳，此選本文粹所載也。

香溪集

范浚，字茂明，婺之蘭江人。紹興中舉賢良方正，昆弟多居膴仕，竟以秦檜當國，抗節不起，隱於香溪，因稱香溪先生。著書明道，多本於經學。朱子取其心箴於孟子集注中，由是重於儒林。金仁山謂其集近亡，此本爲其從子元卿所輯，而陳巖肖弁序者爲香溪集。

屏山集

劉子翬，字彦沖，以父韐任授承務郎，辟幕屬。韐死靖康之難，子翬痛憤哀毁。服除，通判興化軍事，以羸疾丐祠，歸隱屏山，學者稱屏山先生，而自號病翁。與籍溪胡原仲、白水劉致中爲道義交，所學深遠。朱子受遺命，往游其門，子翬告以易「不遠復」三言，俾佩之終身。一日感微疾，即謁廟，訣別家人，與朱子言入道次第而殁。詩與曾茶山、韓子蒼、呂居仁相往還，故所詣殊高。五言幽淡卓鍊，及陶謝之勝，而無康樂繁縟細澀之態，則以其用經學不同，所得之理異也。

韋齋集

朱松，字喬年，號韋齋，新安人。文公朱子，其嗣也。第進士，除秘書省正字。建炎紹興間，詩名藉甚。聞河南程子之學，捐棄舊習，朝夕研討，久而深有所得。趙鼎督川陝荆襄，招爲屬，不就。鼎再相，除校書郎，歷度支員外、史館較勘、司勳、吏部郎。秦檜主和議，上章極言其不可。檜諷御史論其懷異自賢，出知饒州，未至，卒。

玉瀾集

朱槔，字逢年，文公之叔父也。少有軼才，自負其長，不肯隨俗俯仰，厄窮踸踔，有人所難堪，而其節愈厲，其氣益高。其詩閒暇，略不見悲傷憔悴之態。因夢名堂曰玉瀾。梁溪尤延之叙其詩。

北山小集

程俱，字致道，衢之開化人。以外祖鄧潤甫恩補官，坐上書論紹述罷歸。宣政間進頌，賜上舍出身，歷官禮部郎。建炎，直秘閣，知秀州。南渡，航海趨行在。紹興初，爲秘書少監。時庶事草創，俱摭三館舊聞，爲書曰麟臺故事上之，擢中書舍人，兼侍講，旋除徽猷閣待制。晚病風痹。秦檜薦領史事，不至。卒年六十七。爲文典雅閎奥，詩則取塗韋柳，以闚陶謝，蕭散古澹，有忘言自足之趣，標致之最高者也。

竹洲集

吴儆，字益恭，初名偁，避秀園諱，改名。登紹興二十七年進士，調明州鄞縣尉，歷官至朝散郎，知邕州軍州，轉泰州，乞祠主管台州崇道觀。卒於淳熙十年，謚文肅。當時朱子及張南軒、吕東萊、陳龍川、范石湖、葉水心、陳止齋諸公咸與友善。其自邕而入對也，南軒書孔子之剛、曾子之勇、南方之强三章以誌别。嘗作尊己堂記，朱子見之喜曰：「往者張荆州、吕著作皆稱吴邕州之才，今讀其文，又見其所存。」其爲聖賢所許如此。四方從學者，尊爲竹洲先生。

益公省齋稿

周必大，字子充，一字洪道，廬陵人。第進士，中博學宏詞科，以教録召試館職，授秘書正字，至監察御史。孝宗初，權給事中，請祠，提點福建刑獄，除秘書少監、直學士院侍講、中書舍人，出知建寧，遷翰林學士，除尚書，參知政事，拜樞密使右丞相，封濟國公。光宗拜少保、益國公，出判潭州。寧宗初，以少傅致仕。卒贈太師，謚文忠，年七十九。韓侂胄禁僞學，指爲罪首。有集二百卷。詩格澹雅，由白傅而溯源浣花者也。

文公集

子朱子文公〔一〕，諱某〔二〕，字元晦，一字仲晦，徽州婺源人。中紹興進士第，歷事高孝光寧四朝，仕至轉運副使、崇政殿説書、焕章閣待制，致仕，年七十一卒。理宗贈太師，封信國公，改徽國。屢經薦召，爲小人所沮抑，旋仕旋已，道終不行。知南康時，建復白鹿洞書院。游武夷，愛其山水奇宕，築精舍，論道其中。所至生徒雲集，教學不倦。天下攻僞學日急，不顧也。孝宗時，侍郎胡銓以詩人薦，同王庭珪内召，故朱子自注詩云：「僕不能詩，平生僥倖多類此。」然雖不役志於詩，而中和條貫，渾涵萬有，無事模鐫，自然聲振，非淺學之所能窺，此和順之英華、天縱之餘事也。

【校　記】

〔一〕子朱子　宋詩鈔作「朱子」。

〔二〕某　宋詩鈔作「熹」。

石湖集

范成大，字致能，吴郡人也。紹興擢進士第，授户曹，監和濟局，遷正字。累遷著作佐郎，除吏部郎官，奉祠。起知處州，入爲禮部員外郎，兼崇政殿大學士。使金國歸，除中書舍人，出知廣西静江府，除敷文閣待制、四川制置使。召對，除權吏部尚書，拜參知政事，奉祠。起知明州，除端明殿學士，尋帥金陵，進資政殿學士，再領洞霄宫，加大學士，卒。所居石湖，在太湖之濱，阜陵宸翰扁之。其詩縟而不釀，縮而不窘，新清嫵媚，奄有鮑謝；奔逸俊偉，窮追太白。當是時，石湖與楊誠齋、陸放翁、尤遂初皆南渡之大家也。誠齋言：「余於詩豈敢以千里畏人者，而於公獨斂衽焉。」

劍南集

陸游，字務觀，越州山陰人。十二能詩文，蔭補登仕郎，鎖廳薦送第一，秦檜孫塤居次，檜不説。明年試禮部，復置游前列，檜顯黜之，由是爲所嫉。檜死，始赴寧德簿，以薦除勑令所删定官。孝宗初，遷樞密院編修，編類聖政所檢討官。召見，賜進士出身，尋免去。五爲州别駕，西泝僰道。范成大帥蜀，爲參議官，以文字交。不拘禮法〔一〕，人譏其頽放〔二〕，因自號放翁。後累遷，與祠，起知嚴州。再召見，曰：「卿筆力回斡，非他人可及。」同修三朝國史、實録，陞寶章閣待制，致仕，封渭南伯，卒年八十五。詩稿最多，以居蜀久，不能忘，統署其稿曰「劍南」以見志。孝宗嘗問周必大曰：「今詩人亦有如唐李白者乎？」必大以游對，人因呼爲「小太白」。劉後村謂：「近歲詩人，雜博者堆隊仗，空疏者窘材料，出奇者費搜索，縛律者少變化，惟放翁記問足以貫通，力量足以驅使，才思足以發越，氣魄足以陵暴，南渡而下，故當爲一大宗。」吾謂豈惟南渡，雖全宋不多得也。宋詩大半從少陵分支，故山谷云：「天下幾人學杜甫，誰得其皮與其骨。」若放翁者，不寧皮骨，蓋得其心矣。所謂愛君憂國之誠見乎辭者，每飯不忘，故其詩浩瀚崒嵂，自有神合。嗚呼！此其所以爲大宗也與？

【校記】

〔一〕禮　原作「體」，據宋史本傳改。

〔二〕頹放　原無「頹」字，宋詩鈔作「放積」，兹據宋史本傳、鶴林玉露卷十四改。

止齋集

陳傅良，字君舉，居温州瑞安縣之帆游鄉。學於永嘉薛氏，得伊洛之旨；又從南軒、東萊聞爲學大要，其名益高。爲太學録，累遷至嘉王府贊讀，龍樓閣問寢不時。獨切諫，每以天性感悟孝宗父子，後知上意弗回，遂乞歸。寧宗初，除中書，與朱子同朝，疏留朱子，爲韓侂胄所忌，詆學術不正，遂罷去。杜門居一室，曰止齋。嘉泰二年，復提舉江州，起知泉州，力辭。授寶謨閣待制，尋卒於家。初從薛氏，自井田、王制、司馬法、八陣圖之屬，該通委曲，皆可施之實用。復研精經史，貫穿百氏，以斯文爲己任，故其詩格亦蒼勁，得少陵一體云。

誠齋集〔一〕

楊萬里，字廷秀，吉州吉水人。中紹興進士，爲零陵丞。張浚勉以正心誠意之學，遂自名其室曰誠齋，光宗親書二字賜之。歷官國學、太常，知漳州、常州，提舉廣東常平茶鹽，帝親擢東宫侍讀。以議配饗忤孝宗，出知筠州。光宗召爲秘書監，尋出江東轉運，總領淮西江東。朝議行鐵錢，萬里不奉詔，改贛州，乞祠，自是不復出。韓侂胄築南園，屬爲記，許以掖垣，曰：「官可棄，記不可得。」侂胄權日盛，遂憂憤成疾，家人不敢進邸報。適族子自外至，言侂胄近狀，萬里慟哭，呼紙書曰：「奸臣專權，謀危社稷，吾頭顱如許，報國無路，惟有孤憤。」别妻子，筆落而逝，年八十三，謚文節。其詩自序始學江西，既學後山五字律，既又學半山七字絶句，晚乃學唐人絶句。後官荆溪，忽若有悟，遂謝去前學，而後涣然自得，時目爲「誠齋體」。嘗自焚其少作千餘，中有如「露窠蛛卹緯，風語燕懷春」、「立岸風大壯，還舟燈小明」、「疎星煜煜沙貫月，緑雲擾擾水舞苔」、「坐忘日月三杯酒，卧護江湖一釣船」之句，舉似尤延之，歎惋曰：「詩何必一體，焚之可惜也。」後村謂：「放翁，學力也，如杜甫；誠齋，天分也，似李白。」蓋落盡皮毛，自出機杼。古人之所謂似李白者，入今之俗目，則皆俚諺也。初得黄春坊選本，又得檇李高氏所録，爲訂正手鈔之，見者無不大笑。嗚呼！不笑不足以爲誠齋之詩。

【校記】

〔一〕誠齋集　宋詩鈔分作「江湖詩鈔」、「荆溪集鈔」、「西歸集」、「南海集鈔」、「朝天集鈔」、「江西道院集鈔」、「朝天續集鈔」、「江東集鈔」、「退休集鈔」九種。

浪語集

薛季宣，字士龍，永嘉人。年十七，起從荆南帥辟，書寫機宜文字〔一〕，由武昌令召爲大理寺主簿、大理正，出知湖州，改常州。年四十而卒。季宣爲程門再傳，而所言經術則浙學也，故浙人宗之。其詩質直，少風人瀟灑之致，然縱横七言，則盧仝馬異不足多也。

【校記】

〔一〕字　原作「事」，據宋詩鈔、宋史本傳改。

水心集

葉適，字正則，温州永嘉人。淳熙五年進士，爲節度判官，以薦召爲博士，兼實録檢討官，嘗薦陳傅良等三十四人於丞相，皆得人。林栗劾毁朱子，適上疏力爭，以是重於儒林。預寧宗内禪議，左右趙汝愚，汝愚貶，亦罷官。旋召權兵部侍郎，韓侂胄欲立功出師，思適草詔以動中外，改吏部兼直學士院，以疾辭。適不能止其行，第勸其先防江，不聽。兵敗，以適知建康府，沿江制置，除寶謨閣待制，措置頗得宜。會侂胄誅，亦奪職。奉祠者十三年，以寶文閣學士卒，年四十七，謚忠定。詩用工苦而造境生，皆鎔液經籍，自見天真，無排迮刻鎸之跡，豔出於冷故不膩，淡生於鍊故不枯，曾點之瑟方希，化人之酒欲清，其意味足當之。

艾軒集

林光朝，字謙之，閩之莆田人。隆慶元年進士，任袁州司户參軍，知永福縣，召爲秘書省正字，歷著作佐郎、國子司業，出提點廣東西刑獄，徙轉運副使，加直寶謨閣，召拜國子祭酒，除中書舍人，以集英殿修撰出知婺州，提舉興國宫，卒。光朝學於陸子正，子正學於尹焞，而光朝之學，一傳爲林亦之，再傳爲陳藻，三傳爲林希逸，其師友之際如此。林俊曰：「艾翁不但道學倡莆，詩亦莆之祖。用字命意無及者，後村雖工，其深厚未至也。」

攻媿集

樓鑰，字大防，自號攻媿主人，鄞人也。登第，歷太府宗正寺丞，出知温州。光宗初，累擢中書舍人，遷給事中，奏留朱子，時論韙之。進吏部尚書，以顯謨閣學士奉外祠，奪職。韓侂胄誅，復官，兼翰林侍講。年過七十，精敏絶人，詞頭下，立進草，院吏驚詫。除端明殿大學士，位兩府；五年，進資政殿大學士。卒贈少師，謚宣獻。詩雅贍有本，然往往浸淫於禪。禪學之傳，莫熾於四明，當時老宿如攻媿，已不能辨矣。

清苑齋集

趙師秀，字紫芝。四靈之中，惟師秀嘗登科改官，然亦不顯。四靈尤尚五言律體，紫芝之言曰：「一篇幸止有四十字，更增一字，吾末如之何矣。」其精苦如此。

葦碧軒集

翁卷，字靈舒，永嘉四靈之一。蓋四人因卷字靈舒，故遂亦以道暉爲靈暉，文淵爲靈淵，紫芝爲靈秀云。

芳蘭軒集

徐照，字道暉，永嘉人，自號山民。有詩數百，斲思尤奇，皆橫絶欻起，冰懸雪跨，使讀者變踔繆慄，肯首吟嘆不自已，然無異語，皆人所知也，人不能道耳。嘉定四年卒。

二薇亭集

徐璣，字文淵，從晉江遷永嘉。歷官建安主簿、龍溪丞，武當、長泰令，嘉定七年卒，年五十九。初，唐詩廢久，璣與其友徐照、翁卷、趙師秀議曰：「昔人以浮聲切響、單字隻句計巧拙，蓋風騷之至精也。近世乃連篇累牘，汗漫而無禁，豈能名家哉？」四人之語遂極其工，而唐詩由此復行。曹能始以璣爲照之弟，按水心二徐墓誌，既不同派，而其詩卷亦各以名相呼，有以知其不然矣。

知稼翁集

黄公度，字師憲，閩之莆田人。紹興八年進士第一。任簽書平海軍節度判官，代還，除秘書省正字。秦檜以公度與趙丞相鼎善，不悦。小人希檜意，論公度著私史以謗時政，罷歸，主管台州崇道觀。初，公度赴朝，道過分水嶺，有詩云：「嗚咽泉流萬仞峰，斷腸從此各西東。誰知不作多時别，依舊相逢滄海中。」及公度歸莆，趙丞相先已謫潮陽。小人傅會其説，謂此詩指趙而言，將不久偕還中都也。檜益怒，以惡地處之，通判肇慶府事〔一〕，攝守南恩。檜死，召除尚書考功員外郎。無何，疾卒。林大鼐誌其墓，謂「詩效杜甫，古律格句法逼真」；洪邁謂「精深而不浮於巧，平淡而不近俗」。其『悲秋』句，不知謫仙、少陵以還，大曆十才子尚能窺其藩否」，要皆過情。唯陳俊卿謂「雖未盡追古作，要自成一家」，其言爲差近云。

【校記】

〔一〕肇　原作「紹」，據宋詩鈔改。

後村集

劉克莊，字潛夫，莆陽人。後村其號。學於真西山。以蔭入仕，除潮倅，遷建陽令，移仙都。嘗詠落梅有「東君謬掌花權柄，卻忌孤高不主張」，讒者箋其詩以示柄臣，由此閒廢十載。因有病後訪梅絶句云：「夢得因桃卻左遷，長源爲柳忤當權。幸然不識桃并柳，也被梅花累十年。」後起至將作簿，兼參議。端平初，爲玉牒所主簿，奉祠〔一〕；起知袁州，累遷廣東運判，又奉祠。起江東提刑，召對，以將作監直華文閣，賜同進士出身，專史事。尋入經筵，直綸省。無何，以留黄不奉詔，用秘閣修撰，出爲福建提刑。初，趙紫芝、徐道暉諸人擺落近世詩律，斂情約性，因狹出奇，合於唐人，時爲四靈體格〔二〕。後村年甚少，刻琢精麗，與之並驅。已而厭之，謂諸人極力馳驟，纔望見賈島、姚合之藩而已。欲息唐律，專造古體。趙南塘曰：「不然，言意深淺，存人胸懷，不繫體格。若氣象廣大，雖唐律不害爲黄鍾大吕，否則，手操雲和，而驚飈駭電，猶隱隱絃撥間也。」後村感其言而止，然自是思益新，句愈工，涉歷老練，布置闊遠。論者謂「江西苦於麗而冗，莆陽得其法而能瘦、能淡、能不拘對，又能變化而活動」，蓋雖會衆作，而自爲一宗者也。

【校　記】

〔一〕奉　原作「奏」，據宋詩鈔改。

〔二〕爲　宋詩鈔作「謂」。

盧溪集

王庭珪，字民瞻，盧陵人。登政和八年第，調衡州茶陵丞，拂衣去盧溪，築草堂，因號焉。時胡銓論忤秦檜，謫嶺南〔一〕，獨庭珪送以詩，語且觸檜，坐流夜郎，檜死得還。數召對優禮，除國子監主簿，主管台州崇道院，九十三卒。學邃於易，著易解，見者歎爲必傳。會詩獄捕至，攜書鐍篋中，爲卒所攫去，歎曰：「天厄吾書。」門人楊廷秀序其詩，謂「得傳於曹子方，出自少陵，而主於雄剛渾大」，此第言其崖岸爾。若遺思屬詞，未離窠坎，使真氣蒙翳於篇句間，亦未免於詩家疵癘也。

【校記】

〔一〕謫 原作「調」，據宋詩鈔改。

漫塘集

劉宰，字平國，金壇人。紹熙元年進士，歷江寧尉、真州司法、泰興令，以浙東倉司幹官告歸，監南嶽廟。累召不起，隱居三十年，卒謚文清。宰以吏事稱，而淡於榮利，一時朝廷所不能致者，宰與崔與之耳。詩亦常調，而五言古稍優。

義豐集

王阮，字南卿，豫之九江人。朱子講學白鹿洞，阮從之游。慶元初，孽臣竊柄，附者如市，阮未嘗一躡其門。晚守臨川，陛辭奏事，柄臣密客誘致之，迄弗往見，奉祠而歸。其詩得之張紫薇安國，故不爲徒作。有義豐集。

東皋集

戴敏，字敏才，號東皋子，復古之父，乾道間人。平生不肯作舉子業，獨以詩自適，終窮而不悔。且死，復古方襁褓，語親友曰：「吾病革矣，而子幼，詩遂無傳乎？」太息而卒，語不及他，其篤好如此。遺稿不存，復古後搜訪，得此十篇，鍛煉精而情致逸，此石屏詩源，猶少陵之審言也。

石屏集

戴復古，字式之，天台黄巖人。居南塘石屏山，因自號焉。負奇尚氣，慷慨不拘。少孤，痛父東皋子遺言，收拾殘稿，遂篤志於詩。從雪巢林景思、竹隱徐淵子講明句法，復登放翁之門，而詩益進。南游甌閩，北窺吴越，逾梅嶺，窮桂林，上會稽，絶重江，浮彭蠡，泛洞庭，望匡廬五老、九疑諸峰，然後放於淮泗，歸老委羽之下。游歷既廣，聞見益多，爲學益高深而奥密，以詩鳴江湖間五十年。或語復古「宋詩不及唐」，曰：「不然。本朝詩出於經。」此人所未識，而復古獨心知之，故其詩正大醇雅，多與理契，機括妙用，殆非言傳。然猶自謂「胸中無千百字書，如商賈乏貲本，不能致奇貨」，蓋謙言也。吴荆溪稱其「蒐獵點勘，自周漢至今，大編秘文，遺事廋説，何啻百千家」，包盱江亦謂「正不滯於書」，乃楊升菴直議其「無百字成誦」，此癡人説夢耳。又傳其游江西，富家以女妻之，三年思歸，乃言曾娶。婦翁怒，女曲解之，臨行贈詞曰：「惜多才，憐薄命，無計可留汝。揉碎花牋，忍寫斷腸句。道旁楊柳依依，千絲萬縷，抵不住，一分愁緒。捉月盟言，不是夢中語。後回君若重來，不相忘處，把杯酒澆奴墳上土。」遂自投江死。今考集中略無蹤跡。後人因詩餘木蘭花慢一闋，有「重來故人不見，但依然楊柳小樓東」之句，乃强實之。讀陳昉跋云：「有忠益而無諂求，有謙和而無誕傲。」姚鏞云：「忠義根於天資，學問培於諸老。」朱子亦以詩相贈酬。使無行至此，其得爲大儒君子所稱許，至升菴乃發覆耶？平生著作甚富，趙懶菴選百三十首爲小集。觀者謂趙於古少許可，而此編特博。袁蒙齋又選爲續集，蕭學易選爲第三稿，李友山姚希聲選爲第四稿，鞏仲至又爲摘句。復古自云：「詩不可計遲速，每一得句，或經年而成篇。」其鍛鍊之苦，師友琢削之精，故所選得十九焉。方萬里曰：「慶元以來，詩人爲謁客成風，干求要路，動獲千萬，石屏鄙之，不爲也。」嗟乎！安得斯人，一愧世之幅巾朱門、望塵獻詩者哉！

農歌集

戴昺，字景明，號東埜，石屏之從孫。嘉定己卯登第〔二〕，授贛州法曹參軍，有東埜農歌集。石屏稱其「不學晚唐體，曾聞大雅音」者也。集中答妄論宋唐詩體者云：「安用雕鎪嘔肺腸，辭能達意即文章。性情元自無今古，格調何須辨宋唐。人道鳳簫諧律吕，誰知牛鐸有宫商。少陵甘作村夫子，不害光芒萬丈長。」知此，可與言詩矣。

【校記】

〔一〕己　原作「乙」，據宋詩鈔改。

秋崖小集〔一〕

方岳，字巨山，新安祁門人〔二〕。紹定間爲别省第一，登徐元杰榜進士，累遷至吏部侍郎。前以史嵩之嗾論罷歸，後以丁大全嗾論罷下郡，中以賈似道之劾兩調邵武軍，以坎壈終身。先是，范杜左右相，得博士之除，遷秘書郎、宗正丞，未幾范去，遂出爲淮閫参議官，兼權工部，而一出不可復入矣。詩主清新〔三〕，工於鏤琢，故刻意入妙，則逸韻横流，雖少嶽瀆之觀，其光怪足寶矣。

【校記】

〔一〕宋詩鈔題作「秋崖小藁鈔」。

〔二〕新安祁門　據宋詩鈔補。

〔三〕清新　原作「新清」，據宋詩鈔改。

清雋集

鄭震，後更名起，字叔起，號菊山，閩連江人。早年場屋不利，棄舉業，更讀書，客京師三十餘年。歷主於潛、諸暨、蕭山學，晚爲安定和靖書院堂長，又開講於平江、無錫，伏闕論史嵩之。淳祐丁未，鄭清之再相，震登其門罵曰：「端平敗相，何堪再壞天下！」被執，與子女俱下獄，京尹趙與籌縱之。鄭罷相，乃免。與林儵齋、周伯弜爲行輩。詩有倦游稿，仇山村選四十首爲清雋集。所南作家傳云：「得詩十五篇。」此蓋流落交游間者，所南未之見也。

晞髮集

謝翶，字皋羽，慕屈平託遠游，乃號晞髮子，福之長溪人。文丞相開府延平，翶以布衣諮議參軍。天祥卒，亡匿，所至輒感哭。挾酒登浙江子陵釣臺，設天祥主亭隅，再拜號哭，以竹如意擊石，歌曰：「魂朝往兮何極，暮歸來兮關水黑。化爲朱鳥兮有咮焉食。」歌畢，竹石俱碎，詳西臺慟哭記。欲爲文冢，瘞之臺南。後往來杭睦間，與方韶卿鳳、吴子善思齊等厚。乙未以肺疾死，囑妻劉以文與骨授之方。有許劍録。其會友之所，名汐社，取晚而信也。每執筆遐思，身與天地俱忘，語人曰：「用志不分，鬼神將避之。」古詩頡頏昌谷，近體則卓鍊沉着，非長吉所及也。

晞髮近藁

福唐黄坤五語余，晞髮集近世行本多遺漏，曾鈔畜二十餘首，皆刻板所無。余聞之心往，恨其不攜行笈，得一見也。從子愚忠自苕上潘氏鈔得晞髮近藁一帙，爲發狂喜。原集古詩大半，此多作近體，屈蟠沉鬱，吐茹奇豔，皆世所未覩，豈即黄春坊所謂與？然黄云二十餘首，而此編有五十首，數既不合，且此署晞髮道人近藁，當是末年未定殘草，别爲一卷，流傳人間，又非刻本零星遺漏比也。然則黄氏二十餘首，又不知何詩矣。惜春坊云亡，不得一質證之。此帙附天地間集十餘首，即皋羽所編當時諸公詩也。按本傳有二卷，此亦不完。書潘氏藏本，爲陸子傳手蹟，有題識。子傳名師道，吴人。

文山詩鈔〔一〕

文天祥，生時夢紫雲，故名雲孫，天祥其字也；寶祐乙卯，以字貢，遂改字宋瑞，又字履善，吉州廬陵人。廷對第五，理宗擢第一。歷官校書、著作郎，至兼學士，國史院，崇政殿説書、玉牒所檢討。賈似道以致仕要君，降詔多諷語，逆賈意，奏免，始闢文山以居。旋起提刑湖南，移知贛州。德祐乙亥，元兵渡江，奉詔起兵，除右文殿、樞密，權兵部侍郎，兵屯洪，詔入衛。權工部尚書，除浙東西制置使，江西安撫大使，兼知平江府。常州破，朝議棄平江，趣天祥移守餘杭，進資政殿學士。丙子正月，伯顔兵至高亭，陳宜中、張世傑皆遁，乃除右丞相兼樞密，至北軍講解。遂爲所留，而臨安降表已出，伯顔即脅隨祈請使北行。至京口，脱走，趨真州，謀合兩淮作興復計，而制置李庭芝疑拒之，復從揚州逃至高郵。嶇崎數瀕死，得渡海道至台温，奉益王於福州，改元景炎。除觀文殿學士、右丞相，不拜，以樞密使都督諸路軍事，出南劍，號召天下。繇汀漳入梅州，戰雩都，大捷，因開府興國。元兵大至，旋潰，妻妾子女皆陷。奔汀，移循州。端宗崩，衛王立於碙川，改元祥興。天祥乞移軍入朝，而宜中、世傑忌阻之，第加少保、信國公。張弘範破崖山，令弘正襲，執天祥，服腦子二兩，不死。繫至燕，不屈，囚兵馬司者四年，而志愈堅。會有中山薛寶住投匿名書，指丞相舉事者，司天儀又奏三台星折。乃召至殿中，猶欲諭降之，語益厲，遂遇害。衣帶有贊曰：「孔曰成仁，孟曰取義，惟其義盡，所以仁至。讀聖賢書，所學何事？而今而後，庶幾無愧。」詩集不多，有指南録三卷，皆奉使脱難、興復記事之詩。又有吟嘯集，則囚燕所作。又獄中集杜詩二百首。自指南録以後，與初集格力，相去殊遠，志益憤而氣益壯，詩不琢而日工，此風雅正教也。至其集杜句成詩，裁割鎔鑄，巧合自然，尤千古擅場。今別爲一帙，而以指南録中十八拍附之。嗚呼！去今幾五百年，讀其詩，其面如生，其事如在眼者，此豈求之聲調字句間哉！

【校記】

〔一〕此篇原闕，據宋詩鈔補。

先天集

許月卿，字太空，婺源人。後字宋士，人稱山屋先生，小名千里駒，字駒父。從董介軒於程正思，朱子門人也，又受學魏鶴山，有志當世。入江淮幕中，以軍功補校尉，詔罷鷃弁，就舉制，以易魁江東。廷對觸史嵩之，見抑，賜進士及第，授司户參軍。復率三學訟權相，理宗目爲狂士。歷官府學教授，復以上言小相失職，相免得留。尋改江西提舉常平，六年不就，既至，治政廉肅，人號爲「鐵符」。循承直郎浙西運幹。賈似道當國，以月卿試館職，言不合，罷去。買田宅於姑蘇，已而散之，歸故里，閉門著書，號泉田子，游從者翕然。德祐乙亥，欲以月卿開閫東南，未幾宋亡。深居一室，但書「范粲寢所乘車」數字，不言幾十年而卒，年七十。謝疊山嘗書其門曰：「要看今日謝枋得，便是當年許月卿。」月卿則自比履善甫，蓋無愧三仁焉。

白石樵唱

林景熙，字德陽，號霽山，温之平陽人也。咸淳辛未太學釋褐，授泉州教官，歷禮部架閣，轉從政郎。宋亡不仕，客於會稽王修竹英孫之家。會楊璉真伽發宋陵，英孫使客收其棄骨，景熙得高孝兩函，與唐玨所收者葬於蘭亭，樹冬青以識。庚戌卒於家，年六十九。所居在白石巷〔一〕，詩六卷，曰白石樵唱，大槩悽愴故舊之作，與謝翺相表裏。翺詩奇崛，熙詩幽宛。蛟峰方逢辰曰：「詩家門户，當放一頭。」非虚言也。

【校記】

〔一〕巷　原作「菴」，據宋詩鈔、吕洪𩃎山文集原序改。

山民集

真山民，不傳名字，亦不知何許人也，但自呼「山民」云。李生喬歎以爲「不愧迺祖文忠西山」，以是知其姓真矣。痛值亂亡，深自湮没，世無得而稱焉。惟所至好題詠，因流傳人間，然皆探幽賞勝之作，未嘗有江湖酬應語也。不惟吴許上通於天，即自命遺民，而以詩文通當世者，視山民才節，亦足愧耻矣。張伯子謂「宋末一陶元亮」，非過論也。

水雲集

汪元量，字大有，號水雲，錢塘人。以善琴事謝后、王昭儀。宋亡，隨三宫留燕，後爲黄冠師。南歸，幼主平原公及從降駙馬右丞楊鎮，丞相吴堅、留夢炎，參政家鉉翁、文及翁，提刑陳杰與王昭儀、清惠以下廿有九人，賦詩餞之。後往來匡盧彭蠡間，世莫測其去留。危太史素謂其「長身玉立，修髯廣頰，而音若洪鐘，江右人以爲神仙，多畫其像祀之」。詩多紀國亡北徙事，與文丞相獄中倡和作，周詳惻愴，人謂之詩史。鄭明德、陶九成、瞿宗吉所載僅數首〔一〕，虞山錢牧齋得之雲間鈔書舊册〔二〕，録爲水雲集。

【校記】

〔一〕僅數首　據宋詩鈔補。

〔二〕虞山　據宋詩鈔補。

隆吉集

梁棟，字隆吉，其先湘州人，生於鄂州，後遷居鎮江。弱冠領漕薦，登戊辰第。選寶應簿，調錢塘仁和尉，入帥幕，一時聲名張甚，旋避地建上。丙子宋亡，歸武林。弟柱，字中砥，入茅山從老氏學，棟往依焉。庚寅遭詩禍，名益著。時往來茅山、建康間，江東人士從者甚衆。乙巳無疾卒。平日好吟詠，稿無存者，門人問故，曰：「吾詩堪傳，人將有腹稿在。」宋遺民之皭然者也。

潛齋集

何夢桂，字巖叟，初名應祈，字申甫，嚴之淳安人。咸淳乙丑省試首選，時罷臨軒，廷唱一甲三名，授台州軍事判官，歷仕至大理寺大卿。知事不可爲，遂引疾去。至元，累徵不起，築室小西源著書，自號潛齋。尤深於易學，與陳止齋、方蛟峰游。善詩，淳樸不泥規摹之跡，而志節皎然。有潛齋集。

參寥子

僧道潛，號參寥子，錢塘人。哲宗朝賜號妙總大師。爲蘇眉山門客，唱和往還，形於翰墨，時人因重之。陳後山贈序，舉其論唐詩僧貫休齊己，非用意於詩，工拙不足病，以是知所貴乃其棄餘，可謂善諷矣。杭本多悮集他詩，今未及與析也。

石門文字禪

惠洪，字覺範，江西新昌喻氏。試經得度，以冒故惠洪牒，責還俗。張商英特奏度之，郭天信奏賜寶覺圓明禪師。政和初，坐交張郭，配崖州，赦還，又以張懷素黨繫獄，因商英誤也，旋釋。建炎二年，示寂同安。五燈會元作「彭氏」，「天信」爲「天民」，賜號在寂後，皆非。詩雄健振踔，爲宋僧之冠。

花蕊夫人

費氏，蜀之青城人。以才色事孟昶，號花蕊夫人。太祖平蜀，俘入後宮。昶敗時，精兵尚十四萬，宋師止三萬耳。太祖以蜀亡問，費答詩云云，太祖更寵愛之。嘗私懸昶像於閣中，太祖見訊，紿曰：「此蜀中張仙也，祀之有子。」遂傳畫焉。後輸織室，以罪賜死。尤工填詞，入汴時題葭萌驛壁云：「初離蜀道心將碎，離恨綿綿。春日如年，馬上時時聞杜鵑。」調醜奴兒令也。書未畢，軍騎催行，遂止半闋。有人續之云：「三千宮女皆花貌，妾最嬋娟。此去朝天，只恐君王寵愛偏。」使費能抗節從祖母，此詞不幾爲輕簿惡札哉？然審徵奉表，寅遜促裝，一女子與十四萬小人，又何責也。世傳其宫詞百首，清新豔麗，足奪王建、張籍之席，蓋外間模寫，自多泛設，終是看人富貴語，固不若内家本色，天然流麗也。王平甫考王恭簡所集，云止二十八首，然其餘别無可據，且手筆一格，故仍之。按花蕊夫人有二，其一爲蜀王建妾，號小徐妃者，王衍時污亂，爲莊宗所平，亦隨歸中國死。二人皆出於蜀，皆以亡國失身終，亦異矣哉！

吕晚村先生續集卷三

質亡集小序

吳爾堯自牧 同邑

自牧，吾黨之第一流也。其聰明絶世，而未嘗浮露奇智也；其篤志正學修内行，而未嘗標示崖異也。有文如此，場屋未有識者，交游未有稱者，而浩然自得，未嘗有愠悶之色也。其意之所之，吾不知其止也。今亡矣，吾亡以爲質矣，吾亡與言之矣。〇自牧嘗云：「十五年前讀近思録，直是削淡無滋味。今每閲一條，輒數日不能舍，覺得道理無窮。」嗚呼！若自牧者，可謂善讀書矣。〇自牧天分之高、用心之精，吾目中罕見其倫也。凡世間極難騦解之事，如樂律、韻母、推步、經緯、割圖、測量之類，以語自牧，但發其端，未有不立窮其藴者。吾㠧與度曲倚和，管絃相入，曲盡微妙。嘗於一笙，悟聲音假借、單和配合之理，非工師之所曉也。○自牧才情奇巧，目前無其儔匹，然一意斂約，不事表襮。作爲詩文，不輕出示人。與流俗偕處，油油然不少自異也。然其志識造詣，有昔賢所不易及者，斯文其後從之言耳。

陸之瀚宗伯 海寧

宗伯同余仲兄貢於南雍，時寇逼都城，大司成策問諸生，無一應者，惟余仲兄首出條對，次則宗伯繼之。兩生侃侃談，兵圜橋門，而聽者皆大驚，以爲浙中多奇士。余兄竟不克展所藴而卒，宗伯亦貧死。此其南雍積分課文也。〔一〕

沈受祺憲吉 嘉善

憲吉家麟溪，距郡城二十里，自宋迄今十五世矣。家有北山草堂，山有栝子松九株，皆二三百年物，其態不一，各有名以象之。憲吉家世淵遠，富而好禮，其祠廟爵豆，皆古雅而合於則。與人交，篤於分義，而又退讓不近名，遠近皆以長者稱之，反以此掩其才華，蓋未有知憲吉之深於文者。丁巳春，余尋知言集佚藁於鴛湖，有友言憲吉所藏之富，遂移艇子訪之。憲吉一見如素，恨相見之晚，留余榻其齋，盡出殘帙，酒闌燈灺，娓娓不倦。乃驚歎其論文之精嚴，目前無其匹也。憲吉與錢吉士友善，其論文宗旨亦與吉士合。吉士選同文録，憲吉與有功焉。乙酉歲，憲吉坐其齋。〔二〕夏五，聞吴郡變亂，欲歸視，具舟將行，常時鼓柮即發，是日下舟，復起絮語者數四。已出溪，復回舟，持所著稿授憲吉曰〔三〕：「不欲攜此歸，君爲我藏之。」乃别。是夜吉士歸家被亂，與其子皆焚死，而稿幸存。憲吉乃起簡篋中，并自所作文授余曰：「吾老矣，不足以慰亡友之託，今且以累公。吾文不足傳，公選知言集，有節義諸公而失其文者，以吾文繫之。吾文賴賢者以傳，亦吾志也。」余拜而受之，且約余過其北山消夏，共商知言集事。余以病不果往，越一年而憲吉死矣。憲吉雖不欲自衒其名，然余不敢湮埋憲吉之實，因歎北山一會，若專爲錢沈二公之文而速余行者，非偶然也。

張嘉玲佩蔥 吴江

佩蔥躬行刻苦，鋭然以聖賢爲必可至，取師友必真君子，如張考夫、凌渝安、何商隱、沈石長、巢端明、王曉莽，皆正志篤學，待之極盡其誠。處弟姪宗黨以恩勝義，破其貲産，至死無以斂葬不惜也。居喪哀毁由中，三年不露齒，不入閨房。妻以勞瘵死，里人非笑之，以爲執禮所致，俗之惡薄如此。然即其非笑，可以見佩蔥之賢矣。○佩蔥年少負儁才，譽望日起，宗黨交游，皆以富貴期之。忽謝棄一切，問道於吾友張考夫先生，篤志聖賢之學，刻苦敦行，踐履純粹。而讀書極精細，不肯放過絲粟。與考夫問難，往返最多，遠近學者嘆爲不可及。自謂其學無一不得之考夫，請受拜，至再四，考夫閉閣不受。余問之，考夫曰：「此吾畏友也，豈敢倨乎？且吾惡夫今之講學者以師爲招，因以爲利也，又何學之有？吾與佩蔥一救正之，不亦善乎？」卒不受。佩蔥執弟子禮益恭。甲寅，年三十五，與考夫相繼病卒。嗚呼！道之興廢命也，佩蔥適當之。顔氏之子，豈以短命無書傳，有歉於孔門首配哉！○佩蔥英年稟饒，視榮膴如拾芥，且貧困憂患，萃於其身。一旦志聖賢之學，即敝屣棄之，此非見道分明，安能無動於中耶？一時流俗憎訕之，隱者又挾以爲重，余笑謂憎訕固其宜，若隱者正自不同，必好學能文如佩蔥，斯爲難得，斯爲真隱耳。○齊家是第一難事，惟克己反求，足以感之。張氏自佩蔥以興起自任，一家蒸蒸，有雍睦之風。惜天奪之速，不竟其緒，然修齊之效可睹矣。〔四〕

陳尚楨有上 餘姚

有上天資和静，厭薄塵俗，默坐終日，啜苦茶，燒黄熟，便欲忘老。而居家處友，又皆篤摯有繩尺，斯亦其胸臆間物也。○有上以貧死，死之際，從容談笑，不令家人悲涕〔五〕，可謂能有其難者矣。乃其配景氏，居喪數日，絶不露激烈之色，默然自經以從〔六〕，又難之難者也。

吴繁昌仲木 海鹽

至性人語，易刻露樸直，而此極高華婉摯，可以覘其家風及其所養矣。〔七〕磊齋先生，大節千古。其訓家有云：「做官不入黨，秀才不入社，便有一半身分。」初疑其言過激，今而知爲痛心切骨之言。仲木奉教，志存忠孝，勁骨節立，見者神傷，惜不永齡，以竟厥緒耳。

鄭雪昉瀊師 海鹽

瀊師鴻博俊逸，而血性湛摯。遇亂，與友人之難，爲同事所賣，受笞辱憤死，人皆惜之。

程定鼎扶埜 嘉興

扶埜天質英奇，風神散澹，終日與對，無一俗情塵氣。壁立蕭然，亦不見其有憂思乞態。每辰出暮返，詣友朋談笑，或竟至忘歸。未嘗閉户咿唔，而拈筆纚纚，風馳泉湧，動成奇觀，郡中能文之友，未能或之先也。去年遇之，顏色憔悴，云犯寒症，幾不相見矣。余戲之曰：「質亡集中得佳文，亦復不惡。」因相與大笑。不謂斯言遂成妖夢。年來交游零落，江湖流下，無可與語。今又失扶埜，南湖斷岸，吾悵悵安之耶？

凌文然偉燈 湖州

偉燈，忠清公長子也。忠清之文，清微自得，爲時所尊。躬行嚴毅，立朝岸然，見惡於權貴。甲申之變，浙西死國者，一人而已。偉燈竟以貧死，蘆扉土銼，其夫人白髮蕭然，無有過而存之者。斯不獨其文冷，於此歎忠清公之人品世德，亦只一冷字爲不可及。○湖州山水清遠，忠清公得之以爲宗，偉燈又以明潔繼之，皆苕霅間靈氣也。

吴士楨正子 德清

正子和易而介，與人交皆有尺寸。晚年以貧依人，處之泰然，如游蓬户。嘗爲余述顯者僇辱故人與受者善事無怨之狀，歎人情不易測如此。正子周旋其間，頗多全護，他人都不知也，可謂難矣。

高斗魁旦中 鄞縣

旦中聰明慷慨，幹才英越，嗜聲氣節義，嘗毁家以救友之死。有所求，不惜腦髓以狥。精於醫，以家世貴不行，至是爲友提囊行市，所得輒以相濟，名震吴越。友益望之深，至不能副，則反致怨隙。又爲友營館穀，招徒侶，復責以梯媒關説，力有不能得，亦得罪。於是群起詬之，然旦中意不衰，病革猶惓惓於諸友。死之日，貧不能備喪葬，孤寡啼飢，無或過而問焉者，而詬聲至今未息，真可怪可痛。文中抒寫，皆肺腑間物，激楚悲凉，不堪卒讀。

○旦中平生尤多求全之毁，其友至今師席散滿吴越，皆旦中所推挽嘘植者也。然毁之不去口，殆不可解也。〔八〕

郭　溶水容　同邑

水容爲余中表群從，崇禎間即與其兄彦深、疇生、義潔同負名於時。彦深、疇生相繼獲雋，義潔兄弟鬱鬱不得志，水容獨矻矻不少衰，余甚壯之，而不意其遽逝也。其子孝威盡出所作約二千餘首，其文精深博雅，絶非近人所能，并非彦深、疇生所及。乃歎科名之不足論人，而文人之湮没於荒塍寒牖者何限也。集中僅存數十首，以見其概，亦識余向時知之恨不盡云。

裴亮佐靖公　海寧

其度安詳，其神清映，其旨醇厚，其爲人亦爾。〔九〕靖公，予女兄之孫也。閎覽能文〔一〇〕，早負時譽，而生長聲利之區，俗以勢位相攫，雖至親同氣，不免於魚肉。靖公思决科以衛門户，而猝不可得，則鬱憂以死。臨没，盡取所著投之火，曰：「是物誤我！」其悲憤可哀矣。

章金牧雲李　德清

章氏多奇才，雲李爲最。氣象迥秀，如登秋峰，其中雲氣怪物，瑰麗荒忽，不可名狀。爲人重名義，有幹才，乃終於卑邑，不及中壽，真可惜也。其弟芝黄、石黄、子黄，皆才而夭，世運與？域兆與？求其説而不得，謂斯世不應有此奇文可耳。○戊戌己亥間，雲李、六象、方虎、雯若與予同游湖上，時雯若有不快於諸子，西陵、吴門名士之仇雯若者〔一一〕，聞之〔一二〕，過從甚殷，置酒蕭寺，飲酣奉卮曰：「請謝去雯若，願終執鞭弭隸麾下。」雲李與諸子毅然起對曰：「公等自可相與，何必去雯若而後交？吾輩有口血，自相責耳，豈爲公等哉！且如公言，又何取於吾輩耶？」乃大慙謝。讀此文〔一三〕，思當時氣誼風采，儼然在目。○雲李好爲二氏之言，而其文特昌明如是，故愈奇而得正。〔一四〕

高宇泰虞尊　鄞縣

虞尊，初字元發，旦中之從，中丞玄若公長子也。篤志節，善交游，山顛溟澨，窮歷奇險。性坦率，不設機備。壬寅間以事囚非室兩載，治經作詩，悠然自得。久之乃釋，亦無懽容，越人笑之，呼爲「大孟浪」云。晚年益肆力讀書，自號隱學。晝一像作幅巾寬博，高坐藤床，過余索題句，余題曰：「凡今幅巾，不耐澹薄。望火日游，其狀磊落。佛門兒孫，侯門翼角。不知其隱，安問其學。歸然此老，冰懸雪壓。雙趺隱然，八字著腳。後未或知，曩則已確。其圖可傳，斯名不怍。」又雜書數絶有云：「募師謁客法堂開，眼與眉毛弄一回。君向明山且高坐，等閒莫遣下床來。」「小閣攤書木榻枯，春風坐對久忘吾。閉門休歎無良友，只恐開門負此圖。」時虞尊欲游秦晉間，見余句即毅然自止。越人惡余者又謂此罵君耳，何贊之有？然虞尊終不以余言爲非〔一五〕，又人之所難也。

俞汝言右吉 嘉興

右吉在崇禎間得名，三十年來爲檇李領袖。其襟度惇龐渾涵，非時下猥浮名士所能及。讀其文，猶足挹其靜雅之氣。

徐廷獻子謌 同邑

子謌與孫子度友善。子度極靜漠，子謌極粗豪，而其文微雋如是，真能得朋友之益也。

鄭官始雅三 海寧

雅三之文，其入也如秦始之營驪山，至鑿不能傷、燒不能毀而後止；其出也如周穆之巡海外，設鳳腦之燈，列璠膏之燭，照耀乎群仙之宫。不能深極無際，則亦無此奇光外發也。○雅三與雯若友善，余因識之，未久而化。其婿王端士録其遺文見投，人家子弟多不能收拾先人藁本，如端士者，又難得矣。

沈修遠游 桐鄉

遠游任達而好奇，信神仙吐納之術，嘗辟穀數月，日惟啜蜜或清酒數杯而已。家人强之，旋亦復食，然終不近也。性嗜潔，每浴必數易水，以竹紙拭之。一浴必用紙刀許，適無紙，每風立自乾，不用巾也。篝檠油漬，雖新衣必裹指攜取，其袖垢膩，復割之，時衣無袖之衣以對客。有姚姓者爲所憎，遂并憎凡姓姚者，有過客刺入，欣然起接，遠觀則姚姓也，急縮手退避，刺已飄及裾，即截去其裾，其僻如此。然行文説書，則一軌於雒閩，未嘗爲游移窆過之論，故與余言頗契。自遠游死，聲始遠役未返，一望桐川，荒榛寒雨，輒爲黯然也。

沈齡子真 桐鄉

子真，遠游令子，聲始之婿也。少年篤志嗜學，爲人湛靜有至性。遠游歿，負土營窆，有撓之者，子真飲泣力拒，衝暑淋雨，晝夜勞憒，既封而病卒，遠近哀且惜之。

黄子錫復仲 嘉興

余表兄，號麗農，豪邁風流，以好義毁家，至號寒斷火。然壞床破壁之中，未嘗一日無論心之客也。平生最急友難，晚年竟游死粤東，幼子沆扶柩歸瘞於杼山。老友巢端明爲詩哭之，餘輒忘之矣。吁！可悲也！○仲兄風流文采，而志趣奇偉，破産結客，與大樽、闇公諸君相期許。晚年鬱鬱，思以神仙自託，而惑於方士行積氣開關之法，頗詡得效。余力言其害，笑而不顧。未幾而病，始悔其誤，則深不可爲矣，殆猶未免於神怪之累耶？讀文不禁憮然。

錢杵季亦駿 海鹽

予友商隱先生，明道有盛德，而艱於子，於群從中最喜亦駿。嘗請遂立之，商隱曰：「其家贍於我，不忍其舍菀而就枯也。」然亦駿甚賢，居家孝友，近人而不涅於俗。龍山許大辛其外父也，苦節違時，亦駿左右之甚至。大辛死，治喪撫孤盡其力，此豈較量生産者？商隱之言，蓋其慎也。乃忽以暴疾卒，予爲商隱惜，又傷大辛之後無依，蓋三致悼焉。

錢本一柏園 桐鄉

柏園初字一士，蚤領時譽，目空其群，而曾從周鍾游，未免漸染習氣。嘗言鍾館其家時，雞初鳴即起，柝銖錙作小封無數，至晨粥猶未息；自午及暮，餽贄紛然，乃視其厚薄以小封勞來力，日以爲率。因嘆曰：「今日名士，安得有此盛事乎？」余應之曰：「鍾之敗節戮身，成於小封，而君猶沾沾耶？」時柏園適游粤歸，同張子考夫過廓如樓，以孃子香、鷄舌香數片見惠，且出端石求銘，余戲題之曰：「鷄舌四，孃子二。易數字，銘於是。」柏園不釋，然考夫笑曰：「盍益之，可乎？」余乃復書其下曰：「者誰氏，錢一士，讀書不覺老將至。何如坐聽郴州語，張子命銘考君志。君曰一士士何事？爲名士耶此石敝，爲真士耶此石棄。」不數年考夫没，柏園亦病，得松陽教授，支離强往，竟死山齋。平生與考夫爲老友，而未能卓然自立，名士之害人如此。然柏園意致蕭散，至窮餓不知治生，相對終日，無卑乞之態，塵俗之言，固非時下名士所能望其項背也。

查雍漢園　海鹽

漢園童年以文蜚聲南國，宗黨交游皆以榮顯期之，然漢園意殊不自止，有志體用之學。初惑於二氏，旋悟其妄，以名世自許；復誤於功利之術，一反而求之身心；又入良知家言，力行其説，以爲聖人之道在是矣。然率其所見，往往過當，不能無動於中。辛亥春，聞予之狂言於許子大辛，甚疑異。適予寓趙家橋陳孟樸齋，漢園同大辛見訪，遂留榻，相與劇論此事，所持甚堅。至中夜，忽披衣起揖曰：「廿年之疑，於兹盡釋。」乃大悔向來之過，又談竟日而别。至冬，復過予廓如樓，晤考夫、商隱、渝安、曉莽、佩蔥諸友，歸語人曰：「如游天外。」問其説如何，曰：「非爾所知也。」壬子秋試，凡明經例有鄉邑起送文字，漢園紿家人以赴省，竟持札至予東莊，相對兩月而歸。此札至今留予架，家人莫之知也。友朋間徙義進道之勇，未有如漢園者。癸丑予至秣陵，而漢園與大辛相繼以病卒。予數年來喜爲潡湖雲岫之游，自二君歿，遂痛不欲東，亦吾道之窮也。○漢園雄才駿氣，具攬取當世之姿，而見道分明，即毅然敝屣塵鞅，非其中實有所得而能然乎？〔一六〕

虞汝翼異羽 錢塘

異羽長身勁骨，慷慨傲岸，望之如太華當秋，睥睨諸峰，莫敢仰附。一時名流習爲希世之學，突梯脂韋，以標榜趨營爲作用，異羽獨鄙罵之。有名宿於會集詰之曰：「君何得罵我爲小人之尤者也？」異羽曰：「不然。」其人喜曰：「固知君無是言。」異羽毅然正色曰：「非謂無言，但無『之尤者也』四字耳。」其人憒沮而去。異羽言笑飲啖自若，四座驚歎，其風致如此，竟以貧病鬱鬱而卒。近俗益頹敗，友朋中求異羽之氣象，真不可復得也。

勞以定仲人 同邑

仲人天才曠逸，而於理解極邃，同社會課每拈一題，雯若諸子必問仲人云何，仲人輒爲指陳源流新舊各説之不同，復爲剖析以歸於一，無不爽然稱善。自珍其文，不肯輕示人。傾貲購書數千金，及古今金石書畫，下至尊匜瓷玉之玩，皆賞鑒精好。死二十餘年，其所藏無一存者。昨從其家索遺稿，亦不可得。偶於廢簏獲其會課數首，亟録以志人琴之悼云。○仲人生業甚厚，適覩世變，即散家財，厚其知交戚屬，凡貧士有一技之長，賙卹不倦，待以舉火者甚衆。或浪游湖山，則畫船歌妓，雜沓如雲，酒闌自調三絃，與客倚和，一時稱絶。已而棄去，曰：「是近於狹邪。」乃學彈琴，選奇材自製。聞某寺鐘樓懸紐桐木最良，搆樓以易之，琴成，費已數百金。吴越琴師，無不造其門者，洞究神妙，皆歎謝不如。已而曰：「豪矣！非我志也。」買横山造精舍，思深隱其中，賓客復從之，溪船筍輿，沿道爭役，但曰：「詣横山者，即坐往，不論直也。」仲人曰：「此將及我，不可居。」乃復出。既出，而山中果亂。因毁損其舊第，築幽室，植花竹，貯經籍其間，約予同讀以老，蓋至是而仲人生業略盡矣。越一年而病卒。宗族富貴皆以仲人所行爲癡，其後人亦自以爲戒，然仲人絶世聰明人也，當時即有問之者曰：「公即不取富貴，何必爾？」仲人嘻然曰：「是非若所知也。」

陳祖肇柳津

餘姚

柳津至性誠篤，胸襟坦白，喜交志行之人〔一七〕，樂道節烈之事。遇非其類，聞不義之名，雖盛欵不能留也。嘗館一巨室，故仇東林者，主人酒闌呼童子，輒以東林諸君子之言令其膺喏以爲樂，柳津愕然起立，謾駡而出。家貧，資館穀，竟棄去勿顧，人皆笑其迂，其介直多類此。○柳津於忠孝節義，如飢渴飲食，頃刻不舍，故於尺幅游戲，亦奔湧流出，讀之憮然。〔一八〕

陳鎊西長

德清

西長，吾門鏦之兄也。陳氏多强潁之資，然皆憎疾根本理義之學，獨西長聞其弟之説，雖不能爲，輒欣然信之，而竟以疾夭。鏦痛其兄之不克有成，而他無語也。簡其文質我，録之以信其足惜焉。

董　楨豫林　同邑

豫林處交游重名義，緩急危難，以身赴之無所恡，斯文亦其流露之餘也。○浩歌清嘯，皆有風月無邊、庭草交翠之趣，其所見者卓矣。〔一九〕

董靈預湛思　烏程

湛思風神閒朗，才思超逸，翩翩佳公子也。感遇憂貧，遽致殞謝。境之困人，有非意之所能遣者耶？

呂章成裁之　餘姚

吾族兄，號蓼園。才略俊偉，思經世之用，游歷四方，晚遘喪亂，隱於館穀，非其志也，然意氣不衰。有故人誣詆余於顯者之家，蓼園憤甚，作棄婦歎以寄余，煉師俞體崖亦不平之，余答以「兩公學道人，尚有火氣耶？此固余過也」。蓼園書激昂慨切，於篋中簡文字復讀之，不禁垂涕。

張嘉瑾宣誠 吴江

宣誠爲佩蕙之弟，爲人伉爽有至性。佩蕙之喪，朋友會弔，念其無以葬，孤寡無以生，議所以助之者，宣誠掩淚毅然拜謝曰〔二〇〕：「有某在，豈可以累諸公。且兄臨死囑曰：『負某友幾錢，某友幾分，爲我還之，吾死乃安。』推是言也，兄豈肯受乎？兄所不受而某受之乎？」卒辭之。枝梧困踣，心力殫竭，絶無潦倒冀乞之意。越三年亦病卒。悲夫！天於志士摧折至此，真難解也。雖然，適以見佩蕙兄弟之賢，亦復何恨。

沈䄍扶升 同邑

扶升生而韶令，爲時所稱，而以疾早殞。其婦薛，秀淑而有孝節。其姑有女贅壻，溺愛之，不欲立後，且憎薛；往依母家，則貧不可處，困苦不堪者久之，遂病瘵。其夫撤几筵，即靚妝謝親族而死，親族之知者泣慰之，薛謝曰：「諸親當賀我，不必慰也。」問故，曰：「我年少爲未亡人，得早死，一幸也。家中多難言，死則潔身無累，二幸也。夫坐方除，即隨往九原，無他牽掛，三幸也。但不能奉事兩姑，視死者入土，負吾父生成之恩，爲耿耿耳，然死之樂爲多。」〔一〕一時聞者皆賢之。予録扶升文，亦爲存其婦也。

錢魯公漢臣　鄞縣

余庚戌冬爲旦中葬事過甬上，獨漢臣一見投契，依依不能舍。未幾聞漢臣死，余病不能復東，徒負漢臣也。

曹　序射侯　同邑

静氣和光，對之浮情消盡，此自攄襟度之文也。〔二〕崇禎時，射侯、叔則爲蘭皋社，與余社友不相契，然余兄弟與射侯兄弟獨相得於廛壒之外，不以樊籬間也。思當時蠻觸之徒，固不直晉人之一吷。

四兄念恭 諱瞿良

煉奇情佚氣，出爲和平之音，而體骨崖柴，自流露於光風霽月之下。〔二二〕崇禎間社盟聲氣，鬩然互競，吾兄獨不屑一顧。然各社名宿及四方鄉黨，無不敬而親之，若明道之能化物也，故其文多自得之致。國家當覆亡之運，不必生奇奸大惡，但所用無非鄙夫，便足令神州陸沉，群生塗炭。一時爲君子者，受鄙夫之牢籠，或取其幹才，或信其小節，或因依門第世講，遂不惜爲之援引。此輩得志，但知爲身家禄位，其黠者兼爲交游，則譽望尤重。不知其爲交游，正爲身家禄位久遠計，未嘗一念及君國天下也。只看一個「與」字，便具千古朋黨傳論在内，此吾兄目擊心痛之言也。〔二三〕

吕淑成幼陶 餘姚

幼陶，余族兄。俶儻多材，試輒壓衆，而生非其時，不勝感憤，以飲酒消之。已而漫游四方，又無所遇，益縱酒自放。以飲得病，愈病愈飲，至不能飲而卒。悲夫！○幼陶兄應

次鄉貢，而以讓其貧友。自辛卯後鬮櫝必上堂，輒以無後塲罷，人皆迂怪之。亦善以愚成其志者也，故能發麾痛快如是。〔二四〕

范汝聽鄰音　同邑

鄰音，余内兄子也。湛静善文，補邑博士。家貧，資館穀，又勤於生産。二者不能兼營，往往兩廢。清坐破屋中，吟詠不輟，意亦不苦也。年三十餘，遘勞嘔血。疾革，自經紀喪事，至蔬果屨箸，纖屑皆手定，余曰：「兄用心至死不悔。」答曰：「我不爾，亦詎得活耶？」放筆掩卷〔二五〕，就枕而逝。

徐鋒次公　同邑

次公，吾師第二子，與余同筆硯二載。人多畏其傲岸孤僻，實皆天真爛熳也。以悶悶不得意，嘔血而死。每過其居，輒凄然久之。

章在兹素文 吴縣

素文得名最早，此猶其崇禎間社刻也。自辛卯壬辰以後，清音選本行天下，每行卷房書出，各省賈人先納值坊間，必待清音乃去。坊人具幣聘，盛供給，每部數百金。有時序文目録既發矣，而爲家人婦子所留，又必厚餽劇讌而後得。蓋選家之盛，自周介生、范文白以來，未有能及清音者也。然二十年間，軟熟浮滑之文，庸鄙荒劣之選，亦日滋月蕃，豈風氣遷流，雖素文固亦有不能自主者乎？

管諧琴襄指 餘姚

襄指多逸情，以氣節自命。亂後棄業，隱於教書，又以拘牽爲苦。性嗜酒，每飲必酣。遇人無機事，然不屑流俗，故人亦少近之。喜爲詩文，無家可藏，隨地散軼，嘗有傷師道篇、夢伯夷求太公薦子仕周詩等作，曲盡猥瑣僞妄之情狀，爲時所傳誦。予嘗見其手定十餘本，今皆不可得，不知流落何處也。

錢行正孝直　同邑

孝直生而穎異，年十三即能文，爲邑諸生，氣英鋭，有遠志，不屑一切。從予游，予每抑之令自下。其尊人子與，予老友也，暮年氣衰，門庭蕭寂，急欲得其子之發揚。有友謂之曰：「守腐儒言，必敗乃事，盍從吾説，可以速得志。」於是轉爲標榜作用之學，數年而無所得，其境益困。孝直悔悟，作詩曰：「固知杇斷還求匠，豈忍膏肓不謁醫。」將復過予也，不數日而病，遽不起。垂絶，猶爲其父兄道予不置。處分身後事，井井當於理，神明瑩然，至瞑不亂。予之不能使孝直有成，罪也夫，命也夫！○孝直於朋友間，最博愛，其期負亦濶遠。嘗欲攜一書友，遍圖域中形勝，至今其人語及孝直，輒流涕，亦足以見其氣誼也。〔二六〕

章允增能始　德清

能始，雲李之叔，初緣社集，與東倫不契。此其試牘也，爲方虎諸友稱賞，知名於時，乃捐棄夙故，更相欵洽。閲此憶臨溪讌集，已二十年事矣。

韋家秉白孫 武康

白孫爲吾友六象長子。妙齡超詣，其文即老成如此，同社皆以千里目之。惜乎不永年，碎此名寶。

陸文霦雯若 同邑

雯若見余文，揶揄謂：「子是宋人文字。宋人議論繁，不如漢疏高也。」余笑曰：「憑君漢疏高，也須喫宋人議論乃定。」一時戲謔在耳，憶之不禁愴然。○雯若文實高，余不能及也。雯若每言，讀書不貴善取而貴善棄，故其爲文也，與靈氣往來，字裏行間，别有阡陌。〔二七〕

凌尹銘功 同邑

銘功，予表姪也，才而夭。婦王氏少寡無子，宗族無可依者，而志不更。索其文，流涕出之簏衍。爲人子孫多不能存手澤，況無後之寡婦乎？此可重也。

朱　輔伯撲 同邑

伯撲，與余兄季臣友善，崇禎間嘗數至余齋論文，娓娓忘疲。性惇龐和易，不知世間有機事，而文獨變幻如是。初好爲博雜之學，晚年喜談道，多入良知之説。龍蛇無家，其諸此文之見歟？

史宗遴培因 海寧

培因館於豐氏，余乍面即鑒其才。適里中有疑獄，培因作文以論之，遂爲怨家所訐，幾至困殆，其直諒不顧機網類如此。

祝文琛魯來 海寧

雯若極稱魯來之才，予因與之熟，蓋疎爽歷落人也。自悲壯盛不遇，多激昂不平之氣。語有不合，輒面折之，雖鉅公尊宿，攝衣登階，直詆其非，如呵斥市兒。見者皆駭然，亦無不服其勇也。

呂　鼎太羹〔二八〕

峭奇促節，怪石曲巖，小景出奇，多損遠勢。獨吾大羹兄於嶔崎繁碎中，益見淋漓悲壯之氣，此非僅於句字、段落間求古者也。

吴之昺尹明〔二九〕

庚辰癸未間文字，吾邑曹思遠建其宗，而郭疇生、顧自公繼之，於左國諸子，雜取其雋峭之句，别成要渺之音。急管哀絲，刻商激羽，一時風移遠近。不善學者，但摹仿聲調，而遺其理趣，遂流爲纖佻斷促之病，漸失其故矣。尹明與自公諸子礱琢，故文氣亦近似，讀者翫其議論警拔，與神情深遠處，自得其真矣。

郎　星友月〔三〇〕

友月宿負盛名，熟於舉業，日拈十數藝，有餘力。每鄉年會，富家大賈，多奉貲幣，擬闈中題目，求搆文爲枕秘，友月應之無倦色，以其文獲售者甚衆。友月亦不甚珍惜，隨手施與。其子晉颺又早夭，故無復存者，僅於故簏得此耳。

按，吕晚村先生續集收入質亡集小序，録四十九人。此書當分論語、大學、中庸、孟子四部分，今所見北京大學圖書館藏質亡集，僅存論語耳。今本質亡集小序内有十數人未見其中，則必是見諸大學、中庸、孟子者。論語内另有章靜宜（湘御）、俞嘉言（臣狂）、唐游（海觀）、陳元玺（玉仍）、田方來（昭許）、章金乾（丁黄）、蔡新來（堯眉）、吴之㬎（尹明）、徐之福（斗錫）、吕鼎（太羹）、葉生（又生）、俞㬎（日絲）、吴櫆（永言）、嚴有穀（既方）十三人，除吕鼎（太羹）一人有小傳類文字外，餘皆僅論其所録之文章耳。王鈔本收入吴之㬎（尹明）、郎星（友月）二人小傳，自是據後文輯録者。聞湖北省孝南區圖書館藏有質亡集殘本，著録存論語半部、大學、中庸，十年前曾託彼省友人前往查閲，爲拍攝徐方虎序言以歸，餘亦未得大概，而予以不能躬自比對爲憾矣。

【校記】

〔一〕此其南雍積分課文也　據質亡集、王鈔本補。

〔二〕乙酉歲憲吉坐其齋　據質亡集補。

〔三〕持　原作「將」，據質亡集改。

〔四〕「齊家是第一難事」至「然修齊之效可睹矣」　據質亡集、王鈔本補。

〔五〕涕　原作「啼」，據質亡集改。

〔六〕「從」字下原有「之」字，據質亡集删。

〔七〕「至性人語」至「及其所養矣」　據質亡集、王鈔本補。

〔八〕「旦中平生尤多求全之毁」至「殆不可解也」　據質亡集、王鈔本補。

〔九〕「其度安詳」至「其爲人亦爾」　據質亡集、王鈔本補。

〔一〇〕覽　原作「博」，據質亡集改。

〔一一〕名士　據質亡集補。

〔一二〕之　原作「此」，據質亡集改。

〔一三〕此　原作「君」，據質亡集改。

〔一四〕「雲李好爲二氏之言」至「故愈奇而得正」　據質亡集補。

〔一五〕然　據質亡集補。

〔一六〕「漢園雄才駿氣」至「非其中實有所得而能然乎」　據質亡集補。

〔一七〕「行」下原有「人」字，據質亡集、王鈔本删。

〔一八〕「柳津於忠孝節義」至「讀之憮然」　據質亡集、王鈔本補。

〔一九〕「浩然清嘯」至「其所見者卓矣」　據質亡集補。

〔二〇〕謝　原作「辭」，據質亡集改。

〔二一〕「靜氣和光」至「此自攄襟度之文也」　據質亡集、王鈔本補。

〔二二〕「煉奇情佚氣」至「自流露於光風霽月之下」　據質亡集、王鈔本補。

〔二三〕「國家當覆亡之運」至「此吾兄目擊心痛之言也」　據質亡集、王鈔本補。

〔二四〕「幼陶兄應次鄉貢」至「故能發麾痛快如是」　據質亡集、王鈔本補。

〔二五〕掩　原作「捲」，據質亡集改。

〔二六〕「孝直於朋友間」至「亦足以見其氣誼也」　據質亡集補。

〔二七〕「雯若每言」至「别有阡陌」　據質亡集補。

〔二八〕「吕鼎太羹」條，原無，據質亡集補。按，吕鼎當是「同邑」人。

〔二九〕「吴之昺尹明」條，原無，檢諸北京大學圖書館藏本質亡集，雖録其文，然文末未有上述文字。兹據王鈔本補。按，吴之昺似是「同邑」人。

〔三〇〕「郎星友月」條，原無，檢諸北京大學圖書館藏本質亡集，未見其文。兹據王鈔本補。按，郎星隸籍不詳。

吕晚村先生續集卷四

保甲事宜 代邑侯劉諱佐明作

己未之歲，年穀不登，萑苻充斥。先君子謂力行保甲賑濟，則可無虞也。因條畫規制，精詳美備，邑令劉君諱佐明善而舉行之，先君子躬先以爲之倡，闔邑帖然，實其驗也。未幾，劉令去，而此法廢矣。因取當日所條畫者附録於文集之末。〔一〕

告示

石門縣爲嚴飭力行保甲等事。奉院道憲票，即將鄉城保甲逐户挨查，如有容留來歷不明之人，及爲逃盜窩綫接引者，查訪得實，定行按法連坐。仍具册報查等因，奉此，合行曉諭，爲此示仰通邑知悉。奉憲，保甲之法，最爲今日良圖，有司官立意舉行，然往往不見有益者，皆由胥隸不體上意，種種故套，無益於事，徒擾民間百姓。未受保甲之利，先受保甲之害，誰肯樂於奉令者。卒至逃人盜案日起，官民胥受其害，胥隸亦拖累其間，此無他，皆奉行不力之所致耳。今本縣與爾民人約，務體憲檄，所以力行保甲者，其要有三：一在於簡便易行，一村之中，燈火相照、音聲相聞者，結爲一甲，不必拘定十家編牌造册，不必盡開年貌及女口老幼，其真實工夫全在暗相稽查，本甲中有面生可疑之人來家否，有本人無故常常出門不回否，有則密報擒究，其向來月結季册、十家門牌等項，徒費紙札，徒勞奔走，一概不用，所謂簡便易行者此也；一在於舉報得人，保甲正副，得誠實老成之人，料理一村公務，各衛身家，各備器械，一家有警，衆家合救，一村有警，衆村合救，未有不濟者，如不得其人，虚應故事，假公濟私，反爲民害，今即着向年丈量圩長，公舉本圩保甲正副，務期誠實老成，才幹服衆，所謂舉報得人者此也；一在於督率有方，必須釘支河以遏奔突，立橋柵以扼要害，置器械以資堵禦，派巡守以固關防，明賞罰以齊心力，勤稽察以清亂萌，歲時伏臘，相爲聚會，説好話，講好事，有些小爭端，從中勸息，此中省了多少錢財，消了多少仇氣，一旦有事，自然如臂使指，所謂督率有方者此也。爾百姓果體此三要行之，未有不盜息民安者，方與憲檄「力行保甲」四字無媿矣。特示。康熙十八年十二月　日給。〔二〕

石門縣正堂劉□□爲曉諭事〔三〕。照得四郊多警，風鶴不時，本縣特頒行奉憲保甲三要，總爲爾民安全至計。此法通行，寇盜難侵，兵捕不至，近鄉遠村，皆得安居樂業。今查爾民尚多遲延觀望，未盡力行，皆因大窩奸綫，不便其私，多方訛惑，致生疑沮。大約巨室則畏事自全，窮民謂恃貧無恐，遠賊處偷安倖免，窩盗者抗法藏奸。不知燒劫之慘，巨室先受其殃；勦捕之騷，窮民盡罹其害。無盗之地，正宜未雨綢繆；近賊之區，急當奉法遠禍。倘再因循不舉，一時凶徒突至，爾等無援無備，勢難堵拒，或至驅脅入夥，屯聚爲巢。無論被賊殘抄，身家不保，即大兵會勦，盗多竄遁之方，民無逃避之處，旗麾所指，玉石難分，到此求全，悔之晚矣。本縣爲爾民興念及此，卧寐寒心，爲此再行曉諭，更將前頒三要斟酌申明，開列於後，期與爾民實心奮力，亟速行之。

一申明舉報得人，

舉報向憑都啚，遞年多非本圩中人，安知本圩中事？今着重丈量圩長者，不過因圩長習知本圩人户，庶幾舉報得人。圩長可充即充之，如圩長不能，即着圩長會同通圩公議圩中誠實有身家才幹者充本圩保正保副，原非坐定圩長爲保甲正副也。況保正保副止爲料理本圩人户，並無意外役擾，抑且官府優以禮貌，免其雜徭，即任事日久，不妨另議更代，必無永遠偏累之患。爾等各圩毋自疑滯，速速會議，取具保正保副姓名甘結，編册報縣，以便委任施行。

一申明簡便易行，

原頒册式，原以住址附近聯爲一牌，但每牌必須設立牌長。保正副管一圩人户，牌長管一牌人户，牌長覺察十家，保正覺察衆牌長，方有責成，如臂指易使。今特設保甲編牌册式，保正副即將此册挨户編造，一牌十家爲率，寧少無多，自相互結。就本牌中選擇老成有才幹者爲牌長。不論次序，牌中人户悉聽牌長查察調撥。如有不軌之人，十家不肯結入或結後發覺者，牌長即報保正，密報本縣法究。

一申明督率有方。

憲行橋梁水陸設栅、填釘支河、置備器械等項，向來保甲通行在案，歷有成效，原非新設，今務實心整飭。其橋跨兩岸兩圩，均派公造，毋得互諉。栅木務宜堅固，毋得苟且塞責。填釘支河，即取就近沿河雜樹，不許伐人墓木。器械必須精利可用，毋得虚應故事。俱限日取具完工日期，結狀呈繳。

以上三要，即就前法申明，其間事宜別有規條十四款詳示，令爾民人人通曉易行。如更有流言阻撓及圩中頑抗不遵者，即係窩綫，保正副指名呈報，定以通盗治罪。毋更怠玩，自貽伊戚。特示。康熙十八年十二月　日給。〔四〕

石門縣正堂劉□□爲申嚴保甲等事〔五〕。本縣疊奉憲檄，督催保甲，期以弭盗安民。業經再四曉諭，趁此東作未興之際，協力舉行，繕結完固，庶可望將來之綏輯豐登。爲此通行闔縣各圩，立限取結編册，聽候查驗。又思圩地大小不等，烟户多寡不齊，其圩小户少者，或數圩可歸併一副，圩大户多窵遠星散難稽者，一圩可分爲二三副，悉聽爾民會同酌議便宜，詳具甘結，造册呈報。册紙用第二次頒定「保甲編牌册」式，限五日一體完繳。其橋梁有緊要處必應設栅者，亦有重複幽僻之橋可拆斷不必設栅者，其河港有必宜填釘者，有宜留水栅啟閉者，亦聽爾民公酌長便，限七日内一體填釘置造完備。整辦器械，務期精利，候本縣示期親臨勘驗，如有頑梗者，保正呈禀枷究；若過限不具結册，不釘港造栅備械，該役重責卅板，即帶保正保副回話。甲中如有素行不法、恃强不悛者，不許混結入册，以憑法究。倘有因荒鼠竊、情實可原、真心悔悟者，許保正查驗的實，取具親族鄰里保結報縣，即准入册自新，從前過犯，概免誅求。自通行之後，仍有抗延不結甲地方，此必盜賊之老巢，窩綫之積穴，凶徒盛而良民少，欲行不能，欲報不敢，此非可以法制化誨者矣。本縣即會同駐防請兵進剿，掃清亂萌，以保安良善。法在必行，毋更怠玩自悞。須至示者。康熙十九年正月　　日給。〔六〕

石門縣正堂劉□□爲保甲既行〔七〕，亟設法賑飢，以安民生以弭盜源事。照得盜賊竊發，皆借飢荒兩字煽誘良民，鄉愚無知被惑，亦多出於無奈。若得升合苟延，誰甘冒死爲賊？本縣所以力行保甲之法，一則可以清查盜黨，一則可以賑濟飢民。蓋保甲不行，雖有賑米，各鄉無奉行任事之人，從何給散？貧户憑都啚開報，欺弊多端，每每豪强冒濫烹分，真貧不沾顆粒。今保甲既行，則保正保副即可任事給散，開報貧户，通圩從公酌議，必然真實無欺，此保甲之法所以不可少緩須臾也。但思賑米無出，則法雖良而實惠不及，何以禁其流亡，消其惑亂？本縣現在詳議申請督撫各憲設法捐施外，特瀝誠懇告鄉紳巨室仁人長者，樂善義助，每見齋僧捨佛，動百盈千，徒飽奸邪之腹，尚且稱爲善事，若此救鄉里之生命，其爲現在功德，獲福無量，豈不更可信耶！一面着各圩保正副作速編甲造册，既就册中查酌極貧應賑人户男女老弱病苦無依者，備造一細册呈報，不許狥私冒濫，以憑計米給賑。其本圩殷厚之家，即着保正副委曲勸募，若使窮民離散，富室誰與守禦？抑且田地抛荒，租糧後從何辦？況此輩逃亡，必爲匪類，村有綫導，虛實盡窺，亦大家之憂也。誠使温飽者各損口糧，拯濟鄰里，感恩報德，保護必堅，以義爲利，人豈無心？度本圩輸賑所不足者，以官施義助補之，支吾至麥熟蠶收，貧富皆安枕無虞，人和氣洽，必且感召豐登矣。此在情理之相通，非法令之可强，惟有心有識，共圖利之。本縣手額以竢。須至示者。康熙十九年正月　日給。〔八〕

保甲編牌册〔九〕

字圩第

保副
牌保正
牌長

一户　男丁　業
一户　男丁　業
一户　男丁　業
一户　男丁　業
一户　男丁　業
一户　男丁　業
一户　男丁　業
一户　男丁　業
一户　男丁　業
一户　男丁　業

每牌十家爲率，如少一二户不必補湊；如多，分爲二牌。婦女孩童不必載，同居男丁十五歲以上逐名填寫。户丁有增減出入遷徙，牌長皆登記。每月初一日填寫一張，送保正彙記，以憑不時查點。

保甲規條

按保甲一法，爲綢繆未雨之良圖，實守望相助之遺制，不惟弭盜戢亂，實可善俗維風。查嘉湖地方盡屬水鄉，與他處有堡砦關廂可守者不同，港汊叢雜，漾蕩迷茫，飄忽去來，無從攔阻，所以向來萑苻嘯聚，時煩剿遏，究竟難斷根株。自康熙元年，奉前院頒行保甲六款，深中三吴利弊，舉行未遍，盜賊潛消。前督奉行嚴肅，擒盜即斃杖下，積患立時平定。幾二十年，民生安堵，皆保甲之功也。承平日久，人怠法弛，兼值災荒，乘機蠢動，若不修舉已效之猷，何以剪除難圖之蔓？本縣特訪縉紳先生、袍衿耆宿，將前憲原法參詳商訂酌議，得「保甲規條」一十四款，詳明開列，皆簡便易爲，與爾民熟講而力行之。但愚民狃安畏難，狥私玩法，可與樂成，難於謀始。特將此法行與不行利害，先爲分別曉諭，以期決擇勇遵。毋忽。

實行保甲之利有八

盜不入境，殷户得保貲財，貧家得保妻女，一也。地方無賊，則無會匪兵馬之驚騷，二也。凡事有保正牌長奉行，不差捕役擾害，三也。早晚巡查覺察，併偷竊潛消，可使路不拾遺，四也。甲中有事，互相勸化，省口角官司，五也。民不逃亡失業，農桑日盛，六也。講究惇睦，緩急自相賑濟，七也。民强則盜弱，勢窮心悔，漸可化頑爲良，八也。

不行保甲之害有八

被劫被佔，民不聊生，一也。富室畏盜，遷徙他方，窮民益無依賴，二也。窮民無可遷徙，只得開門納盜，事敗連害，三也。捕搜兵匪，玉石俱焚，四也。田地抛荒，久遠難復，五也。租息難徵，錢糧無辦，遷與不遷，貧富同盡，六也。一村失事累及各村，一鄉失事累及通縣并及官長，七也。嘉湖會匪，俱本鎮汛兵，尚有地方官紀律，若蔓延大匪，必請外郡客兵及滿營八旗，如向年紹金台處等府屬邑之民，骨肉不能相保，八也。

保甲規條十四款

一畫港分界

保甲地界，當論村落，不論都啚。都啚止係徵糧户籍，與民居住址無干，向來止據都啚行移，所以秪成虚應故事，毫無益於地方。今實心舉行，不必復問都啚，但就各圩扇挨次編結。須相度地勢，圩大者一圩爲一保，圩小者或兩圩或三四圩合爲一保，總以四界河港，可分可守處，與保正才力可管多管少，聽各圩保正互相斟酌，區畫爲界。

一報保正副

向來開報保正保副，俱責成都啚，遞年甲首充辦，或身居城市而籍在鄉村，或住址西郊而册當東里，或人止一户而産分各區。既非本圩之人，安知本圩之事，所以保正不知甲内情形，地方不知保正調度，不過答應官府，造一套沿門册籍，具一紙甘結遵依，應一次點名散牌，派一番分費使用而已。自康熙元年，前院頒行六款，不論都啚界限，惟取本保中人選當正副，然後其法得效。今即責令丈量圩長，會同合圩公議圩中信服之人，一正一副，不論紳衿士商，但取有身家有才幹老成練達者，限日具結，開報甲内之事，盡以付之，聽其調度。官長優加禮貌，特免雜徭，如勤勞日久願退者，即圩中復議更代之人，不得永遠偏累。其人若不堪不法等事，許通圩呈官另議。

一編選牌長

保正保副既定，即令挨户編牌造册。每牌以十家爲率，寧少無多，即七八户亦編一牌，不必補凑足數；如過十家以上，即分爲二牌。就一牌之中，不論次序，不拘年齒，但選幹才老練者一人爲牌長，一牌中事盡責成之。凡施行公務，保正副傳牌長，牌長分付各户。其十家中有事，舉報牌長，牌長報保正副，保正副報官。臂指相使，呼吸相通，故牌長極爲緊要。其户丁，凡成丁者俱載册，婦女孩兒不必多載。其間有親戚往來或户丁出外生理者，即着牌長登記册内，每月朔望送保正副查察點勘。倘有隱匿奸細、私通寇賊、講餉窩贓、來歷不明、蹤跡可疑者，一家不報，十家連坐。有向行不法甲中不肯結入者，即係盜夥，報官擒禁；五日無親屬保結，立寘重典。

一填釘支河

向來奉憲頒行，凡支流小港，盡行填塞，更加叢樁大木，一概不許開通。其小民往來城市大路，亦行釘柵，但容一小口通舟，仍置木牌鍊鎖，日開夜閉，着地方保正每柵撥鄉勇五人看守，遇警即關防守禦等語。因承平久廢，今仍行築塞，務期每港兩頭填釘，樁密土厚，令不可起發，此治盜之要策也。

一設立橋柵

嘉湖水鄉散漫，無險可守，凡賊人經過水陸，必由橋梁，橋梁即險隘也。上下設柵，處處關防，一遇有警，各村把守，雖有大隊械船，豈能飛渡？即使逐柵攻打，亦可阻滯凶鋒，令各圩得援救追躡，故此法爲保甲要務。凡有橋梁，除重疊幽僻可廢之橋即拆斷不必設柵外，其餘通行緊要之橋，橋上設立柵門，橋下設立樁柵，各用鍊鎖，早啟晚閉。橋跨兩圩，兩圩保正公派共造，不得互相推諉。其要害之橋，仍設管柵一人，即近柵居住者，專司啟閉，保中量給守夜米若干。夜中有叫柵者，非緊要公務，不許開放。如有警急，另派牌丁守禦。橋在空野四遠無人者，於橋下公築土室一間，以安守更之人。

一置備器械

康熙元年奉憲頒條約，有備器械船隻以資防禦一款，内載年來悍弁刁捕，凡遇民間家藏一鎗一刀，便指稱通盜，所以民間視爲禁物，大家廢棄，惟求乾淨生涯，以致盜賊衝突，惟有望風逃竄。若欲責其張空拳冒白刃，以素不習兵革之人，禦凶鋒毒焰，蓋又難矣。且弓矢鳥鎗刀劍等物，民間原許備用，本朝定鼎以來，從無禁約，況當此盜賊充塞之時，若不令民間預先備辦，是保甲之法難行而防禦之實仍未得也。令編甲既定，即令各備器械，農隙之時，保正率令嫺習。内中保正副甲長隨身器械，尤宜精利，聽保正不時看驗。再令保正各備雙櫓快船，四楫小船，俱編字號，遇警應援等語在案。因承平日久，皆易犢買牛。今宜仍遵前法，令其亟行置辦精利器械。如本地所無者，許保揭稟官給牌驗往買，庶不虛應故事。

一訓習策應

一圩之中，聽保正遴選其人，地大户多者三四十名，地小户少者二三十名，各聽保正訓習，帶領巡察策應。此數十名於册内另注「巡察」二字，不入牌内派役。約聞號鑼或號銃，則此數十名先急赴保正家伺候，其各牌人户俱持械謹守各自門户，聽候賊犯某處的信，保正傳牌長撥令救援，方許出門，不許亂竄奔走。即撥救牌丁，一牌中止撥一半出救，一半自守，本牌自行輪流，不得一齊亂竄。

一守望傳警

賊信緊急，要害橋栅，即於附近各牌每夜輪流五名看守，各置竹柝、更鑼、號銃。派更巡警，不許託故推諉。如有真病凶喪等事，牌長驗實，另撥一人替代記册，他日仍令替補還之。保正保副不時巡行稽察，如有頑抗不到及暫到潛歸者，牌長舉報，每作弊一夜，罰做工五日；若牌長不報，保正副巡知，并牌長同罰五工。遇有賊犯栅，五人即協力堵禦，隨舉號銃一聲，附近各栅亦接銃一聲，令保正聞知；即舉銃二聲，巡察人齊赴聽用；舉銃三聲，合圩牌長各撥丁赴救。不到及後至者，從重議罰；其有暗通奸細訛傳誤事者，送官刑審正法。

一臨敵救禦

賊犯一牌，鄰牌即行救援抵敵，保正副督率附近各牌策應堵殺。如有退縮者罰銀若干，逃避者以通賊論，能殺賊傷賊者賞銀若干，其奮勇力鬭被傷者賞銀若干，仍公家醫治，退走被傷者無賞，被賊殘害者給棺盛斂，仍周恤其家。

一擒送盗犯

向來被盗之家，獲盗之人，一經送官，體難速結，六問三推，遷延時日。因而巨窩大綫，串通蠹捕，賄閣營放，或反誣告失主，或反罪擒送之人。每每大盗未經授首，被害先已罹殃。失物卻又遭官，獲盗反以累己，所以見真贓而不敢認，遇真盗而不敢擒，養成勢大，究竟貽害官長。查康熙元年憲頒第四款，内載保甲既行，可以不假兵捕，不訴官司，地方力行嚴拿呈送，即刻嚴刑法斃等語在案。今後盗犯除當場殺死不論外，其擒獲真盗真綫，審實取具地方甘結，或杖或枷，立寘重典，不更展轉張皇，以致淹留漏網。上無盗案之罣累，下免會勦之驚騷，賊徒震慴，日就駭散矣。

一公設費用

凡置栅木、鎖鍊、器械、船隻及守栅訓習飯米等項，計無所出，必須保中公派，保正副會同通圩估計須用若干，挨户酌議上中下分等。果有極貧分文不能者，即令做工退算；老弱孤寡并不能做工者，公議免之；其不在保中而田地在本圩者，亦計産派助；有向居本圩而今還城鎮者，亦照户均出；其有好義大家格外施貲及保中犯例應罰者，保正副收貯登册，即爲公用，以省衆力。設立簿籍支銷，歲終會同各牌長總算。如有借端存私科索者，通圩呈究。

一禁止擾害

凡地方既編甲造栅，即給示禁止一應兵丁捕役，非奉文知照，不許擅入騷擾。其或他處案發，牽連保中之人，亦但飛禀與本圩保正保副牌長，令其自行擒解審理，不許擅往提抄，株連詐害。倘或盜犯凶强，保正副不能擒解者，密報本縣，方遣捕兵協拿，庶地方不至擾害。

一鄰圩互援

凡賊犯某處，本圩自行堵禦，其鄰圩即當救援。若賊來之處任意放行、賊去之處不行追截者，呈官究論。凡救護鄰圩，止保正副率巡察之人往援。若賊多人少，方撥附近牌丁出栅。其餘牌中人户，各謹守本地橋栅，無得輕動，以防賊人詭計突犯。

一招徠向化

盜賊半爲飢寒所逼，又因無法禁制，横行無忌，是以脅從嘯聚。今保甲通行，其勢日蹙，殄滅易易，但念因荒失足，未必盡屬窮凶。且各憲好生，久開一面之網，果有真心悔悟者，許保正副查驗真實，取具鄰里及親族甘結報縣，即准與入册自新，不更誅求前罪。向來盜賊盤踞巢穴，若肯遵法結甲驅散凶徒，亦概免剿究。一經洗刷，盡是良民，毋執迷不悟也。

以上各款，每保正副各給一本，令其與各牌長講解明曉，各牌長又與各户丁講明習熟，臨事方無差誤。本縣不時親行巡訪，倘保正副漫不遵依，或奉行不實，或講究不明不熟以致差誤者，定行罰懲，另議正副。其中事宜，尚有細微未盡，當因法增修者，聽各保正副酌議揭報，本縣虚心採擇。總期歸於盡善，實有益於地方而已。鉅公賢士，勿吝教之。

更有一條，雖不關保甲，而實爲保甲之要原，然必保甲成而其事可行者，賑濟是也。思盜賊之起，多迫於飢荒，即有叛亂之民，亦必挾此以煽動愚民。若得賑濟，以安其生，誰甘冒死爲賊乎？查賑濟之法，莫善於就各地方散米，如往年石邑紳士長者所行，已有成規。但闔縣廣遠，各區苦無任事之人，則奉行不實，且開報貧户，必多豪强冒濫、真貧不及之患。今既行保甲，則保正副即可任事奉行，而圩中貧户開報必然公確，且各圩互相勸輸睦鄰，以同捍盜賊，即温飽者亦深受其利。若貧民逃亡，富室必無孤立保甲之勢，此吾所謂保甲成而其事可行也。但貧户多而温飽少，勢未能相濟。本縣現在酌議，上請於院司各憲設法施賑，次告於紳袍士庶之好義樂善者，各助餘粟以活遺黎，則盜賊自然消散，而巨室良民，俱獲安全，豈非保甲之要原耶？是在仁人長者與有識之士共相勸勉，非法令之可施。本縣惟禱祀而跂望之耳。

附賑饑規條

先着各圩保正保副，公同各牌長開報圩中極貧應賑人户，務期公確，不得狥私冒濫，或真貧遺漏、或虚捏丁口等弊，查出罰賑米若干。

其貧户除本人壯丁可傭工負販度日者不給外，其老弱病苦男婦逐名上册，勿漏勿虚。

先期該圩保正保副持募助賑米簿，於圩中温飽之家勸募施助，曉以救活鄰里真實功德，隨其發心量力多寡書完。保正副總計貧户若干，本圩賑米若干，彙報總數，其不足者，於通縣公施賑米内發給。

貧户數開定，即編號造册，每户給與賑票一紙收執。聽候示期，於附近公處給賑，貧户賫票領米，每十日一給。主者驗票即發，發過一次，票上即用一圖記其票，仍付貧户收執，以便下次賫領，戒勿遺失。

票式

石門縣　字圩賑饑票

貧户　保甲第　牌

男丁　女口

康熙十九年　月　日　給第　號

〔一〇〕

凡開報造册給票，必用「保甲編牌册」内原報姓名，不許更换名號。如與册内姓名互異者，即係虚捏鬼名，不准給發。其男女丁口，亦俱細開名字，以憑查考，不得空填數目。

給發公處，擇取附近菴觀寺廟，門徑可容多人者。或數圩同發，或一圩獨發，但取近便爲主。一圩獨發，則保正保副自行散給；若數圩同發，則擇一方中賢能紳士長者主之。如圩多人衆，一方無可主者，則請佐貳官長主之。

先期數日出示知會，的於某日給散某某處圩賑米，在某處地方聽候唱名驗給。先一日將賑米載至其處，至日主者寅早齋坐册至公處，親自看驗米數，較准升斗。令一人司唱名驗票，一人司算數發米，主者親自用圖記，每發一户米，册上票上各用一圖記，原票發與。其有不到及錯悮者，即注册内；偶失賑票者，許禀明驗實補給，册内注失票補給字，已發過幾次等字。

【校記】

〔一〕此段文字應是晚村長子公忠所記。今傳諸本俱無，玆據詩文集鈔本補録。

〔二〕「特示」以下，據詩文集鈔本補。

〔三〕正堂劉□□　原闕，據詩文集鈔本補。

〔四〕「特示」以下，據詩文集鈔本補。

〔五〕正堂劉□□　原闕，據詩文集鈔本補。

〔六〕「須至示者」以下，據詩文集鈔本補。

〔七〕正堂劉□□　原闕，據詩文集鈔本補。

〔八〕「須至示者」以下，據詩文集鈔本補。

〔九〕詩文集鈔本於「册」下有「式」字。

〔一〇〕票式圖，原闕，據詩文集鈔本補。

呂晚村先生文集補遺卷一

書

與胡山眉書

弟日内病甚，無日不頭痛身熱，病中亦有意外逼迫，已於枕上剪髮爲僧矣。正擬出月得小愈，即入山叩齋，候晤商築妙山風雨庵，爲掛笠洗鉢之地，總須大護法爲我經營布置耳。醫事尤所悔恨，令弟令母舅之證，幸别商之高明，弟今雖至尊齋，與諸親友相見，亦誓不診脉寫方矣。極知違迕，無所逃罪，然硜硜之意，固有所不可回者，度知我能諒之也。病顫不能握筆，口授兒子奉復，統俟孟秋晤悉，不盡。

又

赤雯來，審起居勝恒爲喜，循讀手教，反覆開喻，憂弟病之日深，親翁之愛我至矣。弟顧此世界，真不堪把玩，且生無益於人，而脩短有數，亦非人力所能爲意，聽其自然而已。伏承知己諄諄，敢不勉服藥餌，以仰副至情。第恐草根木皮，終無活人之權耳。近得一醫，治痔漏頗驗，且去此一種齷齪患苦，亦大快事也。畏暑，未能出門，須俟秋涼，入山叩晤。力疾率復，不盡。

與徐方虎書

弟障業難消，黑風吹逼，五火沸騰，血如泉湧。度此病日深，浮生無幾，遂於枕上削髮爲僧，從此屏謝一切。木葉蔽影，得苟延數年，完一兩本無用之書，願望足矣。但恐造物小兒見惡，未許留連光景耳。世間紛紛，總不涉病僧睹聞。甲里人謂一笑付之，猶多此一笑，弟病不能笑，亦無暇笑矣。吾兄知愛最深，聊復及此，他無足道。疾小愈，入山爲把茅計，或得過從一話也。

答沈墨菴書

舊書入手，雨淚沾巾，三十七年畜此，歎先生志氣所存矣。弟村腐頹唐，不足以當先生之期契，正恐不是詩人莫獻詩耳。敬和來章，敢求教益，原書完上。

答曹子顧書

疇昔從敦盤之末，得奉清塵，彈指忽二十五年矣。先生主持風雅，著作衣被寰區，即制藝一道，挹其膏馥者，皆成藝林之秀。惜時論中更，篇章散軼，不得盡窺全豹爲憾事耳。某頹唐自放，侵尋衰病之餘，舊業日益銷落，猶守三家村中老教書家當，沾沾不舍，直不足當有道之一笑。令倩令侄問非其人，正抱慙恧，乃先生亦作此過分之稱許，不幾令議者并議藻鑒之失耶？華紵貺隆，非所克承，藉完肅謝。家刻附正，露白葭蒼，不勝馳溯。

與黄晦木書

得六月十三日書，知近狀清苦，而有曠達之言，此是竿頭更進處，不審比復何如？寒餓老病，磨鍊益光，正不足爲志士患也。第恐活埋不過，又未免且忍一塹耳。廉遠大小俱平安，明年館仍舊，雖無佳況，粗草過日，可無它慮。某次兒已娶婦。目下爲季臣兒窆事，經營殊苦，過得此，冀有數年休息。然債負滿身，又難偷安，如何如何。

張謙宜：貧士之寶符。

與徐州來書

施漱友歸時，以匆冗不及領尊札，深用悵然。審比來老兄暨閤宅動止有相，足慰遠企。弟村居荒略，俶擾中偷安過日，間取故書障眼，亦毫無工程。不知老兄新得何如，子貫進業何如？商賢遺稿，曾録得副本否？仲枚下帷何所？小題刻已成，奉賢喬梓各一本，爲破睡之具。此時作此，何異雪天賣蒲葵乎！亦可一大笑也。痔瘻未愈，復患瘡毒，手不能書，口授兒子牋白，不盡。

與吴孟舉書

舟次數字，寄孫子雛兄，想已入覽矣。此事所爭在行止，若止則吾道之幸，吾邑之幸。若不能止，則雖起兄不與，究竟是起兄倡舉，不能辨也。若謂今姑以狹小了局，不知禿丁開山，無洞掘蠏，今雖草草，後必增華。誰生厲階，至今爲梗，將來悔之晚矣。老兄道義干城，豈忍坐視？必望以全力止之。夫慶源先生書院，弟尚止兄與起兄與事，況此邪妄之甚者邪！弟憂惶無既，但有叩天禱兄神勇而已。

又

瀕行晤起兄，意尚膠固，未盡以弟言爲然，辭以他人不能止。此本倡自起兄，咎將安委？即委之他人，亦推班出色之智。究竟事歸起兄，又何辭之有！昨兄述杜公之言，則當事不許可此舉可知，必欲護短以狥邪妄，不知起兄何故執迷如此。弟憂惶無策，計惟吾兄痛癢相關，然度起兄已不受諍言，乞兄直以大義利害陳之杜公，令杜公出示禁止；一面告止吾輩諸親友有力之家，勿妄費金錢，則其事易息，而起兄亦便於下場，並他人不能止之説，亦可破矣。此事惟兄能爲，更無第二人能助力者，萬祈留神行之，以必得爲妙。庸人視此等事極懈極輕，弟視之則最切最重，平生熱血，惟吾兄前可直灑，亦惟吾兄能掃拭之耳。舟次，虔禱千萬。

又

頊晤華老，其説頗多猶豫，恐起老未必能决然，特作數字，乞兄面致，爲弟極論之。若此事終行，弟欲蹈東海矣。禱切禱切。

與沈幾臣書

玄雒來，得手札，諗近況甚慰。半年以來，多在山中，結蓋頂之茅，爲殘年投老計，他無足語者。志雒在舍間，因兒輩無好樣，徒成擔閣，今得從賢親提誨，又近承存雅堂教澤，其有成可期矣。第其婚禮，須亟與商老計而行之，使其身心皆有所收束，則夙苦不難愈，而德業亦可以進益。甥于佩璁既没，而決訂此古人不可及之誼，今當曲爲成全，以遂此高行，與世俗婚媾不同，不必待媒妁、旁人代爲陳請，而後可否者也。何如何如。

與范玉賓書

昆生令弟屋事，兄禾歸，手札許弟蠶畢措銀見還，此出於兄命，非弟之願望也。昨見兒輩述稼孟傳兄言，要弟作字，力促至落山時親至昆生處坐索，或本或利，方可先清若干。弟聞之，乃不禁愕然悟歎，與兄交厚幾三十年，不知其用心之巧妙如斯也，請舉始末相質可乎？

弟初思避地，原借吾兄後廳書房前後，承推愛慨許，即奉物脩築，且更致租金於令弟及盛族，多置數處，然則弟非無所託足，而計及昆生之屋也。顧弟屢欲關斷後廳書房，而兄且收其鎖鑰，移還其物件，微旨已露矣。嗣緣昆生忽有脱去尊居門面之舉，兄欲自解其急，突過弟齋，以昆生典契見命，是役也，兄爲弟乎？爲昆生乎？蓋自爲也。既全門面，又卻借居，一舉而兩得焉。兄之巧妙，一也。

弟仰體尊意，不敢不從者，一則全不假之義，一則謂典屋得以自主，關鎖貯物，行止擅便，不似前者掣肘耳。孰知昆生之屋，必不肯出乎？乃又倡爲弟本避亂，遇警方來，來即暫出之説。夫遇警暫避，親眷皆可叨庇，何用如許典價？蓋兄原量弟非久居，名典非典，落得用銀，故以此給弟，而屬昆生耳。及弟力懇交典不已，乃始訂出屋；及再背約，兄復有字改訂日期。遷延之間，不覺過此歲月。兄之巧妙，二也。

昆生之樓門牕當賣，堦石已售，其不可居不欲居明矣。昆生何故而必不可出？其不可出非昆生也，兄也。卧榻之側，豈容他人鼾睡。故暫住則可，久居自便則不可，猶夫後廳書房之例也，於是不得已而轉爲還銀之説。此兄之巧妙，三也。

還銀初非弟意，然在兄字，已確訂見楚，今忽令稼孟致語，若似乎深爲弟計者，而已微露不可全得之意，將爲逋掛張本。蓋明知銀之不能還，亦如屋之不可出，姑爲曲説，逐漸延挨變計耳。此兄之巧妙，四也。

弟與昆生，向無往來，所信仗者，實惟吾兄耳。昆生平素，弟未之知，可曰兄亦不知耶？既出一時權宜，自亦當爲弟善其始終。況昆生令弟也，而兄又居間，則屋之當出，銀之當還，自應明正痛切言之。彼或不從，尤宜垂涕泣而道者，何嫌何畏，而故作此陰陽閃鑠之狀？於昆生處必使弟爲難人，而兄爲好人，若原可不出不還者，而催促非我也；於弟處亦必使昆生爲難人，而兄爲好人，若早該即出即還者，而欺負非我也。昆生與弟同入吾兄圈襀之中，顛倒懊惱而不得了，而兄所自爲則久已隱遂矣。此巧妙之五也。

然而凡事難逃乎究竟，究竟倡典之説者兄也，書契居間者兄也，訂期交屋者兄也，不可出屋而改議還銀者兄也，又將於還銀生變者亦兄也。昆生者，兄之傀儡也，提手者手動，提眼者眼動，原不可與論是非也。佑公者，兄之鷹犬也，呼之噬則噬，呼之止則止，亦不可與責理論也。然則此事之究竟，弟求亦求，兄望亦望，兄怨亦怨，兄必不得已而至一朝之忿，亦惟忿兄耳。有屋則還弟屋，有銀則還弟銀，惟兄命是聽，不問之昆生也。恐兄之巧妙，正復未已，故敢索性掀破言之，觸冒虎威，無所逃罪。

以上十二首録自禦兒呂氏鈔本呂晚村文集，其與徐方虎書一首，亦載孫學顔編呂晚村先生古文卷上、王煜青鈔本呂晚村先生文集卷四；與黄晦木書一首，亦載妙山精舍集。

與董雨舟書

先兄窆期在初十外，初八日移各柩到地，前龕亦須於是日發行。弟處無兩處船隻人力，且此處人到彼，未免紛雜多事。意欲即於兄處爲稅一船，僱數力，竟於是日載至識村。

該費幾何，乞酌示，即當先奉，至期令小兒來起引也，何如何如？又不知此龕竟完固可入窆否？若有破爛不堪，必須更改之事，亦須兄察而預示之，以便爲計也。弟明日至識村起土，至初二出邑，得便望即寄示爲荷。

雨老道兄大人。

廿八日午刻，弟留頓首。

録自石守謙楊儒賓主編明代名賢尺牘集壹，財團法人何創時書法藝術文教基金會二〇一三年版。

與董載臣書

穉陸兩載無一字之及，不知其意思何如，故欲作字復止。今書去，亦恐路遠，未必得見耳。筆十管奉用，北路風沙，巨細難使，故中具紅袍四管，爲彼處相宜也。諸凡珍重。

載臣賢友。

老友留良頓首。

所言已盡悉。下鄉凡事須詳慎，勿雜信人言。機絲之至，尤宜細察爲善也。不一一。

録自王世杰主編藝苑遺珍法書第二輯，香港開發股份有限公司一九六七年發行。原件「下鄉凡事須詳慎勿雜信人言機絲之至尤宜細察爲善也」二十三字爲墨筆塗去，紙尾有收藏者釋讀鈔録，並注曰：「此廿三字語意含糊，尚不觸目，不識何以塗之。」後鈐「龐青城收藏印」、「井里館鑑藏書畫真蹟」印，則曾藏吴興南潯龐氏井里館。左下原鈐「風雨闇主」，似爲晚村隱妙山後所用印。

呂晚村先生文集補遺卷二

書

寄黄九煙

城南曉別，歸作數月淒肰。新歲復同諸子看梅東莊，坐昔日大樹下，憶九煙先生離遠，情思索莫，爲之閣筆，終席不能成醉，然猶謂相去不甚遠，冀得時通往來。接手教，知新寓又不可久，且將棄去此土，讀未卒簡，已黯然心碎。九州如許大，竟無處安頓一奇男子，真可仰天流涕者也。輪自顧孱拙，不能爲先生效尺寸之謀，徒使齷齪小人笑成敗、嗚得計，惟有撫膺愧恨。

拙句如命書上，原擬稍暇，畫烏絲、作楷法呈政，而使者力疾促行，不能待，潦草塗抹，殊不足觀。先生但鑒取其意可耳。

黄叙九：惟奇男子，故九州無處安頓；不然，只一語溪安頓之有餘矣。

録自黄容、王維翰輯尺牘蘭言卷三，康熙二十年刻本。

復董雨舟書

船子回，得手教，反復數四，不禁歔欷掩袂也。然而猶有未盡者，則以兄之所見，終不脱乎利害之關，而未嘗不及乎是非也。計十餘年以來，解衣推食，周其困急，孟舉之厚我至矣。然古人有言，今而後知君之犬馬畜及也。弟門户衰落，復遭尾大之變，今又自放廢，雖不知我者，無不爲之隱憂以虞也。今日之事，弟之切身患乎，非弟之切身患乎？得時而有力如孟舉，宜何以處此也。譬之漢時周太尉之入北軍，而呼爲劉氏者左袒，爲吕氏者右袒，此時斷無中立之理也。決然曰：「吾左袒矣。」此尚得爲吕氏之真友乎？棄妻逐臣，則正弟今日之謂耳。天下豈有貧賤之君夫棄逐富貴之臣妾者哉！

弟自去年以來，不揣疏逖，屢進蹤迹太密、宜稍收斂之説。不聽，則言之再三。自今思之，不覺自笑。無怪其以我爲妬婦之讒，而娼嫉臣之間也。以取棄逐，不亦宜乎？然而今日之事，弟則自有以處之矣。如兄之諄諄，則猶未爲知弟也。

無論十餘年之情，爲近時之不多得。思其母夫人識弟於流輩中，而命其子與友。及彌留時，嗚咽流涕而囑弟曰：「吾止此一子，幼失父無教，其言行未嘗一當。今吾無可託者，以屬之子，其善教之。」弟收淚而應之曰：「敬諾。」此時孟舉匍伏牀下，慟不能起。思及此，弟即聽舍侄之所爲，異日何以見其母夫人於泉下也。弟之呼號震動者，實冀有醒悟，轉敗爲功耳。今既已矣，則弟自有善處之法。蓋舍侄爲其僕所詐，則斷斷不可，弟以族主受詐，無不可也。如此可以杜兩邊後來之累矣。

至兄云，過此以往，縱有道義金蘭接踵而得，寧有如此者。此則弟所謂以利害而不以是非者也。人之相知，貴相知心。感恩有之，知己則未。如兄云，不過復得一推解周急之人耳，非得真友也；否亦不過失一推解周急之人耳，非失真友也。是其道也，是其義也，舜受堯之天下而不以爲泰；非其道也，非其義也，則伊尹一介不以取諸人。弟方悔其從前苟且嗟來，今日進退失據，以爲恨事，兄乃尚欲以弟爲馮婦耶？此世界中豈復有第二箇孟舉，弟更將舍之何求？然弟固有所不可者在也。已矣，弟亦無意於斯世矣，無一人知己亦不恨矣。所行乖戾，甘爲舉世辱笑之人，以畢生於荒村而已矣。復何言哉！尊駕倘可於今日明日入城，一詳定善處之法，太妙。否則，初頭亦不必出也。

孫學顔：先生與孟舉交，曾受其母夫人臨終之託，原非往來悠泛者可比。至不得已而爲悔恨苟且嗟來、進退失據之語，不過引咎責躬，以冀聞言者之醒悟耳。觀與沈書「才情穎朗，意氣開拓」云云，則始終欲其同歸於善可知，若便以絶交論視之，失其旨矣。

録自孫學顔編吕晚村先生古文卷上。按，孫氏評語中所言之與沈書，即本書與沈起廷書，吕氏鈔本同；吕晚村先生文集卷三作與某書「方白昨過致尊旨」，「意氣開拓」作「意氣展拓」。此篇另收入王煜青鈔本吕晚村先生文集卷三。

與董雨舟書

（前缺）有幾時。弟山上有竹百餘，舊歲云止得新竹數竿，此必鄰人盜筍矣。此弊不知何以治之，今番敢煩老兄爲弟一主之，并計一長便管守之法爲妙。弟家中亦需竹用，倘山上有舊竹宜起者，幸爲裁剪，於柴船上帶歸。啟老所言季竹，云比柄竹尤美，千萬爲覓數本。駕歸時幸過鄙村，作一二日晤對爲望。

雨老道兄先生左右。　　功弟留良頓首。

録自上海圖書館藏書札手蹟（殘頁）。

與吴孟舉書

受吾兄之惠，真難更僕數矣。歲暮節逼，風雪中復念及寒子，贈以厚物，兄固以古人自處矣。如弟慚何也。受者不辭，施者不厭，時以語家人，亦無不且感且怪耳。對使拜登，以成知我之誼。老伯母前幸爲致謝，容即面頓也。

邑尊節禮，必得同往爲妙，其爲期，惟兄定之可耳。鼓峰因前局須往料理，如期竣事，前夜三鼓南行矣。托弟道謝，因兄之未得走聞也。率復不盡。

孟舉道兄信友。

弟留良頓首。

録自中國嘉德國際拍賣有限公司二〇〇七年嘉德四季第十一期拍賣會圖録。

與吴孟舉書

昨二物已議定一兩二錢，此亦天下至賤之物，道翁幸覓與之。刻下爲旦老成一二印章，頗可觀。得暇望過齋看看。宗師已發嘉興牌矣，初二日縣考，十五日府考，此府房來信，想不謬也。

孟舉道翁信友。

輪拜。

又

昨見附送沈季老保産三數頃，即同姚太衡兄面致。季老意望加厚，弟與太衡竊計，老伯母前難於再請，不若即推收一事，議一得體之禮，季老自取推收票並收物票相奉，則一舉兩全，不審可否？適聲始姊丈在舍，不能走商，耑此，代面。餘悉太衡口中。不一。

孟舉道翁手足。

弟輪頓首。

又

家仲省游未歸，俟其來，當往索之耳。

孟舉道翁手足。

輪頓首。

又

尊留頌悉，容午後問之家仲，以報翁也。不具。

拙稿乞即發來，又白。

拙草領到。筆六枝，皆名手所製，而兄所無者，其無字一枝則嘉興沈明機作也。試一一賞鑒之。家仲處至傍暮始往言耳。

孟舉道兄信友。　留弟頓首。

又

弟口瘡腫甚，今日不能出門。乞之當在明早矣。特聞，不具。

小兒病已退，虚尚未復。兄處參乞再發數錢，價奉上，幸如數與之，勿自貶損也。雯若病遂危，不成脉矣，又不禁爲之怵然也。

孟舉契兄信友。靜遠事已語之，渠之如命，想當自報也。　留頓首。

又

沈香一兩一錢五奉上，可即令高賢剉入。樓上書數册及廳上保命歌三本、陳師昨夜詩一張，俱乞簡發來手。

孟舉道兄信友。

弟輪拜。

又

昨抵暮，叔則兄字來，渠意欲再加數錢。爲物不多，其情良苦，且數物亦未嘗不賤，吾兄可爲之周旋不？又復仲兄在園，薪水想有所不濟，未審松阮諸公處可爲之游説，預有所贈不耶？餘面悉，不盡。

孟舉道翁。

弟輪頓首。

又

奠曹夫人公分設祭，故分各三星，吾兄乞再補二星來。姚扶雲畫卷，且先付五錢來與之，少則再加可耳。

孟舉道兄。徐瑞宇店取金扇二柄，渠開四錢，乞酌與之。弟留頓首。

又

來諭極是，弟亦料理不及此。禹功適出門，已令奴子追之，若不及，當以板令獻侯處覓一人，往相鑿補之耳。兩宥。

又

廉遠婚期欲擇一吉日，須在十月望以後、晦以前爲率。道翁云令叔精於此理，不知可一爲轉懇否？耑此。

孟舉道翁信友。　輪頓首。

又

禾中人前日已去，明日必歸，斷無他慮也。沈宅出帳，容稍暇過尊齋領還之。此時適有小冗，未及趨晤。率復。

孟舉道翁信友。　輪拜。

又

承惠佳葛，頃已命良工製衣，服之無斁，以誌明德。第賤軀頗長，尚少三尺許，外間無從覓配，敢爲無厭之請，如何？老伯母昨夜何似？細示以便定方也。

孟舉道翁信友。　輪拜。

又

昨道翁所贈，想即補移去之數耶？向承高義，鼓峰已先致意，今恐重誤，故弟敢私問也。屋事，渠復有閲墻之意，故囑且稍緩，儵忽無定，亦可一笑也。

孟舉道翁信友。

輪再拜。

又

承佳茗之惠，謝謝。小木之札，適方得讀，以料尚未備，須再遲遲，大約在午日後耳。刻事得果，真吾道一大盛事，古人有知，其感激當何如也！亂稿一卷奉上，幸細爲緝録。明當面商，不盡。

孟舉契兄信友。

輪頓首。

又

四肢時作冷，無力，頭目虛暈，此中氣弱也。用加減補中益氣湯，明晨再詳診，必有驗矣。刻事，想不復果耶？若爾，當爲料理遺行之局也。

孟舉道翁信友。　輪頓首。

又

以市中無廣葛，故煩爲覓取耳。乃竟叨尊惠，則奉託盡爲索賜矣。愬何如之！然吾兄意重，又不可卻，謹拜登，容面領也。老伯母若以參爲疑，且仍服昨方亦可，但朮須重用耳。啟詞妙絶，酎返。

孟舉道翁信友。　弟輪頓首。

又

詩啟領入，即與夔公商定書上也。第一行不過此八字爲安，「語兒」「禦兒」皆可，後篆一章亦極易事，明日持晤再悉。

孟舉道翁信友。 輪拜。

又

周易大全曾簡出不？鄉中項小木前許其有所製作，故特出邑聽命，乞道翁與之論定，訂期動手可也。

孟舉道翁。 輪拜。

又

兄處弈具不全，而弟頗有重者，願以一副奉貢。弟日内即將有省中之行，經文事欲與坊人一議。不唯示之。

孟舉道兄信友。　　弟輪頓首。

又

數載知交，極荷厚雅，自愧無所仰裨，故不敢復受館穀耳，況敢高卧而受無功之禄耶？尊意則心誌之，尊帖當面時繳還也。

孟舉道翁手足。　　輪拜復。

又

頃冰脩字來，問候兄近況，且以征科慮、持珀玉二事，欲求賢以濟，兄能應之不？原字並覽。

孟舉契兄信友。　　留頓首。

又

靖遠處書已議定二十金矣。惟兄即有以濟之，思則定於十五可也。靖遠近頗志學，吾輩當示之以真直，幸勿更作支離也。

孟舉道兄信友。原札附覽。

弟輪頓首。

又

昨所言，其爲人固甚鄙；顧其行況，甚是淒涼。今渠將他往，所許幸即擲來，且得比昨許數再少加爲妙。

孟舉道兄信友。

輪拜。

又

日來頗有所用，無以枝梧，皇皇汲汲，神思無一刻寧快，所不敢對吾兄言者，以兄愛弟切，有請必應，叨惠良多，恐事有難繼，反傷鮑子之心也。不謂吾兄已窺之於微，頃承尊諭，真感骨肉之愛。但弟自揣不當受之無藝，亦非全交禮意，謹以室中雜氈呈請，倘有可取者，留用以濟所需，受惠實多矣。如蒙俞允，方敢乞領耳。

孟舉道翁信友。　弟光輪頓首。

又

長慶集及元十家詩，乞簡發來，以消午熱也。利三刻價若止六分一兩算，亦不爲過厚，渠亦不願有他想云。依兄算，尚須有三錢之找耳，擬之以三塔鬼，則未免太刻也。陳師序尚未謄出，俟日呈教。

孟舉道翁信友。　弟輪頓首。

又

數詩奇古幽峭，光華爛然，竊爲別識，恐多不確，爲賢叔姪笑也。

孟舉道翁信友。

輪頓首。

又

道翁損囊贈友，有加無已，即求之古人中不概見，弟何幸得之於吾兄也。當即致晦老，其感激則弟鐫之五臟矣，非可立謝。

孟舉道翁信友。

留再拜。

又

丘震生筆價，原須與之一一明示，每種幾何，實價如此，吾輩在外當爲高其聲價，不以此例告也。弟所以不與之次者，因弟性素寬，不耐持論，故敢借力於道翁耳。渠來，幸細開而找與之，弟當奉償也。桐鄉遣人去否？若遣人，可至弟處取板，恐遲則禹功欲歸精德矣〔一〕。復老册，張仲欲至弟處看之，幸發來，且用印也。

孟舉道兄手足。

弟輪頓首。

【校記】

〔一〕精德 疑當作「旌德」。

與曹正則書

弟昨自省中歸，即同元長走候，門告辭以體中失和，未識果否？眠食更何如？能起晤否？幸有以慰我。

芥舟兄。

弟留頓首。

又

尊製持論弘正，體勢淵遠，以子政之風規，運蔚宗之琢練。山齋發函三復，如喬岳長江之在望，溪山爲之失色。即今夔公繕寫發刻，此集恃以傳矣。容歸時叩頌，不盡。

芥舟道契兄親家。

弟留良頓首。

又

家兄頃一字與弟，其意必欲吾兄周全其急。原字奉覽，萬祈吾兄作餵身法願，濟此大苦苦厄，亦功德無量也。草此布懇，幸弗兼拒。明當走決。不一。

芥舟兄。

期弟留拜。

又

古唐詩紀，價索三金，然其人急於得物，尚可減也。明晨面悉。不多。

芥舟兄。

弟留拜復。

又

更有妙事，乞駕即過同享之，何如？灝老在過，極欲走侍，以俗事可憎，相對殊無清味，故未遑如教耳。黄道盤在家中，午餘當耑力取上云云，頃間不能即得，然已有主，不過數日間先奉也。此復。

芥舟道兄。

弟留頓首。

又

弟弔儀已具，如吾兄能省半刻之暇，不妨即同往一拜，且明日元長欲出，覔權厝之地，恐未必在宅受弔耳。如駕萬不能去，弟將先行矣。此叩。

芥舟兄。

弟留再拜。

又

午刻洗盞，敢枉駕過，以知己不敢具柬，希宥之，並乞早過爲荷。如柬老過詢，婉道弟意，即拉之同至。並囑。

芥舟盟兄。

弟留頓首。

又

頃孔老報兄及弟，因不識兄寓，覓致弟處，耑力走奉。暇乞過談，以便同赴，何如？

正則道兄。

弟留叩。

與曹巨平書

佳篇領讀卒業，當即致陳師也。程墨應制，適有餘本，竟以奉閲，幸存之。

巨平姪倩世雅。

留良再拜。

與鹿柴書

有菲薄致沈元老，希煩盟兄爲轉致不恭之罪。素憎俗套，故概不作晏會以邀親知，亦乞並致此意。容日邀吾兄之寵以攀元老玄教也。祈委曲叱名，俟當晤謝。

弟留叩。

尊扇並書上。

鹿柴道親翁大人。

與某書

四十日風雨壞墻破屋，一事不可爲，真令人愁悶。聞兄比來精神旺相，意興增豪，今日花朝，思循例爲扡插花草，此爲慰喜耳。

以上與吴孟舉書二十八首、與曹正則書八首、與曹巨平書一首、與鹿柴書一首、與某書一首，録自石門吴氏褏鋗廬藏吕晚村墨蹟，上海商務印書館民國六年九月影印本。按，褏鋗廬，吴澂室名。吴澂爲孟舉九世孫，字待秋，别號褏鋗居士、鷺絲灣人等，擅丹青，兼長治印，與趙叔孺、吴湖帆、馮超然並稱「海上四大家」，又與吴湖帆、吴子深、馮超然合稱「三吴一馮」。民國五年任上海商務印書館美術部部長，故有此書之印行。又按，曹度，字正則，又字叔則，號芥舟，又號罍耻民、罍翁，崇德人，與兄序字射侯、廣字遠思齊名，女適晚村長子葆中。曹嶽起，字巨平，晚村二兄茂良之婿，故稱「姪倩」；鹿柴，稱「道親翁大人」，當亦爲戚屬，待考。

吕晚村先生文集補遺卷三

家書

諭大火帖　二十四首

一

我十六日繇德清入省，隔二日即會黄二伯，方知姨夫歸念堅决，斷不可復留之意。吾平生狥友爲人，自一身以外，無所不可，然每不見德而見怨，類如此。此命也，弗復言。但我爲廉遠，口雖不言，半年以來爲渠明歲謀，曲折辛苦，即汝曹亦所不知。就是明年萬先生之請，亦爲姨夫居多。今事機甫就，而變端忽起，爲讒譖者所快。半年經營赤心，付之冰雪，此可歎恨耳。

吾今年冬底將搆室數椽，爲汝曹讀書之所，思於後樓五間内出二間與姨夫寓居，爲降婁與姪孫輩書堂。前後兩館，互爲講習，將來局面必有進於此者，此吾爲人之癡想也，而今已矣。吾爲姨夫委曲經營，不知姨夫已早託人覓館於杭州，吾此一番周折，豈不扯淡可笑耶？今行計已決，不必再言，古人云：「善終者如始。」寧人負我，毋我負人。況黄二伯爲我性命之友，以篤誠待我，雖此時爲人所惑，行當自知，亦不必辨也。我意欲趕歸，爲渠料理行事，而此間又不能脱身，故特以字囑汝。汝母性隘，恐聞其相負之狀，心不能平，汝可善言慰之。凡事從厚，以全終始之誼。下半年脩金已送過一兩九錢，尚少一兩一錢；又節儀四錢；又老子在渠處四箇月，已付過渠飯米銀一兩，尚少二錢；又夏間黄二伯往蘇，吾曾借渠一兩送之，許渠筭還，尚未付與。以上數項，分文不可缺少，汝可一一封開説明送之，外可送程儀二兩。若銀子無從設處，可將我收票，要在公到沈家支屋價用之，萬萬弗悞。問母親有紬綿衣飾等物，可送者送些，以盡姊妹之義。臨行時須設酒爲餞。又紅雲端硯係黄二伯贈我者，汝可洗淨，連紫檀匣送與姨夫，云：「姨夫行促，家父不能備物，此硯係君家故物，轉以相贈，幸善藏，以成一段佳話。」

以上諸事，汝須一一遵行，不可違錯一件。蓋讒人得計，姨夫行後，必且大入吾罪。黄二伯德性誠明，見識高遠，形跡之間，可不必簡點。廉遠性庸識小，此等處必不能免。

吾所以細細詳慎者，非以自解，實欲使異日自省，無纖毫愧怍而已。此是汝第一次任事，成父志，歷世務，俱於此覘汝，汝慎毋忽。我於廿五六日必歸矣。内房中長漆匣内有裁成手卷宣德紙一卷，可即封寄上來。字到，即着恂到黄九烟先生家中，寄一口信，云「在此平安，寓在法雲菴中，不日即歸也」。父字付公兒。

是帖爲公忠承命之始，蓋壬寅歲也。

二

恂來，得汝字，處事得當，殊慰吾念。吾此間已無他事，急欲歸家，所遲遲者，以高五伯往海昌，待其歸，須初二三方能到縣也。漕贈等項，乘鶴禀云甚急，可令其預支間壁王家屋租或衖内房租應用，切不可借米銀。將來米决貴，不可輕用也。廿八日父字付公兒。

三

魏宅郎君已愈，而乃翁又病滯下，留我調治，尚有數日躭閣，故先遣雲歸。今年田須履畝分别高下，以便冬間取租，此事只在此數日内要行，遲則有刈穫者，無從分别矣。汝弟兄計議，回帳上分往一看，計二三日可了。或壽或祺，分帶同看可也。此間偶見一錢刀，其製甚精，借付汝看，看過即付雲持來還之，係魏宅令魏堂物，不可得也。初二日付大火。

四

姑娘已於昨夜夜分逝矣。死喪之慘，未有如此者，且家貧徹骨，百無一有，尤可悲痛。吾爲料理棺斂之事，所攜金已盡，家中絕無。大兒可爲我致吴自牧先生，暫移數金來備用，不用即還原物也。字到即備飯盒三牲，汝輩只一人來。亦可問二房四房，有船明早附之，無則另叫一小船。此處廿三蓋棺。不可多帶人，舟中飲食自備。廿一日辰刻。

五

此間病毫不得手，而主人見留甚切，不得已先遣舟歸。然吾亦不能久停，月内必還矣。思朱甥北行甚迫，不知決於何時。若出月，則且待吾返，不必言；如在月内，汝可持吾字向吴五叔處移十金，并吾致姑夫書送之。若五叔處適無有，或賣米、或當物，曲計得當。親戚中如朱姑夫在所不同，今落困苦中，不可不用吾情也。但多則量力不能，亦義不可過耳。莊中東邊屋瓦須急蓋落，新做桌櫈可令漆工往油之，只用熟清油，不可著脚有顏色。

發來批文廿首，舟中所定，即付燮公寫對付刻。吾適歸不必説，遲則續有從新墅行船寄達也。廿二日字付大火。

六

雖甚忙，不得廢文字。吾於此驗其進退，勿違也，即讀亦不可廢。

七

請題作文，則能勤其業矣，吾所喜也。題二紙，大小雜擬，可從中酌取爲之。荆川二刀付去寶忠，須督。今業文有進步，并一變其頑戾之氣，乃爲不負。灑掃應對進退間，無一時一事可觀，那得長進？教法須從此處着力也。十九日字與大火。

八

劉利三歸，有一信，定已到。吾大約十六動身，十七至家也。餘姚黄先生在此晤過，聞晦老同大孤在邑，今接其字，乃爲募緣見我，亦大可笑。此事我平生所深惡，豈肯爲之乎！勿理可也。十四日字。

九

吾歸期大都在月盡。山中甚適，但記念伯父事不知如何，時懸懸耳。先生來會過，約廿日前到館，到即至莊。莊中供給日用，坐聽先生爲政；其脩理牆屋諸事，亦惟先生命。著壽解工匠備物料可也。治地種作，事事宜留心。督令做生活，時時請教先生；但不可令此曹知本之先生，恐愚人私憾也。十三日辰刻字。

十

視汝所閱文，甚有進，可喜。第小評更須着意，又須脱時派。付來上冬選文一卷，加意參之。

十一

隣里吾向必親答，以存敦睦之意，汝輩輒驕肆，此意甚薄，大非吾所望也。鄉中酒菜已盡，可料理來；酒不妨多載數埕，省得臨渴掘井。

十二

我月初將有金陵之行，此間需樣子甚急，汝可用心爲我選擬，亦省我許多氣力。霜武處讀本，并照渠所許樣子，即得人取來爲妙。付大火。

十三

至無錫弔高彙旃先生，即行。若主人堅留，停日許則可，不可久。以遺書、槧書致施虹老。凡有友，即囑訪宋人文集及知言集稿子，不可忘。若見嘗熟陸湘靈名燦者，索其舊稿。無錫華氏有慮得集，便則求之。問顧修遠家尚有書可訪否。有十二科程墨硃卷未見者，亦要尋。在京吃用，若楊宅有客在彼過年，即與衆位同打火，若無人則自起火，不可擾楊宅，以刻苦淡泊爲主。一出門即釘日用小簿，日日登記覺察，他日歸時，我要查勘，勿怠。在京中不可闕讀書、作文之功，有船歸，即寄所作文字來。客路最多游戲、博弈之友，不可近也。至京，先具帖拜楊宅喬梓，致書。次日即往謁徐州來先生及子貫，致書。以次拜周雪客、龍客、園客、黄俞郃、贊玉、倪闇公，各致書。徐宅鄰有左仲枚文相，十竹齋主人胡靜夫，周鹿峰，王安節，劉藜先；問王元倬先生安好，須拜候之，其壻李子固，鎮江人。弔楊商賢，問其遺稿。不可高興終日出游。

丙辰年公忠初至金陵，臨行，書此以囑。

十四

三次書信及銀板包帕果物俱收得。自汝行後，無刻不挂念；見信，舉家觀喜。家中自汝母以下皆安，吾亦頗適。程墨目下趲工，然須五月成書耳。書局有氣色，甚慰。但聞主人去歲晚間不備，頗有踈失。汝性懶散，當加意提撕。凡早晚出入及客多讌集時，尤宜照管。知尋得舊文十餘種，樂不可言，此難得之珍也。寄時須緘固，付的當人方可，起岸尤穩，不可草草。更多方購尋之國表、國門、廣業，尤要。幾社文，有友云有至六集者，恨未之見也。此間除夕二鼓大雨，忽大電震霆者三，與霰雪交作，不知京中同否？老二房伯母於初二亥時逝去，亦不作佛事，但次日即大斂，未免與禮意相左耳。謝文侯爲汝婦畫遺像，形神極肖，空中懸揣得此，大是奇事，此後可永傳不死，亦大足慰也。吾行期須在三月，但恐汝久客思家，則吾當早出，俟汝後信報我爲定耳。適有船開，先寄此數字，餘在卓人來總寄也。徐先生喬梓前先致候謝之，行人促，不及作書，俟嗣便奉記。會計録所值不過二金。見朱子語類即收買，不嫌其重，友人須此者多也。十一日燈下字付大火。

鄭汝器吾欲乞書堂額三：一「南陽講習堂」，正廳用者。一「明農艸堂」，東廳用。一「爲善讀書」，將來後樓下用。俱須方二尺許大。暇時先與説，俟寄筆去再懇之。

十五

兩次信都收得。劉仲明來，知汝近狀，甚慰。家中大小皆安。廿二日吾在省，汝弟有信，又寄紙四十簍，曾到未？天下無足爲之事，故亦無不足爲之事，猶是向來苗頭高語，讀書作務，初非兩件，只是當前必有一分内合做底事，隨分求盡爲難耳。若要爲要止，憑心任氣，無所不可，此便不是本天之道，不是聖賢主敬之心，不可不自察也。彼中闕人不得，且苦汝在彼；汝婦小祥前，當令人來蹔代耳。玉華印書，發銀帳二本，并補大題三捆，共二百七十部付去，可收明。四月五月會題并到，不見前兩會文，何也？衆議汝文，每次月有南京船到而無文，即注罰。吾閲汝前次文，自以爲高脱，而不覺其入於輕略，蓋見理未到至處，不可强造巍界也；更須向沉着、痛快、精寔、絢爛中求之。知言集尚在搜羅，動手當在秋冬耳。語孟説已分鈔，來月可寄還矣。北盟會編亦應收之書，但價太昂則不必，非不易得者也。四月初九日字與大火。

十六

計汝行至丹陽，道中當遇雨，不知雨大小如何，不至困苦否？廿許日無信至，甚念之。寧波潘友碩昨寄字，有文目，其中頗有欲得者，今復字索之，可即致與。渠書云多有願易吾選者，汝可請問須幾種幾部，便斟酌發去。局中事事當覺察，閱歷一番，心細一番，亦是學問長進處。事理無大小，只是此心做自家，見得此意，自不見俗事累我矣。水筆燈檠，有即寄來；文字有購得者，隨早晚附寄。有繭紬，或紫花布，或牙色紗鞋，做二雙來，我自着者。汝衣服履帽，欲用即用，不必拘儉約太過。即在外行止，亦聽汝便宜，欲歸即歸，欲止且止，但歸則須預聞我耳。此刻適爲師魯之郎病劇，在吴親翁齋榻寫此，諸友處不及作字，可致候，俟再書。印得者各種陸續寄些，爲刻局支用。只此。三月初九日燈下書與大火。

十七

十八九連雨，甚念驢背之苦，廿九日得信乃喜。寶忠瘧若未愈，可買陳皮、半夏各一兩，用神麯打餬爲丸，每服二三錢，淡薑湯下。局中生意不佳，想非其時，亦舊書行將闌耶？若氣色不旺相，急宜出新書幫襯之。乙丙丁文樣須盡收，選看以備用。在寓勿斷作文字，此吾所惓惓者。一概艱大費手題目，向來不曾經營者，可一一做去。寶忠工課，勿令間輟，其勉體此意。十月朔日字與大火。

十八

姚龍起行，一字一綿被定到矣。墨卷十一月中乃得到京，黄稿亦將於此時并行，壍書不印，意欲待皕澤集同行，質亡集則歲底可出矣。舊書氣色不振，則乙卯以後文不得不繼起，此事吾意屬之汝，汝可留意，暇即閲選，吾爲託作可也。皕澤集即將發刻。汝文大題甚少，可多搆，勿置空言也。只此。十月十四燈下字與大火。

十九

三次信、物俱收，家中各安健。但念汝兩人十日前寄一字，不謂其人中止，此外無便可寄，知望眼亟亟也。日内爲汝續娶事，已議德清蔡堯眉之女，即方虎之甥。聞其女頗賢能，遂有成訂，行禮只在新春矣。埭頭拜見，亦屬斯時。京中花綯紗要兩疋，一石青，一玄色；花綯紬兩疋，一大紅，一玄色。俱不必甚重，每疋長官尺二丈四尺足矣。但須兩頭有機頭，不可用剪斷者。程墨目下方完，得兩回，先令宙押出，餘俟續寄。書竟不走，不知何故。聞有翻板之説，確否？程墨中欲删文字，方虎、孟舉細閲過，止去龔申二首云，此外可不必。不審雪客以爲何如，不妨多商也。

「選文」及「麗澤」二説，汝言甚有理，已令其收拾文樣，不妨備覽也。寶忠有便，令之歸；若渠意欲留，亦聽之。汝兩年在外，頗欲汝還，乃今年租米難討，日内尚未及半，汝弟脱身不得，又須留汝在京。歲晚淒清，未免縈臆耳。布銀收遲，較他人又甚，明是經紀欺書獃，此事終非吾輩所宜做也。施虹玉事處亦合義，但不知兩邊真契如何，恐勉强委曲，則將來未必無病端耳。朱家姑夫已歸，亦可喜事。復公尚留彼，云須三年還也。載臣攜諸徒往玉樹堂，坐兩月許，甚適，明年決計聚徒其中。吴玉章、曹巨平皆有裹糧之興，於此煆鍊得一二人，亦不枉我一腐熱血，未知究竟如何耳。與寶忠講書，甚善，亦能領略否？許時不見汝兩人寄文來，何也？誨忠近文頗有進，想亦汝所樂聞者。徐周諸公處怕冷嬾，作書致意可也。十一日燈下字與大火。

二十

寶忠歸，知汝歲暮孤另，舉家念汝，無不黯然。昨橙齋得燕中信，云薦舉事近復紛紜，夜長夢多，恐將來有意外，奈何？吾意及事至則難爲計，欲先期作披緇出世之舉，庶可倖免。汝在京，即今當爲布其説，云我厭棄世綱，已決意入山爲住靜苦行僧，不復與世周旋矣。我且遯跡妙山，待燕中爲定再作商量耳。初一日燈下書付，餘俟後信。與大火。

二十一

聞郡中有社舉，斷斷不可赴！雖世交執友來拉，亦固謝之，即得罪勿顧也。盛奕雲處唐稿即得鈔來爲快。嘉善曹次典云有荆川全稿，可往天寧寺問之。即録與盛目一紙，令其對，所無者鈔寄爲妙。廿一日字付大火。

二十二

汝等何日到京？局中光景何似？書棍得有消息着落否？計將何法治之？急商定。清溪書牘，吾雅不喜請乞故人，以是欲行復止；若必須用，汝急作數行寄歸，吾即遣人取來也。外衣一包，共六件。書箱一隻，還俞郃。書因暑熱，且無心緒簡尋，俟後寄耳。六月望日字與大火。

二十三

連得汝信及行李已收。閩事此間亦作此商量，無人去，事恐無益；欲去，則無其人，正費躊躇。若金陵已有文書，必須人去，則汝必須急歸，蓋家中編審事脱不得人。更思此番到閩者與向時經紀不同，筆舌兩項，汝弟皆非所長，直須汝自一往耳。此等處，亦須歸面酌之，難以遥斷。此月中再得百數十金乃足了債，至少必再得百金，不知能有濟否？莊中東北角造觀稼樓成，須柱聯兩對，煩鄭公爲一揮灑，并前所求山庵扁額，早寄，急欲凑建侯手刻也。只此。七月初八日字與大火。

柱木細，字不可大；簷低，亦不宜長。若近日有能作楷與行者，亦求寫之擇用，庶不一式也。

寒風旭日鷄豚社

翠浪黄雲燕雀家

畲鉏程積力

刈穫策新功

二十四

一徑南行，親知皆有惋惜之言，兒得無微動於中乎？人生榮辱重輕，目前安足論，要當遠付後賢耳。父爲隱者，子爲新貴，誰能不嗤鄙？父爲志士，子承其志，其爲榮重又豈舉人進士之足語議也耶？兒勉矣。一路但見好書，遇才賢，勿輕放過，餘無所囑。五日字與大火。

諭大火辟惡帖 七首

一

廿七晚已抵山，同行者錢、王兩先生，湖山好友，相對甚樂，惟恐此樂之不能久。家中諸事，汝宜努力料理，勿輕以擾我，則養志之道也。先生到館，若莊中未端正，且坐縣間，俟稍脩葺而往亦可，惟先生指揮行之。顏子樂來，其禮數亦請問先生。徐親家欲於十八日迎凌先生，應如何亦質之先生。若到時我不在，汝宜代我往徐宅通其賓主之情，恐凌先生有所可否處，不便即直陳之於新主人也。其贊讌之禮，與親翁言，俱宜豐厚。掛像祭祀之事可已，但云俟我補行也。打起精神，凡事留心，勿悠忽游戲，如我在家時。廿七日燈下付大火與辟惡同看。

二

自出門日日順風，三日半已抵鎮江，爲糧船擠塞，兀坐兩日，乃得出江。於廿四日進城，寓楊瑞民家，一路平安適意。今日始發書至坊，北客尚未到，而坊人口角，看火色頗佳，云去年秋冬，北客問程墨不絶口，雖數千書來，亦早去矣。但有一説可慮者，云此間坊賈止許外路人來此賣書，不許在此間刷印，未知此説如何，且看光景作商量耳。汝兄弟在家，諸事須留心，不可仍前，百事不管。讀書當精勤於時文，看書精細，發揮盡致，即此是講學，即此是好古。舍此而博求，高自位置，不爲穿鑿之邪説，即爲迂腐之粗談，欲進步也難矣。此吾所諄諄切切而於大火尤三致言者。家中看蠶，内無老成警醒之人，一班都是睡魔，吾甚憂念。蠶絲事小，火燭事大，不可不小心照察。諸幼小兒孫加意調護，倘有些小不安，非不得已者，慎勿輕易服藥。吴五叔處八家詩選印完即寄來，此間並無一册也；并致之，有便人來者即附信慰我。船回，書此字付大火、辟惡。

三

廿八日寄信從新墅船上歸，到否？　此間北客陸續有到者，要等全場會墨出方買書；而金陵、姑蘇近地買者甚衆，氣色殊噪也。　吾所最快者，得黄俞邰、周雪客兩家書甚富，而恨不能盡鈔耳。　今寄歸李伯紀梁谿集九本，可向曹親翁處借福建刻本一對，無者方録出，亦可省些工夫。　又晁説之嵩丘集七本，書到即爲分寫較對，速將原本寄來還之，兩家極珍惜，我私發歸者，當體貼此意，勿遲誤，勿污損也。　黄家有楊鐵崖集，比吾家本子多數倍，吾欲查對鈔全，可簡出寄來。　刻本二本，又宋景濂鈔本二本，共四本，在娘房牀後斑竹書桌上。　宋鈔本有木匣，可將刻本併置其中。　俞邰索我家書目看，便中寫來，并發出，明人集亦録上。　渠尤要者，經學及史料雜家也。　趙東山汸春秋集傳，吾家有否？　此間有之，無則當鈔歸。　家中大小平安，有便即寄信慰我。　此間書一發完即歸矣。　然書籍留人，戀戀難釋，意且在此結夏，大約秋初作歸計耳。　家人帳目，汝兄弟打起精神筭催，勿使拖延。我不在家，即是汝輩露頭角處。　我一向寬廢，正望汝輩振作，勿蹈我弊習也。　五月十三日字付大火、辟惡。

四

盛六船來，收初十日字，知舉第三孫，十分歡喜，可小名京還，以志吾游也。大媳蓐中安健，須慎調理。汝母及大小各好？吾甚慰念。此處書甚行，但北客陸續來，未旺。云大約今歲在秋冬極盛，爲房書故也。施卓人歸，寄鈔本二種，作速鈔完付來，第一勿污損。切囑。寫來書目，似尚未全，可并史料雜書皆開來，少則吴五叔處書目併借寫來可也。西崑倡和詩、黄度書説二種，黄俞邰要借看，簡出寄至。回聘禮物，借用五叔者，須問價，即納去。程墨、大題，此間隨印隨發。蘇州、杭州、蕪湖、寧國皆來要書，因待北客，未盡發去，故未暇寄回，俟吾歸帶來耳。桐鄉當物有火爐一票，不可遲誤，可即往贖歸。鍾姊要縑人物，此兒戲中無益之費，吾不與買，亦所以教之也。暑熱可畏，舟行尤苦，吾大約新秋動身。晁李二集，仍用夾板，内將油帋包書入夾，以防污濕。勿誤。六月初二日字付大火、辟惡。

五

印有神歸，一信曾到未？施卓人廿一日來，書信俱收。吾體頗安，痔亦不作，但暑瀉多日，今早方止耳，説與汝母，不必掛念。此間書大走，而紙驟長。前字中物，速速寄出。若無的當人可託，即向施卓人、葉鼎玉兩家會銀與之；但寄會票法馬出來，亦甚便也。付來春秋集傳四本，可即分鈔，將原書寄來還之。勿遲。張先生字中道及教大火以「撿束」二字，甚中大火之病。今付看，當書紳永佩，以克治改過，爲不負師訓，不徒作一番説話也。懿修父子忘恩，照各房送禮已逾分，豈可更過，卯波亦決無顏見我也。載臣以父命辭館，此事甚費商量，如何如何？汝輩細與斟酌，不可已則以何人爲代邪？憂甚憂甚！吾歸期大約在七月盡八月初，早則路熱，怕行耳。山西陳親家字一封，得便即寄去。六月廿六日字付大火、辟惡。

六

張楊園先生手帖

望日之夕，與兩令子與載臣、霜威宿於東莊，夢書「檢束」二字贈無黨，覺而思之，不爲無義。無黨平日，終是此二字分數少。康節先生稱風流人豪，往往書此，用意可知已。所以百泉山中，能冬不爐、夏不箑也。

凡我書册器具，汝等不得擅自取去，費我尋覓，此我最不喜事，汝等宜知之。若欲看欲用者，必請而後可；或暫時看用，當即還其故處。切戒切戒。今暇時將樓上房中書爲我整理一番，汝輩向來拖開者，亦一一簡進。能收拾清楚齊正，尤我所喜事也。

七

大火明後日先攜書籍、筆研、被褥至莊，將我廳中桌上書本，除時文及没要緊書且留，其餘盡數帶來。前要曆本看，如何竟忘却，總見不用心，没料理。今後凡我有字出，須牢記，件件要有回復。十五日付與兒。

諭辟惡帖　六首

一

於汝兄案頭見汝字，欲聚精會神謀治生之計，此無甚謬。乃云：「文章一事，當以度外置之。」此錯却定盤針，連所謂治生之計，通盤不是矣。吾之爲此賣書，非求利也。志欲做法鄭氏，則其爲衣食制度之本，不可不先足備，正欲使後世子孫知禮義而不起謀利之心，庶幾肯讀書爲善耳。若必置文章而謀治生，則大本已失，所謀者不過市井商賈之智，孟子所謂蹠之徒也，焉有君子而可以蹠自居乎？昔孟母之教子，再遷近市，孟子戲爲賈衒，母曰：「此非所以居子也。」去之學側，卒成孟子。吾之使汝輩賣書，固失孟母之道矣。吾向不憂汝鈍，而憂汝俗，此等見識，乃所謂俗也。醫俗之法，止有讀書通文義耳。今乃欲度外置之，其谿俗而趨於污下，不知所底矣。喻義喻利，君子小人之分，實人禽中外之關。與其富足而不通文義，無寧明理能文而餓死溝壑，此吾素志也，亦所望與汝輩同之者也，豈願有一蹠子哉！字又云：「若再悠忽過日，真無所立身。」其語似奮激有爲者，乃其所志則棄文義而騖利，吾不知其所欲立者何等之身也。古人戒悠忽，正爲無志於學耳。若志在貨利，則其患又甚於悠忽矣。此種鄙俗見識，其根起於無知而傲，傲而不勝則惰，惰而不能改則自棄，自棄者必自暴。然則汝之所謂聚精會神以治生者，乃吾之所謂悠忽而真無所立身也。已則自棄，乃託以質地庸下。夫知、仁、勇，天下之達德，如其不能，故曰：「好學近知，力行近仁，知耻近勇。」加百倍之功，則愚必明，柔必强。今汝實未嘗用力，而曰質地使然，天亦不肯承認此罪也。此係汝上達下達分路關頭，故痛切言之。淵明詩云：「夙興夜寐，願爾斯才。爾之不才，亦已焉哉！」吾亦無如之何也。朱虎脾瀉已止，今時帶紅積，然神氣健旺，無足慮者。目下嗣欽、降婁、四明皆患重感甚劇，數夜不寐，憂勞不可言。賣下銀有便即寄歸，前銀盡買紙，將來婚禮在邇，修房備物，需用甚急也。餘言汝兄能悉之。九十月間汝兄不出，則十一月初汝亦須歸幫忙也。

待後信再計。汝兄病三陰瘧，頗𢤱𢤱，故出未有定期耳。八月廿八日字與辟惡。

二

兩次字都到，行李物件俱收明。昨吾往嚴墓弔宣成，故不及寫字。今歸，知船尚未開，又附此。諸已悉汝兄字内。讀書執事，原無兩義。讀書以明理爲要，理明則文自通達，於人情世故亦無所不貫，故曰無兩義。若讀書只求文法字句，執事只求貨利私欲，則自然兩相妨礙矣。其根原只在立志正大，用心精細篤實。其工夫先在看書義明白，次求古人文字能達吾意，斯盡矣，非規規念句調弄筆頭而謂之讀書也。甚望汝歸，而彼處脱人不得。汝兄瘧勢未愈，如何如何！須酌一良策，汝於十一月初得歸爲妙。翻刻之説，酌事勢恐未必確，即有之，鞭長不及，奈之何哉？明文合選，若是許伯贊選本，甚欲得之，惜太價昂耳。六合之説果否？果則大暢也。以後賣下銀，仍照汝兄規矩，各封原封，勿併攏，帳上細書，以便查對。行舟促字，不及詳細，俟後信。三弟婚期在十一月十九，汝須十日前到爲佳。十月初七日字與辟惡。

三

廿二日朱二船出，寄補大題三捆，字一封，定已收得矣。目下家中皆安好，只愁旱涸，車戽爲苦。再數日無雨，屋後塘亦絶流，又不免荒亂之憂耳。冬菜子聞南京者爲佳，寧國一帶俱年年在京買子，可糴升許來試看，然此須白露後半月下子乃佳，不可遲也。萵苣子亦需之，并尋來，兼訪其種植澆培之法。汝兄出門，大約在中秋後重陽左右，若汝意欲遲早其間，亦無所不可，汝自酌，寄信來説可也。在外切不可廢讀書，雖忙亦偷空爲之。秋涼須備寒衣，因汝婦在母家，不及問之，若欲製新者，汝自酌用可也。七月十六日字與辟惡。

四

端硯無有，即有而刻字送人，是獻技也，義所不可，況擅用它人物乎？凡與人交往，皆當心存誠敬，却不可不揆義理，有曲阿之意，即應對進退周旋間皆然。不可要用人便不管自己，無所用便一概簡傲去，因此一事發此語，當時時存記，不專指此也。付出玉盃一枚，可用用之，否則别覓它物。與辟惡。

五

作文不可畏難，即未能佳，且做去，多做自通，越縮越生踈矣。凡人何可量，只是自畫便了却一生耳。怕人笑便終受人笑，不怕人笑更何人笑得我也！勉之勿忘。四月廿四日字與辟惡。

六

汝以何項帳無禮於二酉，使以字訴我？甚失處親戚之誼。凡事不可以利傷義，婦言不足聽也。席片要緊，更得數牀爲妙。

諭降婁帖 五首

一

出外舉止須莊重謹厚，與人謙和，語言簡雅，切勿輕躁，與人取笑。局中諸事留心覺察，習勞學筋節。自奉須刻苦，勿作高興妄費之事及置買游戲無用之物。得少閒即讀書，細心看大全，温誦古今文字，有所見即作文以發之，勿游閒過日。前大火帶歸文獻通考續集，反闕正集，見書舖有正集，可買補之。遇古書爲家中所無者，勿惜購買，此不與閒費爲例也。見吾相知者，皆致候，云「病甚，不能作書」。

二

我在山中兩月，昨始歸家。汝兩次書信已收，家中皆安。汝向不更事，近能獨任外務，不以爲苦，此可喜也。但凡事須詳慎，勿似夙昔輕躁妄爲，寧失之畏葸，毋自以爲能，則庶幾無大過矣。雖無人講解，然不可不讀書。受成約此月至，至即出代汝，汝寬以待之。其餘悉汝兄字中。行促，書此數字，俟後便再寄也。五月初六日字與降婁。

三

沈書升來，信物已收。書不走動，亦只得耐心信命，不應便起妄想。汝在寓，無人提撕，便恐墮落，早晚不可不讀書，讀書便是提撕法也。不可妄有作爲及燕辟佚游謔浪作鬧，此最損根本，不可不儆。受成已出，其尊人期其速歸，故勢未能出，欲遣大火來代汝，而日内郡邑有試事。汝兄爲汝地，不意弄假成真，勢又不可出，汝須耐苦月許，待此間商量人出更代耳。兹因魏親翁北上之便附此。五月廿二日字與降妻。

四

張祥於吴江擔閣，廿二始到，正在懸挂也。生意冷淡，或趕新客到，尚有想頭；不則，何以卒歲耶？朱氏昆季用情深厚，見時致我感念之意。然我有要言囑汝：汝不可因其情至，或以事干請，或私爲委曲，或爲旁人所誘用，損其昆季盛誼，敗我家清苦堅守之志節。汝年幼無遠識，恐墮落此中。切戒。廿三日辰刻字付降妻。

五

五月廿二魏親翁進京一信，想尚未到。家中皆安，但念汝獨自久客，正令汝兄來代。在外能細心任事，服父兄之勞而釋其憂，即人生分内第一義也。第不可廢讀書，廢讀書則流入市井污下而不知矣。勉之勉之。六月初三日字與降妻。

與姪帖 五首

一

山中初聞橫街火災，甚爲爾憂。今知焚店屋八間，何以堪此！又聞欲賣基地與方家，其價亦不爲少。第此價到手，先須打算後路。吾意非贖屋即贖田，仍足抵還糧之用乃可。若未筭後路而先賣銀，必然花費打散，雖吾亦不能自保，而況於爾乎？至或云放典取息，或云託人做生意，此皆騙局，立盡之道，不可行也。此中事宜須待我歸。汝今且與家人算計：何處産好，宜贖，價須若干，以便脱産置産；若畢竟無産可贖，則此地終不可賣，又當別圖起造之法也。汝兄歸，先此數字。十三日字與四房姪。

二

有銀納秀才，不肯迎父母，想人家養子何用？不知此時父母存亡若何，一向丟在腦後，忽然寫起帖子，又須用這老頭子。我不忍見此名帖，可爲我還之，且云：待他父母歸後，纔與相見也。叔字。

三

東嶽廟係吾家家菴，自祖父以來，世令僧人居守。近聞道士希圖攘奪，雖僧道皆屬異端，然祖父遺規，不敢輒有變更也。吾病不能出，姪可主持，嚴戒道士毋得多事，吾家斷斷不容也。叔字。

四

聞日來外間狹邪之風甚熾，富室子弟盡爲所煽壞，舉國若狂，可恨可畏。汝腳根未牢，宜更加警省，以彼曹爲懲戒。勿輕出門，所謂不見可欲，使心不亂。慎後闕

五

門簿一本、諭帖一張付到，此是爲吾姪讀書進德修身齊家之助，當分付家人共遵守之，勿視爲泛常虚應故事也。叔字仁左姪覽。

與家人帖

大叔偶被親族匪人所誤，今幸悔悟，家門之福。但恐此輩孽根不斷，仍來煽惑，特設立門簿，着爾等衆人輪流值日管門。如□□□□□□□□□四人，乃騙誘罪魁，今後不許往來。除拜節及喜慶行禮祭掃不論外，餘時不許容此四人進門。如值日人不行阻住，查出重責卅板，仍罰追飯米。倘此輩恃强直闖，不聽爾等勸止，許爾等盡力推攔。蓋此是誘壞爾主仇人，親族之義已絶。爾等各爲其主，正是忠處，不作衝撞論。即有是非，我自與理論，爾等無畏也。特諭。

貼四房後門内，不許損壞。

從弟至忠，字仁左，四伯父耕道先生之子。少孤，先君子教撫之。偶惑一妓，遂至流蕩。先君子嚴加禁督，始而懟憤，終迺悔悟。末年翻更勤儉，家賴以不破焉。公忠記。

與姪孫帖 二首

一

葬日已擇在十二月二十外兩三日内，其挑浜之日，擇本月初七日起工，其次初十日亦可用。但此係大事，又事非一房，須先期計議停當，不致臨期有誤。各房須料理費用，衆家事極難做，必公誠和讓，奮發義勇，乃克有濟。惟賢者勉之耳。叔祖字與諸姪孫。

二

移居匆匆，吾無以爲意，准盒少許，甚愧。汝祖若在，定有一番照睞，惜不及見，言之愴然。今推汝祖意，與汝銀一兩，雖不多，亦當念爾祖也。時時歸省母兄，勿致踈離。去家稍遠，間隙易生，慎之戒之。讀書作字，務本向上。近正人，遠市井游戲，此吾之惓惓期望者也。叔祖字。

以上諭大火帖二十四首、諭大火辟惡帖七首、諭辟惡帖六首、諭降隻帖五首、與姪帖五首、與家人帖一首、與姪孫帖二首，録自吕晚村先生家書真蹟，康熙四十二年吕氏家塾刻本。

按，晚村家書計四卷，其卷一楳華閣齋規、壬子除夕諭、戊午一日示諸子、遺令，卷四與甥朱望子帖、和東坡洗兒詩示兒輩、得澹生堂藏書三千餘本示大火詩、井田硯銘與大火、書舊本朱子語類、哭阿慧文諸篇已收入詩集、文集各卷，兹從略。